T. R. Ragan

Seelische Abgründe

amazon crossing

Das Buch

Ein Serienmörder terrorisiert Sacramento mit einer unbeschreiblich grausamen Mordserie an Liebespaaren. Seine Untaten wecken schlimme Erinnerungen in Privatermittlerin Lizzy Gardner, die selbst vor ein paar Jahren nur knapp einem Serienmörder entkam. Während die Bevölkerung von Sacramento in lähmender Furcht erstarrt, sieht Lizzy sich gezwungen, den Liebespaarmörder zu jagen.

Als eine Routineermittlung in einem Versicherungsbetrugsfall Lizzy und ihre beiden jungen Assistentinnen plötzlich auf die Spur des Mörders führt, ergreift sie die Gelegenheit beim Schopf, entschlossen, das Monster zur Strecke zu bringen, bevor es ein weiteres Opfer findet. Aber Lizzy ahnt nicht, dass der Killer ihr eine Nasenlänge voraus ist und sie auf Schritt und Tritt beobachtet, während er sein bisher blutigstes Verbrechen plant.

Die Autorin

T. R. Ragan wuchs mit ihren Eltern und vier Schwestern in Lafayette, Kalifornien, auf. Ihre ausgedehnten Reisen führten sie nach Irland, den Niederlanden, China, Thailand und Nepal, wo sie nur knapp einem mörderischen Elefanten entkam. Bevor sie mit dem Schreiben von Romanen begann, arbeitete sie als Sekretärin in der Rechtsabteilung eines Konzerns. Sie ist die Autorin der ersten beiden Bände der Lizzy-Gardner-Serie *Im Netz des Spinnenmanns* und *Schlankheitswahn*. Unter dem Namen Theresa Ragan hat sie die Romane *Die Rückkehr der Rose*, *Ein Ritter im Central Park*, *Spielzug ins Glück*, *Vermisst: Kate Huntley* sowie *Plötzlich Vater* verfasst. T. R. Ragan lebt mit ihrer Familie in Sacramento.

T.R. RAGAN

SEELISCHE ABGRÜNDE

Ein Fall für Lizzy Gardner

Thriller

Übersetzt von Peter Zmyj

amazon crossing

Die Originalausgabe erschien 2013 unter dem Titel
»A Dark Mind« bei Thomas & Mercer, Las Vegas.

Deutsche Erstveröffentlichung bei AmazonCrossing,
Luxemburg, Dezember 2014

Umschlaggestaltung: bürosüd° München, www.buerosued.de
Lektorat: Asta Hemmerlein
Satz: Monika Daimer, www.buch-macher.de

Printed in Germany
by Amazon Distribution GmbH, Leipzig

ISBN 978-1-477-82778-9

www.amazon.com/crossing

Meiner Schwester und besten Freundin Cathy Katz …
danke für die zahlreichen Brainstorming-Runden,
und dafür, dass du immer wieder mit Freude und
Begeisterung bei allen meinen Manuskripten den Rotstift
angesetzt hast. Danke auch für die langen Spaziergänge
und endlosen Gespräche, für die wundervollen Trips,
für die schwesterlichen Ratschläge, und dafür,
dass du mein Leben außerordentlich bereicherst.
Danke, danke, danke.

KAPITEL 1

Wir Serienmörder sind eure Söhne, wir sind eure Ehemänner, wir sind überall. Und morgen werden noch mehr von euren Kindern sterben.

– Ted Bundy

John und Rochelle
Sacramento
Juni 2007

John Robinson genoss das Gefühl, mit seiner Freundin Händchen zu halten. Ein Jahr, drei Monate und zwei Tage – so lange kannte er Rochelle nun schon. Es gab so viele Menschen, denen das Liebesglück verwehrt blieb, aber er gehörte nicht in diese Kategorie. Rochelle war das Beste, was ihm in seinem bisherigen Leben untergekommen war. Er wusste dies mehr zu schätzen als die meisten, denn er hatte seine Eltern nie gekannt – sie starben, als er noch klein war. John wuchs in mehreren Heimen auf, bis ihn im Alter von dreizehn eine Pflegefamilie adoptierte, und wusste daher nur zu gut, wie vergänglich Liebe sein konnte. Aus diesem Grund schätzte er seine Beziehung mit Rochelle umso mehr.

Sie drückte seine Hand und diese winzige Geste reichte aus, um das Blut schneller durch seine Adern fließen zu lassen. Er fühlte sich lebendig. Als er sie gefragt hatte, ob sie ihn heiraten wolle, hatte sie mit einem eindeutigen *JA!* geantwortet.

»Alles in Ordnung bei dir?«, fragte sie.

Natürlich war alles in Ordnung. Er war so voller Lebensfreude, dass er am liebsten die Arme hochgeworfen und der ganzen Welt von seinem Glück erzählt hätte. Sie hatten sich in einem Kino nicht weit von seinem Haus einen Film angesehen und gingen nun zu seinem Wagen, damit er sie heimfahren konnte. Seine Einladung, noch schnell auf einen Absacker zu ihm zu kommen, hatte sie ausgeschlagen. Rochelle benahm sich manchmal prüde und zurückhaltend, aber das störte ihn nicht – schließlich war er verliebt.

»Ja, mir geht's gut«, beantwortete er ihre Frage. Im Mondlicht sah er, wie ihre Augen funkelten. Haselnussfarben, mehr golden als grün. »Geradezu blendend«, korrigierte er. »Du machst mich glücklich, Rochelle.«

Er blieb stehen und zog sie dicht an sich heran. »Lass uns zusammen verschwinden und heimlich heiraten.«

»Heute Nacht?«

Er nickte. »Jetzt gleich.«

»Mom würde kein einziges Wort mehr mit mir reden.«

»Du hast ja noch eine Schwester und einen Bruder. Einer von denen wird bestimmt auch bald heiraten. Sie wird schon damit klarkommen.«

Rochelle gab ein Lachen von sich, das ihm sagte, dass aus seinen grandiosen Plänen nichts werden würde. *Nur keine Eile*, dachte er, denn es kam ihm hauptsächlich darauf an, sie glücklich zu machen. Nicht, dass er ein romantischer Trottel war – es war halt einfach so, dass er sich glücklich fühlte, wenn er Rochelle glücklich machen konnte.

Sie liefen weiter. Das Klappern ihrer Absätze hallte laut auf dem Gehsteig. Plötzlich zitterte sie und er wollte ihr schon seine Jacke anbieten. Doch dann spürte er, wie sie an seiner Hand zog. Er sah sie an und erkannte an ihrem Gesichtsausdruck, dass sie Angst hatte. »Was ist los?«

»Kennst du diese Typen?«

Sein dunkelblauer Toyota war immer noch einen Block weit weg, aber er erkannte aus dieser Entfernung zwei Kerle. Einer saß auf der Motorhaube von Johns Auto und der andere, ein großer Muskelprotz, lehnte an der Fahrertür. Er vernahm Gelächter. »Sieht so aus, als ob die beiden sich gerade köstlich amüsieren.«

»Vielleicht sollten wir lieber auf Nummer sicher gehen und die Polizei rufen«, sagte Rochelle.

»Die Polizei? Wieso das denn?«

Sie blieb stehen und ließ seine Hand los. Es war offensichtlich, dass ihr sein Ton nicht gefiel. »Okay«, sagte sie und verschränkte die Arme. »Ich drehe um und bestelle ein Taxi. Hört sich an, als hätten die Typen getrunken.«

John legte ihr die Hände auf die Schultern. »Bleib hier. Ich hole das Auto und komme dann hierher.«

Rochelle ließ die Schultern hängen. »Meinst du wirklich, die sind ungefährlich?«

»Ja, aber ich will nicht, dass du mit mir kommst, wenn es dir unangenehm ist.«

Sie atmete aus. »Ich geh mit dir«, sagte sie. »Alle sagen, ich soll selbstbewusster auftreten. Da fange ich am besten gleich damit an.«

»Du bist die intelligenteste und mutigste Frau, die ich je gekannt habe. Wer sagt, du bräuchtest mehr Selbstbewusstsein?«

»Mein Bruder. Er wirft mir vor, ich hätte vor meinem eigenen Schatten Angst.«

John wusste nicht, was er darauf erwidern sollte. Er wusste nicht einmal, was er von Rochelles Bruder halten sollte. Immer wenn er bei ihrer Familie beim Abendessen war, kam es ihm vor, als ob der Bruder ihn anstarrte. So, als würde er nur darauf warten, dass John etwas falsch machte und ihm einen Vorwand lieferte, über ihn herzufallen.

Rochelles Bruder war jedoch so gut wie vergessen, als der Riese, der an Johns Auto lehnte, sie kommen sah und sich zu seiner vollen Größe aufrichtete. Er maß mindestens einen Meter neunzig, und selbst aus der Entfernung erkannte John, dass er ungewöhnlich große Hände hatte – fast wie Klodeckel. Auf einmal dachte John sich, dass fünfzig Dollar für ein Taxi vielleicht doch keine schlechte Investition gewesen wäre. Als er Rochelles Hand fester drückte und gerade auf dem Absatz kehrtmachen wollte, hörte er jemanden rufen: »Chuck, ich glaube, das Auto gehört diesem Pärchen. Geh weg.«

Der Typ auf der Motorhaube gehorchte und rutschte herunter. Als seine Füße den Gehsteig berührten, gab es ein dumpfes Geräusch.

Die Typen waren bloß zu zweit und John fand, dass er die Situation unter Kontrolle hatte. Solange Rochelle sich nicht an einem der beiden vorbeizwängen musste, brauchten sie sich nur ins Auto zu setzen und die Zentralverriegelung betätigen. Der Toyota Camry ließ sich per Fernbedienung entriegeln und starten, was ihnen die Flucht erleichtern würde. John bräuchte nicht erst den Schlüssel ins Zündschloss stecken und umdrehen. Ein Knopfdruck, und sie könnten losfahren.

Als sie sich dem Auto näherten, fielen John die pockennarbigen Gesichter und blutunterlaufenen Augen der beiden Typen auf. Rochelle hatte wie immer recht gehabt. Diese Kerle waren eindeutig betrunken oder auf Drogen. Johns Augen suchten schnell die Umgebung ab: Maschendrahtzäune und mit Brettern vernagelte Fenster, ungepflegte, verwahrloste Gärten mit toten Bäumen, Büschen und Rasen, auf dem Unkraut wucherte. Kein Wunder, dass Rochelle keine Lust hatte, zu ihm hereinzukommen. Vielleicht sollte er demnächst umziehen. Im dritten Haus auf der linken Straßenseite brannte ein Licht und John sah drinnen eine menschliche Silhouette. Anscheinend spähte seine Nachbarin Claire Schultz durch die Schlitze der Jalousien oder machte in der Küche herum. Schwer zu sagen.

»Hey, was geht ab?«, fragte einer der Typen, als John gerade seine Hand um den Türgriff schloss. Das Auto piepste – was bedeutete, dass sämtliche Türen entriegelt waren. Plötzlich sah

John aus dem Augenwinkel, wie sich zwei weitere Kerle näherten. Was zum Teufel war hier los?

Als Rochelle auf dem Beifahrersitz Platz genommen und ihre Tür geschlossen hatte, atmete er auf.

Doch dann sah er, dass sein Rucksack vom Rücksitz verschwunden war. Darin befand sich seine Kamera – er war begeisterter Fotograf und hatte sogar auf dem College einen Fotokurs belegt.

Wie waren die Typen nur in sein Auto gekommen? Soweit er feststellen konnte, gab es keine eingeschlagenen Scheiben, und sämtliche Türen waren verriegelt. Er kochte innerlich vor Wut, beschloss aber, sich nicht mit den Kerlen anzulegen. Stattdessen würde er unverzüglich zum nächsten Polizeirevier fahren und Anzeige erstatten.

Er biss die Zähne zusammen und öffnete die Tür.

»Ich hab dich was gefragt. Was geht ab?«, wiederholte einer der Typen.

John beachtete ihn nicht, sondern setzte sich hinters Steuer, zog die Tür zu und betätigte die Zentralverriegelung.

Er drückte auf die Fernbedienung.

Der Motor sprang nicht an.

Scheiße.

Er drückte noch einmal.

Vor dem Auto brachen die Typen in wieherndes Gelächter aus. Er sah nicht hin.

Dafür würden diese Arschlöcher bezahlen.

Wenn es nach ihm ginge, würde jeder Einzelne von denen für die Angst, die sie ihm und Rochelle eingejagt hatten, zur Verantwortung gezogen werden – und nicht zu vergessen, für den gestohlenen Rucksack, und was sie womöglich sonst noch hatten mitgehen lassen.

Er hielt die Fernbedienung ganz nahe an den Zündungsknopf – so hatte er schon einmal den Motor gestartet. Aber diesmal funktionierte der Trick nicht. Das Auto sprang nicht an. *Scheiße.* Er brauchte gar nicht erst auszusteigen und unter die Haube zu gucken, um zu wissen, dass diese Arschlöcher an seinem Wagen herumgemacht hatten.

Rochelle holte ihr Mobiltelefon aus der Handtasche.

Plötzlich zerschlug eine Faust das Fenster auf der Beifahrerseite. Glasscherben flogen John ins Gesicht.

Danach brach die Hölle los.

KAPITEL 2

Wenn Sie auf mich herabschauen, sehen Sie einen Narren. Wenn Sie zu mir emporschauen, sehen Sie Ihren Herrn. Wenn Sie mir direkt ins Antlitz schauen, sehen Sie sich selbst.

– Charles Manson

Sacramento
Montag, 30. April 2012

Lizzy sah von ihrem Schreibtisch auf, als ihre Assistentin Jessica Pleiss in ihr Büro in der Innenstadt von Sacramento kam. Im Augenblick gab es viel zu tun und Lizzy konnte jede Hilfe gebrauchen. »Bist du schon in die neue Wohnung eingezogen?«

»Ja, und jetzt kann es wieder mit der Arbeit losgehen. Was hast du für mich?«

Jessica trug eine stahlblaue, eng sitzende Jeans und eine geriffelte Strickjacke, darunter eine weiße Bluse. Ihr braunes Haar fiel als langer und dicker Zopf über ihre rechte Schulter. Sie trug nur wenig Make-up und machte sich nicht die Mühe, die Sommersprossen auf ihrer Nase zu verbergen.

Jessica hatte erst kürzlich aufgehört, Vollzeit zu studieren, und belegte jetzt stattdessen einen Abendkurs und zwei

Onlineseminare. Jetzt, wo sie ihre eigene Wohnung hatte, brauchte sie ein festes Einkommen.

Lizzy kritzelte eine Erinnerung in ihren Terminkalender und sagte: »Ich habe für dich jede Menge Arbeit.«

»Wäre schön, wenn es zur Abwechslung mal nichts Gefährliches ist. Man hat bereits auf mich geschossen und entführt wurde ich auch schon«, erinnerte Jessica Lizzy zum hundertsten Mal. »Ich hab nichts gegen Observierungen. Die langweilen mich zwar zu Tode, aber wenn du nichts anderes hast, mach ich so was.« Jessica hob warnend einen Zeigefinger. »Aber das soll nicht heißen, dass ich einem Unbekannten auf dem Highway weiter als zehn Kilometer nachfahre. Längere Verfolgungsfahrten überlasse ich dir und deinem Freund.«

Lizzy bemühte sich, Jessica zuzuhören, aber ihr schwirrten im Augenblick so viele Gedanken im Kopf herum, dass sie sich nicht richtig konzentrieren konnte. Vor zwei Monaten war sie mit ihrem Freund Jared, einem FBI-Agenten, zusammengezogen. Die Beziehung lief gut, aber Lizzy fiel es schwer, sich an ihre neue Umgebung zu gewöhnen. In ihrer alten Wohnung hatte sie jeden Gegenstand mit verbundenen Augen finden können – die Schere, Schreibzeug, ihre Pistole. Bei Jared war alles anders und das ging ihr auf die Nerven. Wahrscheinlich war es an der Zeit, darüber mit ihrer Therapeutin zu reden.

»Stimmt irgendwas nicht? Ach ja, das mit Hayley geht dir unter die Haut, oder?«, fragte Jessica. »Hast du schon von dem Anwalt gehört?«

»Noch nicht. Aber wir müssten bald erfahren, wann sie entlassen wird.« Lizzy wühlte in dem Papierkram auf ihrem Schreibtisch herum, fand eine Aktenmappe und gab sie Jessica. »Ich möchte, dass du noch heute mit Danielle Cartwright anfängst.«

Jessica setzte sich auf einen Stuhl vor Lizzys Schreibtisch und überflog den Inhalt der Mappe. »Danielle Cartwright, neununddreißig Jahre alt«, las sie laut. »Dreimal verheiratet und …«

»Um es kurz zu machen«, fiel Lizzy ihr ins Wort, »Danielle fällt immer wieder auf Männer rein, auf die die Bezeichnung Frauenheld passt. Das hat bei ihr einen üblen Nachgeschmack hinterlassen. Ihre bisherigen Erfahrungen mit Männern haben sie misstrauisch gemacht, was sie jedoch nicht davon abhält, sich mit einem Mann namens Dominic Povo zu verloben.«

»Sie traut ihm nicht?«

»Sie traut keinem. Dafür ist sie schon viel zu oft auf die Schnauze gefallen.«

Jessica blätterte weiter. »Sie will also, dass wir diesen Povo unter die Lupe nehmen. Kann ich verstehen.«

»Ich möchte, dass du einen gründlichen Backgroundcheck vornimmst, und zwar das Gesamtpaket: Vorstrafenregister, Einträge beim Kraftfahrzeugamt, sämtliche Adressen, wo er bisher gewohnt hat, Kreditauskünfte, sämtliche Telefonnummern. Name, Geburtsdatum und Sozialversicherungsnummer.«

»Okay«, sagte Jessica. »Weiß Danielle, dass sie mit mir zu tun haben wird?«

Lizzy nickte, nahm eine weitere Aktenmappe von dem Stapel auf ihrem Schreibtisch und gab sie Jessica. Eine Liste war mit einer Büroklammer an die Vorderseite geheftet.

Jessica überflog die Liste und murmelte: »Fünf davon sind Fälle wegen Verdachts auf Versicherungsbetrug im Zusammenhang mit Arbeitsunfällen. Das heißt, ich werde jeden Tag im Auto sitzen.«

Lizzy nickte wieder.

»Und der letzte Name auf der Liste ist Adele Hampton«, sagte Jessica. »Wieder so eine Adoptionsgeschichte – eine Mutter sucht ihre Tochter, die sie vor achtzehn Jahren weggeben musste.«

»Glaubst du, du schaffst das alles?«

Jessica stand auf. »Ich mach mich am besten gleich an die Arbeit.«

»Das wäre super.« Lizzy überflog eine weitere E-Mail, hatte aber keine Lust, sie sofort zu beantworten. Sie kratzte sich an der

Stirn, nahm ein Gummiband aus der obersten Schublade, mit dem sie immer ihr aschblondes Haar zu einem Pferdeschwanz zusammenband, und kaute wieder an ihrem Bleistift.

Es hatte keinen Sinn.

Bevor sie sich mit Jared zusammensetzte und ihm erklärte, dass sie überlegte, zurück in ihr Apartment zu ziehen, würde sie eh nicht viel Arbeit erledigen können.

KAPITEL 3

Ich bin krank, das weiß ich. Wie könnte ein normaler Mensch tun, was ich getan habe? Es war, als hätte eine andere Person in mir gesteckt.

– Albert DeSalvo

Maureen und Charles Baker
Placer County
August 2011

Maureen strich mit den Fingern über die Ledersitze. Sie hatte noch nie in einer Limousine gesessen, wollte aber schon immer einmal in einer fahren. Sie betrachtete ihren Ehemann Charles mit einem sehnsüchtigen Blick. In ihren fünfzig Jahren Ehe hatte sich nicht oft die Gelegenheit geboten, in einem vornehmen Restaurant zu speisen, aber heute Abend war ein besonderer Anlass. Ein Freund und Mitglied ihres Bridgeklubs hatte einen kurzen Artikel über ihre bevorstehende goldene Hochzeit verfasst. Daraufhin hatte ein Mann bei den Bakers angerufen und Maureen erzählt, dass ein anonymer Spender in der Lokalzeitung die Story über ihre langjährige Beziehung gelesen habe. Der große Unbekannte wolle dem Paar einen unvergesslichen Abend bereiten – ein bisschen Luxus zum Liebesjubiläum, wie er sich am Telefon ausgedrückt habe.

Obwohl Charles nicht viel davon hielt, dass ein Fremder ihnen ein Essen spendierte, wollte er seiner Frau diese einmalige Gelegenheit nicht vorenthalten. Um einen Tisch im *La Vue* zu bekommen, einem bekannten Nobelrestaurant in der Gegend, musste man schon jemand sein. Maureen hatte darüber fantasiert, seit sie sich kannten. Aber jetzt, da Charles Rentner war, hatten sie nicht viel Geld und konnten sich einen solchen Luxus nicht leisten. Maureen freute sich auf den in Speck gehüllten Lachs und hoffte, Charles zu einem auf Holzkohle gegrillten New-York-Strip-Steak mit Balsamsoße und Mangoldgemüse zu überreden. Beim Gedanken daran knurrte ihr der Magen, und das Wasser lief ihr im Mund zusammen.

Sie betrachtete erneut Charles. Ihr gefiel die Art und Weise, wie er sich für den Abend elegant gekleidet hatte – vor allem wenn man bedachte, dass er nichts so sehr hasste, wie sich in Schale zu werfen und in ein vornehmes Restaurant zu gehen. Ihr Mann hatte viele Jahre in der Marine gedient. Ende der Sechziger- und Anfang der Siebzigerjahre hatte er als Angehöriger der Navy SEALs, den Elitekampfschwimmern der US-Marine, in Vietnam an geheimen Einsätzen hinter feindlichen Linien teilgenommen und einen militärischen Orden, das *Purple Heart*, empfangen. Von Natur aus misstrauisch, hatte er das Restaurant angerufen und nachgefragt, ob dort wirklich jemand einen Tisch auf ihren Namen reserviert hätte. Dies traf in der Tat zu.

Charles war ihr Beschützer und sie fühlte sich in seiner Gegenwart sicher.

Maureen trug ihr bestes Kleid, dasselbe, das sie anlässlich der Beerdigung ihres Nachbarn gekauft hatte – Gott sei seiner Seele gnädig.

Der Wagen war zwar keine Stretchlimousine, aber lang genug, dass drei weitere Paare hineingepasst hätten, dachte Maureen. Sie konnte ihre Aufregung kaum verbergen.

Charles dagegen war nach wie vor misstrauisch. Er wandte seinen Blick vom Fenster ab und sah Maureen an. »Wie heißt unser Fahrer?«

»Andy.«

»Liegt *La Vue* nicht in der Innenstadt?«

»Schon, aber ich weiß die genaue Adresse nicht«, sagte sie und machte eine wegwerfende Handbewegung. »Der Anrufer meinte, dass bei diesem Jubiläumsevent ein paar Überraschungen eingeplant seien. Also mach dir bitte keine Sorgen.«

Charles seufzte. »Ich bin schon mal hier entlanggefahren. Wenn er nicht bald von dieser Straße abbiegt, kommt ewig nichts als Farmland und Kühe.«

»Ach, komm schon, Charles. Jetzt verdirb uns bitte nicht den Abend. Wie oft gehen wir schon aus? Genieße es einfach. Du hast doch selbst im Restaurant angerufen.«

Obwohl Charles nach wie vor an seiner Krawatte herumfummelte und zum Fenster hinausstarrte, konnte Maureen sehen, dass ihr Mann sich Mühe gab, nicht allzu verkrampft zu wirken. Leider war er nicht der Typ, die Dinge einfach locker zu nehmen.

Durch einen Lautsprecher im hinteren Teil des Wagens ertönte plötzlich eine angenehme Männerstimme. »Gönnen Sie sich ruhig ein Gläschen Sekt. Er ist gekühlt und trinkfertig. Spendiert von *La Vue*, mit den besten Wünschen.«

Die gedämpfte Beleuchtung im Inneren des Wagens erschwerte die Sicht, aber als Maureen sich umsah, bemerkte sie schließlich die Sektflasche, die eingewickelt in eine dunkle Stoffserviette in einem Eiskübel ruhte. Charles streckte die Hand danach aus, sah, dass die Flasche offen war, und schenkte Maureen ein Glas ein.

Da er wusste, dass es Streit geben würde, wenn er nicht mittrank, goss er sich ebenfalls ein. »Zum Wohl«, sagte er und stieß mit Maureen an. »Auf die besten fünfzig Jahre meines Lebens.«

»Ich liebe dich, Charles.«

»Ich dich auch.«

Er führte das Glas an die Lippen, trank aber nicht, da er Sekt noch nie gemocht hatte. Maureen leerte ihr Glas in wenigen Schlucken. Einerseits freute Charles sich für seine Frau, dass sie in derart froher Stimmung war, andererseits wurde er das Gefühl nicht los, dass irgendetwas nicht stimmte. Er versuchte, durch die getönte Trennscheibe einen Blick auf den Fahrer zu erhaschen, sah aber nur einen dunklen Schatten.

»Charles, was glaubst du wohl, was Mitch und Carol sagen werden, wenn wir ihnen von diesem Abend erzählen?«

Er verzog das Gesicht zu einer Grimasse. »Mitch wird froh sein, dass es mich erwischt hat, anstatt ihn.«

Maureen lachte. Normalerweise beruhigte ihr Lachen ihn, aber nicht in diesem Augenblick. Er war eindeutig nervös – ein Zustand, der mit jedem zurückgelegten Kilometer schlimmer wurde.

»Wenn Sie möchten, Mister Baker«, meldete sich die Stimme, »kann ich Ihnen auch einen Whiskey der Marke *Woodford Reserve* anbieten.«

Charles und Maureen gingen nur selten aus und hatten wenige Freunde. Dennoch wusste man im *La Vue* offensichtlich, dass *Woodford Reserve* sein liebster Whiskey war. Er wandte seinen Blick von dem dunklen Schatten ab, der am Steuer der Limousine saß, und sah seine Frau an. Maureen hatte gerade ihr zweites Glas Sekt ausgetrunken und lehnte sich gegen die Kopfstütze. Als sie den Blick ihres Mannes bemerkte, lächelte sie.

»Wer hat für diesen Abend bezahlt?«, fragte Charles.

»Das wollte ich auch wissen, aber wie es scheint, will der großzügige Spender anonym bleiben.«

»Du hast also nie mit der Person oder den Leuten gesprochen, die das alles arrangiert haben?«

Maureen schloss die Augen. »Charles, ich bitte dich, wir haben das jetzt schon mehrmals durchgekaut. Du hast doch selbst im Restaurant angerufen. Jemand hat in der Lokalzeitung über unsere goldene Hochzeit gelesen. Vielleicht hat der Unbekannte genau wie wir gleich nach der Highschool geheiratet.«

»Das erklärt aber immer noch nicht, warum er uns zu unserem Hochzeitstag eine Feier spendiert.«

»Kann doch sein, dass er sich gut dabei fühlt« – für einen Augenblick schien sie den Faden zu verlieren, bevor sie weitersprach –, »wenn er anderen Leuten Gutes tut.«

Charles lehnte sich zu seiner Frau hinüber. »Und woher weiß er, dass *Woodford Reserve* mein Lieblingswhiskey ist?«

Als sie nicht antwortete, berührte Charles seine Frau an der Schulter und schüttelte sie. »Maureen, bist du eingeschlafen?« So kannte er sie gar nicht – Maureen hielt eigentlich nie zwischendurch ein Nickerchen, vor allem nicht, wenn es keinen guten Grund dafür gab. »Maureen«, wiederholte er und erschrak dabei über die Panik in seiner Stimme, »wach auf.«

Keine Reaktion.

Er legte ein Ohr auf ihre Brust und horchte. Ihr Herz schlug noch. Sie lebte also. Aber etwas war hier ganz gewaltig faul.

Plötzlich kam ihm ein Gedanke, und er nahm die Sektflasche aus dem Kübel und sah sie sich genauer an. Er roch daran, steckte einen Finger in den Flaschenhals und leckte ihn ab. Es schmeckte eindeutig bitter.

Charles rutschte auf dem Sitz nach vorne, näher an die Glasscheibe, die ihn von dem Fahrer trennte, und klopfte dagegen. »Öffnen Sie sofort dieses Fenster!«

Der dunkle Schatten rührte sich nicht.

Charles schlug mit der Faust gegen die Scheibe. »Drehen Sie auf der Stelle um und bringen Sie uns nach Hause!« Zum ersten Mal in seinem Leben bereute er, dass er sich nie ein Handy zugelegt hatte. Er weigerte sich, diesen modernen Schnickschnack zu kaufen. Seiner Auffassung nach verschwendeten die meisten Leute mit Handys und Computern nur Zeit.

»Wussten Sie eigentlich, dass Ihre Frau ein Tagebuch geführt hat?«, fragte die Stimme über den Lautsprecher.

»Bringen Sie uns unverzüglich nach Hause«, wiederholte Charles und durchsuchte gleichzeitig das Hintere des Wagens nach einem Gegenstand, mit dem er sich im Notfall verteidigen könnte, falls der Fahrer auf die Idee käme, anzuhalten.

»Fünfzig Jahre lang hat Ihre Frau von einem einzigen Mann geträumt. Aber der waren nicht Sie.«

»Seien Sie still, Sie Wahnsinniger.«

»Harry Thompson. So hieß der Mann, nach dem sie sich fünfzig Jahre lang gesehnt hat und den sie am liebsten geheiratet hätte.«

Charles beendete seine hektische Suche nach einer Waffe und starrte den Schatten durch die dicke Trennscheibe an. »Woher kennen Sie überhaupt Harry Thompson?«

»Woher ich ihn kenne, ist unwichtig. Aber *was* ich über ihn und Ihre Frau weiß, dürfte Sie brennend interessieren.«

»An Harry Thompson interessiert mich rein gar nichts.« Charles schüttelte den Kopf und wunderte sich, warum er überhaupt mit diesem Irren redete. »Maureen wollte mit diesem Langweiler nichts zu tun haben.«

»Wenn sie ihn für einen Langweiler hielt, wieso war sie dann mit ihm sechs Wochen in Italien in Urlaub, während Sie im Dschungel von Vietnam an geheimen Einsätzen teilgenommen haben?«

Charles versuchte, sich von diesem Verrückten nicht durcheinanderbringen zu lassen. »Sie war dort mit ihren Freundinnen«, sagte er ruhig. »Ich habe die Urlaubsfotos gesehen. Ich falle auf Ihre Masche nicht rein.«

»Und was ist meine Masche, Charles?«

»Sie sind nichts weiter als ein dahergelaufener Spinner, der sich einen Spaß daraus macht, anderen Leuten einen Streich zu spielen.«

»Wieso würde ich so etwas tun?«

»Weil Sie sich dabei irgendwie toll vorkommen. Sie leiden unter einem niedrigen Selbstwertgefühl und wollen sich anderen überlegen fühlen. Ich hasse es, Ihnen das sagen zu müssen, aber Sie sind nichts als menschlicher Abschaum.« Charles warf einen Blick auf die Sektflasche und rutschte näher an sie heran. »Was wollen Sie jetzt tun?«, fragte er. »Sie haben doch sicher einen Plan, oder?«

Charles wartete erst gar nicht die Antwort des Fahrers ab, sondern packte die Flasche am Hals und schlug damit gegen die Trennscheibe. Die Flasche zerbrach, und Sekt spritzte Charles ins Gesicht. Das getönte Panzerglas hatte nicht einmal einen Sprung abbekommen.

»Harry hat Ihre Frau fünfzig Jahre lang gevögelt«, sagte die Stimme.

Ein Adrenalinstoß pumpte durch Charles' Adern und ließ seine Hände zittern. Er lehnte sich zurück in die Sitzpolster und trat mit beiden Füßen so fest gegen die Scheibe, dass sie in tausend Teile zersplitterte.

Die Limousine geriet ins Schleudern und Charles schlug hart auf dem Boden des Fußraums auf. Der schlaffe Körper seiner Frau rollte vom Sitz und fiel auf ihn. Charles kroch unter ihr hervor, richtete sich auf Knien auf und sah im Rückspiegel die Augen des Fahrers. Bevor dieser reagieren konnte, streckte Charles eine Hand durch den zerbrochenen Glasrahmen und packte den dürren Mann am Hals. Er mochte zwar schon über siebzig sein, dachte er, aber er war immer noch bestens in Form. Als junger Mann konnte er einen Gegner mit bloßen Händen töten. Er hatte es damals getan und würde es wieder tun.

Der Fahrer riss das Steuer hart nach links herum, worauf Charles zur Seite geschleudert wurde. Er konnte gerade noch rechtzeitig die Arme ausstrecken, um nicht mit dem Gesicht gegen die Tür zu knallen. Sein Blick fiel auf die zerbrochene Sektflasche, die sich unter dem Ledersitz verkeilt hatte. Charles kroch auf sie zu, packte erneut den Flaschenhals, richtete sich auf, schob die Hand durch die kaputte Trennscheibe und stieß dem Fahrer das scharfe, zackige Glas ins Ohr.

Die Limousine geriet wieder ins Schleudern, fuhr nach links, dann nach rechts, bis sie schließlich über eine unebene Böschung raste und sich überschlug. Charles wurde durcheinandergewirbelt und biss sich auf die Zunge, während er sein Bestes versuchte, seine Frau vor Verletzungen zu bewahren. Im selben Moment, als das Fahrzeug gegen etwas Hartes prallte, schlug er heftig mit dem Kopf an die Tür. Ein brennender Schmerz durchzuckte seinen Schädel, bevor es vor seinen Augen dunkel wurde.

KAPITEL 4

Ich dachte: Um Gottes willen, was habe ich nur getan? … Mir war klar, dass ich in ernsthaften Schwierigkeiten steckte. Da dachte ich mir, dass ich am besten aus dieser verfahrenen Situation herauskäme, wenn ich dafür sorgte, dass sie niemandem etwas sagen konnte.

– **Peter Sutcliffe**

Davis
Montag, 30. April 2012

Lizzy kam nach einem langen Tag im Büro nach Hause, duschte, bürstete sich die Zotteln aus den Haaren und zog sich ein T-Shirt mit V-Ausschnitt und eine graue, tief sitzende Jogginghose an.

Ein Geräusch am Schlafzimmerfenster ließ sie schaudern.

Einen Augenblick lang stand sie nur da, starrte und wartete.

Schließlich überwand sie sich und ging einen Schritt auf das Fenster zu. Ihre Beine fühlten sich schwer an. Als sie die Hand nach der Jalousie ausstreckte, bekam sie Herzrasen und feuchte, zitternde Hände. Angst konnte eine subtile und gleichzeitig unheimliche Emotion sein, die einem die Kehle zuschnürte und einen kribbelnden Schauder über den Rücken jagte.

»Das Abendessen ist fertig«, sagte Jared und betrat das Zimmer.

Lizzy legte eine Hand auf die Brust und atmete erleichtert aus.

Sie hatte gehofft, dass es ihr besser gehen würde, wenn sie mit Jared zusammenzog, aber sie hatte sich geirrt.

Die Angst, die zu überwinden sie sich so hart erarbeitet hatte, war mit voller Wucht zurückgekehrt und ließ sie beim geringsten Geräusch erschrecken und in Panik verfallen. Im Gegensatz zu früher hatte die Angst dieses Mal keinen Namen, sondern nur ein böses Antlitz ohne feste Konturen, verhüllt in Finsternis und Verzweiflung. Sie beeinflusste Lizzys tägliche Aktivitäten: ihre Träume, ihre Gedanken, ihre Beziehung mit Jared.

»Tut mir leid, dass ich dich erschreckt habe.«

»Du brauchst dich nicht zu entschuldigen«, sagte sie und wunderte sich, wie normal ihre Stimme klang. »Es ist alles in Ordnung.«

Jared trat an sie heran und schloss sie in seine Arme. »Du zitterst ja.«

»Es ist wirklich alles in Ordnung«, wiederholte sie, ehe sie sich aus seiner Umarmung löste und das Zimmer verließ.

Er folgte ihr die Treppe hinunter und in die Küche, wo er in ihrer Nähe stand und ihr zusah, wie sie einen Schrank öffnete und ein Weinglas herausnahm. »Wein?«, fragte sie.

»Ja, gerne.«

Sie holte ein zweites Glas und ertappte sich dabei, dass sie Jareds Profil anstarrte, während er eine Flasche *Selene Cabernet* aufmachte. Er hatte ein markantes Kinn und eine gerade Nase, und seine dunklen, dichten Haare lockten sich ein wenig um die Ohren. Er sah gut aus, wie immer, aber auch müde.

Lizzy vergaß darüber völlig den Wein und fuhr mit den Fingern durch ihre feuchten Haare. Sie hatte nur kurz zu Jared Hallo gesagt und war dann gleich nach oben gerannt, um zu duschen. Sie konnte sich nicht daran erinnern, wann sie ihn das letzte Mal gefragt hatte, wie sein Tag war. »Wie geht es dir?«

Jared blickte nicht auf, zuckte nicht einmal mit den Augenlidern, nichts, mit dem er sich anmerken ließ, dass er sie überhaupt gehört hatte. Stattdessen konzentrierte er sich weiterhin auf das, was er gerade tat. Aber Lizzy wusste, dass er krampfhaft überlegte und seine Worte mit Bedacht wählte, um ja nichts Falsches zu sagen. *Was sagt man zu einer verrückten Frau?*

Sie wohnte seit zwei Monaten mit ihm zusammen, aber es funktionierte nicht. Der Schrecken, die Albträume und die ständige Alarmbereitschaft plagten sie immer noch, schlimmer als je zuvor, nahe und allgegenwärtig wie alte Freunde. Es hatte keinen Zweck. Sie hatte sich etwas vorgemacht, als sie geglaubt hatte, dass die Angst und die Panik von alleine verschwinden würden.

Ein Seufzer entwich seinen Lippen, als er sich ihr zuwandte und sie mit seinen dunklen Augen musterte, als suchte er etwas, für das es sich zu kämpfen lohnte – eine Prise Optimismus, ein Schuss Hoffnung, irgendetwas, das ihre Beziehung davor bewahrte, einen Schlammhügel hinunterzurutschen. Sich für eine kurze Zeit im Schlamm zu wälzen, war nicht so schlimm, aber es konnte verdammt schwierig sein, wieder aufzustehen und nach oben zu steigen.

»Bereust du es, dass du mich gebeten hast, mit dir zusammenzuziehen?«, fragte Lizzy.

»Auf gar keinen Fall«, erwiderte Jared und rang sich ein Lächeln ab. »Ich bin froh, dass du bei mir bist.«

»Ich komme meistens sehr spät von der Arbeit nach Hause«, sagte sie, »und dann springe ich unter die Dusche und rede kaum mit dir. Ich habe Schwierigkeiten, mich zu konzentrieren, und fahre vor Schreck zusammen, wenn du das Zimmer betrittst. Und es wird nicht besser, sondern schlimmer.«

»Du brauchst einfach noch ein bisschen mehr Zeit, bis du dich an deine neue Umgebung gewöhnt hast.«

»Ich bin jetzt schon seit zwei Monaten hier.«

Jared zuckte mit den Schultern. »Ob es nun zwei Monate oder zwei Jahre dauert, spielt für mich keine Rolle, Lizzy. Ich setze dir keine Frist.«

»Dasselbe hat Linda Gates auch gesagt.«

»Sie ist eine kluge Frau.«

Ihre Therapeutin hatte recht, und Jared ebenso. Sie brauchte einfach noch etwas Zeit.

Jared schenkte ihr Wein ein. Sie nahm das Glas entgegen und folgte ihm zur Couch. Im Fernsehen liefen gerade die Nachrichten. Eine Reporterin verkündete mit einer Stimme, in der Bestürzung mitschwang, dass der Liebespaarmörder wieder zugeschlagen habe. Ihre Meldung, dass die Polizei zwei neue Leichen gefunden hatte, verbreitete zweifellos Angst und Schrecken unter den mehr als eine Million Einwohnern von Sacramento County.

Lizzy saß neben Jared auf der Couch und zog die Füße unter sich. »Schon wieder ein Doppelmord?«

»Zwei Leichen an verschiedenen Fundorten, die mehrere Kilometer voneinander entfernt liegen. Das eine Opfer wurde erwürgt, das andere erstochen. Für die Medien ist es noch zu früh, um diese Verbrechen eindeutig dem Liebespaarmörder zuzuordnen. Die beiden Opfer waren nicht verheiratet, kannten sich aber seit ihrer Kindheit und gingen vor Kurzem eine feste Beziehung ein. So eine Art Sandkastenliebe. Außerdem lebten sie zusammen. Eine Woche vor den Leichenfunden meldete der Mann die Frau als vermisst. Wenn diese Morde wirklich auf das Konto des Liebespaarmörders gehen, steht uns eine Menge Arbeit bevor. Jedes bisher gefundene Paar wurde auf eine andere Art und Weise umgebracht. Es gibt weder ein festes Strickmuster noch eine besondere Tötungsart. Das Einzige, was die Opfer miteinander verbindet, ist die Tatsache, dass sie feste Beziehungen hatten.«

»Du glaubst also nicht, dass diese neuesten Morde das Werk des Liebespaarmörders waren?«

»Für eine solche Schlussfolgerung ist es noch zu früh. Die Taskforce arbeitet daran. In ein paar Tagen liegen uns erste Berichte vor. Es ist jedoch äußerst unwahrscheinlich, dass hinter dieser Mordserie, die sich über ein paar Jahre erstreckt, ein einziger Psychopath steckt.«

»Was ist mit dem älteren Paar, das letztes Jahr verschwand? Hat man sie jemals gefunden?«

Jared schüttelte den Kopf. »Maureen und Charles Baker gelten immer noch als vermisst.«

Lizzy nippte an ihrem Wein und betrachtete Jared über den Rand ihres Glases hinweg. Vor neun Monaten hatte das FBI ihren Freund der Taskforce zugeteilt, die im Fall des Liebespaarmörders ermittelte. Die Mitglieder der Taskforce arbeiteten eng mit dem *National Center for Analysis of Violent Crimes* zusammen, einer Abteilung des FBI, die sich besonders auf Serienmorde und schwere Gewaltverbrechen spezialisierte. Im Rahmen dieser Zusammenarbeit musste Jared viel reisen, ließ sich den Stress und die Erschöpfung jedoch kaum anmerken.

»Wie schaffst du das nur?«

»Wie schaffe ich was?«

»Dass du in einigen der schlimmsten Mordfälle im ganzen Land ermittelst und dabei deine positive Einstellung nicht verlierst.«

»Manchmal setzt mir das ganz schön zu, falls deine Frage darauf hinausläuft.«

»Ja, genau das wollte ich wissen. Wie bringst du es fertig, in einer kranken Welt seelisch gesund zu bleiben?«

»Wenn ich abends nach Hause komme, schalte ich ab, so gut es geht. Ich tue mein Bestes. Mehr kann man von niemandem verlangen.«

»Darin liegt der Unterschied zwischen mir und dir«, sagte Lizzy. »Ich kann anscheinend nicht abschalten. Rein rational verstehe ich, dass ich genau das tun sollte, aber dann kommen mir diese furchtbaren Erinnerungen hoch, wenn ich am allerwenigstens damit rechne.«

»Meine Aufgabe besteht darin, Verbrecher zu fangen und sie davon abzuhalten, weitere Opfer zu finden. Du warst ein Opfer. Darin liegt der Unterschied zwischen uns beiden. Du bist zu hart zu dir selbst. Weißt du, was ich am meisten hasse? Verbrecher werden erwischt und kommen hinter Gitter. Vielleicht sterben sie vorher«, sagte Jared. »Aber die Schäden, die sie ihren Opfern zufügen, dauern ewig an.«

Lizzy wusste, dass ihr Freund sie damit meinte, aber sie wusste nicht, was sie darauf erwidern konnte, damit Jared oder sie sich besser fühlte. Also schwieg sie.

»Ich will dir damit nicht sagen, du sollst deine Vergangenheit hinter dir lassen oder darüber hinwegkommen. Es tut mir in der Seele weh, dass ein Schurke es schafft, selbst von seinem Grab aus einen Menschen zu verletzen, den ich liebe. Aber du bist die Einzige, die wieder in Ordnung bringen kann, was in dir zerstört wurde. Du sollst jedoch wissen, dass ich immer für dich da bin. Ich kann dir zuhören, ich kann dich nachts in den Arm nehmen und dir sagen, dass alles wieder gut wird. Aber nur du allein kannst deine inneren Dämonen bekämpfen.«

Lizzy stellte ihr Weinglas auf den Beistelltisch und legte ihren Arm um seine Hüfte. Sie brachte es noch nicht über sich, ihm vorzuschlagen, wieder in ihre eigene Wohnung zu ziehen. Vielleicht würde sie das nie fertigbringen. Sie hatte keine Ahnung, was die Zukunft bringen würde und wie lange sie mit Jared zusammenleben und in seinem Bett schlafen konnte, ohne mitten in der Nacht in Weinkrämpfe auszubrechen. Sie wusste zwar, dass Jared einen Weg finden würde, die Herausforderungen ihres gemeinsamen Lebens anzupacken, aber sie wusste nicht, wie sie das anstellen sollte … oder ob sie es überhaupt konnte.

KAPITEL 5

Mein erster Mord gab mir einen Kick. Ich hatte mich nun endgültig für einen Beruf entschieden. Den Beruf des Mörders.

– John Christie

Rene und Harold Lofland
Sacramento
März 2012

Manchmal versteckte er sich auf einer Wiese im hohen Gras, duckte sich hinter dem Steuer eines gestohlenen Fahrzeugs oder machte es sich – wie in diesem Augenblick – in dichtem Gebüsch so bequem wie möglich. Stachelige Äste kratzten an seinen Armen.

Während er auf der Lauer lag, schweiften seine Gedanken von einer Sache zur anderen, von der Vergangenheit in die Gegenwart und zu einigen Menschen, die seine Wege gekreuzt hatten. Er dachte gerne an seine Mordopfer und seine Besuche an deren Gräbern. Er liebte es, die Videoaufnahmen, die er gemacht hatte, immer wieder anzusehen. Und ganz besonders gefiel es ihm, Bücher über operative Fallanalyse – das sogenannte Profiling – und Geschichten über andere Serienmörder zu lesen. Außerdem sammelte er Zitate von berühmten

Mördern und sah sich im Fernsehen Sendungen über wahre Kriminalfälle an.

Was ihn allerdings auf die Palme brachte, waren die Ex-FBI-Agenten, die sich für Profiling-Experten hielten. Eine absurde Vorstellung. Diese Typen prahlten damit, wie sie einigen der gefährlichsten und berüchtigtsten Psychopathen gegenübersaßen. Aber in Wirklichkeit befanden sie sich in einem Raum mit Mördern, die Hand- und Fußfesseln trugen und obendrein unter ständiger Beobachtung durch Sicherheitspersonal standen, das nur darauf wartete, einzuschreiten, sobald der Killer auch nur einen Finger rührte.

Viel Lärm um nichts.

Diese sogenannten Experten hatten einfach keinen blassen Schimmer. Die Einzigen, die wirklich dem Wahnsinn ins Auge blickten, waren gewöhnliche Leute wie Mr und Mrs Lofland, das Ehepaar, das er gerade beobachtete und zuvor mehrere Monate lang beschattet hatte. Wenn jemand das Böse aus nächster Nähe sah, dann waren es Leute wie die Loflands, und nicht irgendein dahergelaufener Mordermittler oder Profiler, der sich hinter seinem Schreibtisch verschanzte und mit einem Mann in Handschellen sprach.

Über so viel Dummheit konnte er nur den Kopf schütteln. Wahrscheinlich verdienten diese Idioten mit ihren Büchern ein Schweinegeld. Er musste es wissen, denn er hatte die meisten davon gekauft und gelesen. Was für ein Witz.

Einer der Gründe, warum das FBI ihn nie erwischen würde, bestand darin, dass er seine Vorgehensweise immer wieder änderte. Mal tötete er junge Leute, mal alte, verheiratete oder unverheiratete. Mal erschoss er seine Opfer, mal erstach oder erdrosselte er sie. Und trotz der Tatsache, dass er sich für einen vielseitigen Mann hielt, der mehrere Namen verdiente, brachten die Medien es fertig, ihm nur einen zu geben: der Liebespaarmörder. Er zuckte mit den Schultern. Am Anfang hatte er seine Morde wahllos begangen, aber als er in seinem Handwerk besser wurde, begriff er zunehmend, warum er diese

Verbrechen beging. Es ging ihm nicht einzig und allein darum, Paare zu töten, sondern um die Liebe an und für sich.

Wenn es ihm schon nicht vergönnt war, zu lieben und geliebt zu werden, warum dann anderen Menschen?

Er hatte schon daran gedacht, einen Bekennerbrief an die Medien zu senden, in dem er seine Motivation offenlegte, hatte den Gedanken jedoch wieder verworfen. Mörder, die bewusst Hinweise hinterließen und Briefe schrieben, wurden stets geschnappt. Natürlich war die Vorstellung verlockend, die Polizei zu ärgern – zumal ihm Psychospielchen Spaß machten. Aber am Ende hatte er davon Abstand genommen. Er hatte schon genug mit den Bullen zu tun gehabt.

Wie, so fragte er sich, würde ihn die Nachwelt beschreiben, wenn er erst einmal tot wäre? Er hatte zwar nicht vor, erwischt zu werden, aber am Tod führte über kurz oder lang kein Weg vorbei. Würde man an seiner Leiche eine Obduktion vornehmen? Wenn ja, würde man den Bericht in einfacher oder komplexer Sprache verfassen? Vielleicht würde man sich auf eine körperliche Beschreibung beschränken: einen Meter achtundsiebzig groß, achtundsechzig Kilo schwer, schlaksige Figur, große, runde, blaue Augen, die tief in ihren Höhlen lagen, riesige Füße. Als er noch viel jünger war, hüpften die Mädchen in der Schule auf dem Spielplatz um ihn herum und verspotteten ihn mit Namen wie *Bohnenstange* oder *Riesentreter*. Den Mädels machte es jedes Mal großen Spaß, sich an den Händen zu fassen und um ihn herum einen Ringelreigen zu tanzen. Wenn er sah, wie sie sich amüsierten, war er ebenfalls glücklich. Es war ihm egal, welche Schimpfwörter sie ihm an den Kopf warfen – Hauptsache, sie hörten nicht mit dem Herumhopsen auf. Es gefiel ihm, die sich entwickelnden Körper der pubertierenden Mädchen zu betrachten und ihnen unter die Röcke zu gucken. In der sechsten Klasse trugen nur wenige Mädchen einen BH – ein weiteres Plus. *Nennt mich, was ihr wollt, Mädels, aber bitte hört nicht auf zu tanzen.* Diese Gedanken gingen ihm damals durch den Kopf. Er hatte sich oft gefragt, ob sie dieses Spiel auch dann gespielt hätten, wenn sie gewusst hätten, wie sehr ihm diese Darbietung gefiel.

Er atmete aus und konzentrierte sich auf das Haus vor ihm. Er hatte Rene und Harold Lofland ein halbes Jahr lang observiert, zusammen mit ein paar anderen Paaren, die als potenzielle Opfer infrage kamen.

Noch nie war so viel Zeit zwischen zwei Morden vergangen. Die meisten Menschen, *Experten* eingeschlossen, hatten keine Ahnung, wie viel Geduld und Können man für seine Tätigkeit brauchte. Die meisten glaubten, dass Mörder spontan ausrasteten, eine Schusswaffe in die Hand nahmen und den erstbesten Menschen erschossen, der ihnen über den Weg lief. Verdammt noch mal, wie viel Spaß machte so etwas? Leute, bei denen für einen Augenblick die Sicherung durchbrannte und die ihre Tat später bereuten, waren keine Mörder. Sie waren einfach nur dumm.

Das Einzige, worüber er sich Sorgen machte, war, dass Rene Lofland womöglich eine große Frau war. In diesem Fall würde er mindestens die doppelte Dosis des Betäubungsmittels benötigen, das er gewöhnlich benutzte. Aber andererseits wäre es die Mühe wert. Er hatte schon einmal eine Kuh betäubt, das Tier geköpft und sich anschließend an dem Leichnam sexuell vergangen. Bei Mrs Lofland würde es wohl ähnlich sein.

Als es donnerte, durchliefen ihn gleichzeitig ein Zittern und ein Adrenalinschub. Wenn er gewusst hätte, dass es heute Nacht regnen würde, wäre er nicht erschienen. Und vielleicht hätte er die Aktion abgebrochen, wenn nicht plötzlich zwei starke Scheinwerfer die Einfahrt erleuchtet hätten.

Inzwischen kannte er das Haus, als wäre es sein eigenes. Er wusste auch, dass die Putzfrauen heute hier gewesen waren. Rene Lofland war äußerst pingelig, was ihre Teppiche anging. Ein Einbrecher konnte also unmöglich das Haus betreten, ohne dass sie gemerkt hätte, dass etwas nicht stimmte.

Er hatte es auf die Loflands abgesehen, a) weil er stets völlige Unbekannte als Opfer wählte, und b) weil die beiden sich wie verdammte Turteltäubchen benahmen. Als er sie vor vielen Monaten das erste Mal in der Baumschule gesehen hatte, erkannte er sofort, dass Rene in dieser Ehe die Hosen anhatte. Die Vorstellung, dass diese Frau der Boss war, sorgte dafür, dass er das Paar links liegen ließ. Aber eine halbe Stunde später intervenierte das Schicksal: Harold erlitt mitten auf dem Fußweg neben ein paar Obstbäumen einen Herzinfarkt und fiel um wie eine frisch gefällte Kiefer. Rene sank auf die Knie und weinte wie ein kleines Kind, bevor sie sich zusammenriss und Anweisungen brüllte, unter anderem »Ruft jemand neun, eins, eins!« und »Tut doch jemand was!« und »HILFE!«

Hinterher folgte er dem Rettungswagen zum Krankenhaus und ließ keine Gelegenheit aus, Rene über den Weg zu laufen, während Harold versorgt wurde. Rene hielt ihn anscheinend für jemanden, der einen kranken Familienangehörigen besuchte. Es interessierte sie nicht wirklich, was er dort machte – umso besser. Er half ihr und sie half ihm. Seine wahren Motive waren ihr damals verborgen geblieben, aber sie würde sehr bald mehr darüber herausfinden. Er konnte es kaum erwarten, ihr Gesicht zu sehen, wenn er ihr erzählte, wer er war und warum er hier war.

Ihr Gesichtsausdruck würde bestimmt Gold wert sein.

Sacramento
Dienstag, 1. Mai 2012

Eigentlich hatte Lizzy vorgehabt, noch vor fünf Uhr nachmittags ihr Büro zu verlassen, um ein paar Unterlagen bei Michael und Jennifer Dalton abzuliefern. Als sie dort ankam, war es fast sieben Uhr abends. *J&M Realty*, das Immobilienmaklerbüro, das den Daltons gehörte, lag in einer ruhigen Seitenstraße in der Innenstadt von Sacramento, eingezwängt zwischen einer Reinigung und einer Boutique. Lizzy wollte den Umschlag in den Briefkasten der Daltons werfen und danach Feierabend machen. Sie schaltete den Motor aus und atmete den Geruch nach neuem Auto ein. Nachdem ihr vorheriges Fahrzeug den Geist aufgegeben hatte, war ein nagelneuer Ford Escape, ein brauner, viertüriger Kompakt-SUV mit umweltfreundlichem Hybridantrieb und aerodynamischem Design, ihr Eigentum geworden.

Als sie sah, dass sich jemand im Büro aufhielt, nahm sie den Umschlag vom Beifahrersitz und stieg aus.

Die Eingangstür zu dem Maklerbüro stand offen. Jennifer Dalton telefonierte gerade, forderte Lizzy aber mit einer Handbewegung auf, hereinzukommen. Da Lizzy die Frau nicht zur Eile antreiben wollte, nahm sie auf dem Ledersessel vor Jennifers Schreibtisch Platz.

Jennifer war eine äußerst attraktive Frau mit einer perfekten Figur, braunen Augen und dichten, kastanienbraunen Haaren, die ihr leicht gewellt über die Schulter fielen. Die Zwillingsschwester von Cindy Crawford, dachte Lizzy. Und als ob das nicht schon genügte, hellte ihr strahlendes Lächeln den ganzen Raum auf. Als Jennifer und Michael das erste Mal zu ihr ins Büro gekommen waren und sie um Hilfe bei einem möglichen Unfallversicherungsbetrug eines Mitarbeiters gebeten hatten, war Lizzy beeindruckt gewesen, wie liebevoll die beiden miteinander umgingen. Zu ihrer Überraschung erfuhr sie, dass das Paar bereits seit fast fünfzehn Jahren verheiratet war. Angesichts der Tatsache, dass sie nicht voneinander lassen konnten, hätten sie als Frischvermählte durchgehen können.

»Ich weiß es durchaus zu schätzen, dass sich jemand die Mühe gemacht hat, eine solche Veranstaltung zu unserem Hochzeitstag zu planen, aber daraus wird leider nichts«, sagte Jennifer in den Telefonhörer. »Nein, das ist nicht nötig. Ja, ich verstehe, dass der Betreffende womöglich gekränkt sein wird, aber er wird bestimmt Verständnis haben.« Für einen Augenblick herrschte Schweigen, als Jennifer dem Anrufer zuhörte. »Mein Mann und ich haben bereits anderweitige Pläne. Ich bedaure, aber es bleibt bei meinem Nein. Ich muss jetzt wirklich Schluss machen. Tut mir leid.«

Jennifer klang extrem genervt. Wieder hörte sie dem Anrufer schweigend zu.

»Wenn Sie mir die Namen der Leute nennen, die wegen dieses Events bei Ihnen angerufen haben, setze ich mich direkt mit ihnen in Verbindung und kläre die Angelegenheit.«

Jennifers Schreibtisch quoll über von Broschüren, Einladungen und Listen.

Während sie dem Anrufer zuhörte, warf sie Lizzy einen Blick zu und verdrehte genervt die Augen. Nebenbei schrieb sie auf einen Notizblock. »Ja, das ist sehr freundlich von Ihnen«, sagte Jennifer, »aber ich muss jetzt wirklich Schluss machen.«

Nachdem sie aufgelegt hatte, sah sie Lizzy an und ließ die Schultern hängen. »Unglaublich. Der Kerl wollte sich partout nicht abwimmeln lassen.«

Lizzy erwiderte nichts darauf. Sie hatte Jennifer bisher erst ein einziges Mal getroffen, konnte aber ihren Frust gut verstehen. Es gab nichts Schlimmeres als einen hartnäckigen Telefonverkäufer, den man nicht loswurde.

»Wie Sie sehen«, sagte Jennifer und deutete mit einer ausladenden Handbewegung auf die Papiere auf ihrem Schreibtisch, »bereiten Michael und ich eine Party vor.« Sie stopfte halbfertige Notizen und Einladungen in einen offenen Aktenordner, knüllte die Gesprächsnotiz zusammen und warf sie in Richtung Papierkorb. Sie verfehlte das Ziel um etwa einen Meter.

Lizzy nickte. »Ja, ich erinnere mich, dass Michael irgendetwas von Ihrem bevorstehenden Hochzeitstag sagte.«

»Richtig.« Obwohl Jennifer lächelte, sah man ihr an, dass sie sich immer noch über den Anruf ärgerte. Sie rieb sich die Schläfen. »Dieser Mann am Telefon bestand darauf, Michael und mich vor der Party in einer Limousine abzuholen, aber ich habe bereits etwas mit einem anderen Ehepaar geplant. Wenn er mir wenigstens gesagt hätte, wer hinter der Idee mit dieser *besonderen Tour* steckt, hätte ich alles mit einem schnellen Anruf klären können. Ich glaube, der Typ hatte einfach Angst, in der jetzigen Wirtschaftskrise seinen Job zu verlieren. Das tut mir natürlich leid.«

»Verständlich«, stimmte Lizzy ihr zu.

»Verzeihen Sie mir«, sagte Jennifer, »dass ich Sie mit dieser Sache belästige. Sie haben bestimmt Besseres zu tun, als mir beim Jammern und Meckern zuzuhören.« Sie atmete tief durch. »Was haben Sie mir mitgebracht?«

»Den Vertrag für den Fall Simpson. Sobald Sie unterschrieben haben, kann ich mit meinen Ermittlungen anfangen.«

Jennifer nahm Lizzy den Umschlag aus der Hand, zog die Papiere hervor und überflog den Inhalt.

Der Vertrag war kurz und bündig. Darin stand, dass Lizzy während der nächsten paar Wochen maximal fünfzehn Observationsstunden berechnen würde. Ferner würde sie Simpsons Aktivitäten mithilfe von Videoaufnahmen und Fotos dokumentieren. Eli Simpson war ein Mitarbeiter von *J&M Realty*. Angeblich war er bei der Besichtigung eines zwangsversteigerten Hauses ausgerutscht und hingefallen. Er behauptete nun, als Folge dieses Unfalls an starken Schmerzen zu leiden und deshalb das Haus hüten zu müssen. Da die Versicherung den Schadensfall nicht schnell genug bearbeitete, hatten die Daltons Lizzy beauftragt, die nötigen Beweise zu besorgen, um die Angelegenheit zu beschleunigen. Sollten sich bei Simpsons Observation herausstellen, dass er gar nicht so schwer verletzt war, wie er behauptete, würde Lizzy sich in ein paar Wochen erneut mit Jennifer und Michael zusammensetzen und ihnen das belastende Bild- und Videomaterial zeigen. Das Ehepaar würde dann entscheiden, ob die Beweise ausreichten.

»Sieht einwandfrei aus«, sagte Jennifer und unterschrieb den Vertrag. »Michael und ich fänden es toll, wenn Sie unverzüglich mit Ihren Ermittlungen beginnen würden.« Sie erhob sich und ging mit dem Vertrag zum Kopiergerät. Kaum war sie verschwunden, klingelte das Telefon.

Beim dritten Läuten sprang der Anrufbeantworter an. »Unser Büro ist von acht Uhr morgens bis fünf Uhr nachmittags besetzt. Bitte hinterlassen Sie eine Nachricht. Wir rufen Sie innerhalb kurzer Zeit zurück.«

Nach dem Signalton ertönte eine Männerstimme: »Ich rufe wegen dem Haus in der Nähe des Guadalupe Drive in Eldorado Hills an.« Der Anrufer machte eine lange Pause. Anscheinend wartete er, dass jemand ranging. Im Hintergrund vernahm Lizzy ein Klimpern wie von Glöckchen, als hätte jemand gerade einen Antiquitätenladen betreten. »Es ist schon spät«, sagte der Mann schließlich. »Ich versuche es morgen noch einmal.«

Jennifer kam ins Zimmer gerannt und nahm den Hörer ab, aber der Anrufer hatte bereits aufgelegt. »Verdammt. Wir haben dieses Haus seit über einem Jahr auf dem Markt. Er hat nicht zufällig eine Telefonnummer hinterlassen?«

Lizzy schüttelte den Kopf. »Ich glaube nicht.«

»Sonst geht es hier nicht so hektisch zu«, sagte Jennifer, während sie die Kopien sortierte. »In letzter Zeit sind einfach zu viele verrückte Sachen passiert.«

»Was meinen Sie damit?«

Sie machte eine wegwerfende Bewegung mit ihrer manikürten Hand. »Anrufer, die einfach auflegen, totes Ungeziefer, seltsame nächtliche Geräusche … na, Sie wissen schon.«

Lizzy verstand nur Bahnhof. »Belästigt Sie ein Stalker?«

Jennifer hielt inne und schüttelte den Kopf. Dabei ließ sie ein wenig die Schultern hängen. »Meine Mutter ist vor einem halben Jahr verstorben. Seitdem habe ich das Gefühl, dass ich nicht besonders belastbar bin. Ich sollte einfach tief durchatmen und mich ein wenig entspannen. Es ist alles in Ordnung. Wahrscheinlich ärgern Sie sich jetzt, dass Sie vorbeigekommen sind.«

»Ganz und gar nicht«, versicherte Lizzy. »Ich möchte Ihnen wegen Ihrer Mutter mein Beileid aussprechen.«

»Danke.« Jennifer sortierte Kopien und Originale auseinander und achtete dabei darauf, dass sie nicht aus Versehen die Hochzeitsparty-Unterlagen dazumischte. Dann heftete sie das Vertragsoriginal wieder zusammen und überreichte es Lizzy zusammen mit einem Scheck. »Die Anzahlung ist beigefügt. Das sollte fürs Erste reichen.«

Lizzy steckte den Umschlag in ihre Tasche, erhob sich und gab Jennifer die Hand. »Ich mache mich sofort an die Arbeit und gebe Ihnen nächste oder übernächste Woche ein telefonisches Update.«

»Danke«, sagte Jennifer und begleitete Lizzy zur Tür. »Es sieht ganz nach Regen aus.«

Lizzy sah durch die Glastür zum Himmel, wo sich dunkle Wolken zusammenballten und nichts Gutes verhießen. Bevor sie die Tür öffnen konnte, erschien plötzlich auf der anderen Seite der Scheibe das Gesicht eines Mannes.

Jennifer stieß einen Schrei aus und sprang einen Schritt zurück.

Lizzy griff instinktiv nach der Pistole in ihrem Holster.

Jennifer legte eine Hand auf ihre Brust. »Es ist Michael.« Sie machte die Tür auf. »Du hast uns einen ganz schönen Schrecken eingejagt.«

Michael Dalton war etwa einen Meter neunzig groß und Ende dreißig, sah jedoch mit seinen blonden, vom Wind zerzausten Haaren, den breiten Schultern und seiner gesunden Bräune nicht einen Tag älter als neunundzwanzig aus. Er grinste seine Frau verlegen an. »Tut mir leid. Ich war überrascht, dass dein Auto immer noch draußen parkt. Ich wollte mich nur vergewissern, ob alles in Ordnung ist.«

Jennifer schenkte ihm ein versöhnliches Lächeln und deutete auf Lizzy. »Du erinnerst dich bestimmt an Lizzy Gardner. Sie hat mir gerade den Vertrag wegen dieser Simpson-Sache vorbeigebracht. Ich habe bereits unterschrieben, Kopien angefertigt und eine Anzahlung geleistet. Sie fängt unverzüglich damit an.«

»Super. Schön, Sie wiederzusehen«, sagte Michael und gab ihr die Hand.

»Ebenfalls.«

Michael trat ein, hielt Lizzy die Tür auf und sagte: »Sagen Sie mir Bescheid, wenn ich irgendetwas für Sie tun kann, um Simpson zu ertappen. Für mich gibt es nichts Schlimmeres als einen Trittbrettfahrer.«

»Mache ich«, sagte Lizzy. »Sie hören von mir.«

Als Lizzy ihre Wagentür aufsperrte, landeten ein paar Regentropfen auf dem Gehsteig. Sie legte den Gurt an, startete den Motor und warf einen letzten Blick auf das Maklerbüro. Michael Dalton stand am Fenster und starrte sie an. Lizzy zitterte am ganzen Körper. Sie winkte ihm zu, aber er erwiderte die Geste nicht. Als sie losfuhr, überkam sie eine seltsame Vorahnung.

KAPITEL 6

Es war ein Trieb … ein starker Trieb, und je länger ich wartete, desto stärker wurde er, bis ich schließlich das Risiko einging, hinauszugehen und Menschen zu töten – ein Risiko, das ich normalerweise laut meinen eigenen Regeln nie eingehen würde, weil ich dabei Gefahr lief, der Polizei in die Fänge zu gehen.

– Edmund Kemper

Antelope
Mittwoch, 2. Mai 2012

Dominic Povo sorgte dafür, dass ihre Observierung nicht langweilig wurde, fand Jessica, während sie ihm bei der Arbeit zusah. Der Mann war wirklich schön, wie ein griechischer Gott. Ein paar von seinen Arbeitskollegen waren auch nicht schlecht. Kein Wunder, dass Danielle Cartwright daran dachte, alle Bedenken über Bord zu werfen und zum vierten Mal zu heiraten. Jessicas Nachforschungen hatten ergeben, dass Povo der Vorarbeiter auf dieser Baustelle in Antelope, Kalifornien, war, ein Ort in einer flachen Wüstenlandschaft, in der es keine nennenswerten Gewässer gab.

Povo stammte ursprünglich aus Pittsburg, Kalifornien. Mit achtzehn zog er nach Las Vegas und begann eine Ausbildung als

Koch, die er jedoch abbrach. Jessica war es immer noch ein Rätsel, wie oder warum er schließlich in der Baubranche gelandet war. In seiner Freizeit hing er mit Kumpels ab und unternahm regelmäßig Ausflüge nach Las Vegas, eine Angewohnheit, über die sie Danielle noch genauer befragen wollte.

Soweit Jessica bisher sehen konnte, verbrachte ihr Zielobjekt seine Arbeitstage größtenteils in dem Trailer auf der Baustelle, wo er viele Besprechungen abhielt. Jeden Morgen erschien er in seinem typischen Outfit, das aus einer Kakihose und einem Kragenhemd bestand. Meistens trug er Baupläne unter dem Arm und gestikulierte viel, wenn er seinen Leuten Anweisungen erteilte. Womöglich war er Choleriker, eine Vermutung, die Jessica anhand der von ihr durch Lizzys teures HD-Fernglas beobachteten Mimik anstellte. Wenn Povo wütend wurde, konnte man die Anspannung deutlich in seinem Gesicht sehen.

Ein paar Stunden zuvor hatte Povo sich zu Jessicas Verwunderung das Hemd ausgezogen, einen Hammer in die Hand genommen und Seite an Seite mit seinen Männern gearbeitet. Er hatte einen total durchtrainierten Oberkörper mit Waschbrettbauch und muskulösen Armen, die auch bei längerer Arbeit nicht ermüdeten. Das markante und hübsche Gesicht rundete seine attraktive Erscheinung ab.

Es war zwar nicht besonders heiß, aber anscheinend wollte Povo vermeiden, dass er sein schönes Hemd durchschwitzte. Jessica observierte ihn jetzt schon seit drei Tagen. Gestern Abend war er mit ein paar Arbeitern ausgegangen, hatte ein paar Biere getrunken und kehrte danach alleine in seine Wohnung zurück. Die Nacht zuvor hatte er in Danielles Haus verbracht.

Jedes Mal, wenn Jessica ihre Beschattung Povos beendet hatte, ging sie nach Hause in ihre Wohnung. Trotz der spartanischen Einrichtung war sie froh, in ihren eigenen vier Wänden zu leben. Obwohl sie sich um ihre Mutter sorgte, hielt sie es für eine schlechte Idee, bei ihr zu wohnen und ihr jeden Tag Vorhaltungen wegen ihres übermäßigen Alkoholkonsums zu machen. Nachdem Jessicas Bruder nach New

Jersey gezogen war, hatte sie beschlossen, dass es Zeit war, endlich erwachsen zu werden und ihr Leben selbst in die Hand zu nehmen.

Gestern Nacht hatte Jessica nach ihrer Heimkehr das Übliche getan: sich eine Packung Ramen-Nudeln aufgewärmt, ein bisschen gelernt und danach ferngesehen. Außerdem schwelgte sie wieder einmal viel zu lange in erbärmlichem Selbstmitleid. Casey, ihr letzter Freund, hatte erst kürzlich mit ihr Schluss gemacht, weil sie nicht mit ihm ins Bett wollte. Für diesen Schritt war es ihrer Ansicht nach noch zu früh gewesen, aber inzwischen bereute sie ihr Zögern. Immerhin würde sie bald einundzwanzig sein, obwohl alle sie für einen Teenie hielten. Und sie war immer noch Jungfrau, was jedoch nicht bedeutete, dass sie nicht an Sex dachte. Sie dachte sogar sehr oft daran, aber hatte halt bloß noch nicht den richtigen Mann gefunden.

Jessica warf einen Blick auf die Uhr im Armaturenbrett. Es war fast drei Uhr nachmittags. Sie musste bald los und sich mit Danielle im Café in Rocklin treffen. Da Danielle viel unterwegs war, wollte sie ein Update zu den Ermittlungen, bevor sie zu ihrer nächsten Geschäftsreise aufbrach.

Während Jessica Povo beobachtete, fuhr ein großer weißer Van rückwärts auf eine Fläche hinter dem Rohbauskelett des Hauses, wo sich später einmal der Garten befinden würde. Ihr Magen knurrte. Sie hatte Hunger, aber leider kein Geld. Hoffentlich würde Danielle sie zum Lunch einladen. Seit sie ihre eigene Wohnung bezogen hatte, konnte sie sich einen Luxus wie ein Essen im Restaurant nicht leisten. Lizzy hatte ihr schließlich eine Gehaltserhöhung bewilligt, aber diese fünfundsiebzig Dollar mehr reichten gerade für die Stromrechnung.

Jessica nahm einen langen Schluck aus ihrer Wasserflasche aus Edelstahl und sah, wie ein Bauarbeiter mit einem leeren Schubkarren auf den Van zuging. Er öffnete die Doppeltüren am Heck und blickte erst nach links, dann nach rechts.

Jessica sah sich ebenfalls um. Stimmte irgendetwas nicht?

In der näheren Umgebung gab es nichts weiter als ein paar Musterhäuser und über zwanzig Hektar unbebautes Ödland.

Der Fahrer stieg aus und die zwei Männer luden eilig mehrere große Müllsäcke aus dem Van in den Schubkarren.

Seltsam.

Einer der Männer verschwand mit dem Schubkarren hinter dem Haus. Der Fahrer machte die Türen des Vans zu, setzte sich hinters Steuer und fuhr los. Jessica duckte sich, als er an ihr vorbeifuhr.

Sobald der Van außer Sichtweite war, setzte sie sich wieder aufrecht hin und sah erneut auf die Uhr. Höchste Zeit, zu verschwinden. Sie drehte den Zündschlüssel um.

Ein plötzliches *tock tock tock* am Fenster auf der Beifahrerseite ließ sie zusammenfahren. Als sie einen jungen Mann sah, der in ihr Auto spähte, griff sie sich erschrocken an die Brust. *Scheiße!* Es war einer der Bauarbeiter.

Ruhig bleiben, redete sie sich ein. *Tu so, als ob alles in Ordnung ist … du schaust dir nur ein paar Musterhäuser an, um einen Eindruck von der Gegend zu bekommen.*

Da der Motor ihres Autos lief, könnte sie einfach Gas geben und verschwinden. Aber was würde sie damit bewirken, außer einem Schuldeingeständnis, dass sie die Leute auf der Baustelle ausspioniert hatte? Sie musste locker bleiben. Da ihr Auto älteren Baujahres war, lehnte sie sich über den Beifahrersitz, um das Fenster auf der anderen Seite herunterkurbeln. Sie öffnete die Scheibe nur ein paar Zentimeter, genug, damit sie mit dem Mann reden konnte, ohne dass er seinen Arm hindurchstecken und die Tür entriegeln konnte.

»Ich hab mich nur gefragt, ob Sie vielleicht Hilfe brauchen.«

»Nein«, sagte Jessica. Um ihrer Aussage Nachdruck zu verleihen, schüttelte sie den Kopf. »Alles in Ordnung.«

»Sind Sie sicher?«

Sie nickte.

Der Mann musterte das hier entstehende Wohnviertel etwas gründlicher. Es sah aus wie ein Labyrinth von unbebauten

Grundstücken und drei fertigen Musterhäusern, die von bunten Fahnen umgeben waren. In der Ferne konnte man ein paar Rohbauten erkennen.

Als er sich wieder Jessica zuwandte, hielt sie eine Mappe mit Broschüren und detaillierten Plänen der zweihundertachtzig Quadratmeter großen Häuser mit je zwei bis drei Badezimmern hoch. »Am besten gefällt mir das Haus im Toskana-Stil.«

»Echt?«

»Ja«, sagte Jessica und versuchte, nicht auf seine breiten Schultern und muskulösen Arme zu starren. »Ich mag die große Küche und die Garage für drei Autos.«

Der Mann warf einen abschätzigen Blick auf ihren alten, klapprigen Volvo mit dem verbeulten Kotflügel und den abgefahrenen Reifen.

»Man wird doch wohl noch träumen dürfen, oder?«

»Ja«, stimmte der Mann ihr zu, »dagegen ist nichts einzuwenden.«

Jessica ertappte sich dabei, wie sie ihn anlächelte. Der Blick, mit dem er ihr in die Augen sah, weckte ihre Neugier: Flirtete er mit ihr? Auf jeden Fall sah er gut aus und der Gedanke, dass so ein Typ sie überhaupt beachtete, ließ ihr Herz höher schlagen. Seit der Trennung von Casey war ihr Selbstwertgefühl nämlich gleich null.

»Ich weiß, warum Sie hier sind«, sagte er.

Jessicas Herzschlag setzte für ein paar Sekunden aus. »Echt?«

Sein Lächeln reichte bis in seine ausdrucksvollen Augen. Er schob eine Visitenkarte durch den Schlitz im Fenster.

Die Karte fiel auf den Beifahrersitz. Jessica nahm sie an sich und las laut: »Magnus Vitalis, Reparaturen aller Art.«

Sein Lächeln wurde noch breiter, und als Jessica seine makellosen und strahlend weißen Zähne sah, guckte sie genauer hin. Der Typ war nicht nur charmant, sondern hatte auch keine Ahnung, was sie da machte. Das konnte nur bedeuten, dass er mit ihr flirtete, und Jessica gefiel das. »Ich muss jetzt leider los«, sagte sie schließlich, obwohl sie gerne noch ein wenig geblieben wäre und sich mit ihm unterhalten hätte. Er hatte dieses gewisse Etwas, das in ihr ein angenehmes Kribbeln auslöste. »War nett, Sie kennenzulernen.«

»Ganz meinerseits …«

Er schien darauf zu warten, dass sie ihm ihren Namen nannte.

»Kat«, sagte sie und stöhnte innerlich. »Kat Sylvester.« Sie hätte ihm gerne ihren richtigen Namen gegeben, aber Lizzy hatte ihr eingeschärft, dies auf gar keinen Fall zu tun, wenn sie Leute observierte.

»Falls Sie morgen wieder hierherkommen, Kat, arrangiere ich für Sie eine private Besichtigungstour von einem der fertigen Häuser.«

»Ich würde Ihr Angebot gerne annehmen, aber morgen habe ich viel zu tun«, wich sie aus. »War nett, Sie kennenzulernen, Magnus. Jetzt muss ich aber wirklich los.«

Er trat einen Schritt zurück und Jessica gab Gas. Kaum war sie losgefahren, bereute sie auch schon, dass sie dem Mann nicht ihre Telefonnummer gegeben hatte. Er sah echt scharf aus und war obendrein noch äußerst umgänglich und angenehm. Was würde es schaden, sich mit ihm zum Lunch oder auf einen Kaffee zu treffen?

Verdammt.

Kat Sylvester? Sie verdrehte die Augen, atmete tief durch und konzentrierte sich auf die Straße vor sich. Als sie plötzlich wieder an den Van und die Müllsäcke denken musste, fragte sie sich, ob sie womöglich paranoid war. Wenn sie so weitermachte, würde sie noch ein Magengeschwür bekommen. Wie schon öfter fragte sie sich wieder einmal, warum sie diesen Job überhaupt machte. Seit dem Tag, an dem ihre Schwester Mary verschwand, träumte Jessica davon, Profilerin zu werden. Sie wollte sich mit Verbrechen beschäftigen, *nachdem* diese begangen worden waren – nicht davor und schon gar nicht während. Sie wollte Informationen vom Tatort auswerten, zum Beispiel Blutspritzer und die Berichte von Ballistikexperten. Ihr gefiel die Vorstellung, mit professionellen Ermittlern zusammenzuarbeiten. Sie würde Informationen sammeln, Listen erstellen und alles gründlich überprüfen. Mithilfe einer Kombination aus harten Fakten und deduktiver Schlussfolgerung würde sie den Kreis der Verdächtigen klar und deutlich eingrenzen.

Sie atmete aus. Jetzt arbeitete sie schon fast zwei Jahre für Lizzy Gardner. Wenn Lizzy nicht gewesen wäre, hätte sie wohl nie erfahren, was mit ihrer Schwester passiert war. Als sie die Wahrheit erfuhr, hatte die ständige Ungewissheit ein Ende, aber die Vorstellung, dass Mary für immer weg war, hatte ein Loch in ihrem Herzen hinterlassen. Vielleicht hing das damit zusammen, dass Mary nicht der einzige Mensch war, den sie vermisste. Irgendwie hatte sie ihre gesamte Familie verloren. Ihr Vater war von zu Hause weggegangen und ihre Mutter hatte angefangen, zu trinken. Jessica hatte versucht, bei ihrem Bruder Halt zu finden, aber der hatte den Druck nicht ausgehalten und lebte jetzt irgendwo an der Ostküste. Seitdem war nichts wie vorher, und es würde auch nie wieder so sein. Und nach all dem, was Lizzy für sie getan hatte, käme sie sich schäbig vor, wenn sie den Job einfach hinschmeißen würde. Jessica hatte großen Respekt vor Lizzy und betrachtete sie als eine Art ältere Schwester. Wenn sie erst einmal ihren College-Abschluss in der Tasche hätte, könnte sie immer noch gehen. Bis dahin musste sie die Zähne zusammenbeißen.

Sacramento
Mittwoch, 2. Mai 2012

Lizzy saß auf Brittanys Bettkante und sah ihrer Nichte dabei zu, wie sie gefühlte hundert Wörter pro Minute auf ihrer Computertastatur tippte. Ein Selbstporträt, das Brittany im Kunstunterricht gezeichnet hatte, hing schief an der Wand. Das Mädchen sah weder ihrer Mutter noch ihrer Tante im Geringsten ähnlich. Ihre grünen Katzenaugen, die kleine Nase und die hohen Wangenknochen verliehen ihr ein exotisches Aussehen.

Lizzy fiel auf, dass ihre Nichte ihre Film- und Teeniebandposter abgehängt hatte. Die Wände waren jetzt in einem dunklen Kastanienbraun gestrichen. Auf dem Fußboden lagen überall Kleider, Aktenordner und CDs herum. Schmuckgehänge an langen Ketten baumelten von einer Wand des Zimmers. Der Wäschekorb lief über und ergoss einen Teil seines schmutzigen Inhalts auf den Boden. Unmittelbar vor Brittanys Computer nahm ein Whiteboard einen Großteil der Wand ein. Das Mädchen hatte darauf mit trocken abwischbaren Filzstiften in verschiedenen Farben einen Liedtext gekritzelt, den Lizzy nicht kannte. Daneben standen kryptische Mitteilungen, deren Bedeutung sich wohl nur Teenagern erschloss. Früher hatte auf der Kommode neben dem Bett ein eingerahmtes Bild gestanden, das Lizzy zusammen mit ihrer Nichte zeigte. Jetzt war es weg. Oder vielleicht versteckte es sich hinter Stapeln von Zeitschriften und leeren Chipstüten. Schwer zu sagen.

»Wie läuft das Cheerleading?«

»Ich hab damit aufgehört«, sagte Brittany, ohne ihr Tippen auch nur für eine Sekunde zu unterbrechen.

»Wieso das denn? Ich dachte immer, du hättest von nichts anderem geträumt.«

»Dumme Kleinkinderträume.«

»Du bist noch nicht einmal sechzehn.«

Das Klappern der Tastatur stoppte abrupt. Brittany wirbelte in ihrem Drehstuhl herum und fixierte Lizzy mit einem ernsthaften Blick. »Was machst du eigentlich hier?«

»Darf ich meine Lieblingsnichte nicht mehr besuchen?«

»Mom hat dich angerufen, stimmt's?«

»Was ist los, Brittany?«

»Wie meinst du das?«

»Du hast das Cheerleading hingeschmissen. Dein Zimmer sieht aus wie eine Müllhalde. Deine schulischen Leistungen lassen immer mehr nach. Und schau dir um Himmels willen bloß mal deine Haare an. Verkauf mich bitte nicht für dumm.«

Brittany vollführte mit dem Stuhl eine weitere Vierteldrehung, damit sie sich im Spiegel an der Wandschranktür betrachten konnte. »Was stimmt mit meinen Haaren nicht?«

»Nichts. Ich wollte nur sicherstellen, dass du mir zuhörst.«

Brittany stieß einen frustrierten Seufzer aus und sagte: »Kannst du die Wahrheit vertragen?«

»Deshalb bin ich hier.«

»Ich versuche, alles zu vergessen, was mit diesem perversen Spinnenmann zu tun hat. Ich gebe mir wirklich alle Mühe, aber ich schaffe es einfach nicht. Da mache ich meine Sachen und hab Spaß mit Freunden, und auf einmal, wenn ich es am allerwenigsten erwarte, sehe ich sein Gesicht vor mir. Und schon habe ich einen Filmriss und kann nicht klar denken oder mich konzentrieren. Ich habe mich an die Ratschläge meiner Therapeutin gehalten, wirklich. Ich hab mich in der Schule mehr angestrengt und meine Zeit mit Dingen verbracht, die mir Spaß machen. Ich führe Tagebuch über meine Gefühle und Eindrücke. Aber das funktioniert alles nicht.« Brittanys Augen waren feucht, und Lizzy konnte sehen, wie ihre Nichte die Zähne zusammenbiss, um nicht loszuheulen. »Ich krieg sein Gesicht und seine Stimme nicht aus dem Kopf.«

Lizzy ließ den Kopf hängen, sodass ihr Kinn fast ihre Brust berührte. Sie fühlte sich für Brittanys seelischen Zustand verantwortlich. Sie *war* dafür verantwortlich. Samuel Jones, der Spinnenmann, hatte Brittany in seine Gewalt gebracht, um Lizzy eins auszuwischen, und es hatte funktioniert. Aber das würde sie ihrer Nichte nie ins Gesicht sagen, denn dann würde Brittany ihrerseits Schuldgefühle bekommen, weil sie das Thema angeschnitten hatte. Und deswegen war Lizzy nicht hier.

Als hätte Brittany ihre Gedanken gelesen, sagte sie: »Ich mache dir deswegen keine Vorwürfe.«

»Ich weiß.« Lizzy hob den Kopf und sah ihrer Nichte in die Augen. »Du bist das Beste, was mir und meiner Schwester je passiert ist.« Sie schluckte den Kloß in ihrer Kehle hinunter und dankte Gott, dass Brittany nach alldem, was sie durchgemacht hatte, noch am Leben und körperlich unversehrt war. »Und du weißt das auch, oder?«

Brittany nickte.

»Vergiss das nie. Du machst alles richtig, Brittany. Versprich mir nur eins.«

Brittany wartete darauf, dass ihre Tante fortfuhr.

»Versprich mir, dass du mich anrufst, wenn du jemanden zum Reden brauchst, okay?«

Brittany nickte erneut. »Wann wird Hayley aus dem Gefängnis entlassen?«

»Jeden Augenblick.«

»Das hast du schon vor drei Wochen gesagt.«

»Ich weiß. Ich dachte, es würde schneller gehen. Jared arbeitet daran. Ich auch.«

»Ich hab Geld auf meinem Sparkonto«, sagte Brittany. »Wie viel brauchst du für die Kaution?«

»So einfach läuft das nicht.«

»Schon gut«, sagte Brittany. »Ich weiß, dass du dir Mühe gibst. Übrigens, hat Mom dir erzählt, dass sie sich wieder mit Dad trifft?«

»Nein, hat sie nicht.« Lizzy war erstaunt darüber, wie ihre Nichte von einem Augenblick auf den anderen das Thema wechseln konnte. »Was denkst du darüber?«

Brittany zuckte mit den Schultern. »Er ist mein Vater. Ich mag ihn. Eine Zeit lang war ich wütend auf ihn, aber dann wurde mir klar, dass Mom auch kein Engel ist. Und jede Sache hat zwei Seiten.«

Lizzy hielt nicht besonders viel von ihrem Ex-Schwager, aber das Mädchen hatte recht. Er war ihr Vater und sie mochte ihn, und deshalb musste Lizzy sich bemühen, ihn ebenfalls zu mögen. Sie hielt ihren Schlüsselbund hoch und rasselte damit. »Möchtest du eine kleine Spritztour machen?«

Brittanys Augen leuchteten. Es erinnerte Lizzy an bessere Zeiten.

»Du willst mich mit deinem neuen Auto fahren lassen?«

»Ja.«

»Und was sagt Mom dazu?«

»Bevor sie zum Einkaufen ging, hat sie es mir erlaubt und uns viel Spaß gewünscht.«

Brittany drehte sich wieder zu ihrem Computer um, schaltete ihn aus und sagte: »Na, dann mal los.«

Davis
Freitag, 4. Mai 2012

Lizzy konnte sich nicht mehr erinnern, wann sie sich zuletzt so entspannt gefühlt hatte. Die Tatsache, dass sie diese Woche Brittany begegnet war, hatte ihre Laune eindeutig verbessert. Jetzt saß sie in ihrer normalen Haltung auf der Couch, die Beine angewinkelt, die Füße dicht am Körper, nippte an ihrem Wein und hörte Jared zu, wie er ihr von seinem Tag berichtete. Es war schön, zu sehen, wie er sich ihr öffnete. In ihrer Beziehung war er der Starke, der stille Zuhörer, der FBI-Agent, den nichts so schnell aus der Fassung bringen konnte. Aber kaum drehte sich die Unterhaltung um seine Arbeit am Fall des Liebespaarmörders, wirkte er verkrampft und leicht distanziert.

»Jetzt erzähl schon«, sagte sie. »Ich will wissen, was los ist.«

Er fixierte sie mit seinem Blick, als wollte er in ihren Augen lesen, wie viel er ihr zumuten konnte. Doch dann klingelte das Telefon, ehe er fortfahren konnte.

Lizzy ging in die Küche, um ihn ungestört telefonieren zu lassen. Als er das Gespräch beendet hatte, kam sie mit einer großen Schüssel Popcorn zurück.

»So wie es aussieht, muss ich morgen schon wieder weg«, sagte er und zog die Augenbrauen zusammen. »Keine Rice Krispies?«, fragte er.

»Ich finde, wir sollten eine Weile keinen Zucker essen«, sagte Lizzy. Als sie aufgehört hatte, unter Anleitung des Fitness-Gurus

Anthony Melbourne zu trainieren, hatte sie stattdessen mit dem Laufen begonnen. Am Anfang hatte sie nur ab und zu eine Runde durch ihr Wohnviertel gedreht, aber jetzt lief sie mindestens vier Tage die Woche eine acht Kilometer lange Strecke im Park, der nicht weit von ihrem Büro entfernt lag, und fühlte sich fit wie nie zuvor. Das andere Thema, auf dem Melbourne ständig herumgekaut hatte, war seine extreme Abneigung gegen Zucker gewesen, den er als weißes Gift bezeichnet hatte. Genau deshalb hatte Lizzy beschlossen, auf ihre geliebten Rice Krispies zu verzichten. Sie setzte sich auf die Couch und teilte Jared mit, dass er sich heute den Film aussuchen dürfe.

Während sein Blick an der anscheinend endlosen Reihe von DVDs entlangwanderte, sprang Hannah auf Lizzys Schoß, wo sie schnurrend um Aufmerksamkeit bat.

Jared rieb sich die Hände, zog drei DVDs aus dem Regal und hielt sie so, dass Lizzy sie sehen konnte. »*Crank, Commando* oder *The Big Lebowski*.«

»Keine schwere Wahl«, sagte sie.

»Also *Commando*?«

Sie schüttelte den Kopf. »*Crank*.«

»Echt? Ich dachte, du stehst eher auf Arnold Schwarzenegger als auf Jason Statham.«

»Du kennst mich nicht einmal richtig«, sagte Lizzy und staunte darüber, dass sie immer wieder neue Dinge über Jared lernte, obwohl sie in der Highschool seine feste Freundin gewesen war und eine lange gemeinsame Vergangenheit mit ihm hatte.

Er legte die DVDs auf den Tisch und schob die Katze beiseite, damit er neben Lizzy sitzen und seinen Arm um sie legen konnte. »Du hast recht«, sagte er. »Erzähl mir etwas über dich, das ich noch nicht weiß.«

Sein ernster Tonfall überraschte sie. »Ich hasse Essiggurken«, sagte sie.

»Das ist doch wohl nicht dein Ernst.«

»Ich habe eine höllische Angst vor Erdbeben«, fuhr sie fort.

»Hmmm«, sagte er und fing an, an ihrem Ohrläppchen zu knabbern.

»Mit zwölf«, fuhr sie fort, »bin ich einmal auf eine Schlittschuhparty gegangen. Ein paar Stunden später musste man mich gewaltsam vom Eis zerren. Danach hab ich jahrelang davon geträumt, Eiskunstläuferin zu werden.«

Jared lehnte sich ein wenig von ihr weg und betrachtete sie mit liebevollem Blick. »Ich wette, du wärst heute reif für die Olympischen Spiele.«

»So, jetzt bist du dran«, sagte Lizzy und lächelte. »Erzähl mir etwas, das ich noch nicht weiß.«

Jared überlegte einen Augenblick. »Ich mag meine Cheerios am liebsten mit Apfelsaft.«

Sie rümpfte die Nase. »Das ist ja ekelhaft.«

»Ich kann ziemlich gut Steine auf dem Wasser hüpfen lassen. Mein Rekord liegt bei fünfzehn Mal.«

»Toll.«

»Ich habe erst mit sieben gelernt, wie man Schuhe zubindet.«

»Oh nein«, sagte sie und schaute ernsthaft besorgt drein. »Das tut mir leid.«

Jetzt war es Jared, der lächelte.

Lizzy hatte eine anstrengende Woche hinter sich, und auch heute war sie lange im Büro gewesen. Da fühlte es sich gut an, daheim auf dem Sofa zu relaxen, und noch besser, dies in Jareds Armen zu tun. »Soll ich dir noch etwas sagen?«, fragte sie.

»Schieß los.«

»Ich würde jetzt lieber mit dir Sex haben, anstatt einen Film anzugucken.«

Jared zögerte keinen Augenblick. Er stand auf, hob sie vom Sofa und trug sie ins Schlafzimmer. »Ich muss noch viel über dich lernen, Lizzy Gardner.«

Sie schlang ihre Arme um seinen Hals, schmiegte ihren Kopf an seine Schulter und sagte: »Keine Angst, wir haben jede Menge Zeit.«

KAPITEL 7

Das erstbeste hübsche Mädchen, das mir heute Nacht über den Weg läuft, wird sterben.

– Edmund Kemper

Sacramento
Montag, 7. Mai 2012

Lizzy saß in ihrem Ford Escape und beobachtete Eli Simpsons Haus aus einer Entfernung von weniger als einem Block. Auf der Straße war es ruhig, keine Kinder spielten draußen, keine Hunde bellten. Lizzy war mit ihren Gedanken allein. Das Verrückte bei der Observierungsarbeit, dachte sie, war, dass sie oft das Gefühl hatte, selbst beobachtet zu werden, obwohl sie eigentlich diejenige war, die andere Leute beschattete.

Ihre Fahrzeugtüren waren verschlossen. Es gab keine dichten Hecken oder dunklen Seitengassen, in denen man sich verstecken konnte. Lizzy sagte sich immer wieder, dass es keinen Grund zur Sorge gab. Jemand sollte das ihrem rasant schlagenden Herz erzählen. Sie atmete tief ein und versuchte, sich zu sammeln.

Als Nächstes zählte sie bis fünf.

Atme gleichmäßig. Denke ans Wetter. Nach dem Dauerregen der vergangenen Woche nieselte es heute nur noch leicht. Der

Frühling stand eindeutig vor der Tür, dachte sie, als sie ein Wildkaninchen über das leere Grundstück neben Simpsons Haus huschen sah.

Sie spielte mit der Kamera in ihrem Schoß herum, hob sie hoch und hielt sie sich vor die Augen. Sie blickte durch das Objektiv und verstellte die Verschlusszeit und die Blendenöffnung, bis sie jedes noch so winzige Detail am Messinggriff von Simpsons Haustür erkennen konnte. Nach ein paar weiteren Justierungen ließ sie das Objektiv an der Vorderseite des Hauses entlangwandern. Hinter einem der Fenster bewegte sich etwas. Lizzy konzentrierte sich auf diese Stelle und hoffte, dass Eli Simpson erscheinen würde.

Er hatte keine Frau, aber da drinnen bewegte sich eindeutig jemand. *Komm schon, Simpson … trete näher ans Fenster heran.*

Plötzlich klingelte ihr Handy. Lizzy blickte aufs Display. Eine Nummer, die sie nicht kannte. Sie hielt die Kamera in der rechten Hand und das Handy in der linken und drückte auf die grüne Taste.

»Hallo«, sagte die Anruferin, »spreche ich mit Lizzy Gardner?«

»Ja, das bin ich.« Gerade wollte sie die Kamera ablegen, als Simpsons Haustür aufging.

»Sie können Hayley Hansen abholen«, sagte die Anruferin. »Wenn Sie vor drei Uhr herkommen und die erforderlichen Formulare ausfüllen, wird sie noch heute in Ihre Obhut entlassen. Ansonsten müssten wir bis Mittwochnachmittag warten.«

Lizzy hatte schon länger gebetet, dass dieser Tag kommen würde, aber allmählich hatte sie die Hoffnung aufgegeben, dass Hayley vor Ablauf des ersten Jahres ihrer Haftstrafe herauskäme. »Hayley darf nach Hause?«, fragte sie aufgeregt. Sie konnte kaum glauben, was sie da hörte, und hatte Mühe, sich zu konzentrieren.

»Ja, Sie können sie abholen. Sie muss allerdings eine elektronische Fußfessel tragen.«

Lizzy gab den Versuch auf, gleichzeitig zu telefonieren und Fotos zu schießen, und legte die Kamera beiseite.

»Sobald Hayley rauskommt«, sagte die Anruferin, »wird die elektronische Fußfessel aktiviert. Die Regeln sind streng. Das Gerät sendet in regelmäßigen Zeitabständen ein Radiofrequenzsignal mit Ortsangabe an einen Empfänger. Sollte sie sich außerhalb des erlaubten Bereichs bewegen, wird die Polizei alarmiert. Das Gerät ist manipulationssicher und löst einen Alarm aus, wenn versucht wird, es zu entfernen. In diesem Fall würden die zuständigen Behörden verständigt, und Hayley müsste wieder hinter Gitter.«

Lizzy sah auf die Uhr. Wenn sie sofort aufbräche, könnte sie es rechtzeitig schaffen. Auf gar keinen Fall wollte sie, dass Hayley eine weitere Nacht an diesem Ort verbringen musste. »Ich werde spätestens um drei bei Ihnen sein. Danke.«

Simpson lief wie ein alter Mann zu seinem Briefkasten, aber nachdem er seine Post an sich genommen hatte, rannte er zurück ins Haus.

Verdammt.

»Ich komme wieder«, sagte Lizzy und fluchte leise, als sie losfuhr.

Jugendstrafanstalt
Sacramento
Montag, 7. Mai 2012

Lizzy kehrte zu ihrem Wagen zurück, nachdem sie eine Unmenge an Formularen ausgefüllt hatte, und fuhr auf die andere Seite der Jugendstrafanstalt. Sie parkte am Straßenrand, stieg aus und wartete. Die doppelte Stahltür am Eingang ließ sie keine Sekunde aus den Augen.

Es dauerte nicht lange, bis sich die massiven Türhälften öffneten und Haley ins Freie trat.

Lizzy schloss die Augen, sog die kühle Nachmittagsluft in ihre Lungen und ließ den Moment auf sich wirken, ehe sie sich von ihrem Wagen löste und dem Mädchen entgegenging. In den ersten paar Monaten nach Hayleys Haftantritt hatten sie und Jared jede wache Minute darüber diskutiert, wie es sich am besten anstellen ließ, dass Hayley frühzeitig aus der Haft entlassen wurde. Lizzy hatte Material über die Männer zusammengestellt, die das Mädchen im Laufe der Jahre sexuell missbraucht hatten, während Jared sich um die juristischen Formalitäten gekümmert hatte. Erst nach dem dritten Treffen mit dem zuständigen Jugendrichter hatte man ihnen eine Anhörung gewährt. Aber das war jetzt alles vergessen. Ihre Hartnäckigkeit hatte sich bezahlt gemacht. Hayley war frei.

Lizzy überquerte die Straße, blieb vor dem Tor stehen und sah Hayley zu, wie sie ihre ersten Schritte in die Freiheit machte. In den neun Monaten ihrer Haft war ihr das kastanienbraune Haar bis weit über die Schultern gewachsen. Lizzys letzter Besuch lag weniger als zwei Wochen zurück, und trotzdem kam Hayley ihr blasser und dünner vor. Ihre Haare hingen ungekämmt und strähnig herab. Sie trug weite Jeans, ein dunkles T-Shirt mit einem Aufdruck, den Lizzy nicht kannte, und schwarze Tennisschuhe mit weißen Schnürsenkeln. Die Piercings hatte man ihr bei Haftantritt entfernt.

Hayley wechselte kein Wort mit dem Vollzugsangestellten, als dieser die Tür im stacheldrahtbewehrten Maschendrahtzaun öffnete.

Sobald diese hinter ihr verschlossen wurde, umarmte Lizzy das Mädchen. Obwohl sie sich monatelang auf diesen Augenblick vorbereitet hatte und wusste, dass Hayley nicht zu Gefühlsduselei neigte, konnte sie sich nicht zurückhalten. Sie schlang die Arme um sie und drückte sie fest. Hayley fühlte sich steif an, aber das kümmerte Lizzy nicht. Am liebsten hätte sie das Mädchen nie mehr wieder losgelassen, tat es dann aber doch und ging wortlos mit ihr zum Wagen.

Lizzy richtete den Schlüsselanhänger auf ihr neues Auto und drückte auf einen Knopf. Ein Piepston, und der Kofferraumdeckel sprang auf.

»Wie ich sehe, bist du auf dem Weg nach oben.«

»Ich hab auch im Büro den Teppich rausgerissen und durch einen Holzboden ersetzt.«

»Schön.«

»Künstliches Holz, kein echtes«, sagte Lizzy. »Meine Mandanten sollen nicht denken, sie würden mir zu viel bezahlen.«

Hayley verstaute ihre spärlichen Habseligkeiten im Kofferraum, schloss den Deckel und setzte sich auf den Beifahrersitz. Lizzy hatte bereits ihren Gurt angelegt. Nachdem auch Hayley angeschnallt war, fädelte sie sich in den Verkehr ein und fuhr nach Hause.

»War es schlimm?«, fragte Lizzy nach kurzem Schweigen.

»Es hätte schlimmer sein können. Ich hab ein paar interessante Leute kennengelernt.«

Lizzy war sich nicht sicher, ob das gut oder schlecht war.

»Hast du meine Mutter gesehen?«

Lizzy nickte. Sie konnte sich gut vorstellen, dass Hayley lieber bei ihrer Mutter eingezogen wäre, um sich um sie zu kümmern, aber laut Gerichtsbeschluss war Lizzy die alleinige Erziehungsberechtigte, weshalb Hayley keine andere Wahl hatte, als bei ihr und Jared zu wohnen – zumindest auf absehbare Zeit. »Ich habe wie versprochen ein Auge auf deine Mutter gehabt«, sagte Lizzy. »Erst vor ein paar Tagen bin ich ihr in die Stadt gefolgt. Sie ging in den Supermarkt zum Einkaufen und danach zur Post. Sie hatte Jeans und T-Shirt an und die Haare zu einem Pferdeschwanz zusammengebunden. Sie hat gut ausgesehen.«

»Ist Brian wieder bei ihr aufgetaucht?«

»Nein. Ich habe beim zuständigen Amt erfahren, dass er vor ein paar Monaten sein Haus verkauft hat. Ich weiß allerdings nicht, wohin er gezogen ist. Das muss ich erst noch herausfinden.« Lizzy wusste, dass Hayley allen Grund hatte, sich wegen Brian Sorgen zu machen. Schließlich war er der Grund, warum sie die letzten neun Monate im Jugendgefängnis gesessen hatte. Nachdem sie seinen Penis abgetrennt und ihm das Wort *Kinderschänder* auf die Brust gebrannt hatte, war Brians Drohung, ihre

Mutter umzubringen, der Grund gewesen, warum Hayley Lizzy gebeten hatte, auf ihre Mutter aufzupassen. Brians Penis wurde wieder angenäht. Kaum wurde er aus dem Krankenhaus entlassen, musste er auch schon zu einer Vernehmung aufs Polizeirevier. Leider war Hayleys Mutter zu dem Zeitpunkt betrunken und nicht bereit, gegen den Mann auszusagen, von dem sie glaubte, dass er sie liebte. Obwohl Brian sie und ihre Tochter jahrelang missbraucht und geschlagen hatte, wurde er binnen vierundzwanzig Stunden wieder freigelassen, ohne dass Lizzy dies verhindern konnte.

Hayley hob das rechte Bein, winkelte es an und legte den Fuß auf das linke Knie, um die elektronische Fessel näher zu begutachten.

»Sitzt das Ding zu eng?«

»Ist schon okay. Ich muss mich bloß dran gewöhnen.«

Lizzy fiel auf, dass Hayley den Finger nicht unter das Plastikteil stecken konnte. »Ich glaube, wir sollten noch einmal zurückfahren, damit sie es lockerer stellen.«

»Nee, geht schon.« Sie stellte den Fuß wieder auf den Boden und blickte geradeaus.

Hayley war immer noch das sture Mädchen, das sie schon immer gewesen war, also sagte Lizzy nichts weiter. »Damit du nicht das Gefühl bekommst, dass dir die Decke auf den Kopf fällt, dachte ich mir, dass du vielleicht Lust hast, daheim für mich zu arbeiten.«

»Du weißt doch, wie gerne ich Papierkram erledige.«

Lizzy konnte sich angesichts dieser sarkastischen Bemerkung ein Lächeln nicht verkneifen. Hayley war eben immer noch die alte.

»Wie weit darf ich mich mit dem Ding von deinem Haus entfernen?«, fragte Hayley und deutete auf ihren Fuß.

»Du kannst dich innerhalb eines Radius von eineinhalb Kilometern überallhin bewegen. Wenn du weiter weggehst, gibt der Sender deinen neuen Standort an die Polizei durch und du landest wieder hinter Gittern.«

Hayley atmete tief aus. »Ich wette, Jared freut sich schon darauf, dass er eine neue Mitbewohnerin hat.«

»Er hat nichts dagegen«, sagte Lizzy, was der Wahrheit entsprach. Jared war ein lockerer und flexibler Typ. »Er ist zurzeit beruflich viel unterwegs. Momentan ist er nicht da, aber er kommt für ein paar Tage nach Hause, bevor er wieder losmuss.«

»Woran arbeitet er gerade?«

»Er hat einen Termin beim Koordinator des *National Center for Analysis of Violent Crimes*. Es geht um die Frage, ob er bei dem Fall, mit dem er zurzeit hier in Sacramento beschäftigt ist, Unterstützung von der Abteilung für operative Fallanalyse bekommen kann.«

»Hört sich so an, als ob es auf der Welt genug Psychopathen gibt, um ihn auf Trab zu halten.«

»Traurig, aber wahr«, sagte Lizzy und wechselte gleich darauf das Thema. »Ich bringe dich nach Hause und gehe dann einkaufen. Was kann ich dir mitbringen?«

»Ist mir egal. Ich esse, was auf den Tisch kommt.«

»Komm schon«, bohrte Lizzy nach, »es muss doch irgendetwas geben, worauf du nach all den Monaten besonders Lust hast.«

»Solange ich nie wieder Mortadella oder Bohnen essen muss, bin ich glücklich.«

»Ich hab mir gedacht, du könntest vielleicht in ein paar Tagen Tommy anrufen. Er fragt ständig nach dir.«

»Welcher Tommy?«

»Der Junge, den du in der Highschool kennengelernt hast, wo wir über Selbstverteidigung geredet …«

»Ach, du meinst den Karate Kid?«

Lizzy lachte glucksend. »Ja, genau den.«

»Lizzy!«

»Ja?«

»Ich weiß, dass du es gut mit mir meinst, aber kannst du bitte aufhören, dir Sorgen um mich zu machen? Ich meine, wenn wir die nächste Zeit zusammenwohnen, wäre es mir lieber, wenn du dich mir gegenüber nicht wie eine Glucke benimmst. Du brauchst nicht für mich zu kochen, und meine Freunde würde ich mir gerne selber aussuchen. Von dem, was du mir bei deinen Besuchen erzählt hast, weiß ich, dass du mehr zu tun hast als je zuvor. Ich habe keine Lust, einen Jugendklub zu organisieren oder über meine Gefühle Tagebuch zu führen. Sei mir nicht böse, aber mir genügt es, wenn ich deine Akten ordne, für dich recherchiere, meine Bücher lese und so weiter.«

Lizzy seufzte.

»Ich wasche mein Geschirr ab und mache jeden Tag mein Bett. Und dank dieser elektronischen Fußfessel brauchst du mir nicht zu sagen, wann ich daheim sein muss. Wenn du mich mal nicht siehst, bin ich draußen im Garten. Ist das in Ordnung so? Sind wir uns einig?«

Lizzy nickte. »Klar, geht in Ordnung.«

»Gut. Und jetzt erzähl mir was über Jessica. Hat sie den Job inzwischen hingeschmissen?«

»Jessica? Den Job hingeschmissen? Nein. Sie hat jetzt eine eigene Wohnung. Sie geht immer noch aufs College und will später Kriminalistik studieren.«

»Geht sie immer noch mit diesem Nerd?«

»Du meinst Casey?«

Hayley nickte.

»Nein, die beiden haben sich vor Kurzem getrennt.«

»Ist wohl auch besser so.«

»Wieso das?«

Hayley zuckte mit den Schultern. »Ich weiß nicht. Ich konnte den Kerl irgendwie nicht ausstehen.«

Maureen und Charles Baker
Placer County
August 2011

Als Maureen aufwachte, hatte sie heftige Kopfschmerzen. Es kam ihr vor, als verengten sich ihre Adern, was dazu führte, dass die Blut- und Sauerstoffzufuhr zu ihrem Gehirn eingeschränkt wurde. Dies wiederum sorgte dafür, dass andere Blutgefäße größer wurden und pochten. Sonst bekam sie immer Migräne, wenn sie zu viel Koffein oder die falschen Speisen zu sich genommen hatte, aber diesmal war eindeutig der Stress daran schuld.

Als sie sich mit den Händen abstützte, um sich aufzurichten, schnitten Glasscherben in ihre Handflächen. Sie brauchte ein paar Sekunden, bis sie einen klaren Kopf bekam und sich bruchstückhaft erinnerte, was geschehen war. Sie befand sich auf dem Boden der Limousine. Überall um sie herum lag zerbrochenes Glas.

Charles. Wo war Charles?

Sie kroch zur offenen Tür und sah zwei schemenhafte Gestalten. Sie kniff die Augen zusammen und wartete darauf, dass ihre verschwommene Sicht vorübergehen würde. Vergebens. Da draußen auf dem Feld lag ein Mann … Charles. Die andere Gestalt, wahrscheinlich der Fahrer, stand über ihn gebeugt. Weit und breit waren keine Gebäude zu sehen, nur Kühe, die in der Ferne weideten. Vorsichtig darauf achtend, dass sie sich nicht noch mehr schnitt, schob sie beide Beine nach draußen und hielt sich an der Tür fest, bis sie festen Boden unter den Füßen verspürte. In der Nähe verlief ein schmaler Feldweg, aber die Straße konnte sie von ihrem Standort aus nicht sehen.

Mit wackligen Beinen wankte sie über Erdklumpen hinweg auf die beiden Männer zu, bis sie plötzlich hinfiel. Sie brauchte eine Weile, um sich wieder aufzurappeln. Ihre Sicht war jetzt noch verschwommener als zuvor. Die beiden Männer erschienen ihr nur äußerst schemenhaft. Die Sonne ging unter und es würde bald dunkel werden.

»Ah, Mistress Baker«, sagte der Fahrer. »Gott sei Dank sind Sie wieder zu sich gekommen.«

Als Maureen näher hinsah, schien es ihr, als hielte der Mann in einer Hand eine Rasierklinge und in der anderen ein durchsichtiges Plastikröhrchen von der Größe einer Kugelschreibermine.

»Was ist los?« Sie beschleunigte ihre Schritte, da sie es plötzlich sehr eilig hatte, bei Charles zu sein. »Was machen Sie da mit ihm?«

Charles war bleich im Gesicht und seine Augen standen weit offen vor Angst. Mit jedem Atemzug, der rasselnd klang und feucht war, hob und senkte sich seine Brust schneller. Die Kleider waren zerrissen und voller Blut.

»Ich habe den Notruf verständigt«, sagte der Fahrer. »Sie sind bereits unterwegs.«

Gott sei Dank. Maureen ergriff die Hand ihres Mannes und drückte sie. »Was ist passiert?«

»Da waren plötzlich zwei Rehe«, erklärte der Fahrer. »Ich wollte ausweichen und hab dabei die Kontrolle verloren. Es war ein Unfall.«

Ihr Blick fiel auf die Rasierklinge in der Hand des Mannes. »Was machen Sie damit?«

»Als ich vorhin Ihren Mann vom Auto weggebracht habe, hat er mir erzählt, er sei früher ein SEAL gewesen und bekäme keine Luft mehr. Er meinte, ich müsse einen Luftröhrenschnitt durchführen.«

»Nein«, sagte sie. »Das kommt überhaupt nicht infrage.« Tränen liefen ihr über die Wangen, als sie ihren Mann fragte: »Charles, hast du das wirklich gesagt? Muss er das wirklich tun?«

Ein seltsames Gurgeln kam aus seinem Mund, aber er brachte kein einziges Wort heraus. Seine Augen zuckten, als wolle er in Richtung des Fahrers blicken und seiner Frau signalisieren, was wirklich los war. »Wo ist der Krankenwagen?«, fragte sie. »Warum ist er noch nicht hier?«

Mehr Gurgellaute brachen aus Charles' Mund hervor. Sie hielt ihr Ohr näher an seine Lippen. »Was willst du mir sagen, Charles?«

»Wenn Sie den Luftröhrenschnitt nicht durchführen«, redete der Fahrer dazwischen, »überlebt er nicht.«

Maureen warf dem Mann einen wütenden Blick zu. »Wollen Sie mir damit sagen, *ich* soll einen Schnitt in seine Kehle machen?«

»Das lässt sich nicht vermeiden. Schauen Sie ihn doch an. Er wird ganz blau im Gesicht. Ihm bleibt nicht viel Zeit.«

Sie schüttelte den Kopf. »Machen Sie es.«

»Das geht nicht«, sagte er. »Ich dachte, ich könnte es, wirklich. Aber ich kann nicht die Verantwortung übernehmen, wenn was schiefgeht.«

»Ich kann es auch nicht.« Sie schob sich eine graue Haarsträhne aus dem Gesicht und musterte Charles genauer. Sein Atmen hatte sich verschlimmert; es rasselte mehr als zuvor. Luft zu holen schien ihn jedes Mal anzustrengen.

»Er wird sterben«, sagte der Mann seelenruhig.

Nichts ergab einen Sinn. Maureen schaute von einem Ende des Feldes zum anderen. »Wenn Sie den Rehen ausweichen wollten, wo ist dann bitte die Straße?«

Er machte eine Handbewegung in Richtung Feldweg und sagte genervt: »Da ist sie doch, Maureen. Verdammt noch mal, wollen Sie Ihren Mann einfach verrecken lassen?«

Von einem Krankenwagen war weit und breit nichts zu sehen und zu hören. Wieso dauerte das so lange? Sie warf einen Blick auf Charles. Sie konnte unmöglich einfach nur hier sitzen und zusehen, wie ihr Mann starb. Er brauchte ihre Hilfe. Sie streckte die Hand aus.

Der Fahrer legte ihr die Rasierklinge in die Hand. »Beeilen Sie sich.«

Als sie Charles die Klinge an die Kehle hielt, raubten die Tränen ihr die ohnehin schon verschwommene Sicht. »Ich kann das nicht.«

»Sie müssen es aber. Wenn Sie sein Leben retten wollen, müssen Sie seinen Schilddrüsenknorpel finden.«

Maureen wischte sich die Tränen aus den Augen. »Seinen was?«

»Seinen Adamsapfel. Können Sie den sehen?«

»Ja.«

»Tasten Sie seinen Hals entlang, bis sie einen anderen Knorpel spüren.«

Mit zitternden Händen folgte sie seiner Anweisung. »Okay, ich hab ihn.«

»Das ist der Ringknorpel.«

»Woher wissen Sie das?«

»Ihr Mann hat es mir gesagt, bevor er nicht mehr sprechen konnte. Sie müssen einen ein bis eineinhalb Zentimeter tiefen horizontalen Schnitt zwischen dem Ringknorpel und dem Adamsapfel machen.«

Als sie die Rasierklinge in Richtung Hals bewegte, zitterten ihre Hände noch schlimmer.

»Beeilen Sie sich.«

Sie sah Charles an und weinte hemmungslos. Seine Augen traten aus den Höhlen hervor. Er bewegte die Lippen, brachte aber immer noch kein Wort hervor. Plötzlich fiel es ihr wie Schuppen von den Augen. »Er bewegt sich nicht. Wieso bewegt er sich nicht?« Ihr Mann lag wie gelähmt da.

»Ich bin kein Arzt«, sagte der Mann und hob abwehrend die Hände. »Ich wiederhole nur, was Ihr Mann mir gesagt hat, bevor Sie wieder zu sich kamen.«

»O mein Gott, Charles!«, schrie sie und legte ihren Kopf auf seine Brust.

»Führen Sie endlich den Schnitt durch, sonst stirbt er.«

Sie richtete sich auf, wischte sich erneut mit dem Ärmel die Tränen aus den Augen und konzentrierte sich auf Charles' Hals. Sein Gesicht war inzwischen lila angelaufen. Wenn sie nicht unverzüglich handelte, würde er nicht mehr lange leben. Das Röcheln und Gurgeln ging weiter, während sie die Stelle fand, wo sie den Schnitt machen musste. Sie würde es schaffen. Charles hatte ihr oft versichert, dass sie eine gute Militärkrankenschwester abgegeben hätte. Sie durfte nicht tatenlos zusehen, wie er starb. Sie würde nicht mit dem Bewusstsein leben können, ihn im Stich gelassen zu haben.

Sie setzte die Klinge an seiner Kehle an und schaffte es diesmal, den Schnitt zu machen. Seine Haut war viel dicker, als sie gedacht hatte. Sie nahm sich zusammen und schnitt tiefer in den Hals – was sie da durchtrennte, wollte sie gar nicht genau wissen. Als sie endlich fertig war, bat sie den Mann, ihr das Plastikröhrchen zu reichen.

Der unangenehme Typ fing plötzlich an, im hohen Gras herumzukriechen.

»Was machen Sie da? Geben Sie mir endlich die Röhre, und zwar sofort!«

»Ich kann sie nicht finden. Vor einer Minute war sie noch da.«

Sie drückte die Ränder des Einschnitts mit den Fingerspitzen zusammen und sah zu dem Mann hinüber. Wie er da so herumkroch, fast wie in Zeitlupe, wirkte er, als könnte ihn nichts aus der Ruhe bringen. Sie traute sich nicht, ihrem Mann in die Augen zu sehen, wollte nicht, dass er ihr angstverzerrtes Gesicht erblickte. Aber sie durfte nicht zulassen, dass er alleine hier draußen starb. Und das würde er, wenn sie nicht umgehend die Atemröhre in das Loch in seinem Hals steckte. Aus seiner Kehle lief Blut und sie konnte ihm nicht helfen. Da fiel ihr ihre Handtasche ein, die noch in der Limousine lag. Vielleicht fand sie darin etwas, womit sie ihren Mann retten konnte.

»Halten Sie die Wunde zu!«, rief sie dem Mann zu.

Er tat, wie ihm geheißen. Maureen rannte auf die Limousine zu, stolperte unterwegs ein paarmal, blieb aber nicht stehen, bis sie das Fahrzeug erreicht hatte. Voller Panik kroch sie auf allen vieren über das zersplitterte Glas und fühlte keinen Schmerz, als die Scherben in ihre Haut schnitten. Endlich fand sie die Handtasche und leerte den Inhalt auf den Boden des Wagens aus: ein Kamm, ein Lippenstift, ihr Führerschein, ein Kugelschreiber. Als sie Letzteren auseinandernahm, kleckerte Tinte aus der Mine auf die Sitze und den Boden. Sie nahm die Flasche Brandy, schraubte den Verschluss ab und goss Alkohol in das Gehäuse des Kugelschreibers, bis die Flüssigkeit, die unten herauskam, nicht mehr blau war. Dann zwängte sie sich aus der Limousine und rannte durch das hohe Gras zurück zu Charles.

Der Fahrer hatte nicht mehr die Hand am Hals ihres Mannes. Stattdessen fixierte er ihr Gesicht mit einem intensiven Blick, als freute er sich über den Schmerz, den er darin sah, als er ihr klarmachte, dass Charles während ihrer kurzen Abwesenheit gestorben sei.

»Sie haben ihn auf dem Gewissen«, sagte er.

»Charles«, heulte sie.

»Sie haben den Einschnitt zu tief gemacht.«

»Habe ich nicht. Die Schnittstelle hat kaum geblutet.«

Sie kniete neben ihrem Mann nieder und stützte seinen Hals auf eine Art und Weise, die es ihr ermöglichte, das Röhrchen in die Luftröhre zu stecken. Aber inzwischen lief viel mehr Blut aus der Kehle, und Charles atmete nicht mehr. Sie drückte mit den Fingern auf sein Handgelenk. Kein Puls mehr. Nichts. Er war tot.

»Eine gute Nachricht gibt es wenigstens: Ihr Mann hat vor seinem Tod die Wahrheit erfahren.«

Sie wandte den Blick von Charles ab und zwang sich, in die kalten blauen Augen des Mannes zu sehen.

»Ich habe ihm von Harry Thompson erzählt.«

Maureen fiel plötzlich das Atmen schwer, und ihr Puls ging schneller. »Was faseln Sie da?«

»Sie wissen schon … Italien … das Carlton-Hotel in Baglioni.«

Ein Fehler, dachte sie. In fünfzig Jahren Ehe hatte sie sich einen einzigen Fehler erlaubt – eine Nacht mit Harry Thompson. Nach diesem Vorfall hatte sie nie wieder an diesen Mann gedacht. Für sie gab es nur Charles. Hätte sie damals Harrys Angebot ausgeschlagen, so hätte sie sich für den Rest ihres Lebens gefragt, ob sie womöglich etwas versäumt hätte. Die vierundzwanzig Stunden mit Harry waren zwar in vieler Hinsicht ernüchternd gewesen, aber sie hatte viel aus dieser

Erfahrung gelernt. Am nächsten Morgen wusste sie ohne jeden Zweifel, dass Charles der einzig richtige Mann für sie war. Aber das würde sie diesem Irren nicht auf die Nase binden. Charles wusste, dass seine Frau ihn liebte. Tief in seinem Herzen wusste er das, egal, was dieser Mann ihm weisgemacht hatte.

Zu spät erkannte sie, dass sie es mit einem Psychopathen zu tun hatte.

Sie schmiegte sich an Charles. Sie wollte bei ihm sein. Und sie wusste, dass sie das bald sein würde.

KAPITEL 8

Ich bin jedes Mal heimgegangen und habe mir im Fernsehen angeschaut, was ich getan hatte. Und dann habe ich geweint wie ein kleines Kind.

– Albert DeSalvo

John und Rochelle
Sacramento
Juni 2007

Als John den Kopf hob, hörte er, wie ihm das Blut laut in den Ohren rauschte. Obwohl beide Augen zugeschwollen waren, nahm er aus dem linken Augenwinkel undeutliche Schatten wahr. Er versuchte, sich mit beiden Händen an sein Gesicht zu fassen, merkte aber, dass sie hinter seinem Rücken mit einer dicken, kratzigen Schnur gefesselt waren. Dasselbe galt für seine Füße – sie waren an den Vorderbeinen des schweren Metallstuhls fixiert, auf dem er saß.

John bewegte den Kopf hin und her und versuchte, zu erkennen, wo er war.

Das Zimmer war dunkel und roch muffig. Der Fußboden war aus Beton. Er befand sich in einem Keller. Er hielt still und horchte. Um ihn herum war es vollkommen ruhig. Nach einer Weile versuchte er, mit dem Stuhl hin- und herzuwippen, aber der bewegte sich nicht. Entweder war er zu schwach oder der Stuhl war zu schwer.

Wie lange befand er sich schon hier unten? Ein paar Stunden? Einen ganzen Tag und eine ganze Nacht?

Rochelle. Wo war Rochelle?

Er erinnerte sich, wie sie geschrien hatte, als das Glas zersplitterte und die Scherben sie beide verletzten. Das Letzte, was er gesehen hatte, bevor es um ihn herum dunkel wurde, war ein Baseballschläger. Plötzlich sah er aus dem linken Augenwinkel, wie etwas sich durch das Zimmer bewegte.

»Rochelle«, flüsterte er. »Bist du das? Kannst du mich hören?«

Er vernahm ein Stöhnen und erkannte ihre Stimme, als sie seinen Namen sagte.

Wenigstens lebte sie noch.

»Hat dir jemand was getan?«, fragte er.

»Ich will hier raus«, schluchzte sie.

Was hatten die Kerle seiner Freundin getan?

»Hör zu, Rochelle. Ich weiß nicht, wie viele Männer da oben sind, aber ich werde einen Weg aus diesem Haus finden. Ich bringe uns beide hier raus, das schwöre ich dir.« Er machte eine Pause, wartete und horchte. Wenn er sie nur sehen könnte. »Haben sie dich angerührt? Wenn sie dir auch nur ein Haar gekrümmt haben, bringe ich sie um.«

Sie schluchzte erneut.

»Bist du gefesselt?«

Als sie sich diesmal bewegte, hörte er das Rasseln von Ketten.

Ketten? Was ging hier vor? Hatten diese Dreckskerle das Ganze geplant? Er konnte sich auf das alles keinen Reim machen. Tränen quollen aus seinen Augen und nahmen ihm die wenige Sicht, die er noch hatte, bis er effektiv blind war.

»Ich will nach Hause«, weinte Rochelle. »Ich will einfach nur nach Hause.«

Davis
Dienstag, 8. Mai 2012

Lizzy hörte ein Auto vor ihrem Haus vorfahren und schaute zum Fenster hinaus. »Jessica ist hier«, sagte sie zu Hayley, bevor es ihr dämmerte, dass sie genauso gut ein Selbstgespräch führen konnte. Hayley war nämlich in ein Buch vertieft.

Heute Abend würden sich Hayley und Jessica das erste Mal wiedersehen, seit Hayley vor neun Monaten ihre Haftstrafe angetreten hatte. Die beiden vertrugen sich nicht immer, aber es gab zweifellos eine Verbindung zwischen ihnen, wenn sie es sich auch nicht eingestehen wollten.

Hayley war introvertierter als sonst. Weder traurig noch fröhlich, sondern einfach nur still. Sie zog es vor, ihre Gefühle für sich zu behalten.

Lizzy öffnete die Tür, ehe Jessica anklopfen konnte. Jessica stürmte an ihr vorbei ins Haus, direkt auf Hayley zu. Sie beugte sich vor und begrüßte Hayley mit einer festen Umarmung.

Äußerlich hätten die beiden Mädchen nicht verschiedener sein können. Jessica war groß und hatte eine gesunde Gesichtsfarbe, Hayley dagegen wirkte kreidebleich und viel zu dünn. Es dauerte eine ganze Weile, bis Jessica sie schließlich losließ und eine gerade Haltung annahm. »Ich bin ja so froh, dass du wieder hier bist.«

»Danke«, brachte Hayley mühsam hervor und rutschte nervös auf ihrem Stuhl hin und her.

Auf dem Weg in die Küche behielt Lizzy die beiden im Auge.

Jessica stellte ihren Rucksack auf den Boden und setzte sich neben Hayley. »Na, alles klar?«

»Mir geht's gut.«

»Wirklich?«

»Ja.«

Jessica deutete auf die elektronische Fußfessel. »Wie lange musst du das Ding tragen?«

»Sechs Monate bis ein Jahr.«

Lizzy brachte ein Tablett mit Crackers und Käsehäppchen aus der Küche und stellte es auf den Beistelltisch vor der Couch. Jessica plapperte derweil munter drauflos, während Hayley sich Mühe gab, interessiert zu wirken. Lizzy nahm die Fernbedienung und wollte gerade auf die Aus-Taste drücken, als plötzlich die Gesichter von Michael und Jennifer Dalton auf dem Bildschirm erschienen.

Sie trat näher an den Fernseher heran und stellte ihn lauter.

»Diese Frau wurde auf brutale Weise und unter ausgesprochen bizarren Umständen ermordet. Ihr Ehemann befindet sich in Polizeigewahrsam. Mehr Informationen und Hintergründe dazu bringen wir Ihnen um dreiundzwanzig Uhr.«

»Das gibt's doch nicht«, sagte Lizzy.

»Was ist los?«, fragte Hayley.

»Das ist dasselbe Ehepaar, das mich neulich beauftragt hat, einen ihrer Mitarbeiter zu observieren. Jennifer und Michael Dalton gehört *J&M Realty* hier in Sacramento.«

»Wie gut kanntest du sie?«, fragte Jessica.

Lizzy schaltete den Fernseher aus. Sie würde sich die Dreiundzwanzig-Uhr-Nachrichten ansehen und mehr erfahren. »Wir haben uns zweimal getroffen. Die beiden sind sehr liebevoll miteinander umgegangen. Außerdem hatten sie eine große Feier zu ihrem fünfzehnten Hochzeitstag geplant.« Sie schüttelte den Kopf. »Ausgeschlossen, dass Michael Dalton seiner Frau etwas antun würde.«

»Vielleicht war das alles nur Show«, meinte Hayley achselzuckend.

»Das kann durchaus sein«, fügte Jessica hinzu. »Wer würde mehr auf solche kleinen Details achten als ein Privatermittler? Vielleicht hat dieser Mann dich bewusst engagiert und alles nur vorgetäuscht.«

»Aber sie haben sich *beide* wie Turteltauben benommen«, erklärte Lizzy. »Was du sagst, würde Sinn ergeben, wenn nur einer von ihnen sich so verhalten hätte.«

»Na, du weißt doch, wie Frauen sind«, sagte Hayley, ohne es näher zu erläutern.

Lizzy und Jessica sahen beide Hayley an und warteten. Sie kannten sie gut genug, um zu wissen, dass man sie nur lange genug anstarren musste, bis sie von sich aus sagte, was sie dachte. Und genauso geschah es.

»Okay, nehmen wir einfach mal an, die beiden sind wie die meisten Paare. Lizzy erscheint zu ihrer ersten Verabredung. Der Mann ist auf Lizzys Besuch vorbereitet. Er hat schon länger den Mord an seiner Frau geplant, weiß aber noch nicht genau, wann er es tun wird. Also will er den Eindruck erwecken, dass die Ehe gut läuft. Ein paar Tage vor dem Termin mit Lizzy schlägt er seiner Frau vor, ein großes Fest zu ihrem Hochzeitstag abzuhalten. Damit will er ihr demonstrieren, wie sehr er sie nach all den Ehejahren noch liebt. Die Frau wartet schon seit Jahren darauf, dass ihr Mann ihr ein bisschen Liebe erweist, und ist ganz begeistert von der Idee. Der Mann macht seiner Frau weiterhin schöne Augen … bis zu dem Tag, an dem die beiden mit Lizzy verabredet sind. Auf einen Außenstehenden wirkt es so, als wären sie bis über beide Ohren verliebt, und wären es schon immer gewesen.« Hayley lehnte sich in die Kissen zurück. »Frauen können Männern gegenüber furchtbar naiv sein.«

»Du siehst nicht so aus, als hätte Hayley dich überzeugt«, sagte Jessica zu Lizzy.

»Das bin ich auch nicht. Jennifer war eine ganz Liebe, aber sie machte auf mich nicht den Eindruck, dass sie sich leicht rumkriegen lässt. Ich glaube nicht, dass er es getan hat.«

»Die Statistik beweist wahrscheinlich das Gegenteil«, sagte Hayley.

Davis
Mittwoch, 9. Mai 2012

Lizzy sprach mit Jared über die Freisprecheinrichtung, während sie in der Küche das Geschirr spülte.

»So wie es aussieht, muss ich wohl länger als ursprünglich geplant in Virginia bleiben«, teilte er ihr mit.

»Okay«, sagte Lizzy und verspürte ihr übliches Unbehagen. Einerseits fühlte sie sich sicherer, wenn Jared bei ihr war, andererseits hatte sie jetzt Hayley. Außerdem gefiel ihr der Gedanke nicht, zu abhängig von Jared zu werden.

»Stimmt irgendetwas nicht?«

»Nein, ich hab momentan einfach nur viel um die Ohren.«

»Du arbeitest zu viel.«

»Dazu fällt mir folgender Spruch ein: Wer im Glashaus sitzt, sollte nicht mit Steinen werfen.«

»Du warst in letzter Zeit furchtbar still«, sagte Jared. »Was ist los?«

Lizzy schaute immer noch zum Fenster hinaus, als plötzlich ein dunkler Mercedes vor dem Haus gegenüber parkte. Ihre Nachbarin Charlee hatte Besuch – für Lizzy eine willkommene Gelegenheit, das Thema zu wechseln. »Sieht so aus, als hätte deine Nachbarin einen Mann gefunden.«

»Sag bloß, du beobachtest sie schon wieder mit deinem Fernglas«, hänselte er sie.

Lizzy lachte.

»Es tut gut, dich lachen zu hören.«

Nach einer kurzen Pause sagte sie: »Ich treffe mich morgen früh mit Lieutenant Greer. Er will sich mit mir privat unterhalten, wenn ich mit meiner Aussage fertig bin. Ich hoffe, er fährt mit mir zu Jennifer Daltons Büro, wo ich zuletzt mit ihr gesprochen habe.«

»Bist du sicher, dass du dich in den Fall einmischen möchtest?«

»Ich habe keine andere Wahl«, sagte sie, obwohl sie wusste, dass das nicht ganz stimmte. Schließlich hatte sie keine Beweise für ihre Vermutung, dass Michael seine Frau nicht getötet hatte. Einzig und allein ihr Bauchgefühl sagte ihr, dass Michael unschuldig war. Bis jetzt hatte sie noch niemandem von dem seltsamen Blick erzählt, den Michael Dalton ihr zugeworfen hatte, als sie an jenem Tag das Maklerbüro verlassen hatte. Er hatte dreingeblickt, als ob etwas an ihm nagte. Lizzy wollte unbedingt mit Michael persönlich sprechen, zögerte jedoch, Jared davon zu erzählen, aus Angst, er würde sich Sorgen um sie machen. Sie nahm sich vor, morgen mit dem Lieutenant zu reden und abzuwarten, was er zu der Sache zu sagen hatte.

»Bist du noch dran?«

»Ja«, sagte Lizzy.

»Was machen die Nachbarn jetzt?«

Lizzy lächelte. »Wie es aussieht, fährt ihr neuer Freund einen großen, blitzblank polierten Mercedes. Er hat ihr einen großen Strauß Rosen mitgebracht. Jetzt ist er im Haus, ich weiß also nicht, was sie jetzt machen.«

»Vielleicht sollte ich mir von dem eine Scheibe abschneiden.«

Lizzy lachte wieder. Es tat gut. »Ich mag dich so, wie du bist.«

»Das freut mich«, sagte er. »Was macht Hayley?«

»Sie langweilt sich zu Tode. Sie hat bereits meine Akten neu organisiert und kümmert sich demnächst um sämtliche Schreibarbeiten. Die Bücher, die ich ihr geliehen habe, hat sie alle schon gelesen. Jetzt hat sie meinen Kindle, da sind Hunderte Bücher drauf. Das müsste für ein paar Wochen reichen.«

»Wenn sie bei dir im Büro mal nichts zu tun hat, fällt mir bestimmt etwas ein, um sie zu beschäftigen.«

»Das wäre super. Du fehlst mir.«

»Du mir auch.«

Lizzy hasste es, wenn all diese widerstreitenden Gefühle in ihr tobten. Sie liebte Jared, das ließ sich nicht leugnen. Es war zwar eine Herausforderung, in einem neuen Haus und einem neuen Viertel zu wohnen, aber Jared in ihrem Leben zu haben, war alles andere als eine Herausforderung. Er war ein pflegeleichter Partner und in Augenblicken wie diesem fragte sie sich, wie sie jemals ohne ihn zurechtgekommen war.

Sacramento
Donnerstag, 10. Mai 2012

Am nächsten Morgen erschien Lizzy pünktlich um acht Uhr vor dem Eingang zum Sacramento Police Department. Nur einen Block weiter parkte ein Übertragungswagen des Senders *Channel 10*. Mit etwas Glück würde es ihr gelingen, die Reporter zu meiden.

Ein paar Stunden später saß Lizzy immer noch in Lieutenant Greers Büro. Der Polizist war ein guter Freund von Jared und dessen Vater. Lizzy hatte mit ihm schon mehrmals das Vergnügen gehabt. Greer war ein Schrank von einem Mann – fast zwei Meter groß, breite Schultern. Mit seiner Größe würde er einschüchternd wirken, wäre da nicht sein charmantes Lächeln. Seine Augen waren so grau wie seine Haare und die ramponierte Nase ließ ihn wie einen gealterten Boxer aussehen.

Lizzy hatte den größten Teil des Vormittags damit verbracht, einen detaillierten Bericht über ihre Begegnung mit Michael und Jennifer Dalton zu verfassen. Jetzt wiederholte sie das Geschriebene Wort für Wort. Eigentlich eine völlig unnötige Zeitverschwendung, denn es schien ohnehin niemanden zu interessieren, was sie über Michael Dalton zu sagen hatte. Aber sie kannte das Prozedere und wusste, dass sie vielleicht eine Chance bekäme, mit Michael persönlich zu sprechen, wenn sie nur hartnäckig genug wäre. Und nur das zählte für sie. Sie musste unbedingt mit ihm von Angesicht zu Angesicht reden. Fünf Minuten allein mit dem Mann, mehr brauchte sie nicht.

Lizzy seufzte. »Wenn ich es Ihnen doch sage … Dalton hat seine Frau nicht getötet.«

»Ich hoffe, Sie haben recht. Jennifer Dalton musste nämlich Dinge über sich ergehen lassen, die schlimmer sind als alles, was sich ein Mensch vorstellen kann. Kaum zu glauben, dass sie nach fünfzehn Jahren Ehe nicht wusste, zu welchen Scheußlichkeiten ihr Ehemann fähig ist.«

Seit ihrer Ankunft auf dem Polizeirevier hatte Lizzy ein paar Details darüber erfahren, wie furchtbar der Täter Jennifer zugerichtet hatte. Er hatte ihre Augen zugeklebt, ihre Organe entfernt und durch Gegenstände ersetzt, über die die Polizei Stillschweigen bewahrte. Ein schneller Tod war ihr nicht vergönnt gewesen, vielmehr gab es Gerüchte, dass der Mörder sein Opfer stundenlang leiden gelassen hätte.

»Erzählen Sie mir doch bitte mehr über diesen Anruf, wenn es Ihnen nichts ausmacht. Sie haben erwähnt, dass Jennifer während Ihrer Anwesenheit im Maklerbüro mit jemandem telefonierte.« Greer überflog den Bericht. »Hier steht, dass es ein Mann war. Konnten Sie seine Stimme hören?«

»Nein, aber ich erinnere mich, dass Jennifer den Anrufer als einen *er* bezeichnet hat, nachdem sie aufgelegt hatte.« Lizzy seufzte. »Einen Namen hat sie nicht erwähnt. Sie hat aufgelegt und gesagt, der *Kerl* wolle sich partout nicht abwimmeln lassen.«

»Hat sie geweint?«

»Nein, das nicht, aber sie war genervt. Sie hatte an dem Tag sehr viel zu tun. Gleichzeitig tat ihr der Anrufer leid, weil sie dachte, dass er verzweifelt einen Auftrag wollte. Bei dem Gespräch ging es darum, dass eine Limousine sie und ihren Mann an ihrem Hochzeitstag abholen wollte. Vor sich hatte sie einen Block mit diesen gelben Haftzetteln, auf den sie etwas gekritzelt hat, während sie dem Mann zuhörte.« Als Lizzy dem Lieutenant dabei zusah, wie er sich Notizen machte, musste sie sich unwillkürlich fragen, was Jennifer wohl auf diesen Zettel geschrieben hatte, ehe sie ihn in den Papierkorb geworfen hatte.

»Fällt Ihnen sonst noch was ein?«

»Alles, was ich weiß, steht in dem Bericht. Ich habe allerdings eine Frage.«

Greer wartete.

»Je mehr ich über den Fall Michael Dalton erfahre, umso mehr frage ich mich, warum das FBI sich nicht gründlicher damit befasst.«

»Warum sollten sie das? Jedes Jahr werden Hunderte Frauen von ihren Ehemännern umgebracht. Inwiefern soll dieser Fall anders sein?«

»Jennifers Leiche war verstümmelt. Das sieht mir nach dem Werk eines sadistischen Mörders aus.«

»Wie der Liebespaarmörder?«, fragte Greer.

»Genau.«

»Ich habe keine Unterstützung vom FBI angefordert, weil rein gar nichts auf eine Verbindung zwischen Jennifers Tod und den Morden hindeutet, die allem Anschein nach der Liebespaarmörder begangen hat.«

»Michael und Jennifer Dalton waren ein Paar«, erinnerte sie ihn. Reicht das für den Anfang?«

»Und Michael Dalton ist quicklebendig.«

Nach einer Pause fuhr Greer fort: »Ich würde diesen Fall liebend gerne an das FBI abgeben. Schließlich hab ich auch sonst jede Menge zu tun. Aber wie es momentan aussieht, gibt es einfach zu viele Beweise für Michael Daltons Täterschaft. Fingerabdrücke auf dem Messer, mit dem Jennifer zerstückelt wurde. Fingerabdrücke auf der Nadel, die ihr der Täter ins Herz gestoßen hat. Reifenspuren draußen auf der Straße, die ausschließlich von den Fahrzeugen der Daltons stammen. Niemand anders kommt infrage. Dasselbe gilt für Fuß- und Fingerabdrücke im Haus. In Michaels Handschuhfach befand sich der gleiche Sekundenkleber, mit dem ihre Augen zugeklebt wurden. Die Nachbarn haben gesehen, wie er ins Haus ging. Laut

Zeugenaussagen ist sonst niemand gekommen oder gegangen. Soll ich die Liste fortsetzen?«

Lizzy seufzte und schüttelte den Kopf. »Wäre es möglich, dass ich mit Michael rede?«

Greer rieb sich einen Augenblick lang nachdenklich das Kinn. »Nichts würde mir besser gefallen, als wenn dieser Mann mit jemandem redet. Aber seit seiner Festnahme beruft er sich auf den Fünften Verfassungszusatz und verweigert jegliche Aussage.«

»Vielleicht ist er bereit, mit mir zu reden, wenn er weiß, dass ich an seine Unschuld glaube und auf seiner Seite bin.«

»Das Ganze wäre keine private Angelegenheit«, stellte Greer nüchtern fest. »Wir würden das Gespräch mitschneiden … vorausgesetzt, er ist überhaupt bereit, mit Ihnen zu reden.«

»Verstehe.«

»Ich schau mal, was sich machen lässt.« Er erhob sich und gab ihr die Hand.

Lizzy stand ebenfalls auf. »Gehen wir nicht zusammen zum Maklerbüro der Daltons?«

Greer ließ beide Arme herabhängen. »Ich weiß nicht, ob das so eine gute Idee ist, Lizzy.«

»Kommen Sie, Lieutenant, lassen Sie mich für fünf Minuten in das Büro. Dann kann ich Ihnen genau zeigen, was Jennifer gemacht hat, als ich sie das letzte Mal lebend gesehen habe.«

»Die Meute von *Channel 10 News* hat uns tagelang belagert«, sagte Greer. »Wenn die Wind davon bekommen, dass Sie hier sind, werden sie womöglich noch aufdringlicher.«

Lizzy neigte den Kopf zur Seite. »Die Medien und aufdringlich?«

»So was soll vorkommen«, sagte er augenzwinkernd.

»Ich weiß, dass Sie sich nicht gerade gesund ernähren«, sagte Lizzy mit einem Seitenblick auf Greers angebissenen Donut, »aber wenn Sie sich über Dinge aufregen, die Sie nicht kontrollieren können, hilft das nicht gerade gegen Ihre Schlaflosigkeit und …«

Er schüttelte den Kopf. »Wie ich sehe, redet Ihr Freund zu viel.«

»Jared macht sich einfach Sorgen um Sie, das ist alles.«

Greer machte eine Handbewegung in Richtung Tür.

»Heißt das, dass wir zusammen zum Maklerbüro fahren?«

»Sie glauben doch wohl nicht ernsthaft, dass ich Nein sage und riskiere, dass mir ein ehemaliger Richter und das FBI an die Gurgel springen?«

Bevor der Lieutenant es sich anders überlegte, nahm Lizzy ihre Handtasche und verließ mit ihm das Büro. Sie durchquerten ein Großraumbüro mit unzähligen Arbeitsnischen und traten hinaus auf den nassen Gehsteig, wo bereits die Pressegeier auf sie warteten. Dutzende Reporter und Fotografen tummelten sich vor dem Polizeirevier. Lizzy und Greer mussten einen wahren Spießrutenlauf auf sich nehmen, um zu ihren Fahrzeugen zu gelangen.

Reporter zwei verschiedener Nachrichtensender folgten Greer, während der Rest Lizzy dicht auf den Fersen blieb, als sie versuchte, sich einen Weg über den Parkplatz zu bahnen.

Reporterin Stacey Whitmore war eine frischgebackene Moderatorin bei *Channel 10 News*. Wie ein Hai, der um seine Beute kreist, stürzte sie sich auf Lizzy und hielt ihr ein Mikrofon vor die Nase, während ihre Assistentin einen aufgespannten Regenschirm über sie hielt. »Stimmt es, dass Sie Jennifer und Michael Dalton kannten?«

»Kein Kommentar«, sagte Lizzy und drängte sich durch die Menge auf ihren Wagen zu.

Die Frau wich nicht von ihrer Seite. »Es gibt Gerüchte, wonach Sie das Paar vor ein paar Wochen getroffen haben. Die Daltons haben Sie beauftragt, einem möglichen Unfallversicherungsbetrug nachzugehen.«

»Ob ich die Daltons kenne oder nicht, hat mit diesem Fall nichts zu tun.«

»Sie glauben, dass Michael Dalton unschuldig ist, nicht wahr?«

Lizzy zuckte zusammen und bereute es im selben Augenblick. Woher wusste Stacey Whitmore, dass sie hinsichtlich der Schuldfrage ihre Zweifel hatte? Außer Jared kannte nur William Greer ihre persönliche Meinung über diese Angelegenheit. Reporter waren nicht nur wie Haie, sondern auch wie Schmeißfliegen. Sie schwirrten überall herum und verbreiteten Bakterien.

Als Lizzy fast zu ihrem Wagen gelangt war, waren außer Stacey und ihrem Team sämtliche Pressefritzen verschwunden. Lizzy zog den Schlüssel aus der Tasche und drückte den Entriegelungsknopf. Kaum war sie eingestiegen und wollte gerade die Türe schließen, gab Stacey ihr eine Visitenkarte und sagte: »Wenn Sie irgendetwas zu diesem Fall wissen, egal was, und mit jemandem darüber reden wollen, rufen Sie mich an.«

»Und warum sollte ich das?«

Stacey wies ihre Leute an, Abstand zu halten. Sie kamen der Aufforderung nach und zerstreuten sich wie Enten auf einem Teich, nachdem die Spaziergänger ihnen kein Brot mehr fütterten.

Lizzy schloss die Wagentür, ließ aber das Fenster hinunter, da sie hören wollte, was Stacey zu sagen hatte. Man sah der Reporterin an, dass sie etwas auf dem Herzen hatte.

»Michael Dalton und ich gingen zusammen auf die University of California in Berkeley«, vertraute Stacey ihr an.

»Aha. Sie sind also mit Michael befreundet?«

Stacey seufzte. »Wir hatten ein paar Jahre lang eine Beziehung, bevor er Jennifer kennenlernte.«

Ach so ist das. Jetzt ergibt das Ganze langsam einen Sinn. Die abgewiesene Reporterin möchte, dass ihr Ex-Freund in der Hölle schmort … oder zumindest im Gefängnis. »Sie glauben also, dass er es war?«

»Ganz im Gegenteil. Ich bin hundertprozentig davon überzeugt, dass Michael Dalton unschuldig ist. Wenn Sie das auch so sehen, was Sie anscheinend tun, dann sollten wir miteinander reden.«

»Und woher weiß ich, dass Sie das nicht einfach nur sagen, um mich zu benutzen? Sie wissen schon … Sie wollen rausfinden, was ich denke, damit sie als Erste der Öffentlichkeit erzählen können, dass Lizzy Gardner schon wieder in einen Mordfall verwickelt ist.«

Stacey machte eine wegwerfende Handbewegung, als wollte sie diesen Gedanken verscheuchen. »Das ist doch ein alter Hut, Miss Gardner.«

»Nennen Sie mich bitte Lizzy.«

»Wir waren übrigens nicht der einzige Nachrichtensender, der von Ihrem Treffen mit Greer Wind bekommen hat. Jeder weiß, dass Lieutenant Greer sich im Augenblick intensiv mit dem Fall Dalton beschäftigt, aber darum geht es mir nicht. Ich habe nicht vor, Sie zu benutzen. Ich weiß, dass Michael unschuldig ist. Mein Mann und meine zwei Kinder werden Ihnen dasselbe erzählen.«

»Sie und Michael sind Freunde geblieben, nachdem er Sie wegen einer anderen Frau verlassen hat?«

Stacey lächelte. »Sie haben ja Jennifer gesehen. Sie ist hübsch und obendrein ein wunderbarer Mensch. Da kann man Michael keinen Vorwurf machen.«

Lizzy musterte Stacey mit einem durchdringenden Blick und dachte, dass sie wohl doch nicht der blutrünstige weiße Hai war, als den sie sich die Reporterin anfangs vorgestellt hatte.

»Als ich mit meinem Mann in Hawaii Urlaub machte, haben Jennifer und Michael auf unsere beiden Kinder aufgepasst. Sehe ich aus wie jemand, der einen Mörder als Babysitter engagiert?«

Lizzy stellte fest, dass Greers Wagen verschwunden war. »Ich muss los«, sagte sie und startete den Motor.

»Kommen Sie morgen Abend zu mir nach Hause, und zwar jederzeit nach sechs Uhr«, sagte Stacey und trat von Lizzys Wagen zurück. »Die Adresse habe ich auf die Rückseite der Karte geschrieben.«

Donnerstag, 10. Mai 2012

Jedes Mal, wenn er in den Spiegel schaute, sah er seine Mutter. Er hatte mit ihr die kleine, gerade Nase gemeinsam sowie die runden, blauen Augen – nach Moms Meinung ihre besten Merkmale. Obwohl sie beide zierlich waren, maß er etwa einen Meter achtundsiebzig, während Mom höchstens einen Meter sechzig groß war.

Schließlich verschwand das Bild seiner Mutter vor seinen Augen. Er trat vom Spiegel zurück und setzte sich auf den einzigen Stuhl im Zimmer. Es erstaunte ihn, dass er nach all den Jahren ihr Gesicht im Spiegel so deutlich vor Augen hatte, als wäre er ihr gestern zuletzt begegnet. Sie war wunderschön gewesen. »Du bist mein süßer kleiner Junge und gehörst mir allein«, sagte sie jedes Mal zu ihm, wenn sie ihn abends ins Bett brachte, ihn zudeckte und ihm einen Gutenachtkuss gab. Manchmal summte sie eine kleine Melodie, ein süßes Wiegenlied, das sie sich selbst ausgedacht hatte.

Er schloss die Augen und stellte sich vor, ihren Duft einzuatmen. Oft roch sie nach einer Wiese mit Blumen, die gerade zu blühen begonnen hatte. Man hatte sie auch nach einer Blume benannt. Seinen Vater hatte er nie kennengelernt. Bereits in jungen Jahren lernte er, dass es nicht gut war, nach ihm zu fragen. Es machte seine Mutter traurig.

Mom arbeitete hart. Manchmal war sie schlecht gelaunt, wie die meisten Leute, und sie hatte nicht immer Zeit für ihn, aber an diese Tage mochte er nicht denken. Er konzentrierte sich lieber auf die guten Zeiten. Seine Mutter hatte von ihrem Großvater eine kleine Farm in Kalifornien geerbt. Sie im Alleingang zu halten, erforderte viel Arbeit. Jeden Morgen half er seiner Mutter, die Eier einzusammeln. Danach musste er im Hühnerstall das Stroh säubern. Oft jagte er die Hähne, bevor er die Schweine fütterte. Die Mutter, die in seinem Gedächtnis haften geblieben war, lächelte und lachte immer. Sie war der fröhlichste Mensch, den er je gekannt hatte. Manchmal rannte sie hinter ihm her und kitzelte ihn, wenn sie ihn erwischt hatte. Das waren gute Zeiten auf der Farm – zumindest bis zu dem Tag, als er seine Mutter in der Scheune mit einer Schaufel in der Hand und Dreck in ihrem Gesicht sah. Er würde nie den Blick vergessen, mit dem sie ihn angestarrt hatte, als er die Scheune betreten hatte – eine Mischung aus Wut und Trauer. An jenem Tag beschuldigte sie ihn jeder Menge Schandtaten und erzählte ihm sogar von seinem längst verschollenen Vater, dem er angeblich ähnlicher war, als sie jemals gedacht hätte.

Nicht lange danach verschwand seine Mutter. Niemand wusste, was mit ihr geschehen war, aber eines stand fest: Sein Leben war von da an nicht mehr dasselbe.

Von seinem zwölften bis zum vierzehnten Lebensjahr lebte er bei vier verschiedenen Pflegefamilien. Er verstand nie, warum die ersten drei ihn nicht mochten und nach relativ kurzer Zeit weiterreichten. Schließlich benahm er sich anständig und tat, was man von ihm verlangte. Er aß sein Gemüse und machte sein Bett. Er war ein braver Junge.

Seine erste Pflegefamilie waren die Kings. Mr und Mrs King störte es, dass er ein Bettnässer war. Ihn störte es ebenfalls, aber das begriffen sie anscheinend nicht, da sie jedes Mal, wenn er erneut ins Bett machte, länger und lauter herumbrüllten. Er tat sein Bestes, dass es nicht mehr geschah. Eines Tages trank er den ganzen Tag lang kein Wasser, aber am nächsten Morgen war die dünne Matratze trotzdem total durchnässt.

Kurz vor seinem zwölften Geburtstag kam er zu den Platts. Seine zweite Pflegefamilie hatte viele Kinder und noch lange danach erinnerte er sich daran, wie sehr es ihm dort gefallen hatte. Er hatte noch nie zuvor Freunde gehabt, aber bei den Platts kam es ihm vor, als hätte er gleich ein halbes Dutzend davon. Als Mrs Platt eines Tages sämtliche Kinder beim Doktorspielen erwischte – er war der Patient und ihre biologischen Kinder die Ärzte und Krankenschwestern –, war *er* derjenige, der weggeschickt wurde und künftig woanders leben musste. Das war das erste Mal, dass er weinte, seitdem seine Mutter ihn verlassen hatte.

Seine neuen Pflegeeltern – die dritte Familie – hatte ihn am nächsten Tag von der Schule abgeholt, ohne dass er sich von den Kindern der Platts verabschieden durfte. Mr und Mrs Hargroves hatten bereits zwei andere Pflegekinder, beide Jungs. Die drei gingen jeden Tag zusammen zur Schule und wieder nach Hause. Jeder machte sich sein eigenes Pausenbrot, meistens Sandwiches mit Erdnussbutter und Marmelade. Niemand kümmerte sich darum, ob er auch seine Hausaufgaben machte. Niemand interessierte sich dafür. Eine seiner Lehrerinnen, Mrs Trumble, brachte ihn zweimal früher nach Hause, um mit Mrs Hargrove zu reden. Beim ersten Mal bekam er nichts mit. Beim zweiten Mal jedoch versteckte er sich in der Küche und lauschte. Zu seiner Verwunderung hörte er, wie die Lehrerin und seine Pflegemutter darüber sprachen, dass sich in einem der Jungs seelische Abgründe auftäten.

Seelische Abgründe.

Noch heute fragte er sich, welchen der beiden Hargrove-Jungs sie wohl gemeint hatten.

Er fand es nie heraus, denn zwei Tage nach seinem zwölften Geburtstag kam er zu den Becks – Pflegefamilie Nummer vier. Er mochte Mr und Mrs Beck auf Anhieb. Sie waren fleißige Leute, die ihr eigenes Bestattungsunternehmen betrieben. Die Becks mochten ihre Arbeit und es dauerte nicht lange, bis sie dem Jungen sagten, dass sie ihn ebenfalls mochten.

Sie kümmerten sich darum, dass er stets seine Hausaufgaben machte. Sie lobten ihn, wenn er gute Noten heimbrachte, und schimpften mit ihm, wenn er mit dreckigen Schuhen das Haus betrat oder vergaß, den Hund oder die Katze zu füttern. Wenn er sich darüber beschwerte, dass Mitschüler ihn verprügelten, ging Mr Beck zum Direktor und bestand darauf, dass dieser die Schläger bestrafte.

Am besten gefiel es ihm, wenn Mrs Beck ihn abends ins Bett brachte und ihn zudeckte. Es war wirklich seltsam – egal wie viele Leichen sie tagsüber einbalsamiert hatte, abends duftete sie immer angenehm wie eine Rose.

KAPITEL 9

Ich wollte ihnen nicht wehtun,
ich wollte sie nur töten.

– David Berkowitz

Davis
Freitag, 11. Mai 2012

Als es zum dritten Mal klopfte, legte Hayley den Kindle weg, nahm die Katze von ihrem Schoß und ging zur Tür. Lizzy hatte ihr das Versprechen abgerungen, vor dem Aufmachen durch den Spion zu gucken, was sie jetzt mehr oder weniger aus Respekt tat. Als sie sah, dass es Jessica war, stieß sie einen schweren Seufzer aus. Sie machte auf und Jessica trat über die Schwelle, ohne zu warten, dass Hayley sie hereinbat. Hayley hatte schon fast vergessen, wie aufdringlich Jessica sein konnte. Sie schloss die Tür und schob den Sicherheitsriegel vor, wie Lizzy es von ihr verlangt hatte.

»Na, dann mal hallo zurück«, sagte Jessica mit einem breiten Grinsen in ihrem ohnehin stets strahlenden Gesicht. »Wo ist Lizzy?«

»Sie hatte heute Abend eine Besprechung.«

»Mit wem?«

»Das habe ich sie nicht gefragt.«

»Und warum nicht?«

»Weil sie es mir von sich aus gesagt hätte, wenn sie gewollt hätte.«

Jessica verdrehte die Augen, beugte sich über Hannah und kraulte ihr weiches Fell. »Du wirst ja immer größer, Mieze.«

Hayley setzte sich wieder auf die Couch und las in ihrem Kindle weiter.

»Was machst du da?«, fragte Jessica.

»Wonach sieht es aus?«

Jessica wandte sich von der Katze ab und nahm die Umhängetasche von der Schulter. Sie zog einen Stapel Post und ein halbes Dutzend Aktenmappen hervor und legte alles auf den Beistelltisch vor Hayley. »Mach deinen Kindle aus. Es gibt Arbeit.«

»Ich dachte, du arbeitest am Fall Cartwright.«

»Ich arbeite an mindestens sechs Fällen gleichzeitig. Aber ich reserviere jeden Tag ein paar Stunden für dich.«

»Toll.«

Jessica ignorierte den Sarkasmus in Hayleys Stimme und redete munter weiter. »Ich dachte mir, wir beide könnten zusammenarbeiten, solange du hier festsitzt. Ich schau im Büro vorbei, wann immer ich Zeit habe, lasse mir von Lizzy Arbeit geben und bringe sie hierher.«

Hayley nickte nur und hoffte, dass Jessica fertig war.

»Ich wäre schon eher gekommen, aber ich habe diesen Typen beschattet, der von der Unfallversicherung Geld will. Er hat jede Menge schwere Gegenstände gehoben. Ich habe ein paar gute Bilder gemacht. Langsam gewöhne mich an dieses Observieren.«

Schnellspannerin. Hat auch nur ganze zwei Jahre gedauert, dachte Hayley. »Und was ist mit deinem Studium?«

»Seit wann interessiert dich mein Studium?«

»Du hast recht, es interessiert mich nicht. Vergiss es.«

Jessica fuhr mit der Hand durch die Luft. »Nein, ich werde es dir sagen. Ich finde es nämlich gut, dass es dich interessiert, was ich mache. Ich mache mir auch über dich Gedanken.«

Hayley hätte sich am liebsten eine Kugel in den Kopf gejagt. Warum musste sie Jessica auch wegen des Studiums fragen?

»Ich belege zurzeit einen Abendkurs und ein paar Onlinekurse«, begann Jessica ihren Vortrag. »Aber da ich bei meiner Mutter ausgezogen bin und meine eigene Wohnung habe, brauche ich Geld, und da dachte ich mir, mach so viele Überstunden wie möglich.« Sie machte eine winzige Pause, die sie dazu nutzte, mit dem Finger auf Hayley zu zeigen. »Sobald du diese elektronische Fußfessel nicht mehr tragen musst, zeige ich dir gerne meine Wohnung.«

»Ja«, sagte Hayley, »das würde mir gefallen.« Sie meinte damit die Entfernung der Fußfessel, nicht die Besichtigung von Jessicas Apartment. Die beiden waren wie Feuer und Wasser … da bestand kein Anlass, so zu tun, als wären sie Freundinnen. Aber Jessica verstand sie natürlich falsch und strahlte übers ganze Gesicht.

»Ich kann mich nicht erinnern, wann Lizzy jemals so viel Arbeit hatte«, fuhr sie fort. »Sie hat mindestens ein Dutzend Versicherungsbetrugsfälle, und jetzt, wo du aus dem Hotel Vier Eisenstangen raus bist, will sie, dass wir zusammen nach einem achtzehnjährigen Mädchen suchen.«

»Worum geht es genau?«, fragte Hayley und tat so, als hätte sie die Bemerkung mit dem Hotel Vier Eisenstangen überhört. Jessica war der seltsamste Mensch, den sie je kennengelernt hatte.

»Eine Frau aus New York hat Lizzy beauftragt, ihre Tochter zu finden. Sie musste das Kind vor achtzehn Jahren auf Druck ihrer Eltern zur Adoption freigeben. Lizzy möchte, dass dieser Fall so schnell wie möglich zum Abschluss gebracht wird.« Jessica gab Hayley eine Akte.

»Warum diese Eile?«

»Die Frau hat vor Kurzem einen Politiker geheiratet. Ich vermute, sie möchte reinen Tisch machen, bevor ihr Mann bei den Wahlen antritt. Sie will, dass Lizzy ihre Tochter möglichst bald und diskret aufspürt, und sie zahlt einen Bonus, wenn es schnell geht.«

»Wieso beauftragt sie Lizzy, wenn sie an der Ostküste wohnt?«

»Ein Privatermittler aus Manhattan hat bereits die Adoptiveltern ausfindig gemacht. Seinem Bericht zufolge ist Adele Hampton, die Tochter, die unsere Kundin zur Adoption freigegeben hat, mit sechzehn von daheim weggelaufen. Ihre Adoptiveltern haben sie seitdem nicht mehr gesehen. Adele hat bei ihrer Flucht ein paar Dinge mitgehen lassen, darunter die Kreditkarte des Ehepaars. Bevor sie die Karte sperren ließen, wurden einige Beträge in Sacramento und Umgebung abgebucht. Die Kontoauszüge und Quittungen sind alle in der Akte. Der New Yorker Privatermittler hat Lizzy seiner Kundin empfohlen, weil er schon einmal mit ihr zusammengearbeitet hatte.«

»Ich gehe die Akte durch, suche im Internet und mache ein paar Anrufe, falls nötig«, sagte Hayley. »Hast du sonst noch was?«

Jessica griff nach einer weiteren Akte. Bevor sie sie öffnete, sagte sie: »Hat Lizzy dir etwas über den Fall Danielle Cartwright erzählt, an dem ich gerade arbeite?«

Hayley schüttelte den Kopf.

»Danielle Cartwright ist neununddreißig, hat aber bereits drei Ehen hinter sich. Ich habe mich schon mit ihr getroffen und die Akten studiert. Wenn ihre Angaben stimmen, müssen alle drei Ehemänner Arschlöcher gewesen sein. Ihr letzter Mann hat sogar Pornofilme gedreht. Als sie dahinterkam, hat sie ihn rausgeworfen.«

»Wo war sie, als er die Filme gedreht hat?«

»Danielle ist von Beruf Einkaufsberaterin. Ihre Geschäfte laufen sehr gut und sie ist viel zwischen New York, London und Paris unterwegs.«

»Das würde erklären, warum sie nicht wusste, was ihre Männer so getrieben haben.«

Jessica nickte. »Außerdem fährt sie auf extravagante und gut aussehende Typen ab.«

»Mit anderen Worten: Männer, die auf schöne Frauen anziehend wirken.«

»Richtig.«

»Worum geht es genau?«, fragte Hayley. »Ich gehe davon aus, dass du diese Frau nicht ohne Grund erwähnt hast.«

Jessica nickte. »Ihr neuester Verlobter, Dominic Povo, führt irgendetwas im Schilde, aber ich bin noch nicht dahintergekommen, was. Er arbeitet als Polier am Bau.«

»Du sitzt also den ganzen Tag im Auto und schaust den Männern zu, wie sie Nägel einschlagen?«

»Ja, weil das nun mal ihre Tätigkeit ist«, sagte Jessica und unterstrich ihre Aussage mit der entsprechenden Handbewegung. »Schließlich sind sie Bauarbeiter. Dominic Povo sieht gut aus, ein echter Hingucker, aber darum geht es nicht …«

»Jessica, jetzt komm endlich zur Sache. Was, glaubst du, führt dieser Mann im Schilde?«

»Das weiß ich nicht, aber als ich das letzte Mal an der Baustelle war, sah ich vor dem Haus, an dem sie gearbeitet haben, einen Van vorfahren. Und dann haben zwei Männer große Müllsäcke aus dem Fahrzeug in einen Schubkarren geladen. Wenn es Ziegelsteine oder Farbbehälter gewesen wären, hätte ich nicht weiter hingeguckt, aber große Müllsäcke?«

»Meinst du etwa, sie hätten darin Leichen entsorgt?«

Jessica blickte sich nervös um, als wollte sie sich vergewissern, dass die Bauarbeiter nicht in Lizzys Küche standen. »Keine Ahnung, vielleicht«, flüsterte sie Hayley zu. »Verrückt, oder? Glaubst du, ich bin paranoid, wegen allem, was in der Vergangenheit passiert ist?«

»Ja, genau den Eindruck habe ich.«

»Es geht noch weiter …, als ich gerade losfahren wollte, hat einer von Povos Männern an mein Beifahrerfenster geklopft und mich gefragt, ob er mir helfen könne.«

»Was hast du dann gemacht?«

»Ich hab ihm gesagt, ich würde mir ein paar Musterhäuser anschauen und mir einen Eindruck von der Gegend verschaffen.«

»Du hast ihm doch hoffentlich nicht deinen Namen genannt?«

Jessica verzog das Gesicht. »Ich hab ihm gesagt, ich heiße Kat Sylvester.«

»Das ist doch wohl der dämlichste Name, den ich je gehört habe.«

»Ich weiß.«

Hayley seufzte.

Jessica holte eine Visitenkarte aus der Tasche und reichte sie Hayley.

»Magnus Vitalis, Reparaturen aller Art«, las diese laut.

»Er hat mir seine Karte gegeben und mir angeboten, eine private Führung durch jedes beliebige Haus zu machen, für das ich mich interessiere.«

»Meinst du, er hat gemerkt, dass du ihn beobachtet hast?«

»Das glaube ich nicht.«

»Was hast du bis jetzt über Danielles Verlobten herausgefunden?«

»Nicht viel.«

»Abgesehen von den Leichen in den Müllsäcken«, erinnerte Hayley sie.

Jessica ignorierte die sarkastische Bemerkung. »Povo ist mit achtzehn nach Las Vegas gezogen und hat dort eine Ausbildung als Koch begonnen, aber nicht zu Ende gemacht. Jetzt ist er Polier am Bau und verdient zweihunderttausend Dollar im Jahr.«

»Das ist verdammt viel für einen Polier. Wenn seine Firma einen Wolkenkratzer bauen würde, ließe ich mir das noch eingehen, aber nicht so.«

»Der Mann ist sauber. Bisher hat er nicht mal einen Strafzettel bekommen.«

»Was noch?«

»Was meinst du damit?«

»Du bist jetzt schon eine ganze Weile an diesem Fall dran, stimmt's? Was hast du sonst noch herausgefunden?«

Jessica runzelte die Stirn. »Das ist schließlich nicht mein einziger Fall. Ich kann nun mal nicht hundert Dollar im Monat für ein mobiles Wi-Fi lockermachen, um unterwegs mit meinem Laptop ins Internet gehen zu können. Und bei den derzeitigen Spritpreisen kann ich es mir schon gar nicht leisten, in der Gegend herumzufahren. Außerdem hat Lizzy nicht das Geld, um mir an den Wochenenden Flugtickets nach Las Vegas zu bezahlen, damit ich ihn dort beschatte.«

»Du kannst nicht nur den ganzen Tag lang im Auto herumsitzen. Du musst unter die Leute gehen und mit ihnen reden. *Tu was, egal was.*«

»Ich reiße mir bei der Arbeit den Arsch auf«, verteidigte sich Jessica.

»Aber du kommst nicht voran, stimmt's? Du arbeitest für eine Privatdetektei. Da kannst du nicht erwarten, dass dich jemand bei der Hand nimmt und dir sagt, was du tun sollst.«

»Auf deine schnippischen Bemerkungen kann ich verzichten«, sagte Jessica.

Hayley nahm ihren Kindle und setzte ihre Lektüre fort.

»Ich habe den Eindruck, dass du dich im Knast nicht verändert hast.«

Hayley beachtete sie nicht und las weiter.

»Das hätte ich nicht sagen dürfen«, sagte Jessica. »Tut mir leid. War es dort schlimm?«

»Es war wie bei einem Kaffeekränzchen.«

»Oh.«

Hayley seufzte. Da sie ihren Frust nicht an Jessica auslassen wollte, legte sie den Kindle beiseite und sagte: »Hör zu, Jessica, Lizzy hätte dir diesen Job nicht gegeben, wenn sie der Meinung wäre, dass du nicht das Zeug dazu hast. Konzentriere dich auf das Wesentliche. Versuche, unkonventionell zu denken, und mache deine Arbeit.«

Jessica wirkte angespannter als sonst, und Hayley merkte in diesem Moment, dass sie ernsthaft besorgt war. »Niemand hat vor, dich zu entführen oder zu erschießen, falls du dir deswegen Sorgen machst.«

»Woher willst du das wissen? Was, wenn in diesen Säcken tatsächlich Leichen waren?«

»Wie groß ist die Wahrscheinlichkeit dafür?«, fragte Hayley. »Hör auf dein Bauchgefühl, Jessica. Wenn du bei einer Sache ein ungutes Gefühl hast, stimmt wahrscheinlich etwas nicht. So ist der Lauf der Dinge. Die Leute, die sich nicht von ihrem Instinkt leiten lassen, sind diejenigen, die in schwierigen Situationen landen … oder noch schlimmer.«

Granite Bay,
Freitag, 11. Mai 2012

Egal, wie sehr Lizzy sich auch bemühte, sich nicht von ihren negativen Gedanken herabziehen zu lassen, es schien ihr, als ob ständig eine dunkle Vorahnung über ihr schwebte. Sie hatte schon öfter mit ihrer Therapeutin darüber gesprochen, würde aber nicht umhinkommen, dieses Thema selbst aufzuarbeiten.

Die Roboterstimme des Navigationsgeräts wies Lizzy an, rechts auf den East Roseville Parkway abzubiegen und danach gleich wieder rechts. An einem eisernen Tor, das vorwiegend dekorativen Zwecken diente, empfing sie ein Wachmann und winkte sie durch, nachdem sie ihm gesagt hatte, dass Stacey Whitmore sie erwarte. Lizzy fuhr zu einer herrschaftlichen Villa, die auf einer Anhöhe lag, und schaltete den Motor aus. Auf dem Weg zum Eingang bewunderte sie die saftig grünen Palmen, die das Grundstück säumten.

Lizzy wollte gerade an der soliden Eichentür klopfen, doch Stacey kam ihr zuvor und öffnete die Tür. Sie dankte ihr, dass sie gekommen war, und bat sie herein.

Das Haus war riesig. Sie gingen an einer großen Küche vorbei, deren Schränke und Arbeitsplatten aus Granit beeindruckend wirkten, in das mit viktorianischen Möbeln vollgestellte Wohnzimmer. Die schweren, dunkel lackierten und mit kunstvollen Schnitzereien versehenen Stühle sahen aus, als gehörten sie in ein Museum. Die Panoramafenster gewährten einen atemberaubenden Blick auf ausgedehnte, sorgfältig gepflegte Rasen, einen kleinen See im Hintergrund und den lavendel- und pfirsichfarbenen Himmel. Lizzy hatte das Gefühl, als schaute sie auf ein Gemälde.

Stacey lud Lizzy mit einer Handbewegung ein, auf der Couch Platz zu nehmen. Sie selbst setzte sich auf einen Sessel mit grünem Samtbezug gleich gegenüber. »Ich weiß eigentlich nicht genau, warum ich hier bin«, sagte Lizzy. »Ich kannte Michael und Jennifer kaum, bevor dieser schreckliche Mord passiert ist, aber ich möchte offen mit Ihnen reden, weil ich – und das klingt vielleicht seltsam – Ihren Schmerz gespürt habe, als wir uns über Michael unterhielten. Sie hatten recht. Mein Bauchgefühl sagt mir, dass der Mann unschuldig ist. Aber leider reicht das nicht, wenn es um eine schwerwiegende Sache wie Mord geht.«

Lizzy nippte an ihrem Tee und hoffte, dass Stacey etwas erwidern würde, was jedoch ausblieb. Stacey war eine gute Zuhörerin und professionelle Reporterin, und es war offensichtlich, dass sie erst dann das Wort ergreifen würde, wenn Lizzy fertig war. Da Lizzy keinen Grund hatte, mit Informationen hinterm Berg zu halten, erzählte sie Stacey alles. »Jennifer und Michael hatten mich beauftragt, einen Angestellten wegen seines Antrags auf Zahlung der Unfallversicherung zu durchleuchten. Ich habe mich zweimal mit ihnen getroffen, das erste Mal bei ihnen zu Hause. Beide waren mir auf Anhieb sympathisch. Sie waren freundlich, und was mich vor allem an ihnen beeindruckt hat, war die Tatsache, dass sie äußerst liebe- und respektvoll miteinander umgingen. Da sie keine Kinder hatten und sich ständig verliebt ansahen und Händchen hielten …«

Stacey rutschte unruhig auf dem Sessel hin und her und senkte ihren Blick.

»Stimmt etwas nicht?«

»Nein, ganz und gar nicht. Ich musste nur an Jennifer denken. Fahren Sie bitte fort.«

»Ich wollte sagen, dass ihre liebevollen Gesten bei mir den Eindruck erweckten, sie wären frisch verheiratet. Deswegen war ich ja so überrascht, als ich erfuhr, dass sie schon so lange zusammen waren. Unsere zweite Begegnung fand in ihrem Maklerbüro statt, als ich den Vertrag vorbeibrachte. Jennifer telefonierte gerade und wirkte ziemlich verärgert, vor allem als der Anrufer sich nicht abwimmeln ließ … es ging da um jemanden, der ihnen zu ihrem Hochzeitstag eine Fahrt in einer Limousine spendieren wollte. Bevor ich ging, kam Michael vorbei, um Jennifer zum Abendessen abzuholen.« Lizzy atmete tief aus. »Das Ganze wäre damit für mich beendet gewesen, aber dann hat Lieutenant Greer mich gestern in ihr Büro gelassen.« Lizzy zog einen Zettel aus ihrer Handtasche und gab ihn Stacey. Es war eine Kopie des Fotos, das sie mit ihrem Handy gemacht hatte.

»Nachdem Jennifer aufgelegt hatte, hat sie einen Notizzettel zusammengeknüllt und wollte ihn in den Papierkorb schmeißen, hat aber danebengeworfen. Ich habe dann auf einen Verdacht hin nach diesem Zettel gesucht, als Greer im Nebenzimmer war. Natürlich konnte ich vom Tatort nichts entfernen, was als Beweis angesehen werden könnte, also hab ich einfach ein Foto davon gemacht. Die Schrift ist eine unleserliche Krakelei.«

»Best Limousines«, las Stacey mit zusammengekniffenen Augen.

Lizzy nickte. »Ja, genau. Leider habe ich nicht mehr als mein Bauchgefühl, dass Michael unschuldig ist, und ein Foto von einer Notiz.«

»Danke«, sagte Stacey. Sie nahm ein Fotoalbum und reichte es Lizzy mit der Bitte, es sich anzusehen. Lizzy blätterte durch die Seiten. Die Fotos zeigten Stacey und ihre Familie zusammen mit Jennifer und Michael bei, wie es schien, glücklichen Anlässen. Nun war sie mit dem Zuhören an der Reihe.

»Ich bin zwar noch relativ neu bei *Channel 10 News*, komme aber aus einer traditionellen Reporterfamilie. Mein Vater und ich haben unzählige Male darüber gesprochen, dass man seinem Bauchgefühl trauen muss. Wir beide haben Dutzende

Kriminelle interviewt, darunter auch kaltblütige Killer. Mir ist natürlich klar, dass Sie gezwungen waren, mehrere Monate bei einem der schlimmsten von dieser Sorte zu verbringen. Was ich damit sagen will: Man kann uns nichts vormachen, Lizzy. Michael ist unschuldig.«

Nach einer Weile legte Lizzy das Fotoalbum beiseite und sagte: »Ich habe Lieutenant Greer gegenüber erwähnt, dass ich mit Michael reden will.«

»Wieso? Was würden Sie ihm sagen?«

»Das weiß ich noch nicht genau. Ich möchte ihm ein paar Fragen stellen und sehen, wie er reagiert.«

Stacey nickte nachdenklich. »Sagen Sie Bescheid, wenn es soweit ist?«

»Selbstverständlich.«

Beide erhoben sich. Als Lizzy der Reporterin die Hand reichte, nahm diese sie mit beiden Händen. In diesem Augenblick sah Lizzy Verzweiflung in ihren Augen. *Warum?* Irgendwie hatte Lizzy das Gefühl, dass da mehr war, als Stacey nach außen hin zeigte, behielt diesen Gedanken jedoch für sich. Gefühle hatten ihren Platz, aber Geduld konnte manchmal auch nicht schaden.

KAPITEL 10

Ich redete mit ihr und sagte ihr, dass mir das, was ich ihr angetan hatte, leidtat. Es war das erste Mal, dass ich mich bei einem Menschen, den ich getötet hatte, entschuldigte.

– Peter Sutcliffe

Samstag, 12. Mai 2012

Die Holztreppe knarzte, als er die Stufen herabstieg. Bei jedem Schritt passte er sorgfältig auf, wo er hintrat, und stützte sich im Dunkeln mit der Hand an der kalten Wand ab, bis er mit dem rechten Fuß auf dem Betonboden auftrat. Er tastete seitlich und nach oben, fand das Ende der Kette und zog daran.

Klick.

Das Licht ging an.

Alles war makellos, genauso, wie es ihm gefiel. Der Raum roch nach Desinfektionsmittel. In den beiden Käfigen am hinteren Ende des Raumes befanden sich je eine Matratze und eine Decke, Müsliriegel, Wasserflaschen und sogar eine mobile Toilette. Der Spaß konnte beginnen.

Er hatte unzählige Stunden damit verbracht, seinen speziellen Raum herzurichten und sicherzustellen, dass alles an seinem Platz war. Jedes Mal, wenn er die steilen Stufen der

Holztreppe hinabstieg – was leider nicht so oft vorkam, wie er es sich gewünscht hätte –, war er unheimlich stolz auf das, was er geschaffen hatte. An einer glatt verputzten Wand hingen Erinnerungsstücke, darunter handgemachte Halsketten, die mit Ringen, Haarbüscheln, Goldzähnen, Führerscheinen, einem Daumen, Fingern und fünf schönen Zehen verziert waren.

Er atmete ein und verspürte ein fast schon schwindelerregendes Gefühl der Zufriedenheit, als er sich den Geruch der Angst und den Schrecken seiner Opfer aus längst vergangenen Tagen und Nächten vergegenwärtigte.

Das Lieblingsstück seiner Memorabilien-Sammlung war das herzförmige Kunstobjekt, das er vor Jahren aus den getrockneten Häuten von Susan und Raymond Fenster angefertigt und eingerahmt hatte. Die linke Hälfte bestand aus Susans Haut, die rechte aus der von Raymond. Vor dem Trocknen der Häute hatte er besondere Sorgfalt auf ihre Konservierung gelegt, indem er sie mit einer Mischung aus Formaldehyd und Lösungsmitteln behandelt hatte. Die winzigen Nähte, mit denen er die beiden Hälften miteinander verbunden hatte, konnte man kaum erkennen.

Von allen seinen Opfern hatten Susan und Raymond wohl am längsten leiden müssen, aber dafür waren sie das einzige Paar, das bereitwillig im Namen der Liebe den Tod gewählt hatte. Da keiner es ertragen konnte, dem Leiden des anderen zuzusehen, hatten sie eine Vereinbarung getroffen: Wenn sich die Gelegenheit ergäbe, würde Raymond Susan irgendwie töten und sich unmittelbar darauf das Leben nehmen. Obwohl sie zu der Zeit in verschiedenen Käfigen gefangen gehalten wurden, standen diese so nahe nebeneinander, dass sie sich durch die Gitterstäbe berühren konnten.

Nachdem er den beiden eine Weile zugehört hatte, wie sie darüber sprachen, sich zu Tode zu hungern, um diesen Albtraum zu beenden, hatte er Susan ein Jagdmesser gegeben und damit eine Gelegenheit, sich selbst ein schnelles Ende zu bereiten. Zu seiner Überraschung machten sie mit ihrem Gerede über

Selbstmord weiter, und zwar aufgeregter als zuvor. Er versuchte sogar, sie von ihrem Plan abzubringen, aber ihr Entschluss stand fest. Binnen einer Stunde, nachdem Susan in den Besitz des Messers gekommen war, hatte Raymond seiner Frau die Kehle durchgeschnitten.

Obwohl er Raymond versprochen hatte, ihn laufen zu lassen, wenn er tatsächlich seine Frau tötete, nahm dieser sich unmittelbar nach seiner Tat das Leben. Bevor er sich das Messer an die Kehle setzte, griff er jedoch noch ein letztes Mal durch die Gitterstäbe und umklammerte die Hand seiner Liebsten.

Seiner Meinung nach verkörperten Susan und Raymond wahre Liebe.

In alle Ewigkeit.

Als er nun sehnsüchtig auf die Wand mit den Andenken starrte und viele seiner besten Augenblicke noch einmal durchlebte, ließ er seine Gedanken schweifen. Der Raum hatte keine Fenster und war schalldicht, was noch wichtiger war. Die kleine verborgene Tür, hinter der sein Versteck lag, war aus galvanisiertem Stahl. Nichts drang nach außen, auch nicht die unheimlichen Geräusche, die Tausende von Käfern und ihre Jungen machten, während sie sich durch die mit Drahtgeflecht verkleideten Wände einer zwei Meter langen und zwei Meter breiten Holzkiste bohrten.

Als Kind hatte er Angst vor Käfern, Insekten und anderen Kriechtieren gehabt, darunter Würmer, Spinnen und Stechmücken. Egal, um welche Art es sich handelte, er hielt gehörigen Abstand. Ratten und Frösche machten ihm nichts aus, aber Käfer … Käfer hatten einfach zu viele Beine und seltsame Augen. Sie zirpten und summten und waren praktisch unsichtbar – mal sah man sie, und dann wieder nicht. Er konnte sich nie sicher sein, wann ein Käfer in seiner Suppe schwamm oder von der Zimmerdecke auf ihn herabfiel, wenn er schlief. Meist krabbelten sie lautlos an ihn heran, wenn er es nicht merkte.

Ein Insekt, bei dessen Anblick er wirklich eine Gänsehaut bekam, war der Bockkäfer. Diese Tiere besaßen einen großen, zylindrischen Rumpf mit hartem Panzer. Trotz ihrer langen, antennenartigen Fühler waren sie in der Lage, sich lautlos in jede noch so winzige Ritze zu zwängen. Sie waren Meister der Tarnung.

Vor vielen Jahren, als er in tiefer Dunkelheit in seinem Bett geschlafen hatte, hatte er keine Ahnung gehabt, wie viele Käfer sich darunter befunden hatten oder an den Wänden entlanggekrochen waren und ihn beobachtet hatten. Den Bockkäfer hatte er entdeckt, nachdem die Becks ihn adoptiert hatten. Da war er gerade dreizehn geworden. Kaum war er bei ihnen eingezogen, weckten diese Käfer in ihm Gefühle, die er bislang nicht gekannt hatte: Sie jagten ihm Angst ein.

Nachts, wenn er bei offenem Fenster schlief, hörte er das seltsame und unnatürliche Summen der fleischigen Larven mit rundem Körper, wenn sie sich durch das weiche Holz der vielen Bäume bohrten, die das Grundstück säumten. In diesen Augenblicken fragte er sich, ob die Insekten einen Angriff planten. Sein Herz schlug schneller und seine Hände wurden feucht. Vielleicht faszinierte ihn damals die Gleichgültigkeit der Käfer gegenüber seiner Existenz.

Sein Blick wanderte von dem Käfig zu dem Einweckglas neben dem Fernseher. Beim Anblick des darin konservierten Herzens musste er jedes Mal den Kopf schütteln. Von allen Menschen, die umzubringen er bisher das Vergnügen gehabt hatte, war Betsy Weaver mit Abstand die lauteste und unausstehlichste Person gewesen. Obwohl es ihm nicht immer gelang, versuchte er, seine Opfer, die er in dieses spezielle Versteck brachte, so lange wie möglich vor und nach ihrem Tod zu behalten. Aber nur wenige Stunden nach Betsy Weavers Entführung musste er einsehen, dass er einen Fehler gemacht hatte. Die Frau liebte niemanden außer sich selbst. Obwohl sie fast dreißig Jahre lang verheiratet gewesen war, hatte sie nicht gezögert, ihren armen Mann nach wenigen Minuten den Wölfen zum Fraß vorzuwerfen.

Stan Weaver hatte bis zum heutigen Tag keine Ahnung, wie nahe er dem Tod gekommen war.

Bevor er dazu gekommen war, Stan anzurufen und seine sorgfältig ausgeheckten Pläne in die Tat umzusetzen, hatte er sich selbst um Betsy gekümmert und damit Stan die Mühe erspart. Die Frau war eines schmerzhaften Todes gestorben, und dennoch war er sich nicht sicher, ob sie aus dieser Erfahrung etwas gelernt hatte. Betsy zu töten, hatte ihm mit Sicherheit keinen Spaß gemacht. Sie war das herzloseste Miststück, das er je kennengelernt hatte, und zwar im wahrsten Sinn des Wortes, wie er sich lächelnd gestand, als er den Inhalt des Glases betrachtete.

Er atmete tief aus, ging zum Fernseher, der auf einer hohen und schmalen Kommode stand, und schaltete das Gerät ein. Dann setzte er sich an den kleinen Schreibtisch, auf dem sich ein Computer befand, nahm die Fernbedienung und zappte durch die Kanäle, bis er bei den Abendnachrichten landete.

Während er darauf wartete, dass der Computer hochfuhr, warf er einen Blick auf die Liste mit den Namen in seinem Notizbuch. Ganz oben standen Kassie und Drew Scott. Die beiden könnten durchaus das nächste Paar sein, das in den Käfigen Platz finden würde. Aber im Gegensatz zu der öffentlichen Wahrnehmung waren seine Opfer keinesfalls nur Paare. Hin und wieder – um genau zu sein, dreimal in den letzten zehn Jahren – hatte er spontan und ohne vorherige Planung getötet. Als er zum Beispiel eines Tages herausfand, dass ein Paar, das er über einen längeren Zeitraum hinweg beobachtet hatte, aus beruflichen Gründen unerwartet nach Europa gezogen war, verspürte er den unwiderstehlichen Drang, seinen Frust und seine Wut anderweitig abzureagieren. Das unglückliche Opfer hieß Felicia Potter.

Von einem Serienmörder getötet zu werden, kam einem Sechser im Lotto gleich, zumindest was die Wahrscheinlichkeit betraf. Felicia hatte in jener Nacht, in der es so kalt gewesen war, dass man nicht einmal einen Hund nach draußen geschickt hätte, den Fehler begangen, eine Gartenschere und eine Leiter neben einem absterbenden Baum in ihrem Vorgarten liegen und stehen zu lassen. Diese Gelegenheit hatte er sich unmöglich entgehen lassen können. Es war das erste Mal, dass er sich an einer Leiche sexuell verging.

Die ganze Nacht lang hatte er leidenschaftlichen Sex mit der toten Felicia. Der feuchtkalte Geruch des Todes steigerte sein Vergnügen nur noch. Als er sich auf sie legte, lief Blut aus ihrem Mund. Alleine schon das Halten ihrer Hand gab ihm das Gefühl, geliebt zu werden, und am nächsten Morgen musste er sich buchstäblich von ihr losreißen. Nach dieser Nacht fuhr er eine Zeit lang täglich an ihrem Haus in der Vierzehnten Straße vorbei und wünschte sich, er könnte ihr einen weiteren Besuch abstatten. Eine Woche darauf fand man ihre Leiche.

Die Polizei wurde nicht schlau daraus.

Von da an begriff er, dass es für ihn vorteilhaft war, wenn er hin und wieder seine Vorgehensweise änderte und die Polizei und das FBI auf eine falsche Fährte lockte. Jedes Mal, wenn irgendwo eine Leiche auftauchte, versetzten die Medien die Bevölkerung von Sacramento in Panik.

Nach der Sache mit Felicia verbrachte er seine untätigen Phasen damit, Fachliteratur über andere Serienmörder zu lesen. Vor allem Bücher, die Profiler und FBI-Agenten verfasst hatten, faszinierten ihn bis zur Besessenheit. Er verschlang Informationen über die Erstellung von Täterprofilen, über die Motive von Kriminellen, über psychopathisches Verhalten. Und er las die fesselnden Geschichten anderer Mörder: seiner Lehrmeister und Vorbilder, allesamt innovative Bahnbrecher des Bösen. Er studierte, analysierte, interpretierte die Fülle von Informationen und lernte daraus. Wenn er sein letztes Opfer verstümmelt hatte, so erwürgte er sein nächstes. Und so weiter.

Und jetzt, als er gerade sein Notizbuch studierte und sich am Kinn kratzte, musste er darüber schmunzeln, wie clever er war. Seine Aufmerksamkeit galt vor allem Nummer zwei auf der Liste: Ken und Barbie. Das war kein Witz, so hießen sie wirklich. Kenneth und Barbara Garbes. Er machte sich ein paar Notizen zu neuen Informationen, die er über das Paar herausgefunden hatte, und hörte nebenbei den Wetterbericht.

Es sollte weiterhin regnen. Gut. Er mochte Regen und hoffte, dass dieser wie letztes Jahr bis zum Sommeranfang anhalten würde. Plötzlich sah er aus dem Augenwinkel, wie das Foto von Michael Dalton den Bildschirm ausfüllte.

Daltons Festnahme sorgte seit Tagen für Schlagzeilen, obwohl der Mann eigentlich ein Niemand war. Warum dann das ganze Trara? Dass ein Ehemann seine Frau ermordete, kam in Amerika fast täglich vor. Als Nächstes sah man auf dem Bildschirm, wie Lieutenant William Greer das Sacramento Police Department mit einer zierlichen blonden Frau im Schlepptau verließ. Sie war allerhöchstens einen Meter sechzig groß.

Er stellte den Fernseher lauter. Lizzy Gardner, eine Privatermittlerin, hatte Grund zu der Annahme, dass Michael Dalton nicht der Mörder seiner Frau Jennifer war.

Er zappte durch die Kanäle. Auf allen lokalen Nachrichtenkanälen dieselbe Story: Lizzy Gardner glaubte an Michael Daltons Unschuld. Natürlich war alles reine Spekulation, aber es beunruhigte ihn. Was hatte diese Frau dem Lieutenant zu sagen? Michael Dalton befand sich wegen des Verdachts, seine Frau ermordet zu haben, in Untersuchungshaft. Die Beweise gegen ihn waren erdrückend.

Er wandte sich dem Computer zu und unternahm eine Schnellsuche nach Lizzy Gardner.

Ah, jetzt fiel es ihm wieder ein. Die Frau war ihm irgendwie bekannt vorgekommen, und jetzt wusste er auch, warum. Sie war die Privatermittlerin, die als Teenager entführt worden war, aber entkommen konnte. Lizzy Gardner hatte damals mehrere Monate in der Gewalt des Spinnenmanns verbracht, eines berüchtigten Serienmörders, der gerne junge Mädchen folterte, von denen seiner Ansicht nach eine Gefahr für die Gesellschaft ausging. Das ergab eindeutig einen Sinn. Der Tod solcher Mädchen war kein Verlust für die Allgemeinheit. Was Lizzy Gardner jedoch von den anderen Opfern unterschied, war die Tatsache, dass sie überlebt hatte.

Er überflog die Artikel, wobei er einige übersprang, andere dafür mehrmals las. Ihre Privatdetektei lief gut und sie lebte immer noch hier in Sacramento. Er lachte aus keinem bestimmten Grund, vielleicht deshalb, weil Privatermittler irgendwie kein richtiger Beruf war. Jeder konnte sich ein Schild an die Tür hängen und sich so nennen.

Bei Jake Gittes, Jim Rockford oder Sam Spade war das etwas anderes. Die Typen hatten es drauf.

Er lachte noch einmal, bevor er weiterlas.

Lizzy Gardner genoss bei einem Großteil der Bevölkerung fast schon einen Heldenstatus, weil sie geholfen hatte, einen Mörder unschädlich zu machen, der in Sacramento viel zu lange Angst und Schrecken verbreitet hatte. Manche sahen sie als den Typ Mensch, der Ärger regelrecht anzog und ein Chaos hinterließ – eine Auffassung, die er momentan teilte.

Aus dem Augenwinkel nahm er eine Bewegung in einer Ecke des Zimmers wahr. Er wandte sich der Frau auf dem Holzstuhl zu.

Sie wirkte nervös.

Hatte er am Anfang ihre zierlichen Fußknöchel mit dicken Seilen an den vorderen Stuhlbeinen befestigt, so sah er jetzt keine Notwendigkeit mehr dazu. Wenn sie wollte, konnte sie sich frei bewegen und im Haus herumlaufen, aber das tat sie nie, jedenfalls nicht, wenn er anwesend war. Im Augenblick kaute sie gierig auf dem Müsliriegel herum, den er vor ihre Füße gelegt hatte.

»Hunger?«

Sie antwortete nicht. So wie es aussah, hatte sie ein paar Pfund zugenommen.

»Hast du nicht gesagt, dass deine Familie dich liebt?«, fragte er. »Wenn es wirklich so wäre, hätten sie dich längst gefunden.«

Er schüttelte den Kopf. Sie beachtete ihn wieder einmal nicht. So ging das immer: Entweder redete sie ihm die Ohren voll, sagte ihm, was er zu tun habe, und versuchte ihn zu überzeugen, er möge sie doch gehen lassen. Oder sie tat so, als wäre er Luft für sie. Mehr als einmal hatte er tatsächlich überlegt, ob er sie freilassen sollte, aber jedes Mal, wenn er diesen Drang verspürte, gewann ein anderer Impuls die Oberhand und hielt ihn davon ab. Sie wussten beide nur zu gut, dass sie auf schnellstem Weg zur Polizei gehen würde. Sicher, er hatte Vorsichtsmaßnahmen getroffen – Augenbinden, Schlaftabletten, bla bla bla –, um sicherzustellen, dass sie nicht wusste, wo sie war. Aber sosehr er es sich selbst gegenüber auch abstritt, Tatsache war, dass er sie liebte, und zwar wie verrückt. Das tat er schon seit vielen Jahren.

Deshalb konnte er sie nie gehen lassen.

KAPITEL 11

Ihr kriegt mich nie. Ich werde wieder töten. Dann wird es ein langes, aufwändiges Gerichtsverfahren geben. Und dann werde ich es wieder tun.

– Henry Brisbon

Davis
Montag, 14. Mai 2012

Hayley öffnete eine neue Akte, unternahm eine Suche im Internet und machte sich ein paar Notizen. Allerdings war es schwierig, sich zu konzentrieren, solange Lizzy und Jared in der Küche miteinander schmusten. Jared war gestern Nacht nach Hause gekommen und jetzt benahm Lizzy sich wie ein verliebter Teenager – mehr, als Hayley lieb war. Wenn jemand bei diesen beiden Turteltauben wohnen sollte, dann Jessica, nicht sie.

Kitally, ein Mädchen, das sie in der Jugendstrafanstalt kennengelernt hatte, wollte in einer Stunde vorbeikommen. Eigentlich müssten Lizzy und Jared bereits auf dem Weg zur Arbeit sein, aber im Augenblick waren sie viel zu sehr damit beschäftigt, nach Jareds Abwesenheit Versäumtes nachzuholen. Jetzt reichte es Hayley. »Könnt ihr beide nicht ins Schlafzimmer gehen? Oder soll ich mir den Kopfhörer aufsetzen?«

Jared lachte. »Ich freue mich einfach, dass ich wieder daheim bin.«

»Das hätte ich jetzt nicht vermutet.«

Jared gab Lizzy noch einen Kuss und nahm seinen Aktenkoffer an sich, der neben der Tür stand. Vor dem Gehen wandte er sich Hayley zu. »Wenn du irgendwas brauchst, meine Telefonnummer ist an der Kühlschranktür.«

»Danke, Dad.«

Jared schüttelte nur den Kopf und ging zur Tür hinaus.

Als er weg war, spürte Hayley, dass Lizzy sie ansah.

»Was ist?«, fragte sie.

»Alles in Ordnung bei dir?«

»Mir geht's gut«, antwortete Hayley und zeigte Lizzy eine Visitenkarte von einem Geschäft namens *Lilys Blumenladen*. »Ich bin gerade dabei, die Datentabellen von unseren aktuellen Fällen auf den neuesten Stand zu bringen, und da hab ich in der Simpson/Dalton-Akte diese Karte hier gefunden. Ich glaube nicht, dass sie da rein gehört.«

Lizzy nahm die Karte an sich und sah sie sich genauer an. »Bist du dir sicher, dass sie in der Simpson-Akte war?«

»Ja. Sie steckte zwischen den Seiten des unterschriebenen Vertrags zwischen deiner Agentur und *J&M Realty*.«

»Dann hat Jennifer sie wohl aus Versehen dazugelegt und in den Umschlag gesteckt.«

»Meinst du dieselbe Jennifer, die erst vor Kurzem ermordet wurde?«

»Ja, genau«, sagte Lizzy. Sie nahm ihre Handtasche und steckte die Karte hinein. »Hast du die Simpson-Akte, oder hat Jessica sie wieder ins Büro mitgenommen?«

»Ich hab sie hier bei mir.«

Lizzy nahm die Akte an sich und ging zur Tür. Bevor sie den Raum verließ, drehte sie sich noch einmal zu Hayley um. »Ist auch wirklich alles in Ordnung?«

Hayley erwiderte ihren Blick. »Mir geht's gut. Wirklich.«

»Alles klar. Sperr hinter mir die Tür ab, okay?«

»Mach ich.«

Lizzy zog die Tür hinter sich zu.

Da Hayley davon ausgehen musste, dass Lizzy draußen horchte, bis das Klicken des Sicherheitsschlosses ertönte, stand sie auf, ging zur Tür und schob den Riegel vor. Dann drückte sie die Stirn gegen die Tür und fragte sich, ob Lizzy sich jemals sicher fühlen würde.

Ihr nächster Gedanke galt ihrer Mutter. Sie musste ständig an sie denken. Bereits heute Morgen hatte sie mehrmals dort angerufen, aber niemand war ans Telefon gegangen. Hayley fragte sich, ob ihre Mutter Brian wirklich aus ihrem Leben verbannt hatte. Sie warf einen Blick auf das Telefon. Vielleicht sollte sie Jessica anrufen und sie bitten, beim Haus ihrer Mutter vorbeizuschauen.

Bevor sie sich entscheiden konnte, ob sie den Anruf tätigen sollte oder nicht, klopfte es an der Tür. Hayley sprang auf, schaute durch den Spion und sah Kitally. Sie ließ ihre Freundin herein und sperrte hinter ihr wieder die Tür zu.

»Hey«, sagte Kitally. »Wie geht's?«

»Geht so. Danke, dass du gekommen bist.«

Kitally war siebzehn, etwa einen Meter fünfundsechzig groß und asiatischer Abstammung. Sie trug ein rotes trägerloses Kleid im Retro-Look, das zu niemand anderem als ihr passte. Kitally hatte hohe Wangenknochen und ein markantes Kinn. Um ihre braunen Augen hatte sie dicken bunten Eyeliner aufgetragen. Ihren Kopf hatte sie kahl geschoren und nur eine dünne Schicht schwarzen Flaum übrig gelassen.

Obwohl das Mädchen Hayley an einen übermütigen, verspielten Hundewelpen erinnerte, war ihr Kitally von Anfang an sympathisch gewesen. Kitally war hochintelligent, was den meisten Menschen jedoch nicht auffiel, da sie diese Außergewöhnlichkeit hinter der Fassade einer verrückten Persönlichkeit verbarg. Sie konnte nett sein, aber nur einen Augenblick später taktlos und unverschämt. Sowohl mit Worten als auch Taten war sie oft unverblümt und direkt, weswegen viele der anderen Insassen im Jugendgefängnis ihr aus dem Weg gegangen waren.

Hayley hatte von Kitally das erste Mal während ihrer zweiten Haftwoche Notiz genommen, und zwar beim Mittagessen. Wie alle anderen hatte auch Hayley aufgeschaut, als Abby, das größte und frechste Mädchen im Knast, die Frau an der Essensausgabe anschrie. Diese Frau hatte keinen Einfluss darauf, was es zum Mittagessen gab; sie tat lediglich ihre Arbeit. Aber Abby scherte sich einen Dreck darum. Sie brauchte einfach jemanden, an dem sie ihre schlechte Laune auslassen konnte, und die Frau an der Essensausgabe war einfach zur falschen Zeit am falschen Ort.

Als Abby die Frau beschimpfte, schlenderte Kitally vorbei und rotzte auf Abbys Teller. Niemand sagte ein Wort, weder vor noch nach dem Essen, aber die Frau an der Essensausgabe hatte den ganzen Tag ein Lächeln im Gesicht.

Es gab Gerüchte, dass Kitally zu einer Bande gehörte. Sie hatte bei Schlägereien anderen Jugendlichen Beine und Arme gebrochen und einmal sogar einem mit einer Plastikgabel ins Auge gestochen, worauf er erblindete. Im Gefängnis waren ständig Wärter anwesend, aber jeder wusste, dass sie keine Schusswaffen trugen. Was konnte ein Wärter ohne Waffe schon machen? Außerdem sah das Gefängnispersonal es gerne, wenn ein Insasse Bewegung und Abwechslung in den langweiligen Alltag brachte.

Hayley und Kitally freundeten sich an dem Tag an, an dem einer der Wärter Hayley schikanierte, sie beschimpfte und mit seinem Knüppel stieß. Sie hatte keine Ahnung, warum er das tat, aber er ließ sie in jenem Augenblick einfach nicht in Ruhe.

Kitally saß zufällig in der Nähe, als Hayley einen Blick auf die Salatzange in der Schüssel warf, die jemand auf dem Tisch stehen gelassen hatte. Daraufhin rückte Kitally näher an Hayley heran und riet ihr davon ab, die Zange als Waffe zu benutzen. Sollte sie dennoch ihren Plan in die Tat umsetzen – einen Plan, den sie nicht einmal in Worte gefasst hatte –, wären ihre Chancen gleich null.

Das Mädchen hatte ihre Gedanken gelesen.

Die nächsten sechs Monate saßen sie bei jeder Mahlzeit zusammen, bis Kitally entlassen wurde. Sie verriet Hayley nie, warum sie überhaupt einsaß.

»Möchtest du was essen?«, fragte Hayley.

»Nein, danke, ich hab keinen Hunger.«

Hayley wollte sich gerade auf die Couch setzen, als es erneut klopfte. Mit zusammengekniffenen Augen ging sie zur Tür.

Was zum Teufel wollte er hier?

Es war der Junge, der Lizzy vor einigen Monaten bei ihrem Selbstverteidigungskurs assistiert hatte. Tommy. Derselbe Junge, von dem Lizzy geredet hatte, als sie Hayley im Gefängnis besuchte, und später, als sie sie nach Hause holte. Wahrscheinlich steckte Lizzy auch jetzt dahinter. »Scheiße.«

»Was ist los?«

»Die Frau, bei der ich hier wohne, hat die schlechte Angewohnheit, mich verkuppeln zu wollen.«

Kitally spähte durch den Spion. »Der sieht ja wie der totale Nerd aus. Schmiert er sich etwa Gel ins Haar?«

Hayley fand, dass ihre Freundin mit dieser Einschätzung richtiglag. Tommy Ellis war schon ein komischer Typ. Seine Haare waren fein säuberlich gescheitelt. Er trug ein frisch gebügeltes, lindgrünes Hemd mit gestärktem Kragen und eine Hose, die weder hauteng noch locker saß. Das Einzige, was ihm noch fehlte, war ein bunter, ausgeleierter Pullover, der ihm an den Schultern zu groß war. Hayley entriegelte das Sicherheitsschloss und öffnete die Tür, bevor Tommy ein zweites Mal klopfte. »Was willst du?«

»Hallo«, begrüßte er sie. »Wie geht's?«

»Gut.«

»Hat Lizzy dir gesagt, dass ich vorbeikommen wollte?«

»Nein.«

»Ach so. Na ja, sie meinte, du könntest jemanden brauchen, der dir Gesellschaft leistet.«

»Da hat sie sich geirrt.« Hayley wollte die Tür wieder zumachen, aber Tommy drückte dagegen.

»Kann ich wenigstens für ein paar Minuten reinkommen?«

»Wie heißt du gleich wieder?«, fragte Hayley. Sie wollte ihm keine falschen Hoffnungen machen, dass sie Freunde werden könnten.

»Tommy Ellis. Ich gebe Kurse für Kinder und Jugendliche am Institut für Selbstverteidigung in Roseville.«

Hayley wollte ihn gerade zum zweiten Mal abwimmeln, als Kitally die Tür ganz aufstieß und Hallo sagte.

Tommy hielt ihr die Hand hin, aber Kitally nahm sie nicht.

Jetzt machte sich Hayley wirklich Sorgen. Nur weil sie sich nicht mit Tommy anfreunden oder ihn ins Haus lassen wollte, hieß das noch lange nicht, dass sie ihn fertigmachen wollte, bevor sie ihn wegschickte. Genau das würde Kitally nämlich tun. Das Mädchen konnte die meisten Menschen nicht ausstehen.

Kitally musterte Tommy gründlich. Als ihr Blick auf seine Schuhe fiel, schaute sie angewidert drein. Doch plötzlich riss sie die Augen auf und schaute an dem Jungen vorbei. »Ist das dein Motorrad?« Sie zwängte sich an ihm vorbei und ging auf das Zweirad zu.

Tommy folgte ihr.

Hayley sah den beiden mit verschränkten Armen zu, wie sie sich angeregt über das Ding unterhielten. »Ich geh mal wieder rein. Wenn ihr fertig seid, könnt ihr kommen.«

Als sie keine Antwort erhielt, ließ sie die Tür offen und steuerte die Couch an.

Die beiden kamen ein paar Minuten später.

Hayley hatte sich bereits hingesetzt. Nachdem Tommy die Tür zugemacht hatte, legte sie den rechten Fuß auf den Couchtisch und zog das Hosenbein bis zum Knie hoch, damit Kitally sich die elektronische Fußfessel genauer ansehen konnte. Sie wollte das Ding loswerden – je eher, desto besser. Was Karate Kid darüber denken mochte, interessierte sie nicht. Wenn es ihm nicht passte, konnte er ja gehen.

Kitally setzte sich neben sie und untersuchte das Gerät.

»Das ist eine GPS-gesteuerte Fußfessel …«, begann Hayley.

»Ich weiß«, schnitt ihr Kitally das Wort ab. »Das Ding bekommt von GPS-Satelliten Informationen über deren Standort und Uhrzeit. Wenn es mindestens vier aktive Satelliten gibt, kann der GPS-Empfänger seinen eigenen dreidimensionalen Standort berechnen. Die Kontrolleinheit in der Wohnung oder dem Haus der überwachten Person steht in ständigem drahtlosen Kontakt zu der Fußfessel und fordert deren Koordinaten an. Die Fußfessel übermittelt diese Daten in verschlüsselter Form an die Kontrolleinheit. Hier wird es kompliziert und damit interessant für Leute wie mich. Dieses verschlüsselte *Informationspaket* enthält ein paar Dinge, die es für eine wirksame Kommunikation benötigt, darunter eine *MAC-Adresse* – Abkürzung für Media-Access-Control-Adresse. Die wiederum ist für jedes Gerät, das über ein Rechnernetz kommuniziert, einmalig.«

Hayley war nicht davon begeistert, dass Tommy ihnen über die Schulter guckte. Sie wollte nicht, dass er Lizzy und Jared etwas erzählte. Aber darüber konnte sie auch später mit ihm reden. Notfalls würde sie ihm drohen, ihm ein Bein zu brechen. Sie sah Kitally an. »Kannst du mir helfen?«

Kitally drehte Hayleys Fußknöchel nach rechts. Sie dachte eine Weile nach und schüttelte schließlich den Kopf. »Ich weiß nicht. Das hier ist nicht wie die anderen Aufspürgeräte, die ich bisher gesehen habe.«

»Was habt ihr vor?«, fragte Tommy.

Hayley seufzte. »Das sage ich lieber nicht.«

»Ein fünfjähriges Kind könnte das Ding abmachen. Aber wenn du tagsüber aus dem Haus willst, solltest du es nicht abnehmen und wieder anlegen. Zu riskant.«

»Danke«, sagte Hayley und wandte sich Kitally zu. »Was schlägst du vor?«

Kitally wiederum blickte zu Tommy. »Was meinst du, du Nerd?«

Hayley wandte den Kopf und wartete Tommys Antwort ab. Sie nahm sich vor, keine Gedanken mehr daran zu verschwenden, was Kitally mit ihm machen würde. Wenn er schon unangemeldet bei ihr hereinschneite, musste er selbst sehen, wie er zurechtkam.

Tommy zog sein iPhone aus der Tasche und machte von der Fußfessel mindestens ein Dutzend Fotos. »Ich glaube, ich kann die MAC-Adresse auf einem anderen Gerät klonen. Dann kannst du das echte einfach zu Hause lassen.«

Hayley sah ihn an. »Du verarschst mich doch nur.«

Tommy machte noch zwei Fotos und steckte das iPhone weg.

»Kannst du das wirklich?«, fragte Hayley.

Er schnaubte verächtlich und sagte: »Das ist Kleinkinderkram.«

Hayley traute ihren Ohren nicht. Wenn Tommy ihre Fußfessel wirklich klonen konnte, hätte sie in den nächsten sechs Monaten, oder wie lange auch immer sie das Gerät tragen musste, Bewegungsfreiheit. Was am wichtigsten war: Sie könnte ihre Mutter im Auge behalten und sich davon überzeugen, dass sie in Sicherheit wäre. Und sie könnte in der Gegend herumstreifen. »Wann kannst du damit anfangen?«

»Heute.«

Kitally rieb sich die Hände. »Das ging ja leicht.« Sie ging zur Tür.

»Gehst du schon?«

Kitallys Lächeln sah mehr wie ein Grinsen aus. »Ich muss noch ein paar Leute besuchen.«

»Was schulde ich dir?«, fragte Hayley.

Kitally stieß ein quietschendes Lachen aus. »Mein Vater hat Geld wie Heu und ich bin seine Prinzessin. Wenn du mich für irgendetwas brauchst, ruf einfach an.«

Tommy und Hayley begleiteten sie nach draußen.

Kitally hüpfte den Fußweg entlang und blieb noch einmal vor Tommys Motorrad stehen. »Wenn einer von euch mal mit einem richtigen Motorrad fahren will, meldet euch.« Sie lachte, setzte sich hinter das Steuer eines glänzenden, silbernen Porsches und fuhr los.

»Die ist cool«, sagte Tommy.

»Ja.«

»Sie fährt einen Porsche Carrera GT. Der wird heute nicht mehr hergestellt. Ihr Vater muss wirklich Kohle haben. Von dem Modell wurden in den USA nur sechshundert verkauft.«

»Interessant«, sagte Hayley, obwohl sie diese Information langweilte. Als sie zu ihm hinüberblickte, gefiel ihr die Art und Weise nicht, wie er sie anlächelte, als fände er sie witzig oder nett oder sonst irgendetwas.

Genauso wenig gefiel es ihr, dass er mit ihr zurück zum Haus ging. Vor der Tür drehte sie sich zu ihm um. »Ich gehe mal davon aus, du kümmerst dich um meine Fußfessel, oder?«

Er lachte. »Na klar. Ich verstehe den Wink mit dem Zaunpfahl.«

»Gut. Ich hab nämlich keine Lust, es dir zu buchstabieren.«

»Was soll das heißen? Du willst mich nicht als Freund haben?«

Sie sah ihm in die Augen. »Ich dachte, du bist ein wichtiger Geschäftsmann mit eigener Firma.«

»Ist das der Eindruck, den du von mir hattest, als wir uns das letzte Mal gesehen haben?«

Er wandte seinen Blick von ihr ab und schaute auf die Straße.

Verdammt. Jetzt fühlte sie sich schäbig. »Tut mir leid. Ich hab es nicht so gemeint.«

Er hob beschwichtigend die Hände und ging zu seinem Motorrad. »Macht nichts. Du willst nicht mit mir befreundet sein. Ich komme damit klar.«

Hayley neigte den Kopf nach vorne und wieder zurück, um die Verspannungen in ihrem Nacken zu lösen. »Was ist mit meiner Fußfessel?«

Er setzte sich auf sein Motorrad. Für einen Nerd sah er sogar cool aus. »Was soll damit sein?«

»Willst du mir immer noch helfen?«

»Ich weiß nicht«, sagte er und zwinkerte dämlich mit den Augen. »Muss ich mir noch überlegen.«

»Du gehst mir echt auf die Nerven.«

»Okay, schon gut. Aber du musst mir versprechen, dass du hinten auf meiner Suzuki mitfährst, wenn du dich wieder frei bewegen kannst.«

Hayley hatte auf solche Spielchen keine Lust, aber sie wollte unbedingt die Fußfessel loswerden. Also sagte sie: »Klar, geht in Ordnung.«

»Nur damit du's weißt«, sagte er in ernstem Tonfall, »ich verstoße nicht einfach für irgendwen gegen Gesetze.«

Um Gottes willen. Der Junge war wirklich in sie verknallt. Und seinem dämlichen Grinsen nach zu urteilen, als er seinen Helm aufsetzte, wusste er, dass sie es soeben begriffen hatte.

Sie ging wieder nach drinnen, atmete tief aus und schloss die Tür hinter sich.

Sacramento
Montag, 14. Mai 2012

Es war weit nach Mitternacht. Der Regen tropfte ihm von seiner Kapuze ins Gesicht. Sein Anorak besaß eine doppelte Windschutzleiste mit Schnellverschlüssen innen und außen. Obwohl es wie aus Eimern goss, war er einigermaßen trocken.

Er stand am Randstein auf der anderen Straßenseite und beobachtete dasselbe Haus, das er schon seit fünf Jahren im Visier hatte: ein kleines Einfamilienhaus mit braunem Anstrich und wenigen Fenstern. Nichts Beeindruckendes, und schon gar nichts, worüber man viele Worte verschwenden würde. Jedenfalls nicht, wenn man nicht wusste, was für ein Monster dort hauste.

Kein Monster von der Art, wie man es aus dem Märchen kannte, eines von diesen Ungeheuern, das sich in Schränken versteckte und nachts Kindern Angst einjagte. Und auch nicht eines wie dieser grunzende, grünhäutige Riese, den Millionen von Menschen als Frankenstein kannten. Nein, dieser Typ war echt – ein Mensch mit zehn Fingern und zehn Zehen, Muskeln und Arterien.

Die meisten Leute, die diesen Mann sahen oder mit ihm redeten, dachten wahrscheinlich, sie hätten es mit einem ganz gewöhnlichen Typen zu tun, aber sie irrten sich. Dem Mann, in dem Haus in der Bunker Street, fehlte ein wichtiger Bestandteil, der ihn zu einem Menschen machte: eine Seele. Und anders als der Schwarze Mann, der nur in der Einbildung existierte, trug dieses Monster einen Namen: John Robinson.

Während ihm der Regen von der Nase tropfte, sah er sich die Umgebung näher an. In den letzten fünf Jahren hatte sich das Viertel nicht viel verändert. Zwei Häuser weiter hatte jemand eine Hecke Rosen mit langen, dornigen Stielen gepflanzt. Ein Dornenzaun. Keine schlechte Idee. Das Haus hinter ihm war mit Brettern verschlagen. Auf einem Zettel an der Tür stand: Betreten verboten. Die eingeschlagenen Fenster waren mit Sperrholzplatten zugenagelt. Im ganzen Haus wimmelte es von Ratten.

Ganz anders das Haus gegenüber, das er beobachtete – dort brannte in der Küche Licht. Wahrscheinlich spülte der Mann, der dort wohnte, nach dem Abendessen das Geschirr ab.

Eli sah auf die Armbanduhr. Das Zifferblatt leuchtete. Es war Viertel nach neun. Das Monster aß jeden Abend ungefähr zur gleichen Zeit, jedenfalls, wenn es daheim war. An manchen Abenden kam er nicht nach Hause, was Sinn ergab, denn er war ja ein Monster. Er hatte weder eine Frau noch Kinder. Auch das ergab Sinn. Mörder heirateten meistens nicht.

Für einen Wahnsinnigen war er jedoch äußerst ordentlich.

Eli Simpson wusste das. Er hatte das Haus bereits zweimal von innen gesehen.

Vor fünf Jahren hatten Polizisten sich ebenfalls in dem Haus umgesehen, aber nichts gefunden. Keinerlei Spuren und Beweise. Kein Blut. Keine Fingerabdrücke. Rein gar nichts, das darauf hingewiesen hatte, dass John Robinson, der Mann in diesem Haus, jemals Elis Schwester Rochelle gekannt hatte.

Aber Robinson *hatte* Rochelle gekannt, und er hatte sie umgebracht. Eli war sich sicher, konnte es aber nicht beweisen. Es gab nicht einmal eine Leiche, die er begraben und zur Ruhe betten konnte. Im Polizeibericht stand, dass vier Männer John und Rochelle überfallen, entführt und mehrere Tage lang gefangen gehalten hatten. Die Akte enthielt Fotos, die John mit blauen Augen, Beulen und Prellungen zeigten. Aber Rochelle blieb spurlos verschwunden, und es gab kein einziges Haar oder Beweisstück, mit dem sich Robinsons Version bestätigen oder widerlegen ließ.

Die Polizisten hatten von Anfang an keinen Zweifel daran gelassen, dass ihnen Elis Verhalten nicht passte. Deshalb hörten sie ihm auch nicht zu, als er ihnen erzählte, dass John etwas mit Rochelles Verschwinden zu tun habe. Eli traute der Polizei nicht zu, dass sie ihre Arbeit machte, und drang deshalb in John Robinsons Haus ein. Aber der hatte mit so etwas gerechnet und die Polizei gerufen, worauf Eli festgenommen wurde.

Und jetzt stand Eli mit zusammengebissenen Zähnen und in die Hüften gestemmten Fäusten da. Ihm blieb nichts anderes übrig, als zu warten und das Haus zu observieren. Es war nicht der einzige Ort, den er regelmäßig aufsuchte. Einmal im Monat begab er sich ins Polizeirevier von Sacramento und sprach mit den Ermittlern, die Rochelles Fall bearbeiteten. Sobald er das Revier betrat, schauten alle weg. Eli pflegte sich dann einfach an irgendeinen Schreibtisch zu setzen, wo er fast den ganzen Tag blieb und darauf bestand, dass die Polizei alles Menschenmögliche unternahm, um Rochelle zu finden. Inzwischen war er auf dem Revier bekannt wie ein bunter Hund, und wenn er dort auftauchte, wussten alle, was als Nächstes kam. Der Kollege, der das Pech hatte, sich um Eli kümmern zu müssen, holte dann Rochelles Akte aus dem Schrank und erklärte ihm, was sie seit seinem letzten Besuch unternommen hatten. In der Regel war das nicht viel: ein paar Telefonate, sonst nichts. Irgendwann ging Eli dazu über, einen Abzählreim aufzusagen und sich an den Schreibtisch zu setzen, der übrig blieb.

Alle im Revier kannten seinen Namen, und Eli kannte ihre.

Er war überzeugt davon, dass sämtliche Uniformierten und Kriminalpolizisten ihn für verrückter hielten als den Mörder seiner Schwester. Als John Robinson schließlich ein Kontaktverbot gegen ihn erwirkte, hielt die Polizei sogar zu diesem Irren! Seine Schwester war tot, aber *sein* Name stand auf dem Dokument.

Das Leben ging manchmal seltsame Wege.

Seine Eltern redeten schon seit Jahren nicht mehr mit ihm. Die einzige Ausnahme: als seine Mutter starb und er seinen Vater zur Beerdigung fahren musste. Er schüttelte den Kopf.

Er war der Einzige in der Familie, der sich ernsthaft darum bemühte, Rochelle zu finden. Und zum Dank hielt ihn jeder für den Bösen. Seine Eltern, seine Ex-Freundin und so ziemlich jeder, der ihn kannte, drängten ihn förmlich dazu, die Angelegenheit endlich zu vergessen. Aber das konnte er nicht. Für ihn bestand kein Zweifel: John Robinson war der Mörder seiner Schwester. Er hatte den Mann keine fünf Minuten gekannt, als er wusste, dass mit ihm etwas nicht stimmte.

John Robinson war schuld am Verschwinden seiner Schwester. Das war so sicher wie das Amen in der Kirche. Eli würde diesem Arschloch nur zu gerne noch heute Nacht das Genick brechen, wenn er auf diese Weise Rochelles Leiche finden könnte. Bis es soweit war, befand sich das Monster in Sicherheit.

Und er wusste es.

KAPITEL 12

Viel Lärm um nichts. Der Tod gehört dazu.
Wir sehen uns in Disneyland.

– Richard Ramirez

Davis
Dienstag, 15. Mai 2012

Er beobachtete Jared und Lizzy dabei, wie sie zur Arbeit fuhren, und wartete danach noch eine Viertelstunde, ehe er nachsah, ob irgendwelche Fenster oder Türen unverschlossen waren. Zwar hatte er diesbezüglich kein Glück, stellte jedoch zu seiner Überraschung fest, dass das Garagentor mit einem nicht besonders stabilen Schloss gesichert war. Er freute sich darüber, denn er hatte sich fest vorgenommen, irgendwie in Lizzy Gardners Haus einzudringen, ihre Sachen zu durchsuchen und dabei ein Gefühl dafür zu bekommen, wie die Frau tickte und was sie wollte. Abgesehen davon, dass er sie in die Dunkelheit stoßen wollte, von der sie sich krampfhaft distanzierte, hatte er plötzlich in sich eine starke Neugier für Lizzy Gardner entdeckt. Wer war diese Frau, die sein großes Vorbild, den Spinnenmann, zur Strecke gebracht hatte?

Mit einem Einbrecherwerkzeug aus Stahl in der behandschuhten Hand öffnete er das Garagentor. Die Leichtigkeit, mit der sich das Schloss knacken ließ, überraschte ihn.

Als er im Haus war, begab er sich als Erstes in die Küche und inhalierte den Duft von Raumspray und Frühstück. Jemand hatte Eier und Speck gegessen. Er lauschte und hörte ein Geräusch im Obergeschoss. Normalerweise ließ er sich bei Einbrüchen in fremde Häuser Zeit und arbeitete sich der Reihe nach von einem Zimmer ins nächste, aber diesmal ging er nach oben und folgte dem Geräusch ins Elternschlafzimmer. Dort wälzte sich eine Katze am Boden und spielte mit einem Draht, der hin und wieder gegen die Tür schlug und dabei ein blechernes Geräusch verursachte. Mit der Stiefelspitze schubste er das Tier aus dem Weg und trat an das Kingsize-Bett. Als er auf dem eingerahmten Bild auf dem Nachtkästchen Lizzy Gardner und Jared Shayne erkannte, musste er lächeln.

Er legte sich rücklings aufs Bett, starrte zur Decke empor und wünschte, der Spinnenmann könnte ihn jetzt sehen. Was hatte Samuel Jones falsch gemacht? Jahrzehntelang hatte der Spinnenmann Sacramento in Angst und Schrecken versetzt, doch dann war es Lizzy Gardner irgendwie gelungen, ihm ins Handwerk zu pfuschen. Es gefiel ihm nicht, dass Lizzy ihre Nase in Dinge steckte, die sie nichts angingen. Schließlich hatte niemand sie beauftragt, Michael Daltons Unschuld zu beweisen. Es war Zeit, dass ihr jemand eine oder zwei Lektionen erteilte, und er fand, dass keiner dies besser konnte als er.

Als er Lizzy das erste Mal in den Nachrichten gesehen hatte, wollte er sie zunächst ignorieren und so tun, als existierte sie nicht. Es gab mehrere Möglichkeiten. Eine davon war, sie still und leise von Weitem zu beobachten, während sie Ärger machte. Aber vierundzwanzig Stunden später dachte er immer noch an sie und fragte sich, ob diese zierliche blonde Privatermittlerin ihrem Ziel näher kam. Der Gedanke an Lizzy beunruhigte ihn und brachte ihn aus dem Konzept.

Das durfte er nicht zulassen.

Und genau deshalb war er heute hier. Es hatte nicht vieler Nachforschungen bedurft, um herauszufinden, dass die Frau einen an der Klatsche hatte. Lizzy Gardner war eine tickende

Zeitbombe, die nur darauf wartete, hochzugehen. Er würde diesen Prozess lediglich beschleunigen.

Willkommen in der Welt des Wahnsinns!

Die Privatermittlerin schien eine Faszination für Mörder zu haben, vielleicht sogar für Serienmörder im Besonderen. Sie hatte sich mit dem Spinnenmann zum Schein angefreundet und war am Ende entkommen. Er dachte darüber einen Augenblick lang nach und stieß einen schweren Seufzer aus. Nur weil er fand, dass sie sich um ihre eigenen Angelegenheiten kümmern sollte, hieß das nicht, dass er sie nicht verstand. Er verstand ihr lebhaftes Interesse am Fall Dalton sogar sehr gut. Die meisten Menschen hatten verrückte Fantasien, die in irgendeiner Form mit schlimmen Verbrechen zu tun hatten. Warum sonst gaben die Leute Serienmördern Namen wie *Sams Sohn*, *Spinnenmann*, *Todesengel* oder *Liebespaarmörder*?

Der Name, den ihm die Medien und die Öffentlichkeit in Sacramento gegeben hatten, war interessant. Der Liebespaarmörder, das klang gut.

Diese Faszination für das Böse auf der Welt war verständlich. Aber nicht nur Normalbürger zeigten eine Schwäche für Mörder – je mehr explizite Bilder, desto besser –, nein, auch Mörder folgten gebannt den Taten anderer Mörder.

Er musste es wissen.

Menschen, die Leben zerstörten, besaßen nicht nur einen gewissen Charme, sondern waren obendrein intelligente Wesen. Sie gliederten sich mühelos in die Gesellschaft ein, verhielten sich unauffällig und unterschieden sich kaum von ihren Mitmenschen. Wie sonst hätte Jack the Ripper auf den Straßen Londons wandeln können, ohne dass die Polizei ihn erwischte? Er suchte sich ein Opfer, schlug zu und verschwand. Viele mutmaßten, dass der Mann sehr gebildet war, möglicherweise ein Adliger.

Jack the Ripper war gewalttätig und brutal. Seine Taten inspirierten viele Nachahmer, aber im Laufe der Jahre war viel zu viel über ihn geschrieben worden. Das Faszinierende an dem

Mann war allerdings, dass seine wahre Identität geheim blieb. Alles andere, was man über ihn hörte und las, war Unsinn. Man benötigte keine chirurgischen Kenntnisse, um zu wissen, wie man eine Leiche verstümmelt. Für so etwas brauchte man keine Kurse. Henry Holmes oder Joseph Vacher, nun, das waren wirklich blutrünstige Bestien. Trotzdem verlor niemand ein Wort über Vacher.

Richard Ramirez pflegte öfter zu sagen, dass der Teufel in allen Menschen stecke. Das stimmte. Serienmörder fand man unter Ärzten und Anwälten, Krankenpflegern und Priestern. Niemand war sicher.

Er hatte gelesen, dass Lizzy Gardner regelmäßig Albträume hatte. Wenn jemand wusste, was Albträume waren, dann er. Er war kein schlechter Mensch.

Er verdiente es, dass man ihn liebte.

Er presste die Augenlider zusammen, um die heftigen Emotionen zu stoppen, die ihn immer dann heimsuchten, wenn er seine Gedanken in die Vergangenheit schweifen ließ. Dann öffnete er die Augen schnell wieder, richtete sich auf und setzte die Füße auf den Boden.

Es wurde Zeit, dass er sich an die Arbeit machte.

Er trat auf den Flur hinaus und schaute in das erste Zimmer rechts. Ein Büro mit zwei Schreibtischen, zwei Stühlen und zwei Computern. Er zog Schubladen auf, durchsuchte Akten und verstreute Stifte und Blätter auf dem Fußboden. Seine Absicht: Lizzy sollte wissen, dass jemand in ihrem Haus herumgestöbert hatte. Sie musste kapieren, dass sie niemals und nirgendwo sicher sein würde.

Tief im Aktenschrank entdeckte er Dutzende Notizbücher, die mit Gummibändern zusammengehalten wurden. Er schnitt die Bänder durch und öffnete ein Notizbuch nach dem anderen. Es waren Notizen und Tagebucheinträge über Lizzy Gardners Leben, und er kam sich dabei wie jemand vor, der einen wertvollen Schatz findet. Ihm wurde vor Freude ganz schwindlig.

Lizzy war anscheinend nicht die Einzige, die gerne für Ärger und Aufregung sorgte.

Die Tatsache, dass Lizzy Gardners Gesicht auf sämtlichen Nachrichtenkanälen im Land erschien, beunruhigte ihn zwar, machte ihn aber gleichzeitig neugierig. Was führte die Frau im Schilde und warum? Und was genau lief zwischen ihr und diesem FBI-Agenten Jared Shayne? Die beiden waren in der Highschool ein Paar gewesen, und laut eines ausführlichen Interviews mit ihrem Vater, das er im Internet gefunden hatte, waren Lizzy und Jared in jener Nacht vor vielen Jahren, als sie entführt wurde, zusammen unterwegs gewesen. Und jetzt waren die beiden Turteltauben wieder beisammen. Er wollte unbedingt wissen, warum. War Jared aus einem Schuldgefühl heraus zu ihr zurückgekehrt? Liebten sie sich wirklich, oder gefiel ihnen lediglich der Gedanke, verliebt zu sein? Konnte eine derart gestörte Person wie Lizzy Gardner überhaupt einem anderen Menschen genug trauen, um für ihn wahre Liebe zu empfinden?

Er verbrachte die nächsten zehn Minuten damit, Lizzys Tagebucheinträge zu lesen, und stellte sich dabei vor, wie sie genau in diesem Moment in ihr Büro kommen würde. Was er wohl mit ihr machen würde, falls das wirklich passierte? Er war nicht Jeffrey Dahmer, besaß nicht dessen wahnsinnige Persönlichkeit. Er verspeiste keine Menschen und wollte nichts mit kleinen Jungs zu tun haben. Ihm ging es mehr um …

Ein Geräusch im Erdgeschoss riss ihn aus seinen Gedanken. War Lizzy zurückgekehrt, weil sie etwas vergessen hatte, oder war es ihr Freund? Ein Adrenalinstoß durchflutete ihn und ließ sein Herz schneller schlagen. Er straffte seinen Körper und ging in den Flur. Sorgen oder Angst verspürte er keine, er war vielmehr aufgeregt.

Hayley saß am Schreibtisch in ihrem Zimmer und ging einen dicken Stapel Fallakten durch. Bevor sie FALL ABGESCHLOSSEN auf die Aktendeckel stempelte, notierte sie die Fallnummern und legte eine Checkliste mit Dingen an, die noch erledigt werden mussten.

Als sie glaubte, das Telefon würde läuten, nahm sie den Kopfhörer ab. Aber es war still im Haus. Hayley beschloss, in die Küche zu gehen und sich ein Müsli zu holen. Sie nahm einen sauberen Teller und einen Löffel aus der Geschirrspülmaschine und sah in der Speisekammer nach, was es dort gab. Wie es aussah, hatte jemand ein Müsli mit Ballaststoffen gekauft. Sie griff in den Behälter, nahm ein bisschen und steckte es in den Mund. Das Zeug schmeckte wie Pappe. Ekelhaft. Als Nächstes probierte sie ein Müsli mit Kleie. Auch nicht viel besser.

Plötzlich drang ein dumpfes Geräusch aus einem anderen Teil des Hauses. Es hörte sich an, als wäre jemand irgendwo angestoßen. Sie stellte das Müsli weg und lauschte einen Augenblick. Dann trat sie leise aus der engen Speisekammer in die Küche und lauschte erneut.

War da jemand?

Sie beugte sich über den Küchentresen, nahm ein Messer vom Hackblock und ging in Richtung Haustür. Als sie am Beistelltisch im Wohnzimmer vorbeieilte, sah sie im Treppenhaus erst einen gestiefelten Fuß, dann einen zweiten.

Was zum Teufel?

Ein fremder Mann war im Haus. Er hatte sich eine dunkle Kappe bis zu den Ohren und Augenbrauen heruntergezogen, aber als sich ihre Blicke trafen, konnte Hayley seine strahlend blauen Augen sehen.

Beide machten einen Satz nach vorne. Hayley stürzte sich auf den Eindringling, als dieser zur Tür flüchtete. Aber anscheinend war der Mann besser auf Unerwartetes vorbereitet, denn er stieß Hayley zu Boden. Das Messer entglitt ihrer Hand und fiel gegen die Wand. Bevor sie sich wieder aufraffen konnte, hatte er bereits die Tür aufgesperrt und geöffnet.

Draußen stand Tommy und wollte gerade anklopfen. Er kam sowohl für Hayley als auch den Einbrecher unerwartet.

Hayley rappelte sich auf und rannte dem Mann hinterher.

Tommy war in den Hortensienbusch gefallen, sodass nur noch seine Beine herausschauten. Anstatt sich um ihn zu kümmern, sprintete Hayley über den Rasen auf die Straße. Das Arschloch war verdammt schnell und drohte ihr zu entwischen. Als sie bei der nächsten Straßenkreuzung nach rechts bog, war er weg.

Völlig außer Atem stemmte sie die Hände in die Hüften und blickte mit zusammengekniffenen Augen in die Richtung, in der sie den Flüchtigen vermutete. Nach ein paar Minuten drehte sie sich um und ging zum Haus zurück, wütend auf sich selbst, dass sie den Einbrecher nicht sofort bemerkt hatte.

Tommy wartete mit übel zerkratztem Gesicht und blutender Nase vor dem Haus auf sie. »Wo ist er hin?«

»Hab keinen blassen Schimmer.«

Hayley humpelte mit Tommy im Schlepptau ins Haus. Der Junge schloss die Tür und griff zum Telefon.

»Was machst du da?«

»Ich ruf die Polizei.«

»Ruf erst Lizzy an.«

Er stieß einen frustrierten Seufzer aus, tat dann aber wie geheißen. Während er mit Lizzy sprach, ging Hayley nach oben. »Hannah!«, rief sie, da sie sich plötzlich um die dämliche Katze Sorgen machte. »Komm, Miezi Miezi, komm her.« Falls der Katze etwas passierte, während Hayley das Haus hütete, würde sie für den Rest ihres Lebens nie wieder ein Haustier an sich heranlassen. Das war genau der Grund, warum sie Tiere nicht mochte: Sie brachten Menschen dazu, sich um sie Sorgen zu machen, und starben dann viel zu früh.

»Jetzt komm schon, Miezi!«, rief sie erneut, diesmal mit Wut in der Stimme.

Beim Anblick des Büros, das Lizzy und Jared miteinander teilten, ließ sie frustriert die Schultern hängen. Papiere und Akten lagen verstreut auf dem Boden. Außerdem hatte jemand Hannahs Fress- und Wassernapf sowie ihr Körbchen umgestoßen.

Über den Teppich vor der Tür zu Lizzys Schlafzimmer verliefen blutige Abdrücke von winzigen Pfoten. Hayley schloss die Augen, holte tief Atem und schritt auf die Tür zu.

Nein. Nein. Nein.

Hayley folgte den Spuren in Lizzys und Jareds Schlafzimmer. Bis jetzt hatte sie nie einen Grund gehabt, diesen Raum zu betreten. Die Abdrücke führten unter das Bett. Hayley schluckte den Kloß in ihrer Kehle hinunter, ging auf alle viere und rief erneut nach Hannah. Schließlich erblickte sie einen kleinen schwarz-weißen Fellknäuel mit großen runden Augen. Hannah war kein Baby mehr, aber für eine ausgewachsene Katze eher klein. »Komm her, Hannah. Komm. Es ist gut.« Hayley langte unter das Bett, soweit sie konnte, bis sie schließlich das Tier zu fassen bekam und hervorzog.

»Hannah«, sagte sie nur, als sie die Katze in ihren Armen hielt. Für einen Augenblick drückte sie das Tier fest an ihre Brust, bevor sie es sich genauer ansah.

»Das ist ja gar kein Blut, oder?« Hannah hatte keinen einzigen Kratzer. Es war kein Blut, sondern Tinte. Hayley ging mit der Katze im Arm ins Büro. Jemand war auf einen roten Stift getreten. Neben dem Schreibtisch sah Hayley eine Pfütze roter Tinte auf dem Fußboden.

»Miau.«

Hayley sah Hannah an und schüttelte den Kopf. Dann setzte sie die Katze vor sich auf den Boden.

Als Tommy hereinkam, war Hayley sogar dankbar, dass er bei ihr war.

»Alles in Ordnung bei dir?«

»Ja.«

»Ist das Blut?«

Sie schüttelte den Kopf. »Rote Tinte.«

»Nein, ich meine das an deinem Bein.« Er deutete auf ihre Wade.

Hayley sah nach unten. Tatsächlich, sie blutete. Anscheinend hatte sie sich mit dem Messer geschnitten, als der Einbrecher sie auf den Boden geschubst hatte.

»Komm«, sagte Tommy und führte sie aus dem Zimmer. »Machen wir deine Wunde sauber.«

Lizzy hielt sich im Haus auf und beobachtete die hektische Aktivität um sie herum. Sie war erleichtert, dass Tommys und Hayleys Wunden harmlos waren und nicht genäht werden mussten. Lizzy hatte bereits eine Stunde lang mit den Nachbarn geredet. Ein paar von ihnen standen immer noch in einer Ansammlung Neugieriger mitten auf der Straße, wo sie sich über den Einbruch austauschten und diskutierten, wie sie sich in Zukunft vor ähnlichen Vorfällen schützen konnten.

Die Polizei hatte prompt reagiert und behandelte den Einbruch genauso dringlich wie einen Mord, obwohl es keine Leiche und nur wenig Blut gab. Lizzy schrieb diesen Eifer der Tatsache zu, dass es sich um das Haus eines FBI-Agenten handelte. Ein Uniformierter hatte vor der Haustür Posten bezogen, während ein Kollege sich mit einer Nachbarin auf der anderen Straßenseite unterhielt, die beobachtet hatte, wie der Mann davongerannt war. Das Obergeschoss wurde als Tatort behandelt, und ein Kriminaltechniker sammelte dort Beweismaterial: Fuß- und Fingerabdrücke, Haare, Fasern und sonstige Spuren, die der Einbrecher womöglich hinterlassen hatte.

Lizzy begab sich ins Wohnzimmer, wo ein Polizist gerade Tommy und Hayley befragte. Hayley beschrieb den Eindringling als unter einen Meter achtzig groß. Eine dunkle Kappe hatte den Kopf bis zu den Ohren bedeckt, sodass sie nicht wusste, was seine Haarfarbe war oder ob er überhaupt Haare hatte. Er war eher schlank und trug ein dunkles, langärmeliges Hemd und eine dunkle Hose. Ferner hatte er schmale Lippen, große Augen und eine normal geformte Nase.

Ihre Aufmerksamkeit wurde von Staubpartikeln abgelenkt, die der Deckenventilator umherwirbelte. Abrupt wandte sie ihren Blick zum Fenster über dem Spülbecken in der Küche. Da draußen war jemand und schaute herein. Sie konnte zwar niemanden sehen, spürte aber seine Anwesenheit. Er war draußen und beobachtete sie. Sie kannte dieses Spiel.

Sie trat ans Fenster und ließ die Jalousien herunter.

Niemand da. Sie konnte wieder ruhig atmen.

»Alles in Ordnung bei Ihnen?«, fragte ein Polizist aus dem Nebenzimmer.

Bleib ruhig, sagte sie zu sich selbst. *Du schaffst das.* Sie drehte sich um, rang sich ein Lächeln ab und ging zurück ins Wohnzimmer. »Alles in Ordnung. Ich dachte, ich hätte etwas gesehen, das ist alles.«

Tommy beantwortete immer noch Fragen, aber Hayley starrte sie an.

Die Schnittwunde an Hayleys Bein blutete nicht mehr. Hayley war okay.

Sie waren alle okay.

Trotzdem nagte etwas in Lizzys Unterbewusstsein und rief ihr ins Gedächtnis, dass das Leben eine plötzliche Wendung nehmen konnte. Der Spinnenmann war tot, aber das Böse lebte und gedieh und verspottete sie. Und sie konnte nichts dagegen tun.

John und Rochelle
Sacramento
Juni 2007

»Warum tust du das?«, fragte Rochelle.

Das Rasseln der Ketten und Rochelles Stimme weckten John. Er hatte ein steifes Genick und jeder Muskel in seinem Körper tat weh. Aus dem linken Augenwinkel konnte er zwei Kerle ausmachen, die sich über Rochelle beugten. Er wusste nicht genau, ob es Tag oder Nacht war. Der Raum, in dem sie sich befanden, hatte keine Fenster. Nur von der Treppe her drang ein bisschen Licht herein.

»Scheiße!«, schrie der eine Kerl und sprang von Rochelle weg. »Das Miststück hat mich gebissen.«

Der andere musste darüber so sehr lachen, dass er nicht mitbekam, wie Rochelle nach einer Kette griff und sie ihm um den Hals legte. Sie zog so fest daran, dass er rückwärts auf sie fiel, doch sie ließ nicht locker. Dem Keuchen nach zu urteilen, das dem Kerl aus der Kehle entwich, würde er es nicht mehr lange aushalten.

John zerrte an den Fesseln um seine Handgelenke. Schon seit zwei Tagen hatte er das Seil an einer scharfen Kante des Metallstuhls gewetzt und jetzt war es fast durchgescheuert. Er konnte es nicht sehen, aber es fühlte sich lockerer an.

Der Kerl, den Rochelle gebissen hatte, kroch im Dunkeln auf dem Boden herum und suchte nach etwas, mit dem er sich verteidigen konnte. Schließlich fand er einen langen, soliden Gegenstand. John konnte nicht genau sehen, was es war – vielleicht ein Baseballschläger oder eine Holzlatte. Jedenfalls ging der Kerl damit auf Rochelle zu und holte mit dem Ding zum Schlag aus.

»Pass auf!«, schrie John.

Doch es war zu spät. Der Kerl schlug zu und traf sie am Hinterkopf. Die Kette um den Hals des anderen Mannes lockerte sich und er keuchte und würgte, bis er wieder atmen konnte.

»Lasst sie gehen!«, rief John. »Ich flehe euch an, lasst sie gehen. Ich habe Geld auf meinem Bankkonto. Wenn ihr sie gehen lasst, gebe ich euch alles. Ich überschreibe euch auch mein Haus und mein Auto, was ihr wollt. Aber bitte lasst sie gehen.«

Einen Augenblick lang war es still, und John dachte schon, sie würden sich sein Angebot durch den Kopf gehen lassen. Aber dann erklang schallendes Gelächter, das von den Wänden hallte.

John schloss die Augen und sah eine bunte Folge von Bildern. Ein bohrender, stechender Schmerz schoss durch seinen Kopf, bis das Lachen schließlich aufhörte. Als er die Augen wieder öffnete, wurde ihm schlecht. »Was habt ihr mit ihr vor?«

»Na, was meinst du wohl? Die Schlampe hat mich gebissen. Ich werde sie so lange ficken, bis sie wieder zu sich kommt, und dann fickt mein Kumpel sie bis zur Bewusstlosigkeit. Und dann bringe ich ihren Arsch nach oben und schaue, ob die anderen auch wollen. Hast du ein Problem damit?«

Sein Herz schlug so heftig, dass es seinen Brustkorb zu sprengen drohte. »Lasst die Finger von ihr.«

Der Kerl, den Rochelle vor ein paar Minuten beinahe mit der Kette erwürgt hatte, hob ihren Rock und zog ihr das Höschen bis zu den Knien hinunter. Rochelle rührte sich nicht und gab keinen Laut von sich. John war sich nicht sicher, ob sie überhaupt noch lebte. »Wenn ihr ihr auch nur ein einziges Haar krümmt, bring ich euch um.«

Anscheinend nahmen sie seine Drohung ernst, denn der andere Kerl trat zu ihm und prüfte die Fesseln.

John spürte einen Ruck an seinen Armen, dann an seinen Beinen.

»Alles fest.«

»Lasst sie in Ruhe«, warnte John in grimmigem Ton. »Wenn ihr sie anrührt, müsst ihr sterben.« John neigte den Kopf, damit er den Schatten des Mannes sehen konnte, der vor der Betonwand stand. Es war der Kerl, der Rochelle eins übergezogen hatte. »Du und dein Kumpel, ihr werdet beide sterben.«

Das Seltsame war, dass John nicht den geringsten Zweifel daran hatte. Die beiden waren so gut wie tot. Und sie würden keines natürlichen Todes sterben. Nein, sie würden langsam und schmerzvoll enden und sich dabei wünschen, sie hätten Rochelle nie angerührt.

»Vielleicht sollten wir sie nach oben bringen«, schlug einer der Typen vor.

»Nein. Ich will, dass John zusieht. Er macht nur Sprüche.«

»Ich weiß, wo ihr wohnt«, log John. »Ich kenne eure Nachbarn und ich weiß, wo ihr arbeitet. Und das Beste ist, ich weiß, wo eure Familien wohnen, eure Schwestern, Brüder und Mütter. Die sind alle so gut wie tot.«

»Komm schon«, sagte der Kerl, der Rochelle niedergeschlagen hatte. »Gehen wir nach oben.«

»Wenn du gehen willst, dann tu's doch, du Wichser. Ich nehme mir, was mir zusteht.«

Als die Minuten verstrichen, wurde John aus der Szene, die sich vor seinen Augen abspielte, nicht schlau. Er konnte nur den Schatten des Mannes sehen, wie er sich vor- und zurückbewegte und dabei grunzte und stöhnte. Rochelle dagegen sah und hörte er nicht, und er konnte – oder vielmehr wollte – sich nicht vorstellen, dass sie überhaupt da war.

John hatte das Gefühl, als stünde jede einzelne Ader in seinem Körper kurz davor, zu platzen. Das Blut rauschte in seinen Ohren, bis er nur noch rot sah. Schließlich öffnete er den Mund und stieß einen schrillen, gutturalen Schrei aus, der die Wände zittern ließ.

Ein paar Sekunden später hörte er Schritte auf der Treppe, die wie der dumpfe Rhythmus von hundert Congas klangen. John stellte sich vor, dass diese Schritte von einem Dutzend Soldaten stammten, die gekommen waren, um ihn und Rochelle zu retten. Aber es waren keine Soldaten, sondern der riesige Kerl mit den großen Händen, derselbe, den er und Rochelle vor ein paar Tagen gesehen hatten, wie er an Johns Auto gelehnt hatte … damals, als sie noch eine Chance gehabt hatten, zu entkommen … damals, als er Rochelle gezwungen hatte, tapfer zu sein. Und das war sie auch gewesen, wie sie gerade dagesessen hatte und ihr die Entschlossenheit im Gesicht geschrieben stand. Und dann war sie ihm, ohne es zu wissen, in die Hölle gefolgt.

Die klobigen Hände rissen dem anderen Typen den Schläger aus der Hand. Bevor John wusste, wie ihm geschah, wandte sich der Kerl ihm zu, holte blitzschnell mit dem Schläger aus und landete einen Volltreffer.

KAPITEL 13

Ich glaube nicht an die Menschheit, Gott und den Teufel. Ich hasse dieses ganze verdammte Menschenpack, einschließlich mich selbst …
Ich hatte es auf die Schwachen, die Harmlosen und die Arglosen abgesehen. Diese Lektion habe ich von anderen gelernt: Macht geht vor Recht.

– Carl Panzram

Staatliche Justizvollzugsanstalt Sacramento
Mittwoch, 16. Mai 2012

Bevor Lizzy den winzigen, vom Boden bis zur Decke weiß gestrichenen Besucherraum betreten durfte, musste sie eine gründliche Leibesvisitation über sich ergehen lassen. Die Wand zu ihrer Rechten war kahl, an der linken befand sich ein großer Einwegspiegel. Ein uniformierter Wärter stand an der Tür.

Michael Dalton saß an einem langen, rechteckigen Tisch, daneben seine Anwältin, eine grobknochige Frau mit schulterlangen grauen Haaren.

Michael hatte dunkle Ringe unter den Augen, was ihn zehn Jahre älter als bei ihrer letzten Begegnung aussehen ließ. Lizzy erwiderte seinen Blick und sagte: »Danke, dass Sie sich mit mir treffen.«

Statt eines Grußes fragte er: »Warum sind Sie hier?«

»Sie möchte Ihnen helfen«, sagte die Anwältin.

Michael betrachtete Lizzy mit einem bohrenden Blick. »Stimmt das?«

Zum ersten Mal, seit sie von Jennifer Daltons Tod erfahren hatte, war Lizzy sich nicht sicher, ob Michael tatsächlich unschuldig war. Seine dunklen, emotionslosen Augen ließen sie an dem Grund für ihren Besuch zweifeln. Sie kannte den Mann kaum. Er wirkte depressiv und mürrisch. »Ich möchte von Angesicht zu Angesicht mit Ihnen reden.«

»Sie wissen also nicht genau, wieso Sie hier sind, stimmt's?«

Da hatte er nicht ganz unrecht. Aber Lizzy ließ sich nicht von ihm beirren und hielt seinem Blick stand. Der Mann war wütend und ließ seinen Ärger an der nächstbesten Person aus. »Ich bin hier, weil ich von der Liebe und Zuneigung zwischen Ihnen und Ihrer Frau beeindruckt war, als ich Sie beide das erste Mal traf. Ich dachte, Sie wären frisch verheiratet. Als Jennifer mir erzählte, dass Sie Ihren fünfzehnten Hochzeitstag feiern wollten, hat mich das überrascht.«

»Und jetzt fragen Sie sich, ob das alles nur gespielt war?«

»Das behauptet zumindest die Presse. Für die bin ich eine paranoide Schizophrene, die überall Serienkiller vermutet, und Sie hält man für einen Spinner.«

Er lächelte.

»Was ist daran so witzig?«

»Nichts. Ich muss schmunzeln, weil mir Ihre Ehrlichkeit gefällt. Das war übrigens der Grund, warum Jennifer und ich Sie von Anfang an sympathisch fanden.«

Von einem Augenblick auf den anderen verwandelte Michael Daltons Gesichtsausdruck sich von verzweifelt in hoffnungsvoll.

Lizzy atmete tief aus und sagte: »Würden Sie mir bitte mit eigenen Worten erzählen, was passiert ist?«

Die Anwältin legte ihm warnend eine Hand auf den Unterarm.

»Schon gut«, sagte er zu ihr. »Die Wahrheit wird mich freimachen. Sie muss es einfach. Schließlich ist sie alles, was ich habe.«

Lizzy holte Stift und Notizblock aus ihrer Handtasche. »Darf ich mir Notizen machen?«

Dalton nickte.

Seine Anwältin flüsterte ihm etwas ins Ohr.

Anscheinend war er mit dem, was sie sagte, nicht einverstanden. »Ich hatte auf der Mailbox meines Handys eine Nachricht von Jennifer. Ich sollte sie in der Deer Valley Road einhundertvierunddreißig in El Dorado Hills treffen.«

»Sie haben also einen Beweis.«

Er schüttelte den Kopf. »Bisher ließ sich mein Handy nicht orten.«

»Aber es müsste doch einen Verbindungsnachweis geben.«

Dalton warf seiner Anwältin einen Blick zu, bevor er weitersprach. »Sie arbeiten daran. Na ja, jedenfalls habe ich versucht, Jennifer auf dem Weg zu dem Haus in El Dorado Hills anzurufen. Wie Sie wissen, spezialisieren wir uns auf Zwangsversteigerungen und Häuser, die in den Besitz der Bank übergegangen sind. Diese spezielle Zwangsversteigerung ist seit zwei Jahren auf dem Markt. Es ist ein riesiges Haus auf einer Anhöhe mit Blick auf den Folsomsee.«

Lizzy nickte und machte sich Notizen.

»Als Jennifer mich an diesem Tag anrief, erzählte sie mir, dass der Mann, der sich für dieses Haus interessierte, derselbe war, der im Büro angerufen hatte, als Sie uns den Vertrag zur Unterschrift vorbeibrachten. Leider konnte sie nicht rechtzeitig ans Telefon. Als sie abnahm, hatte er bereits aufgelegt. Sie war sehr erfreut über die Möglichkeit, das Haus zu verkaufen. Ich natürlich auch.« Er fuhr sich mit den Fingern durch sein dichtes Haar. »Als ich zu dem Grundstück kam, parkte dort nur ihr Auto, soweit ich sehen konnte.«

»Aber sie war nicht alleine im Haus, als sie hineingingen?«

»Nein. Sie war nicht alleine.

Lizzy konnte den Schmerz in seinem Gesicht lesen.

»Die Haustür war unverschlossen, also trat ich ein. Ich konnte aber weder jemanden sehen noch hören. Ich rief nach Jennifer, aber sie antwortete nicht. Ich kannte mich in dem Haus aus, da ich schon ein Dutzend Mal dort gewesen war. Ich konnte nichts Ungewöhnliches feststellen. Keine seltsamen Geräusche, nichts, was nicht an seinem gewohnten Platz stand.«

Er blickte drein, als würde er einen Kloß in seinem Hals schlucken. Das Weiterreden fiel ihm sichtlich schwer. Lizzy war sich nicht sicher, wie viel Besuchszeit man ihr einräumen würde, unterließ es aber, ihn zu einer Aussage zu drängen, die er nicht machen wollte. Zum Glück dauerte es nicht lange, bis er seine Stimme wiederfand.

»Den Leuten, die dieses Haus entworfen haben, war nichts zu teuer. Es gab zwei Waschküchen, einen Raum für Theateraufführungen und einen Weinkeller. Ich habe Jennifer im Keller gefunden. Sie lag rücklings auf dem Boden und hat noch geatmet. Ihre Augen waren fest geschlossen und sie hat sie nicht aufgemacht. Ich dachte, sie tat es nicht, weil sie Angst hatte. Verdammt, ich weiß, dass sie Angst hatte – das hatte ich auch. Sie hat ständig irgendetwas Unverständliches gemurmelt. Wie mir später klar wurde, wollte sie mich warnen. Als ich schließlich wieder zur Tür ging, war sie verschlossen, und ich konnte nicht raus. Was noch schlimmer war, ich konnte keine Hilfe für Jennifer holen.«

Er ließ resigniert die Schultern hängen.

»Was war mit ihr?«, fragte Lizzy.

»Keine Ahnung«, sagte Dalton. Er hob den Kopf und sah Lizzy an. »Bestimmt hat ihr jemand Drogen verabreicht. Außerdem war sie an das eingebaute Weinregal gekettet.«

»Gekettet?«

»Mit Handschellen«, präzisierte er. »Ihr rechtes Handgelenk war mit einer Handschelle am Weinregal befestigt.«

»Sie hat also unverständlich gemurmelt«, sagte Lizzy und ermunterte ihn fortzufahren.

Er nickte. »Nach mehreren Versuchen habe ich schließlich ein bisschen verstanden. Jemand hatte ihr mehrere Male eine Injektion verpasst. Sie hat immer wieder das Wort *Heroin* wiederholt, aber das ergab für mich keinen Sinn. Jennifer hat noch nie im Leben Drogen genommen, und ich kam nicht darauf, dass vielleicht jemand ihr gegen ihren Willen welche verabreicht hatte. Ich kapierte es einfach nicht. Keiner von uns beiden hatte jemals Drogen genommen.«

»Was haben Sie dann gemacht?«, fragte Lizzy.

»Ich konnte nicht verstehen, warum sie die Augen nicht aufbekam, also habe ich sie für sie aufgemacht. Da hab ich dann festgestellt, dass sie etwas Hartes und Verkrustetes an den Wimpern hatte. Jemand hatte ihr beide Augen zugeklebt.«

Als er den Albtraum erneut durchlebte, legte er eine kurze Atempause ein.

Lizzy musste an den Klebstoff denken, den man in seinem Handschuhfach gefunden hatte.

»Ihre Lippen liefen blau an und ihre Atmung ging immer langsamer. Dann hab ich eine Stimme gehört.«

Lizzy kniff die Augen zusammen. »Sie meinen, wie eine Stimme aus dem Himmel?«

»Nein, das genaue Gegenteil. Eine Stimme aus der Hölle. Der Leibhaftige persönlich.«

Lizzy wartete darauf, dass er weiterredete.

Dalton rieb sich die Schläfen. »Ich habe den Kerl nie gesehen, aber seine Stimme werde ich nie vergessen. Er stand auf der anderen Seite der Tür und hat zu mir gesprochen. Langsam und ruhig.«

»Was hat er gesagt?«

»Dass Jennifer sterben werde, wenn ich nichts unternähme. Er sagte, im Raum zu meiner Linken befinde sich eine Injektionsnadel. Ich ging dorthin und sah sie im untersten Regal, wo eigentlich Weinflaschen stehen sollten.«

Dalton senkte den Blick und wirkte sichtbar aufgeregt. Lizzy fragte sich für einen Augenblick, ob er weitermachen konnte, aber dann sagte er: »Dann hat er mich gefragt, ob ich den Film *Pulp Fiction* gesehen hätte. Ich hab Ja gesagt.

»Und dann?«

»Dann hat er gesagt: *Das ist gut, denn Sie müssen es genauso machen wie im Film. Sie müssen ihr eine Injektion ins Herz verpassen.*«

Dalton legte die Hände auf den Tisch und ballte sie zu Fäusten. »Warum tut ein Mensch so etwas?«

Lizzy wusste darauf keine Antwort und schüttelte nur den Kopf.

»Und dann verlor Jennifer das Bewusstsein«, fuhr Dalton mit brüchiger Stimme fort.

Lizzy wartete, bis er seine Fassung wiedererlangte.

»Die Stimme sagte zu mir, ich müsse ihr die Nadel direkt ins Herz stoßen, wenn ich sie retten wolle. Ich nahm die Spritze und hielt sie meiner Frau über die Brust.«

Dalton starrte Lizzy an, als suchte er bei ihr die Antwort auf seine Fragen, aber alles, was sie hatte, waren weitere Fragen. »Was geschah dann?«

»Ich hab ihn gefragt, was in dieser Spritze sei, und er sagte, Adrenalin.« Dalton presste die Lippen zusammen, zog die Mundwinkel nach unten und sah Lizzy mit traurigen Augen an. »In diesem Augenblick wusste ich, dass das Ganze für ihn nur ein Spiel war.«

»Hatten Sie im Keller Ihr Handy dabei?«

»Ja.«

»Haben Sie versucht, neun, eins, eins anzurufen?«

Er nickte. »Mehrmals, aber ich hatte keinen Empfang. Dann sah ich, dass jemand ein Messer im Keller liegen gelassen hatte. Ich hab versucht, damit die Tür aufzubekommen.«

»Wussten Sie, dass dieses Messer aus Ihrem Haus stammte?«

Er ließ die Schultern hängen. »Nein.«

»Haben Sie dann die Spritze benutzt, wie er es Ihnen gesagt hatte?«

»Ich hab die Spritze angehoben und auf ihr Herz gezielt, aber ich konnte es nicht.«

»Wieso nicht?«

»Weil das, was die Stimme mir gesagt hatte, keinen Sinn ergab. Meine Frau hatte Atemprobleme. Eine Adrenalininjektion in ihr Herz würde ihr da nicht helfen. Ihr Herz war ja nicht das Problem.«

»Sie sind kein Arzt. Woher wollen Sie das wissen?«

»Reden Sie mit meiner Freundin Stacey Whitmore. Jennifer und ich waren häufig mit Stacey und ihrem Mann Dan zusammen. Dabei haben wir oft über diese Szene in *Pulp Fiction* diskutiert. Ich glaube, der Kerl … diese Stimme … er wusste es.«

»Glauben Sie wirklich, dass er sich so gründlich über Sie informiert hat? Dann hätte er ja in Ihrem Haus und dem von Ihren Freunden Wanzen anbringen müssen.«

»Stimmt. Absolut. Jedenfalls würde Adrenalin jemanden, der eine Überdosis genommen hat, nicht wieder zum Leben erwecken. Wenn der Kerl sich wirklich genau an den Film gehalten und Jennifer Heroin gespritzt hätte, hätte ich etwas anderes gebraucht.«

»Wie meinen Sie das?«

»Um Heroin zu neutralisieren, verabreicht man ein Medikament« – er schnippte mit den Fingern –, »mir fällt jetzt der Name nicht ein, jedenfalls ein Medikament, das die Rezeptoren im Hirn blockiert. Damit würde man einen Junkie binnen weniger Minuten wieder zum Leben erwecken.«

»Okay«, sagte Lizzy. »Wie ging es weiter, nachdem Sie beschlossen, Ihrer Frau die Injektion nicht zu verpassen?«

»Mir fielen andere Dinge an ihr auf. Sie hatte Prellungen an den Armen und Blut an ihrer Bluse, also hab ich die Bluse angehoben.« Er schloss die Augen. »Da waren überall Nähte. Jemand hatte sie an verschiedenen Stellen aufgeschnitten und wieder zugenäht.«

Die Qualen, die in seinem Gesicht geschrieben standen, brachen Lizzy das Herz.

»Ich hab sie gefragt, warum er das gemacht hat, aber zu dem Zeitpunkt konnte sie nicht mehr sprechen. Ihre Lebensgeister schwanden zusehends. Plötzlich sagte die Stimme, ich würde Jennifer nicht so gut kennen, wie ich dachte. Der Typ sagte, dass meine Frau mich zwar nie mit einem anderen Mann betrogen, aber mich dafür bei vielen Anlässen belogen habe. Zum Beispiel habe sie Geld auf ein privates Konto eingezahlt.«

»Stimmt das?«

Dalton nickte. »Jennifer hatte keine Ahnung, dass ich von diesem Konto wusste. Da sind nicht mehr als fünftausend Dollar drauf. Ich glaube, die Spareinlage gab ihr ein Unabhängigkeitsgefühl. Mir war es jedenfalls egal. Das Einzige, was mich in dem Augenblick interessierte, war, den Kerl zu erwürgen.«

Lizzy hätte gerne über den Tisch gelangt und ihre Hand auf die seine gelegt, aber Berührungen waren nicht gestattet.

»Selbst wenn ich geglaubt hätte, dass der Trick mit dem Adrenalin funktioniert, hätte ich niemals meiner Frau die Nadel ins Herz gestoßen. Ich könnte nie das Risiko eingehen, sie zu töten. Der Gedanke, der mich die ganze Zeit in diesem Raum beherrschte, war, dass ich entkommen musste. Wenn ich das schaffte, könnte ich Hilfe für Jennifer holen, bevor es zu spät wäre.«

»Den Polizeiberichten zufolge *haben* Sie ihr die Nadel ins Herz gestoßen. Auf der Spritze befanden sich Ihre Fingerabdrücke.«

»Natürlich waren sie da.«

Lizzy seufzte. »In der Spritze war kein Adrenalin.«

»Das wundert mich nicht.«

»Wie sind Sie schließlich entkommen?«

Dalton schüttelte den Kopf. »Der Mörder hat anscheinend kapiert, dass ich seiner Anweisung nicht Folge leisten würde. Also beschloss er, mich laufen zu lassen.« Er zuckte mit den Schultern. »Vielleicht hatte er das von Anfang an so geplant. Plötzlich hörte ich ein Klicken, und als ich versuchte, die Tür zu öffnen, war sie unverschlossen. Ich habe niemanden gesehen, also bin ich abgehauen.«

»Haben Sie den Mann gesucht?«

Er schüttelte den Kopf. »Dazu fehlte mir die Zeit. Ich musste Hilfe für Jennifer holen.«

»Sie haben sie zurückgelassen?«

»Sie war an das Weinregal gekettet. Mir blieb nichts anderes übrig, als Hilfe zu holen, bevor es zu spät wäre.«

»Sie hätten die Nadel mitnehmen können.«

»Wahrscheinlich hätte ich vieles anders machen können. Aber zu dem Zeitpunkt habe ich einfach das getan, was für mich am meisten Sinn ergab: Ich bin losgerannt, um Hilfe zu holen.«

»Und Sie haben fünf Minuten bis zum Nachbarhaus gebraucht?«

»Nein, höchstens zwei oder drei Minuten. Die Frau, die mir aufgemacht hat, hat ängstlich dreingeschaut, aber ich durfte ihr Telefon benutzen und habe neun, eins, eins angerufen. Als ich kurz darauf in das Haus zurückkehrte, war Jennifer tot. Er hatte sie umgebracht.«

»Ich habe den Polizeibericht gelesen. Aber erzählen Sie mir doch bitte mit eigenen Worten, was Sie gesehen haben.«

»In ihrer Brust steckte eine Injektionsnadel.« Seine Stimme bebte. Er schloss für einen Moment die Augen und gewann seine Fassung wieder. »Ich hab sie rausgezogen«, fuhr er schließlich fort. »Wie lange ich sie danach in den Armen gehalten habe, weiß ich nicht mehr genau. Ich weiß aber, dass es nicht lang genug war. Schließlich kamen die Sanitäter und die Polizei und nahmen sie von mir weg.«

»Was war mit den Handschellen?«

»Stand das nicht im Bericht?«, fragte er.

Lizzy schüttelte den Kopf.

»Als ich zurückkam, waren die Handschellen weg.«

»Sie haben die Stimme nicht noch einmal gehört oder den Mann gesehen, nachdem Sie in das Haus zurückkehrten?«

»Nein, aber ich glaube, Jennifer hat versucht, mir einen Hinweis zu geben.«

Lizzy musste sich mit aller Kraft zusammennehmen, um nicht über ihre Schulter in den Einwegspiegel zu schauen. »Was für einen Hinweis?«

»Als Jennifer versucht hat, mir etwas zu sagen, hat sie mehrmals das Wort *Limousine* wiederholt.«

»Wieso stand das nicht im Bericht?«

Dalton zuckte mit den Schultern. »Da müssen Sie Greer fragen. Ich hab denen nämlich genau dasselbe erzählt wie Ihnen. Anscheinend hat man Ihnen Informationen vorenthalten.«

Lizzy erstarrte, behielt aber ihre Gedanken für sich. »Ich hätte da noch zwei Fragen, wenn Sie nichts dagegen haben.«

Er wartete.

»Erinnern Sie sich noch daran, wie ich bei Ihnen im Büro war, als Sie vorbeikamen, um Jennifer zum Abendessen abzuholen?«

»Als wäre es erst gestern gewesen.«

»Bevor Sie kamen, erwähnte Jennifer etwas von anonymen Anrufern, die auflegen, totem Ungeziefer und seltsamen nächtlichen Geräuschen.«

»Ja«, antwortete er wie aus der Pistole geschossen, »wir hatten ziemlich viele solcher Anrufe bekommen.«

»Haben Sie etwas dagegen unternommen?«

Er schüttelte den Kopf. »Wir hatten beide viel zu tun. Wenn es noch länger weitergegangen wäre, hätte einer von uns sich darum gekümmert. So haben wir das immer gemacht.«

»Und das mit dem toten Ungeziefer?«

Er rieb sich wieder die Schläfen. »Ich erinnere mich, dass sie sich über Ungeziefer beschwert hat, aber ich weiß nicht mehr, wo sie es gesehen oder gefunden hat. Vielleicht in ihrem Auto. Das war, lange bevor wir Sie wegen dieser Unfallversicherungssache angerufen haben.«

»Und die seltsamen nächtlichen Geräusche?«

Er schüttelte erneut den Kopf. »Ich schlafe ziemlich tief. Sie hat mir nie was davon erzählt.«

»Die Zeit ist um«, sagte der Wärter.

Lizzy hob die Hand und stellte eine letzte Frage: »Als ich damals Ihr Büro verließ, haben Sie mich angestarrt. Ich saß im Auto und habe gesehen, wie Sie die Augen zusammengekniffen haben. Sie hatten einen Blick, den ich als intensiv bezeichnen würde.«

»Auf der anderen Straßenseite ist eine Kneipe«, sagte Dalton. »Die Fensterscheiben sind getönt, aber ich konnte diesen Mann sehen, der an dem Tisch neben der Tür saß. Er hat uns beobachtet. Ich habe nicht Sie angestarrt, sondern ihn beobachtet, wie er zu uns rübergeglotzt hat. Mir kam das verdächtig vor.«

Fünfzehn Minuten später brachten zwei Wärter Lizzy aus der Haftanstalt. Sie folgte den beiden mit Stacey zu ihrer Rechten und Lieutenant Greer zur Linken. Lizzy hatte Stacey auf dem Weg zum Gefängnis angerufen, worauf die Reporterin sofort gekommen war – nicht aus beruflichen Gründen, sondern als Freundin von Michael Dalton und jetzt auch von Lizzy.

»Warum haben Sie mir nichts von dem toten Ungeziefer und den anonymen Anrufen erzählt, geschweige denn von dem seltsamen Blick, mit dem er Sie an dem Tag angestarrt hat?«, wollte Lieutenant Greer von Lizzy wissen.

»Weil Jennifer das Ganze als unbedeutend abgetan hatte. Dass sie durcheinander war, schob sie auf den Tod ihrer Mutter. Und warum haben Sie mir nichts von den Handschellen erzählt oder davon, dass Jennifer das Wort *Limousine* gesagt hat?«

Sie näherten sich dem Ausgang.

»Darüber reden wir später«, wich Greer aus.

»Sieht so aus, als ob draußen ein paar von diesen Anwaltsgeiern warten«, sagte einer von Greers Leuten zu seinem Chef.

»Ach, das ist bloß ein Haufen Amateure«, sagte Stacey, als sie nach draußen ging und den Paparazzi und Jungreportern mit einer Gelassenheit begegnete, die nur jemand mit ihrer Erfahrung besaß.

KAPITEL 14

Tut mir leid, ich habe fünf Menschen getötet, okay?

– Gary Alan Walker

Antelope
Mittwoch, 16. Mai 2012

Jessica parkte ihr Auto am Randstein und ging zu dem Trailer, in dem Dominic Povo den Großteil seines Tages verbrachte. Es war noch früh. Sie blickte sich um und stellte fest, dass das Grundstück ordentlich und aufgeräumt aussah. Nirgendwo lagen Müllsäcke herum. Sie musste sich ihre Paranoia unbedingt abgewöhnen.

Jedes Mal, wenn sie Povos Trailer und sein Haus observierte, hatte sie den Eindruck, dass ständig irgendwelche Leute kamen und gingen. Aus diesem Grund war sie heute früher als gewöhnlich zu dem Grundstück gefahren. Die Bauarbeiter würden frühestens in einer Stunde eintreffen. Jessica wollte sich schnell im Inneren des Trailers umsehen und darauf achten, ob ihr etwas Ungewöhnliches ins Auge sprang – Hinweise, aus denen sie schließen konnte, dass Povo nicht ganz sauber war. Vielleicht würde sie eine Frau vorfinden oder BHs und Höschen, die verstreut umherlagen.

Sie schlug den Kragen ihrer Jacke hoch, fast bis zu den Ohren. Ihr Atem bildete kleine weiße Wölkchen in der kalten Morgenluft. Als sie die unbefestigte Zufahrt entlangging, knirschte der Kies unter ihren Stiefeln. Am Abend zuvor, als sie allein in ihrer Wohnung gewesen war, hatte sie beschlossen, ihre Einstellung zu ändern. Sie wurde für diese Arbeit bezahlt und musste sie gut machen. Danielle Cartwright war schließlich eine nette Frau und verdiente es, zu wissen, ob der Mann, den sie heiraten wollte, anständig war.

Hayley hatte recht: Sie musste von Tür zu Tür gehen und Leute befragen. Für diese Aufgabe hatte sie sich die passenden Worte zurechtgelegt und war bereit. Wenn Povo die Tür aufmachte, würde sie so tun, als interessierte sie sich für das Haus, das er gerade baute.

Eigentlich wäre sie lieber später gekommen, wenn Magnus arbeitete. Aber ihr Bauchgefühl sagte ihr, dass der Handwerker wahrscheinlich ein oberflächlicher Typ war, einer von der Sorte, der jeden Monat eine neue Freundin hatte. Und auf so jemanden konnte sie verzichten. Klar, mit einem Typen wie Magnus auszugehen, würde sich positiv auf ihr Selbstwertgefühl auswirken, aber die Chance, dass ein so gut aussehender Mann bei ihr bliebe, lag bei eins zu einer Million. Jessica schüttelte über ihre abwegigen Gedanken den Kopf und näherte sich dem Trailer. Natürlich wusste sie, dass ihre Träumereien kindisch waren. Sie war Magnus erst einmal begegnet und musste trotzdem ständig an ihn denken.

Gerade wollte sie an die Tür klopfen, als sie plötzlich drinnen Männer reden hörte. Als sie sich vorbeugte, um an der Tür zu horchen, fielen ihr die Schlammspritzer an der Seitenwand des Trailers auf.

»Wir haben die Ware wie vereinbart geliefert. Das ist deine letzte Chance, Povo. Wo ist die Kohle?«

Gleich darauf ertönten Geräusche, wie bei einem Handgemenge, und jemand stöhnte laut. Als sie hörte, wie etwas gegen die Wand krachte, riss Jessica die Augen vor Schreck weit auf und ihr Puls raste. Ihr Blick fiel erneut auf die Schlammspritzer an der Wand, und als sie sich diese genauer ansah, stellte sie fest, dass es kein Schlamm war, sondern Blut. Sie erstarrte. Natürlich war ihr klar, dass sie auf der Stelle verschwinden sollte, aber sie konnte sich nicht bewegen.

Plötzlich drückte ihr jemand eine Hand auf den Mund.

Sie stieß einen gedämpften Schrei aus und versuchte, sich aus der Umklammerung zu befreien. Doch dann erkannte sie Magnus. »Ruhig«, flüsterte er, nahm sie am Arm und führte sie die Zufahrt entlang zu ihrem Auto.

Dort angekommen hielt er ihr die Wagentür auf. »Sie müssen hier weg, Jessica.«

»Sie wissen, wie ich heiße?«

Er ignorierte ihre Frage. »Wo ist Ihr Autoschlüssel?«

Jessica kramte in ihrer Handtasche nach dem Schlüsselbund und ließ den Motor an. »Was ist hier los?«

»Verschwinden Sie! Ich meine es ernst!«

Sacramento
Donnerstag, 17. Mai 2012

Lizzy und Brittany waren eine halbe Stunde kreuz und quer durch Sacramento gefahren, als Lizzy sagte: »Ich glaube, du bist so weit, dass ich dich auf dem Freeway fahren lassen kann.«

»Echt?«

»Ja. Packen wir's an. Bieg an der Ampel rechts ab und nimm die I-80 nach Osten Richtung Reno.«

Dies war erst Lizzys dritte Fahrt, bei der ihre Nichte am Steuer saß, aber da Brittany ein Naturtalent war, machte sie sich keine Sorgen. Außerdem war es gerade zwölf Uhr mittags an einem Wochentag und es herrschte kaum Verkehr.

Plötzlich tauchte ein silberner Toyota Tundra aus dem Nichts auf und schwenkte in ihre Spur.

Brittany stieg voll auf die Bremse. Beide wurden ruckartig nach vorne gedrückt.

Reifen quietschten und Lizzy rechnete schon mit einem Auffahrunfall, aber das Auto hinter ihnen kam rechtzeitig zum Stehen. Der Pickup raste bei Rot über die Ampel.

»Hast du den Kerl gesehen? Was für ein Idiot!«, rief Brittany. »Er wäre fast mit uns zusammengestoßen, und dann fährt er bei Rot weiter!«

»Willst du immer noch fahren?«

»Ja, geht schon. Alles klar bei dir?« Die Ampel sprang auf Grün und Brittany fuhr los, ein bisschen langsamer als zuvor, aber immer noch wie jemand, der auf sein Können vertraute.

Lizzy atmete tief durch. »Alles in Ordnung bei mir. So ein Spinner«, murmelte sie.

Ein paar Minuten später fädelte Brittany problemlos auf den Freeway ein. Der Himmel war grau und düster, aber laut Wetterbericht sollte es nicht regnen. Gerade als Lizzy ihrer Nichte zeigen wollte, wie man den Geschwindigkeitsregler bediente, sah sie denselben Pickup wie vorhin im Außenspiegel. Da sie Brittany nicht grundlos ängstigen wollte, beschloss sie, ihr nichts zu sagen. Genau genommen war sie sich nicht hundertprozentig sicher, ob es wirklich dasselbe Fahrzeug war, da sie vorhin den Fahrer durch die getönten Scheiben nicht gesehen hatte. Sie beugte sich vor, blickte in den Außenspiegel und versuchte, den Fahrer zu erkennen. Vergebens.

»Sieht so aus, als ob er wieder da ist«, sagte Brittany. »Erkennst du ihn?«

»Ich kann nichts sehen. Er ist zu weit weg und die Scheiben sind getönt. Bleib auf dieser Spur und halte dich an die Geschwindigkeitsbegrenzung. Wenn er es eilig hat, kann er uns überholen.«

Um Ablenkungen auf ein Minimum zu beschränken, hatte Lizzy darauf bestanden, dass sie mit geschlossenen Fenstern und ausgeschaltetem Radio fuhren. Das einzige Geräusch, das sie jetzt hörte, war ihr eigener Herzschlag. Lizzy zählte still bis zehn. Sie musste Brittany irgendwie von dem Pickup ablenken und fing deshalb ein Gespräch an. »Wie geht's deiner Mutter?«

»Du redest jeden Tag mit ihr. Das funktioniert nicht.«

»Was funktioniert nicht?«

»Du willst mich doch bloß von diesem Irren ablenken, der hinter uns herfährt.«

Lizzy seufzte. »Es war zumindest einen Versuch wert.«

Brittany betätigte den Blinker, gab Gas und wechselte auf die Überholspur, wo sie auf einhundertunddreißig Stundenkilometer beschleunigte, bis Lizzy ihr sagte, sie solle langsamer fahren.

Brittany fuhr wieder auf die mittlere Spur und ging auf die zugelassene Höchstgeschwindigkeit herunter. Fünf Sekunden später war der Pickup schon wieder hinter ihnen.

Das war nicht mehr lustig.

»Wenn es sicher ist, fahr auf die rechte Spur«, sagte Lizzy. »Ich schau mal, ob ich mir seine Nummer aufschreiben kann.«

Brittany tat, wie ihr geheißen. Der Pickup folgte ihr.

»Es ist ein Toyota Tundra mit vier Türen. Das Nummernschild hat die Ziffer sechs und dann, glaube ich, ein M und ein B.«

Lizzy nickte. »Konntest du den Fahrer erkennen?«

»Nein, tut mir leid.« Brittany sah wieder in den Rückspiegel. »Die letzten drei Ziffern sind null-null-zwei.«

»Das hast du gut gemacht. Bleib ruhig, schau auf die Straße vor dir, dann schaffen wir es.«

»Du bist doch diejenige, die sich Sorgen macht.«

»Okay, du hast recht, ich mache mir Sorgen«, gab Lizzy zu. Sie holte ihr Handy hervor und rief die Polizei an. Als sie fertig war, sagte sie: »Nimm die nächste Ausfahrt.«

»Bist du dir sicher? Was, wenn er eine Pistole oder sonst was hat?«

Lizzy überlegte. »Ich will nicht zu weit von zu Hause weg. Wir nehmen die nächste Ausfahrt und dann fahre ich.«

»Super.« Brittany betätigte den Blinker.

Der Pickup folgte ihnen die Ausfahrt hinunter.

Die Ampel zeigte Rot. Brittany hielt an der Kreuzung. Auf der Querstraße herrschte viel Verkehr, und die Autos, die in beiden Richtungen mit hoher Geschwindigkeit vorbeifuhren, verschwammen fast ineinander. Auf der anderen Seite sah Lizzy ein Einkaufszentrum. »Wenn es Grün wird, fahr geradeaus und dann auf den Parkplatz vor dem Einkaufszentrum.«

Brittany klopfte ungeduldig mit den Fingern auf das Lenkrad, während sie auf das Umschalten der Ampel wartete. Lizzy schaute immer noch in den Außenspiegel und versuchte, sich den Fahrer genauer anzusehen. Allem Anschein nach ein Mann, größer als einen Meter fünfundsiebzig und schlank. Sie öffnete die Tür.

»Was machst du?«

»Bleib einfach nur, wo du bist.«

Lizzy stieg aus, griff unter ihren Pullover und zog die Pistole aus dem Holster. Der Pickup setzte mit quietschenden Reifen zurück und rammte einen weißen SUV hinter ihm. Der Fahrer drückte auf die Hupe und ließ nicht los. Bevor Lizzy ihn erreichte, kapierte sie plötzlich, was er vorhatte. »Nein!«

Er ließ den Motor aufheulen, drückte das Gaspedal durch und rammte das Heck von Lizzys Wagen.

Die Angst schnürte Lizzy die Kehle zu, als sie Brittany schreien hörte und sah, wie der Irre weiterhin aufs Gas drückte und Lizzys Wagen mit Brittany hinter dem Steuer in die viel befahrene Kreuzung schob.

Lizzy rief ihrer Nichte zu, sie solle den Fuß auf dem Bremspedal lassen und zusätzlich die Handbremse ziehen. Der Geruch von verbranntem Reifengummi hing in der Luft.

Der Fahrer des beschädigten SUV stieg aus, aber als er sah, wie Lizzy mit ihrer Pistole auf die Vorderreifen des Pickups zielte, rannte er zu seinem Fahrzeug zurück und rief seinen Mitfahrern zu, sich zu ducken.

Der silberfarbene Pickup setzte wieder zurück und machte sich für einen neuen Angriff bereit. Diesmal hatte er es auf Lizzy abgesehen.

Lizzy fuhr herum und rannte um ihr Leben. Sie sprang über einen Straßengraben und kletterte so schnell sie konnte eine Böschung empor. Die Erde zitterte, als der Pickup aufprallte. Er hatte Lizzys linkes Bein nur um ein paar Zentimeter verfehlt.

Mit quietschenden Reifen setzte er zurück.

Lizzy rutschte auf dem feuchten Gras aus und arbeitete sich auf allen vieren den Hang hoch. Als sie mit einer Hand in einen Dornenbusch griff, biss sie die Zähne zusammen. *Scheiße!*

Sie rappelte sich auf und sah, dass das Arschloch weit genug zurückgefahren war, um erneut ihr Auto in Angriff zu nehmen. Sie sah zu Brittany hinüber und diese erwiderte ihren Blick, als der Pickup aufs Neue das Heck ihres Wagens rammte. Der Aufprall schleuderte Brittany zur Seite, aber zum Glück war Lizzys Auto stabil.

Lizzy sah die Entschlossenheit im Gesicht ihrer Nichte. Das Mädchen machte keine Anstalten, abzuhauen, was Lizzy nur noch mehr ängstigte.

Der Fahrer des SUV telefonierte mit seinem Handy. Bestimmt verständigte er gerade die Polizei. Auf dem Rücksitz konnte sie Kinder ausmachen. Der Fahrer war groß und kräftig und Lizzy vermutete, dass er sich den Irren vorgeknöpft hätte, wenn die Kinder nicht bei ihm wären.

Inzwischen hatten sämtliche Fahrzeuge um sie herum angehalten und das Geräusch von Polizeisirenen kam näher. Die Ampel stand momentan auf Grün – ein Umstand, den der Fahrer des Pickups zur Flucht nutzte. Er setzte noch einmal zurück, streifte dabei Lizzys Stoßstange und raste davon.

Auf der anderen Straßenseite standen Schaulustige dicht beisammen.

Lizzy rannte zu ihrem Wagen und riss die Tür auf, hinter der Brittany saß. Ihre Nichte zitterte vor Schreck, war aber zum Glück nicht verletzt.

Der Fahrer des SUV stieg wieder aus. »Kennen Sie den Kerl?«

»Nein«, sagte Lizzy. »Konnten Sie einen näheren Blick auf ihn werfen?«

Er schüttelte den Kopf. »Leider nicht. Wenn meine Kinder nicht dabei gewesen wären, hätte ich Hackfleisch aus ihm gemacht.«

Lizzy nickte.

»Wieso tragen Sie eine Schusswaffe?«

»Ich bin Privatermittlerin. Wir sind alle in Sicherheit.« Sie hätte die Pistole nie ziehen dürfen. Auf einer Privatstraße ohne unbeteiligte Zuschauer hätte sie zuerst geschossen und sich danach darüber Gedanken gemacht. Aber an einer viel befahrenen Kreuzung ging so etwas nicht, und der Fahrer des Pickups hatte wahrscheinlich darauf gebaut.

Brittany machte auf ihrer Seite die Tür auf, aber Lizzy forderte sie auf, im Wagen zu bleiben.

Zwei Polizeiwagen trafen ein. Einer der Polizisten machte sich daran, den Verkehr zu regeln, während sein Kollege sich um Lizzy und den SUV-Fahrer kümmerte. Die nächste Stunde verbrachten die Uniformierten damit, Zeugenaussagen zu Protokoll zu nehmen. Es gab viele, die den Vorfall beobachtet hatten, aber keiner von ihnen konnte eine gute Beschreibung des Fahrers liefern. Lizzys Wagen hatte mehr Beulen als ein Crashtest-Auto, aber es ließ sich noch fahren. Als sie noch zwei Blocks von Brittanys Zuhause entfernt waren, sagte Lizzy: »Das hast du heute gut gemacht. Ich bin stolz auf dich.«

»Ich hab doch gar nichts gemacht.«

»Das stimmt nicht«, widersprach Lizzy. »Du hast keinen Augenblick deine Fassung verloren.«

»Ich hab mit Mom telefoniert, während du mit der Polizei geredet hast. Sie ist völlig ausgeflippt. Wer war der Typ, Lizzy?«

»Keine Ahnung.«

»Warum haben es sämtliche Irre auf dieser Welt immer auf dich abgesehen?«

»Gute Frage. Leider weiß ich keine Antwort darauf.«

»Mom lässt mich nie wieder mit dir fahren. Sie will auch nicht, dass ich mich mit Hayley treffe.«

»Wieso nicht?«

»Sie findet, Hayley ist kein guter Umgang für mich.«

Lizzy seufzte. »Es dauert bestimmt 'ne Weile, aber sie wird darüber hinwegkommen. Ich rede mit ihr. In der Zwischenzeit kann ich vielleicht zu euch zu Besuch kommen und wir schauen uns zusammen Filme an. So wie früher, als du noch klein warst.«

»Vielleicht hat Mom recht. Vielleicht solltest du auf andere Weise dein Geld verdienen.«

Lizzy bog nach links ab und sah ein paar Häuser weiter ihre Schwester Cathy mit verschränkten Armen in der Einfahrt stehen. Richard war auch da. *Scheiße.*

»Das wird nicht angenehm werden«, sagte Brittany.

»Überlass es mir. Ich kümmere mich um deine Eltern.«

Lizzy hielt am Randstein und schaltete den Motor aus. Kaum hatte Brittany den lädierten Wagen ihrer Tante verlassen, drängten sich ihre Eltern um sie und freuten sich, dass ihr nichts passiert war. In dieser Hinsicht waren sie nicht die Einzigen.

Noch ehe Lizzy aussteigen und sich zu ihnen gesellen konnte, stand Richard schon vor ihr, zeigte mit dem Finger auf ihre Nase und schrie sie an. »Für wen hältst du dich eigentlich? Nimmst einfach unsere Tochter mit, wann und wohin du willst.«

»Cathy hat es mir erlaubt. Das war nicht das erste Mal, dass ich Britanny mit meinem Auto habe üben lassen.«

»Ich wusste nicht, dass du sie auf dem Freeway fahren lässt«, mischte sich Cathy ein. »Was hast du dir nur dabei gedacht?«

Lizzy schüttelte den Kopf. »Brittany kann sehr gut Auto fahren. Ich habe keinen Moment lang daran gezweifelt, dass sie die Lage unter Kontrolle hat. Wenn sie etwas anpackt, dann macht sie es ausgezeichnet.«

Britanny schenkte ihrer Tante ein Lächeln und ging dann ins Haus.

Lizzy rührte sich nicht vom Fleck, bis Brittany die Tür hinter sich zugezogen hatte. Dann packte sie Richards ausgestreckten Zeigefinger und bog ihn nach hinten.

Er schrie auf und riss sich los. »Deine Schwester ist vollkommen übergeschnappt!«

Cathy eilte herbei und stellte sich zwischen die beiden Streithähne. »Untersteh dich, vor unseren Nachbarn eine Szene zu machen«, zischte sie ihren Exmann mit rotem Gesicht an.

»Sie hat versucht, mir den Finger zu brechen, und du ergreifst für sie Partei?«

»Ich ergreife für niemanden Partei«, sagte Cathy.

»Seid ihr beiden etwa wieder zusammen?«, fragte Lizzy ihre Schwester.

»Wir sehen uns wieder regelmäßig, lassen es aber langsam angehen, sonst nichts.«

»Was meinst du damit, sonst nichts? Ich ziehe wieder bei ihr ein.« Richard warf Lizzy einen gehässigen Blick zu. »Sie hat dir bloß nichts davon erzählt, weil sie findet, dass du voreingenommen und engstirnig bist.«

Lizzy sah ihre Schwester ungläubig an. »Stimmt das? Hast du das wirklich gesagt?«

Cathy trat verlegen von einem Fuß auf den anderen. »Nicht ganz. Ich hab es dir noch nicht gesagt, weil ich wusste, dass es dir nicht gefällt.«

»Das tut es auch nicht. Cathy, der Kerl hat dich nicht verdient. Er ist ein Arschloch.«

Richard ballte die Hände zu Fäusten und wollte sich auf sie stürzen.

»Was willst du jetzt machen, Richard? Mich schlagen?«, fragte Lizzy.

»Du bist eine blöde Kuh.«

Richard spuckte ihr ins Gesicht und Lizzy wischte sich mit dem Ärmel ab. Sie wartete nur darauf, dass Richard sich zu Handgreiflichkeiten verleiten ließ. In diesem Fall würde Jared diesen Hänfling beim Wickel nehmen und hinter Gittern bringen, bevor dieser bis drei zählen konnte. Aber Cathys Blick hielt sie davon ab, ihren Ex-Schwager unnötig zu provozieren. Richards Gesicht war wutverzerrt und sein Hals drohte, zu platzen. Aber als Cathy zu ihm trat, riss er sich zusammen und sagte nichts weiter.

»Würdest du uns bitte für ein paar Minuten allein lassen?«, bat Cathy ihn. »Du bist den ganzen Weg gefahren, um deine Tochter zu sehen. Sie ist drinnen.«

Richard machte sich auf den Weg ins Haus. Man konnte ihm seine Verärgerung darüber ansehen, dass Cathy ihn zum Gehen aufgefordert hatte.

»Ich kann diesen Mann nicht ausstehen.«

»Glaub mir, das beruht auf Gegenseitigkeit.«

Lizzy kamen jede Menge Antworten in den Sinn, aber sie biss die Zähne zusammen und schwieg.

»Eins muss ich dir allerdings sagen«, fuhr Cathy fort. »Was du heute gemacht hast, Brittany einfach auf dem Freeway fahren zu lassen, war vollkommen unakzeptabel.«

»Du willst mich wohl verarschen. Diesen widerlichen Kerl, der dich schlecht behandelt, wieder in dein Leben zu lassen … *das* ist unakzeptabel.«

»Wie oft haben wir das schon durchgekaut? Warum musst du immer bis zum Äußersten gehen?«

Lizzys Körperhaltung versteifte sich. »Was meinst du damit?«

»Wir haben vereinbart, dass du Brittany einmal die Woche mit deinem Auto Fahren üben lässt, aber es war nie die Rede davon, dass du mit ihr auf dem Freeway fährst.«

»Du kannst nicht von ihr verlangen, dass sie ihren Führerschein macht und nicht auf …«

»Du weißt schon, was ich meine. Ich wäre selbst mit ihr dort gefahren.«

»Wann denn? Du arbeitest Vollzeit und jetzt, wo du wieder mit dieser Witzfigur zusammen bist, bist du nie zu Hause.«

Cathy seufzte. »Hat Brittany dir das erzählt?«

»Sie hat erwähnt, dass ihr beide euch wieder regelmäßig seht.«

»Weiß sie, wie du über Richard denkst?«

»Sie ist ein schlaues Mädchen und es ist wohl ziemlich eindeutig. Aber wenn du denkst, ich würde Richard vor ihr eine Witzfigur oder ein Arschloch nennen, dann kann ich dich beruhigen. So etwas tue ich nicht. Diese Witzfigur ist schließlich ihr Vater. Das muss ich respektieren.«

»Ich war einmal mit diesem Mann verheiratet.«

»Es war ein schlechter Traum. Aber das ist jetzt vorbei.«

Cathy seufzte. »Es würde dir nicht schaden, wenn du mich mit demselben Respekt behandelst.«

Lizzy gluckste vor Lachen und ging zu ihrem Wagen.

»Was ist?«

»Das ist wieder mal typisch«, sagte Lizzy. »Ich musste mir dauernd anhören, wie du auf Jared Shayne geschimpft und mir erzählt hast, wie sehr du ihn verachtest. Dabei kennst du ihn überhaupt nicht. Er hat nie ein böses Wort über dich gesagt. Er ist nett zu mir. Er ist ein anständiger Mann und hat nicht in jedem Hotel in Sacramento eine Geliebte versteckt. Und da soll ich genug Respekt vor dir haben, dass ich das Arschloch da drinnen wie einen anständigen, respektablen Mann behandle?« Lizzy schüttelte erneut den Kopf. »Das werde ich nicht tun. Ich mag dich sehr, wirklich, aber solange ich lebe, werde ich nie verstehen, warum du diesen Mann wieder in dein Leben lässt.«

»Ich bin einsam.«

»Was ist mit dem Rechtsanwalt, mit dem du ein paarmal ausgegangen bist?«

»Der hat 'ne andere Frau kennengelernt und mich schneller fallen gelassen, als du *heiße Kartoffel* sagen kannst.«

Mist. »Wieso bleibst du nicht einfach eine Weile lang Single? Was ist daran so schlimm?«

»Ich bin nicht wie du, Lizzy.«

»Ich bin nicht die einzige Frau, die sich eine Zeit lang als Single wohlgefühlt hat.«

»Ich will aber nicht allein sein«, sagte Cathy. »Ich brauche einen Mann an meiner Seite.«

»Du liebst ihn nicht einmal, oder?«

»Er ist der Vater meiner Tochter.«

»Das reicht nicht«, sagte Lizzy. »Du bist übrigens stärker, als du denkst.« Sie wollte schon einsteigen, wandte sich dann aber noch einmal ihrer Schwester zu. »Tu's nicht. Tu Brittany den Gefallen und lass ihn nicht in euer Leben zurück. Er ist ein rücksichtsloser Egoist und behandelt dich wie Dreck. Er hat euch beide nicht verdient und das weißt du.«

Sacramento
Donnerstag, 17. Mai 2012

Er sah zu, wie der gestohlene Toyota Tundra in dem Bewässerungskanal versank. Der Kanal war ungefähr zweihundert Kilometer lang und bestens geeignet, um darin Dinge verschwinden zu lassen. Der Pickup war nicht das erste Fahrzeug, das er hier versenkt hatte, und es würde auch nicht das letzte sein. Überhaupt hatte er im Laufe der Jahre viele interessante Dinge in diesem Gewässer entsorgt. Er kratzte sich am Schlüsselbein und ging zu dem dichten Gestrüpp, wo ein Fahrrad versteckt lag – ebenfalls gestohlen. Er hatte vor, damit zur nächsten Bushaltestelle zu fahren und dort den Bus zurück in die Stadt zu nehmen.

Er war in Sacramento geboren und aufgewachsen. Die Stadt war für viele Dinge bekannt, unter anderem für ihre zwielichtigen und schillernden Lokalpolitiker, Allergien und – vor allem in letzter Zeit – den vielen Zwangsversteigerungen von Immobilien. Er lachte in sich hinein, als er auf den Drahtesel sprang und losradelte. Am Himmel zogen dunkle Wolken auf und kündigten ein unmittelbar bevorstehendes Gewitter an. Er war seit Jahren nicht mehr mit dem Fahrrad gefahren und fühlte sich dabei wie ein Kind. Die damit verbundenen Erinnerungen ließen seine Gedanken finsterer werden als die Wolken, die über ihm schwebten.

Mutter, Mutter, Mutter.

Alles war perfekt gewesen, bis zu dem Tag, als er sie in der Scheune fand.

Er trat fester in die Pedale und hoffte, die Erinnerungen hinter sich zu lassen. Seine Augen brannten, aber er unterdrückte die aufkeimenden Tränen.

Nichts von dem, was mit ihm passiert war, hatte ihm Schuldgefühle bereitet. Letztere und Reue überkamen ihn nur äußerst selten, in der Regel nur dann, wenn er an seine Mutter dachte. Er tat dies nur ungern, denn tief in seinem Inneren war ihm bewusst, dass er sich mehr Mühe hätte geben müssen, sie zu überzeugen. Er hatte ihr gesagt, er wäre es nicht gewesen. Aber dann hatte sie ihm üble Schimpfwörter an den Kopf geworfen und sogar behauptet, sein Therapeut habe gesagt, er leide unter Wahnvorstellungen und könne deshalb Lüge und Wahrheit nicht auseinanderhalten. Das war natürlich völliger Unsinn.

Er radelte schneller. Wenn er nur lange genug Fahrrad fuhr und sich dabei körperlich verausgabte, würden die finsteren Gedanken verschwinden. Und das taten sie dann auch.

Auf den letzten drei Kilometern seiner Wegstrecke lenkte er seine Gedanken auf Lizzy Gardner und seine Laune verbesserte sich sofort. Er hatte geglaubt, dass ein Einbruch genügte, um sie aus dem Konzept zu bringen, aber er hatte die Frau falsch eingeschätzt. Die Polizei war erschienen, Lizzy hatte ihre Aussage zu Protokoll gegeben und damit war die Sache erledigt. Schon am nächsten Tag war sie wieder in den Nachrichten! Er konnte es kaum glauben, als er den Fernseher einschaltete und sah, wie Lizzy Gardner aus dem kalifornischen Staatsgefängnis kam. Und wieder schlachteten die Medien die Sache voll aus. Diese Frau wusste einfach nicht, wann es Zeit war, aufzuhören.

Anscheinend genügte es nicht, dass sie mit Lieutenant Greer über Daltons angebliche Unschuld sprach. Nein, sie musste auch noch mit dem Mann selbst reden. Für wen hielt sie sich eigentlich? Für die Bürgermeisterin von Sacramento?

Seine Innereien verkrampften sich vor Wut.

Die Vorstellung, dass eine unbedeutende Person wie Lizzy Gardner sich in seine Angelegenheiten mischte, war zu viel. Vielleicht war sie doch nicht so labil, wie er anfangs geglaubt hatte. Aber bald würde sie es sein. In diesem Provinznest war niemand vor ihm sicher … und schon gar nicht Lizzy Gardner. Er konnte es kaum glauben, dass sie den Spinnenmann ausgetrickst hatte. Die Frau war ein blasses, winziges Etwas – sie maß höchstens einen Meter sechzig. Ihr aschblondes Haar trug sie meistens als Pferdeschwanz. Der Mund sah nicht schlecht aus, die Lippen nicht voll wie bei einem Schmollmund, sondern eher weich und hübsch. Bei ihrer Augenfarbe war er sich noch nicht sicher, aber das eilte nicht. Er hatte ja Zeit.

Sie aß gerne Sushi und ging fast jeden Morgen im Park joggen. Abgesehen davon schien sie keinen festen Tagesablauf zu haben, sondern nahm die Dinge, wie sie kamen. Er sah ihr gerne bei ihren Observierungen zu, weil ihm ihre Bewegungen verrieten, dass sie nur ungern länger im Auto saß. Es machte sie kribbelig. Er musste sich eingestehen, dass es ihm Spaß machte, jeden Morgen aufzuwachen und sich zu fragen, was Lizzy heute wohl tun würde.

Sie verbrachte viel Zeit in ihrem Büro in der J Street. Den Zeitungsartikeln zufolge hatte sie früher mit ihrer Katze in einem Apartment gewohnt, aber das war nicht länger der Fall. Der Spinnenmann hatte sich um das arme kleine Kätzchen gekümmert. Im Gegensatz zu seinem Vorbild würde er nie ein wehrloses Lebewesen töten.

Der Umstand, dass Lizzy mit einem FBI-Agenten zusammenlebte, machte die Sache erst richtig interessant. Es würde nicht leicht werden, einen FBI-Mann in seinen Käfig zu bekommen, aber nichts war unmöglich, und er fühlte sich der Herausforderung gewachsen.

Seit seinem Einbruch in das Haus hatte er mehr über das verrückte Mädchen erfahren, das bei ihnen wohnte und ihm hinterhergerannt war. Er war stolz auf seine akribischen Recherchen und es ärgerte ihn, dass er nicht schon vor dem Einbruch von diesem Mädchen gewusst hatte. Sie hieß Hayley Hansen und war ziemlich kaputt. Aber wer war das heutzutage nicht? Besagte junge Frau hatte erst kürzlich eine Haftstrafe verbüßt, weil sie einem Mann den Penis abgeschnitten hatte.

Autsch!

Er machte sich im Hinterkopf eine Notiz, das Mädchen künftig zu meiden.

KAPITEL 15

Ich habe die Vergangenheit nicht verdrängt.
Ich würde die Person, die ich bin, und die Dinge, die ich getan habe – oder die Menschen, die ich kannte –, für nichts in der Welt tauschen.
Ich denke also an die Vergangenheit. Und manchmal ist es ziemlich entspannend, einfach dazusitzen und in den Erinnerungen zu schwelgen.

– Ted Bundy

Davis
Freitag, 18. Mai 2012

Hayley rief bei ihrer Mutter an. Immer noch keine Antwort. Sie warf einen Blick auf ihre elektronische Fußfessel. Wenn sie dieses verdammte Ding bloß loswerden könnte, würde sie persönlich bei ihrer Mutter vorbeischauen und nach dem Rechten sehen.

Scheiß drauf. Sie nahm ihr Handy und wählte Jessicas Nummer.

Jessica ging nach dem ersten Klingeln dran.

»Ich bin's, Hayley. Wo bist du?«

»Beim Observieren. Immer dasselbe.«

»Povo?«

»Nein, noch so ’n Loser.«

»Kannst du mir einen Gefallen tun?«

»Klar, jederzeit.«

»Ich möchte, dass du bei meiner Mutter vorbeischaust. Als ich im Knast war, hat Lizzy das immer gemacht, aber jetzt mache ich mir Sorgen. Sie geht nicht ans Telefon. Ich hoffe, es macht dir nichts aus, wenn du zu ihrem Haus fährst und an die Tür klopfst oder durch ein Fenster schaust. Wenn niemand aufmacht, sie hat einen Zweitschlüssel unter einer Kaninchenskulptur vor der Tür.«

Nach einer langen Pause fragte Jessica: »Wenn sie nicht aufmacht, willst du, dass ich ins Haus gehe?«

»Ja, das wäre toll.«

»Sollte ich dann nicht lieber die Polizei rufen?«

»Mir wäre es lieber, wenn du das nicht tust.«

Hayley hörte, wie Jessica seufzte.

»Ach, lass es einfach«, sagte Hayley. »Wahrscheinlich ist es keine gute Idee, dass du allein hingehst. Vergiss es.«

»Nein, ich mache es morgen … am Samstag.«

»Super. Danke.«

»Kein Problem«, sagte Jessica. Aber sie wussten beide, dass dies gelogen war.

Hayley klappte ihr Handy zu und ging im Zimmer auf und ab. Eigentlich hätte Tommy schon vor ein paar Tagen mit der geklonten Fußfessel vorbeischauen sollen, war aber bisher nicht erschienen. Was, wenn es ihm nicht gelänge, das Ding funktionstüchtig zu machen? Was würde sie dann tun? Sie musste hin und wieder das Haus verlassen. Wie lange würde sie es noch aushalten, in ihrem Zimmer zu sitzen und nichts anderes zu tun, als Akten zu sortieren und Bücher zu lesen?

Da könnte sie genauso gut im Knast sitzen. Seit dem Einbruch bestand Lizzy darauf, zu allen Zeiten die Vorhänge zuzuziehen und die Jalousien herunterzulassen. Hayley ertappte sich oft dabei, wie sie aus dem Fenster ihres Zimmers starrte. Die Freiheit war zum Greifen nahe, und trotzdem konnte sie nicht weiter als eineinhalb Kilometer laufen, ohne dass die Leuchte an ihrer Fußfessel blinkte und piepste.

Plötzlich hörte sie draußen ein Auto. Sie trat ans Fenster, das zur Straße hinausging, und spähte durch die Vorhänge. Es waren Jared und Lizzy – um zwei Uhr nachmittags an einem Freitag. *Was machen die um diese Zeit hier?*

Sie setzte sich wieder auf die Couch, schlug eine Akte auf und tat so, als würde sie arbeiten. Als Jared und Lizzy zur Tür hereinkamen, zog sie in gespielter Überraschung eine Augenbraue hoch. »Wieso seid ihr schon so früh zu Hause?«

Lizzy ging in die Küche und legte ihre Handtasche auf den Küchentresen. »Ich hab mein Auto in die Werkstatt gebracht. Jared hat mich abgeholt und nach Hause gebracht.«

Hayley hatte die Geschichte mit Lizzys ramponiertem Auto völlig vergessen. »Wie hoch war der Schaden?«

»Über fünftausend Dollar.«

»Das ist hart.«

»Die Versicherung wird dafür aufkommen, aber dafür gehen jetzt bestimmt meine Beiträge in die Höhe.«

Jared war bereits nach oben gegangen und kontrollierte die Fenster. Er hatte jedes Fenster im Haus mit einer coolen neuen Alarmanlage ausrüsten lassen. Sobald jemand die Verriegelung auch nur berührte – ob innen oder außen, war egal –, löste dies einen kaum hörbaren Alarm aus, der daraufhin eine SMS an die Handys von Jared und Lizzy sandte.

Als es an der Tür klingelte, unterdrückte Hayley ein Stöhnen. *Scheiße. Hoffentlich ist es nicht –*

»Es ist Tommy«, sagte Lizzy strahlend, nachdem sie durch den Türspion geblickt hatte. Sie machte auf und ließ ihn herein.

Hayley klappte die Akte zu und erhob sich. »Hey, Tommy.«

»Hey.«

Jared kam die Treppe herunter, um nachzusehen, was los war.

Lizzy machte Tommy mit Jared bekannt. Eigentlich hätte sie es dabei bewenden lassen können, aber stattdessen benahmen

Jared und Lizzy sich wie nervöse Eltern, die sichergehen wollten, dass alle miteinander zurechtkamen. Da Lizzy Tommy bereits kannte und ihn mochte, hatte zumindest sie keine Bedenken.

Jared dagegen starrte den Jungen lange und misstrauisch an. Hayley hätte dieses Schauspiel amüsiert, wenn Tommy nicht gekommen wäre, um ihr die Freiheit zu bringen. Aber da genau dies der Fall war, fand sie das keineswegs amüsant.

Hayley massierte sich den Nacken und wartete darauf, dass dieser unangenehme Augenblick vorbeiging.

»Kann ich euch beiden etwas zu essen anbieten?«, fragte Lizzy und spielte plötzlich die perfekte Hausfrau und Mutter. »Käsehäppchen und Cracker? Plätzchen und Milch?«

Jared schloss die Haustür ab und ging ohne ein weiteres Wort wieder nach oben. Man konnte ihm ansehen, dass er von Tommy nicht sonderlich begeistert war.

»Plätzchen und Milch klingt gut«, sagte Tommy und folgte Lizzy in die Küche. Hayley stand ungeduldig neben ihm und sah ihm zu, wie er die Plätzchen aß und mit einem Glas kalter Milch hinunterspülte. Das Ganze dauerte eine gefühlte Stunde, obwohl es in Wirklichkeit nur zehn Minuten waren. »Gehen wir in mein Zimmer«, sagte sie, sobald er mit dem letzten Plätzchen fertig war. »Ich will dir was zeigen.«

Lizzy tat geschäftig, aber Hayley spürte, dass sie heimlich die Ohren spitzte. Sie benahm sich komisch, als hätte sie ein Problem damit, dass Hayley einen Jungen mit in ihr Zimmer nahm. Pech für sie.

Kaum hatte Tommy ihr Zimmer betreten, schloss Hayley die Tür hinter ihm zu und drehte Musik auf, damit Lizzy ihre Unterhaltung nicht hören konnte.

»Hast du das Ding dabei?«

Tommy verzog das Gesicht zu einer Mischung aus einem Lächeln und einem Grinsen und holte einen schwarzen Plastikriemen aus der Hosentasche.

»Wir können das womöglich nicht machen, jetzt wo Jared oben ist«, sagte Hayley. »Er ist Lizzys Freund und arbeitet beim FBI.«

»Cool.«

»Das ist überhaupt nicht cool. Wenn der Alarm losgeht, findet er heraus, was wir da machen.«

»Keine Angst. Mein kleiner Bruder würde das mit verbundenen Augen schaffen.«

»Kannst du morgen wiederkommen?«

»Geht nicht. Wenn ich könnte, würde ich's tun«, versicherte er ihr, »aber ich fahre für ein paar Tage weg.«

»Wann?«

»Heute Abend.«

Hayley ließ ihre Arme herabhängen. *Scheiß drauf.* Sie hatte einfach nicht die Geduld, noch länger zu warten. »Okay, dann machen wir es eben jetzt.« Sie setzte sich auf die Bettkante und zog das Hosenbein ihrer Jeans hoch, damit Tommy die Fußfessel entfernen konnte.

Er sah sich in ihrem Zimmer um.

»Was brauchst du?«

»Meine Werkzeuge. Ich hab meinen Rucksack auf dem Stuhl in der Küche liegen gelassen.«

Toll. Wirklich toll. Hayley zog das Hosenbein wieder herunter und erhob sich. »Bleib hier«, sagte sie und ging zur Tür hinaus.

Lizzy legte gerade auf der Couch Wäsche zusammen.

Jared war inzwischen wieder nach unten gekommen und machte sich in der Küche ein Sandwich.

Hayley nahm Tommys Rucksack an sich und schickte sich an, in ihr Zimmer zurückzugehen.

»Was macht ihr beide da drinnen?«, fragte Jared.

Mein Gott, ich hasse es, mit dem Typen zusammenzuwohnen. Hayley hob den Rucksack. »Tommy hat mir eine CD gebrannt und wir hören sie uns jetzt an. Übrigens hat Lizzy mir den Typen aufgedrängt. Sie verkuppelt gerne Leute miteinander. Wenn du mehr über Tommy wissen willst, frag sie.«

»Na dann, viel Spaß«, sagte Jared.

Hayley ging in ihr Zimmer und schloss die Tür hinter sich ab. Tommy hatte anscheinend ihr Passwort erraten, denn er saß an ihrem Schreibtisch und spielte auf ihrem Computer. Hayley setzte sich auf ihr Bett, lehnte sich gegen das Kopfbrett und zog erneut das Hosenbein hoch. »Los, bringen wir es hinter uns, bevor Jared und Lizzy dich rausschmeißen.«

»Warum sollten sie das?«

»Sagen wir es mal so: Ihr Vertrauen zu ihren Mitmenschen hat Grenzen.«

»Lizzy mag mich«, widersprach Tommy.

»Aber ihr Freund nicht.«

»Willst du deshalb das Ding da loswerden? Hast du vor, von hier abzuhauen?«

»Ich will nicht abhauen. Ich muss einfach nur ein paar Leute besuchen, sonst nichts.«

Tommy breitete seine Werkzeuge auf ihrem Bett neben ihrem Fuß aus. »Wir hätten eine Plastikbox für dreißig Dollar nehmen können, um das GPS lahmzulegen, aber damit würden wir nur Chaos anrichten: Fluglotsen würden auf abgestürzte Bildschirme starren, Notrufpiepser würden nicht funktionieren, die Leute würden auf ihren Handys keine Signale empfangen und Geldautomaten würden keine Scheine mehr herausgeben. Innerhalb von wenigen Tagen hätten wir das FBI am Hals, vor allem mit deinem FBI-Freund hier im Haus. Wir werden es also ein bisschen anders angehen. Es ist immer noch leicht, macht aber nicht so viel Spaß.«

»Ja, lass bitte das Militär und das FBI aus dem Spiel.«

Tommy machte sich unverzüglich an die Arbeit. Mit einer Zange und einem weiteren Werkzeug, das Hayley nicht kannte, entfernte er die Fußfessel in weniger als zwei Minuten von ihrem Knöchel. Sie streckte ihr Bein und bewegte den Fuß hin und her. »Super.«

Er bedeutete ihr mit erhobener Hand, nichts weiter zu sagen.

»Bleib, wo du bist, und rühre dich nicht. Das Ganze muss schnell gehen. Ich habe keine Ahnung, wie oft das GPS die Koordinaten ermittelt.«

Hayley schwieg und sah ihm zu, wie er die Box untersuchte und das Band, das er soeben entfernt hatte, wieder daran festmachte. Dann legte er das neue und verbesserte, falsche Band um ihren Knöchel und vernietete die Enden miteinander. Es war von dem Echten nicht zu unterscheiden.

Beeindruckend.

Als er mit ihrem Bein fertig war, trug er die ursprüngliche Fußfessel zum Computer und tippte auf der Tastatur herum.

»Was machst du jetzt?«

»Ich muss deinem Gerät noch eine IP-Adresse zuweisen.« Er nahm einen Gegenstand aus seinem Rucksack. »Dieser Ethernet-Switch unterstützt IP-Multicast. Der Switch verwendet die IP-Adresse und das IGMP, um das Multicast-Routing zu kontrollieren. Für das tatsächliche Routing verwendet er jedoch die MAC-Adressen.«

»Aha«, sagte Hayley, obwohl sie kein einziges Wort verstanden hatte. Und sie hatte den Eindruck, dass Tommy das wusste.

Er arbeitete und redete gleichzeitig. »Wenn sie Prüfsummen anstelle von schnellerem Routing verwendet hätten, hätten wir jetzt womöglich ein paar Probleme. Keine, mit denen ich nicht fertigwerden würde, aber es gibt so viele Sicherheitsaspekte, dass ich den ganzen Tag darüber reden könnte.«

»Bitte nicht. Mir würde der Kopf platzen.«

Er betätigte noch ein paar Tasten und loggte sich aus. Der Bildschirm erlosch. »Es ist eigentlich ganz einfach«, fuhr er fort, während er seine Werkzeuge einsammelte. »Das IP hat zwei Funktionen. Es adressiert den Host und …«

Sie warf ihm ein Kissen an den Kopf. »Okay, du kapierst es wohl nicht anders.« Er stand auf.

Sie zeigte mit dem Finger auf ihn. »Bleib bloß weg von mir.«

Er hob das Kissen auf und warf es zurück, aber sie war zu schnell und wälzte sich zur Seite. Das Kissen flog an ihr vorbei und stieß ein eingerahmtes Bild um.

Hayley lachte. »Lizzy wird nicht gerade erfreut sein, wenn du ihre Lampe kaputtmachst.«

Er starrte sie an.
»Was guckst du so?«
»Ich glaube nicht, dass ich dich jemals habe lachen sehen.«
Sie wandte ihren Blick von ihm ab und rutschte vom Bett. »Na ja, es soll schon mal vorgekommen sein.«
Er kratzte sich am Kopf.
Die Stimmung, die jetzt in der Luft hing, als unbeholfen zu bezeichnen, wäre eine absolute Untertreibung gewesen.
Tommy packte seine Werkzeuge ein.
Als er damit fertig war und das Zimmer verließ, folgte Hayley ihm nach draußen und war froh, dass Lizzy und Jared sich nach oben zurückgezogen hatten.
Sie begleitete Tommy auf die Straße hinaus und blieb stehen, während er auf sein Motorrad stieg.
Die freundliche Nachbarin, Charlee, goss gerade ihre Blumen und winkte ihnen zu.
Hayley winkte zurück.
»Ist damit alles erledigt?«, fragte sie Tommy.
»Na ja, du hast mir doch versprochen, dass du bei mir auf dem Motorrad mitfahren willst.«
»Ja, ja, das können wir immer noch machen. Aber was ist mit meiner Fußfessel? Kann ich mich jetzt frei bewegen?«
»Das Band mit der Box muss immer in deinem Zimmer bleiben. Es ist in der obersten Schublade. An deiner Stelle würde ich es irgendwo verstecken.«
Sie nickte. »Ich kann also überall hingehen, ohne dass ich einen Alarm auslöse?«
»Ich denke mal, das wirst du herausfinden.«
»Du bist dir nicht sicher?«
Tommy lachte grölend.
Hayley schüttelte nur den Kopf. »Viel Spaß bei deinem Ausflug«, sagte sie und ging zur Tür. »Und danke für die CD«, fügte sie laut hinzu, für den Fall, dass jemand im Haus mithörte.

Sacramento
Samstag, 19. Mai 2012

Jessica hatte noch nie ein so winziges Haus gesehen wie das, in dem Hayleys Mutter wohnte. Es war im wahrsten Sinn des Wortes eine rosa Schachtel mit gipsverputzten Wänden und winzigen quadratischen Fenstern. Sie saß jetzt schon seit zehn Minuten im Auto und starrte zu dem Haus hinüber. Allmählich musste sie sich zusammenreißen und etwas unternehmen.

Weder in der Einfahrt noch entlang des Randsteins parkten Autos und auf der Straße waren keine Spaziergänger unterwegs, die ihre Hunde ausführten oder einfach nur frische Luft schnappen wollten. Es hatte fast den ganzen Tag geregnet, aber im Augenblick nieselte es nur leicht. Jessica konnte sich nicht erinnern, jemals einen derart tristen Frühling erlebt zu haben. Wo blieben nur die Maiblumen und die Sonne?

Mit einem Seufzer stieg sie aus und schlug die Wagentür hinter sich zu. Als sie den Fußweg mit den Rissen im Asphalt entlangging, fragte sie sich, wie es für Hayley wohl gewesen sein musste, in diesem Viertel aufzuwachsen. Die Vorstellung deprimierte sie. Als Erstes warf sie einen Blick durch das Garagenfenster. Kartons und Plastiksäcke stapelten sich bis fast an die Decke. Außerdem lagen verrostete alte Fahrradteile, Autoreifen, ein kaputter Stuhl und eine zerschlissene Matratze herum. Die Garage quoll buchstäblich über vor lauter nutzlosem Plunder.

Sie trat vom Fenster weg und holte tief Luft.

Als sie schließlich vor der Eingangstür stand, zählte sie bis drei, nahm ihren Mut zusammen und klopfte. *Bring es hinter dich und verschwinde wieder.*

Während sie darauf wartete, dass jemand aufmachte, fiel ihr Blick auf die Unordnung, die nicht zu übersehen war. Überall lagen Bierdosen und Zigarettenkippen herum. Das Fenster, das zur Straße hinausging, war mit einem dunklen Tuch verhangen, sodass man nicht ins Innere sehen konnte.

Jessica trat von einem Fuß auf den anderen und hoffte inständig, dass Hayleys Mutter bald aufmachen würde, denn sie stand kurz davor, die Nerven zu verlieren. Aber selbst, nachdem sie zum dritten Mal, so fest sie konnte, geklopft hatte, kam niemand zur Tür.

Verdammt.

Sie versuchte, die Tür zu öffnen, aber sie war verschlossen. Sie sah sich nach der Kaninchenskulptur um, von der Hayley gesprochen hatte. Für einen kurzen Augenblick dachte sie schon, dass sie Glück hatte, weil sie nirgendwo ein Kaninchen entdecken konnte. Aber dann sah sie es – oder vielmehr die grauen Ohren, die hinter einem Büschel Unkraut hervorlugten. Dekorativ war dieses Kaninchen nun nicht gerade. Sie ging darauf zu und versuchte, den riesigen Spinnennetzen aus dem Weg zu gehen. Als eine Eidechse unter der Kaninchenskulptur hervorhuschte und sich ein neues Versteck unter dem Haus suchte, schrie sie erschrocken auf.

»Bitte sei nicht zu Hause«, sagte sie laut. Aber der Schlüssel war da, genau, wie Hayley gesagt hatte. *Verflixt und zugenäht.*

Jessica war sich darüber im Klaren, dass sie Hayleys Anweisungen zum Trotz die Polizei rufen sollte. Andererseits brachte sie es nicht fertig, Hayley dies anzutun. Offensichtlich machte Hayley sich Sorgen, dass die Polizisten etwas finden könnten, falls sie das Haus beträten – Drogen zum Beispiel.

Aber da die Tür jetzt unverschlossen war, blieb Jessica keine andere Wahl, als hineinzugehen. Kaum war sie über die Schwelle getreten, hielt sie sich wegen des furchtbaren Gestanks die Nase zu. Bevor sie leise hinter sich die Tür schloss, sah sie sich schnell in dem Raum um. Der Dreck und der Gestank waren nahezu unerträglich. Auf Zehenspitzen bahnte sie sich einen Weg durch schmutzige Wäsche und allerhand Abfall, der vor sich hingammelte. Die Vorstellung, dass dies einmal Hayleys Zuhause gewesen war, trieb ihr beinahe die Tränen in die Augen. Kein Wunder, dass Hayley es vorgezogen hatte, auf der Straße zu leben. Noch nie in ihrem Leben hatte Jessica so einen Saustall gesehen. Der Fernseher hatte einen Sprung im Bildschirm und in der Küche sah es nicht besser aus als im Wohnzimmer. Tresen und Arbeitsflächen waren mit Gerümpel übersät und im Spülbecken türmte sich schmutziges Geschirr und weiß Gott, was sonst noch.

Die dunklen Tücher vor den Fenstern sorgten dafür, dass Jessica kaum etwas sehen konnte, als sie durch den engen Flur ging.

Ruhig bleiben, ermahnte sie sich. Sie würde jedes Zimmer überprüfen und nachsehen, ob jemand da war. Falls sie – Gott bewahre sie davor – eine Leiche vorfände, würde sie unverzüglich die Polizei rufen.

Das erste Zimmer auf der linken Seite war nicht annähernd so unaufgeräumt wie der Rest des Hauses. Das Bett sah sogar so aus, als hätte es jemand gemacht. *Gott sei Dank. Ein Lebenszeichen.*

Zum ersten Mal seit Betreten des Hauses hatte sie das Gefühl, ruhig atmen zu können. Dies musste das Elternschlafzimmer sein, denn hinter einer Verbindungstür befand sich ein Bad. Dem feuchten Handtuch und dem Make-up nach zu urteilen, das auf der Ablage zwischen den beiden Waschbecken lag, war erst kürzlich jemand hier gewesen …, und zwar eine Frau.

Ein Zimmer blieb noch übrig, dann würde sie wieder gehen. Aber, noch bevor sie das Bad verließ, hörte sie, wie die Eingangstür aufging. Sie erstarrte. *Scheiße.*

Sie brauchte nur ein paar Sekunden, um zu entscheiden, was zu tun war. Sie musste herauskommen, sich vorstellen und Hayleys Mutter sagen, warum sie hier war. Gerade als sie am Bett vorbeigegangen war, und aus dem Schlafzimmer in den Flur treten wollte, hörte sie eine Männerstimme.

»Ich hab dir doch gesagt, du sollst die Scheißtür abschließen.«

»Hab ich doch.«

Die Tür fiel mit lautem Knall zu.

»Brian! Nein!«

Ein furchtbares, klatschendes Geräusch. Unmittelbar darauf ein Schmerzensschrei aus dem Mund von Hayleys Mutter.

»Schau dir das bloß an!«, schrie der Mann. »Da war ich all diese Monate weg, und das Haus sieht immer noch aus wie ein Saustall.«

Jessica schlug das Herz bis zum Hals. Mit schreckgeweiteten Augen sah sie sich nach einem Versteck um. Als sie laute Schritte auf dem abgewetzten Teppich im Flur hörte, rannte sie zurück ins Bad. Der Kerl lief am Schlafzimmer vorbei und ging in das Zimmer am Ende des Flurs.

Jessica schob den Duschvorhang beiseite, stieg in die Badewanne und kauerte sich darin nieder. Dann überlegte sie fieberhaft. Als sie ihr Handy aus der Hosentasche zog, kam jemand ins Bad. Jessica hielt den Atem an.

Der Wasserhahn fing an zu laufen.

Und dann vibrierte Jessicas Handy.

Der Duschvorhang wurde beiseitegezogen, und Jessica starrte in ein Gesicht, das ihr bekannt vorkam. Abgesehen von den blauen Flecken und der blutigen Lippe sah die Frau genau wie Hayley aus.

»Mein Name ist Jessica«, flüsterte sie. »Ich bin eine Freundin von Hayley. Sie …«

Hayleys Mutter legte einen Finger auf ihre Lippen und deutete auf das Handy, um Jessica klarzumachen, dass sie es lieber sofort ausschalten sollte. Dann zog sie den Vorhang wieder zu. Bevor sie jedoch das Bad verlassen konnte, kam Brian zurück.

»Was zum Teufel machst du da?«

»Ich mach mir nur mein Gesicht zurecht.«

»Du hast Glück gehabt, dass nichts geklaut wurde. Wie kannst du nur so blöd sein?«

»Wird nicht wieder vorkommen.«

»Ja, ja. Komm, mach schon. Ich hab meine Sachen. Verschwinden wir.«

Als sie zusammen in den Flur traten und ihre Stimmen leiser wurden, hörte Jessica noch, wie Brian Hayleys Mutter

Anweisungen erteilte, was sie sagen solle, falls jemand wegen der blauen Flecken in ihrem Gesicht fragte.

Jessica zitterte vor Angst.

Endlich ging die Haustür zu. Sie musste so schnell wie möglich verschwinden, aber ihr Körper versagte den Dienst.

Sacramento
Montag, 21. Mai 2012

Lilys Blumenladen befand sich an der Ecke 11th Street und T Street. Auf dem Boden lag getrocknetes gelbes Laub. Gleich gegenüber gab es einen Teeladen. Ein Fahrrad raste an Lizzy vorbei und ein paar Blocks weiter konnte sie sehen, wie zwei Frauen auf etwas in einem Schaufenster zeigten. Insgesamt war es ruhig auf der Straße. Es regnete heute nicht, aber die Windböen trugen Pollen durch die Gegend und sorgten für juckende, tränende Augen. Sacramento war wie eine riesige Schüssel mit vielen Pollenquellen.

Als Lizzy das Geschäft betrat, schlugen ihr Glöckchengebimmel und der süße Duft von Lilien und Tuberosen entgegen. Sie hatte noch nie so einen Blumenladen gesehen. Ein kleiner, von Blumen sämtlicher Farben und Größen gesäumter Fußweg schlängelte sich zu einem antiken Tisch, wo die Kunden bezahlen konnten. Hinter dem Möbelstück mit seiner altmodischen Kasse stand ein Kühlschrank mit Glastür voller Blumengestecke.

Lizzy betätigte die kleine Klingel auf dem Tisch und wartete.

Eine große Frau mit gewellten blonden Haaren steckte den Kopf aus einem Hinterzimmer und hielt einen Finger hoch. »Jemand wird sich augenblicklich um Sie kümmern.«

»Nur keine Eile«, erwiderte Lizzy.

Ein paar Minuten später erschien ein Mädchen im Teenageralter und wischte sich die Hände an einer viel benutzten Schürze ab. Sie hatte dunkle Haare mit roten und lila Strähnen auf der einen Seite.

Normalerweise begann Lizzy mit harmlosem Small Talk über das Wetter oder das Stadtviertel, bevor sie gezielte Fragen stellte, aber heute wich sie davon ab. »Hi«, grüßte sie. »Mein Name ist Lizzy Gardner, und ich bin Privatermittlerin. Ich hoffe, es macht Ihnen nichts aus, wenn Sie mir ein paar Fragen beantworten.«

Kaum hatte Lizzy erwähnt, dass sie Ermittlerin war, änderte sich das Verhalten des Mädchens und sie wirkte plötzlich steif und nervös. »Wenn es um diese Sache wegen Trunkenheit am Steuer geht, glaube ich wirklich nicht …«

»Mein Besuch hat damit überhaupt nichts zu tun«, beruhigte Lizzy das Mädchen. »Es sei denn, die Unterschrift auf dieser Visitenkarte stammt von Ihnen.« Lizzy gab ihr die Karte.

»Belle Gunness«, las das Mädchen laut. »Nie gehört. Soll ich Jane holen?«

»Ist sie die Eigentümerin?«

Das Mädchen nickte. »Eigentlich darf ich sie nicht stören, wenn sie in ihrem Büro ist, aber wir haben gerade eine größere Blumenlieferung erhalten und sie arbeitet hinten. Soll ich mal nachsehen, ob Sie einen Augenblick Zeit hat?«

Lizzy nickte. »Das wäre nett.«

Jane kam ein paar Minuten später. Es war die Frau, die Lizzy nach dem Betreten des Ladens gesehen hatte. Sie trug einen langen schwarzen Rock und eine lila Bluse. Die langen gewellten Haare hatte sie sich hinter die Ohren geklemmt. Um ihren Hals hing eine Kette, an der eine Brille mit schwarzer Fassung befestigt war. Lizzy schätzte das Alter der Frau auf Ende dreißig. Sie hatte eine makellose Haut und hohe ausgeprägte Wangenknochen. Der rotgelbliche Lippenstift betonte die schmalen Lippen, aber was Lizzy am meisten auffiel, waren die großen Augen.

»Was kann ich für Sie tun?«, fragte die Frau.

»Ich wollte mich nur erkundigen, ob Sie jemals ein Blumengesteck für Jennifer Dalton gemacht haben.«

Die Frau rümpfte die Nase, was ihr einen nachdenklichen Gesichtsausdruck verlieh. Doch dann schüttelte sie den Kopf und sagte: »Tut mir leid, aber der Name sagt mir nichts.«

Kaum zu glauben, dachte Lizzy, wenn man bedachte, dass Jennifer Dalton in letzter Zeit für Schlagzeilen in der Lokalpresse und den Nachrichten gesorgt hatte. Sie gab Jane dieselbe Visitenkarte, die sie dem Mädchen gezeigt hatte. »Jennifer Dalton wurde ermordet. Diese Karte hat sie vor ihrem Tod bekommen. Jemand hat sie unterschrieben. Ich würde gerne wissen, ob Jennifer bei Ihnen Blumen für eine geplante Feier bestellt hat.«

Jane nahm die Karte und drehte sie um. Ihre kurz geschnittenen Fingernägel hatten eine gelbliche Färbung und wirkten brüchig. »Ah, Belle«, sagte sie und gab Lizzy die Karte zurück. »Da müssten Sie mit ihr reden.«

»Können Sie mir sagen, wann ich sie hier finde?«

Jane rümpfte erneut die Nase. »Tut mir leid, aber das dürfte schwierig werden«, sagte sie, als täte es ihr überhaupt nicht leid.

»Wieso?«, fragte Lizzy.

»Mistress Gunness besucht gerade Verwandte an der Ostküste. Sie kommt erst im November wieder, hoffentlich noch vor Thanksgiving. Wenn Sie mir Ihren Namen und Ihre Telefonnummer hinterlassen, kann ich sie bitten, Sie anzurufen.«

»Könnten Sie mir vielleicht eine Nummer geben, unter der ich sie erreichen kann?«

»Nein, das geht leider nicht.«

Lizzy überlegte, ob sie Jane mit einem richterlichen Beschluss drohen sollte, der sie zwingen würde, die Nummer herauszurücken. Stattdessen nahm sie eine von Janes Visitenkarten aus dem Halter neben der Kasse, schrieb ihren Namen und ihre Nummer darauf und gab sie der Frau. »Danke für Ihre Hilfe«, sagte sie und legte den Kopf ein wenig schief. »Wie war doch bitte Ihr Name?«

»Jane«, antwortete die Frau. »Jane Toppan.«

»Und wer ist dann Lily?«

»Meine geliebte Mutter«, sagte Jane und lächelte. »Sie ist gestorben, als ich noch klein war.«

»Das tut mir leid.«

Ein unangenehmes Schweigen breitete sich aus.

»Haben Sie diesen Strauß da hinten gemacht … den mit den gelben Blumen?«

Die Frage zauberte ein Lächeln auf Janes Lippen und ließ ihre großen blauen Augen leuchten. »Das sind Laternenlilien«, erklärte sie Lizzy. »Die kommen ursprünglich aus Südafrika. Schön, nicht wahr?«

»Ja«, stimmte Lizzy ihr zu und hoffte, die Frau damit für sich zu gewinnen. Jane Toppan war eindeutig jemand, den sie im Auge behalten würde. »Ich würde dieses Gesteck gerne für meine Schwester kaufen. Sie ist momentan sauer auf mich, aber diese Blumen werden vielleicht ihre Laune verbessern.«

KAPITEL 16

Ich habe zwanzig Menschen umgebracht, Mann.
Das viele Blut macht mich an.

– Richard Ramirez

Montag, 21. Mai 2012

Er befestigte sein neuestes Stück an seiner speziellen Wand und erweiterte damit seine Sammlung. Dann trat er einen Schritt zurück, um das Souvenir besser bewundern zu können. Er schloss für ein paar Sekunden die Augen und ließ noch einmal seinen Besuch in Lizzy Gardners Haus Revue passieren – wie er auf ihrem Bett gelegen und ihre Sachen gerochen und berührt hatte. Ein geiles Erlebnis. Für seine Wand hatte er eine Seite aus ihrem Tagebuch gerissen: eine ganz besondere Seite, die sie vor ein paar Jahren geschrieben hatte, als sie überzeugt gewesen war, dass jemand sie beobachtete, und sie sich vor ihrem eigenen Schatten gefürchtet hatte.

Als sein Blick nacheinander auf jedem Gegenstand seiner Sammlung ruhte und die Erinnerung ihm wohlige Schauer über den Rücken jagte, spürte er, wie die Augen seiner Geliebten ein Loch in seinen Hinterkopf brannten. Er fuhr herum und hielt abrupt inne, damit er sehen konnte, was sie machte. »Was schaust du so?«, fragte er.

Sie saß auf dem Stuhl, den Kopf leicht zur Seite geneigt, und starrte ihn unverfroren und furchtlos an. Sie wusste anscheinend, dass sie ihn dort hatte, wo sie ihn haben wollte. Wie er das hasste! Ohne den Blickkontakt abzubrechen, setzte er sich auf den Stuhl an seinem Schreibtisch. »Aha, du redest mal wieder nicht. Dein altes Spielchen?«

Er kratzte sich am Genick, sah sie an und hoffte, sie damit zu provozieren. Es war ihm lieber, wenn sie einen Schuh nach ihm warf oder ihn anschrie, anstatt gar nichts zu sagen. Obwohl ihre Handlungen ihn oft auf die Palme brachten, konnte er ihr nicht wirklich böse sein.

Schließlich war sie alles, was er hatte – sein Ein und Alles.

Selbst nach all den Jahren, die sie bei ihm war, hielt er sie immer noch für die schönste Frau der Welt, mit makelloser Haut und ausdrucksvollen Augen. Ihr schönes kupferblondes Haar fiel ihr über die Schultern. Heute trug sie ein rotes Gewand. Die Farbe stand ihr ausgezeichnet und sie wusste es.

»Ich liebe dich«, sagte er. Dann drehte er den Stuhl zum Schreibtisch, auf dem sich jede Menge Arbeit stapelte.

Als er gerade einen Scheck ausfüllen wollte, um die Stromrechnung zu bezahlen, hörte er sie flüstern: »Ich dich auch.«

Er schluckte den Kloß in seinem Hals hinunter, schloss die Augen und unterdrückte die Tränen.

Sacramento
Dienstag, 22. Mai 2012

Lizzy saß seit zwei Stunden im Auto und observierte das Haus, in dem Eli Simpson wohnte. Sie parkte einen halben Block entfernt im Schatten mehrerer Bäume. Der Mietwagen, den sie zurzeit fuhr, hatte weder Navi noch Satellitenradio und roch auch nicht mehr neu.

Die Kamera lag griffbereit in ihrem Schoß. Heute früh hatte sie bei ihrer Schwester vorbeigeschaut und sich mit dem

Schlüssel, den Cathy ihr vor mehreren Jahren gegeben hatte, Zutritt zum Haus verschafft, wo sie die Blumen mitsamt einer Nachricht auf den Tisch im Esszimmer stellte. Richard war zum Glück nirgendwo zu sehen.

Lizzy hielt die Kamera vors Gesicht und spähte durch das Teleobjektiv zu Eli Simpsons Fenster hinüber. Bisher hatte sie keine Bewegung wahrgenommen und fragte sich allmählich, ob Simpson überhaupt zu Hause war.

Michael Dalton saß im Knast und Jennifer war tot, aber Lizzy hatte bereits eine Anzahlung für den Auftrag erhalten. Falls Michael wirklich unschuldig war, würde die Gerechtigkeit siegen und er käme frei – zumindest wollte Lizzy das glauben. Egal, wie die Sache ausging, es gab für sie keinen Grund, die Arbeit, für die man sie bezahlt hatte, nicht zu Ende zu bringen. Wenn Simpson keinen Arbeitsunfall erlitten hatte, durfte er kein Geld von der Versicherung bekommen, so einfach war das.

Lizzy legte die Kamera weg, nahm die Akte vom Beifahrersitz und überflog den Inhalt. Bevor Eli Simpson bei *J&M Realty* angefangen hatte, war er bei *Crawford Pools* in Roseville beschäftigt gewesen und davor bei *Sunset Realty* in Elk Grove. Lizzy nahm ihr Handy und wählte die Nummer von *Crawford Pools*, aber die Firma gab es nicht mehr. Als Nächstes rief sie bei *Sunset Realty* an, wo eine Frau ans Telefon ging. Nachdem Lizzy ihr Anliegen vorgetragen hatte, bat die Frau sie, einen Augenblick zu warten.

Während sie wartete, fuhr ein weißer Honda in die Einfahrt neben Simpsons Haus. Eine junge Frau stieg aus, öffnete die hintere Tür und trieb drei kleine Jungs vom Auto ins Haus, was sich als keine leichte Aufgabe erwies. Die Kinder alberten miteinander herum und lachten.

Beim Anblick dieser Szene musste Lizzy lächeln. Schließlich meldete sich die Frau am anderen Ende wieder.

»Tut mir leid«, sagte sie, »bei uns hat nie ein Eli Simpson gearbeitet. Aber jemand mit diesem Namen hat sich mal um eine Stelle beworben.«

»Er war also nie bei *Sunset Realty* beschäftigt?«

»Nein, aber er gehörte zu der Sorte Mensch, die man nie vergisst. Beim Vorstellungsgespräch hat er Augenkontakt vermieden. Und als mein Mann ihn am nächsten Tag anrief und ihm sagte, die Stelle sei bereits anderweitig vergeben, hat er gelacht.«

»Das ist komisch«, sagte Lizzy. In diesem Augenblick fuhr ein großer weißer Truck in Simpsons Einfahrt. Ein Mann stieg aus und verschwand durch das Gartentor.

»Haben Sie vor, ihn einzustellen?«, fragte die Frau.

»Nein, es geht um etwas anderes. Er hat Geld von der Unfallversicherung beantragt und sein Arbeitgeber hat mich beauftragt, ihn zu überprüfen.«

»An Ihrer Stelle würde ich vorsichtig sein.«

»Was meinen Sie damit?«

»Nun ja, wahrscheinlich sollte ich ihn nicht grundlos verdächtigen, aber seit dieser Mann unser Büro betreten hat, sind hier seltsame Dinge passiert.«

»Zum Beispiel?«

»Zum Beispiel gab es wenige Tage, nachdem dieser Mann bei uns war, einen Einbruch in unser Büro. Der Täter hat sich äußerst seltsam verhalten. Er hat ein Hochzeitsfoto, den Anglerhut meines Mannes und eine Beileidskarte von meiner Mutter mitgehen lassen, aber die fünfhundert Dollar, die sich in einem Umschlag in meiner Schublade befanden, hat er nicht angerührt.«

»Haben Sie die Polizei gerufen?«

»Ja. Die haben sogar Eli Simpson einen Besuch abgestattet, aber er hat alles abgestritten, auch, dass er sich bei uns um einen Job beworben hat. Er hat ihnen erlaubt, sein Haus zu durchsuchen, aber die haben nichts gefunden. Die Polizei konnte nichts weiter unternehmen. Aber damit war es nicht vorbei.«

Lizzy wartete auf eine nähere Ausführung, die auch prompt kam.

»Seit diesem Vorfall erhalten mein Mann und ich im Büro mindestens einmal die Woche seltsame Anrufe. Man hört jemanden atmen, aber er sagt nichts. Manchmal lässt der Anrufer es ein- oder zweimal klingeln und legt dann auf. Wir haben schon alles versucht und sogar unsere Nummer ändern lassen, aber er ruft immer noch an.«

»Und Sie glauben, es ist Eli Simpson?«

»Ja.« Nach einer kurzen Pause sagte sie: »Ich muss jetzt wieder arbeiten. Kann ich sonst noch etwas für Sie tun?«

»Können Sie mir den Mann beschreiben?«

»Mein Mann ist einen Meter dreiundachtzig groß, und er sagt, Eli wäre ein paar Zentimeter kleiner gewesen. Außerdem hat er ihn als dünn und ohne Muskeln beschrieben, also auf keinen Fall ein kräftiger Mann. Insgesamt passt wohl dünn und schlaksig am besten.«

»Seine Haarfarbe?«

»Er hatte einen Hut auf, deshalb ist mein Mann sich nicht sicher. Vielleicht hatte er sogar eine Glatze.«

»Könnten Sie mir Ihren und den Namen Ihres Mannes geben, falls ich noch Fragen an Sie habe?«

»Natürlich. Barbara und Ken Garbes. Rufen Sie einfach unter dieser Nummer an und fragen Sie nach einem von uns.«

»Danke, Barbara. Sie haben mir sehr geholfen.« Lizzy verabschiedete sich und beendete das Gespräch. Nachdem sie sich das, was sie soeben erfahren hatte, durch den Kopf hatte gehen lassen, wusste sie, was zu tun war.

Sie stieg aus und nahm Kurs auf Eli Simpsons Haus.

Ein leichter Wind ließ die Blätter der Bäume entlang der Straße zittern. Es war kühler, als es den Anschein hatte. Das einzige Geräusch war das Klacken ihrer Stiefelabsätze auf dem Asphalt.

Der Pickup in der Einfahrt war mit Werkzeugen und einer Leiter beladen. Erst kürzlich hatte jemand den Rasen gemäht. Lizzy klopfte an die Tür und wartete, aber niemand erschien. Schließlich stellte sie sich vor das Fenster und presste ihr Gesicht an die Scheibe.

»Kann ich Ihnen helfen?«

Ihr Herzschlag setzte für ein paar Sekunden aus. Sie wandte sich um. Der Mann vor ihr war groß und kräftig. Er trug ein kariertes Hemd, Jeans und einen Werkzeuggürtel. »Ich suche Eli Simpson.«

»Das bin ich. Was kann ich für Sie tun?«

Lizzy kniff die Augen zusammen. Das war nicht derselbe Mann, den sie gesehen hatte, als er zum Briefkasten ging. Und er passte auch nicht zu der Beschreibung, die sie soeben am Telefon erhalten hatte. »Mein Name ist Lizzy Gardner. Jennifer und Michael Dalton haben mich beauftragt, Nachforschungen zu einem Antrag auf Auszahlung der Unfallversicherung anzustellen, den Sie eingereicht haben.«

»Dann haben Sie ganz eindeutig den falschen Eli Simpson.«

»Wollen Sie damit sagen, Sie kennen Jennifer und Michael Dalton nicht?«

Er nickte. »Genau das will ich damit sagen.«

»Ich möchte nur mal eben die Akte aus dem Wagen holen und Ihnen etwas zeigen. Bleiben Sie bitte hier.«

Er reagierte nicht darauf, aber Lizzy ging trotzdem zu ihrem Wagen und nahm die Akte vom Beifahrersitz. Als sie zurückkam, stand er neben dem Heck seines Pickups.

Sie holte eine Kopie von Simpsons Antragsformular und gab sie ihm. »Sind das hier Ihr Name, Ihre Adresse und Ihre Unterschrift?«

Er überflog das Dokument, runzelte die Stirn und gab es ihr zurück. »Name und Adresse stimmen, aber das ist nicht meine Unterschrift.«

»Haben Sie sich jemals um einen Job bei *Sunset Realty* beworben?«

»Nein, noch nie.« Er schlug mit der Hand gegen die Heckklappe des Pickups. »Ich habe seit zehn Jahren meine eigene Baufirma. Muss wohl ein anderer Eli Simpson sein.«

»Der zufällig an derselben Adresse wohnt?«

»Wollen Sie damit behaupten, dass ich lüge?«

»Nein, ich versuche nur, diese Sache zu klären. Als ich vor ein paar Wochen hier war, habe ich gesehen, wie jemand aus Ihrem Haus kam und die Post aus dem Briefkasten geholt hat. Können Sie mir sagen, wer das war?«

Er kratzte sich am Kinn. »Wissen Sie, jetzt wo Sie gerade zugegeben haben, dass Sie mir nachstellen und in meinen Angelegenheiten herumschnüffeln, hätte ich gute Lust, die Polizei zu rufen, anstatt Ihre Fragen zu beantworten. Aber irgendwas an Ihnen sagt mir, dass Sie nur Ihre Arbeit machen.«

»Danke«, sagte Lizzy. »Zumindest versuche ich das.«

»Der Mann, den Sie an meinem Briefkasten gesehen haben, war wohl mein Vater.«

»Er wohnt bei Ihnen?«

»Ja. Er schläft gerade, sonst würde ich Sie hereinbitten, damit Sie mit ihm reden können.«

Lizzy wusste, dass das nicht stimmte, denn sie hatte im Haus eine Bewegung ausgemacht, bevor Simpson erschienen war. Aber wenn sie das erwähnte, würde er sie nur beschuldigen, dass sie ihn einen Lügner nannte – was er wahrscheinlich auch war.

Plötzlich klappte Eli Simpson völlig unerwartet seinen Werkzeugkasten auf und griff mit einer hastigen Bewegung hinein.

Lizzys Hand fuhr instinktiv zum Holster unter ihrem Pullover.

Simpson nahm einen Schraubenzieher heraus.

Lizzy öffnete den Schnappverschluss des Holsters.

»Jetzt aber mal langsam«, sagte er und hob beide Hände. »Ist das da unter Ihrem Pulli eine Pistole?«

Lizzy ließ ihre Hand sinken. »Tut mir leid, ich wollte Sie nicht erschrecken.«

»Ich bin rausgekommen, weil ich einen Schraubenzieher holen wollte, um die Küchenschranktür zu reparieren, und da hab ich Sie am Fenster gesehen, wie Sie ins Haus geschaut haben.«

»Tut mir leid«, wiederholte sie. »Ich dachte, Sie würden zu einem Hammer greifen.« In Wirklichkeit hatte sie keinen blassen Schimmer gehabt, wonach er gegriffen hatte, aber seine hastige Bewegung hatte sie verunsichert. Sie war schreckhaft und nervös, so viel stand fest.

Simpson zog die Brauen zusammen. »Und wenn ich wirklich zum Hammer gegriffen hätte? Dachten Sie, ich wollte Ihnen damit eins überbraten?«

»Ja.«

»Na ja, Sie sind wenigstens ehrlich. Aber jetzt bin ich froh, dass ich Sie nicht hereingebeten habe. Es wäre meinem Vater gegenüber nicht fair, wenn ich eine Privatermittlerin mit nervösem Finger am Abzug ins Haus lassen würde.«

Jetzt benahm er sich wirklich wie ein Arschloch. Lizzy wollte ihn schon darauf hinweisen, dass sein Vater überhaupt nicht schlief, aber dann sagte sie: »Sie haben also schon von mir gehört?«

»Ja, das kann man so sagen, aber ich wollte die Gerüchte nicht glauben.«

»Was für Gerüchte? Dass ich schreckhaft bin und manchmal etwas zu schnell zur Waffe greife?«

»So in etwa.«

Lizzy zog eine Visitenkarte aus der Tasche und gab sie ihm. »Könnten Sie mich bitte anrufen, falls Ihr Vater etwas über *Sunset Realty* weiß?«

Er nahm die Karte entgegen. »Er ist schon über siebzig, aber klar, falls er sich dort um einen Job beworben hat, ohne mir was zu sagen, oder irgendwas über *Sunset Realty* gehört hat, sag ich Ihnen Bescheid.«

»Danke.«

»Bitte.«

»Das mit der Pistole tut mir leid.«

»Und mir tut das mit dem Schraubenzieher leid.«

Sein Sarkasmus war nicht zu überhören, aber wenigstens hatte der Mann Humor, was Lizzy ein Lächeln entlockte, als sie das Grundstück verließ.

Sacramento
Dienstag, 22. Mai 2012

Als Jessica auf der J Street zu Lizzys Büro fuhr, war ihre Stimmung genauso mies wie das trübe, feuchtkalte Wetter. Tatsache war, dass so ziemlich alles sie im Augenblick ankotzte: ihr Job, ihr nicht vorhandenes Liebesleben, die Ermittlungen im Fall Povo und vor allem Hayleys Mutter.

Sie hatte es überhaupt nicht eilig, ins Büro zu kommen und ihre Arbeit abzuholen, denn sobald sie das getan hatte, musste sie zu Lizzys Haus fahren und Hayley von ihrem Besuch bei deren Mutter berichten. Hayley hatte gestern angerufen und sogar eine Nachricht hinterlassen, was sie sonst nur selten tat. Sie war ein Mädchen, das nicht viele Worte verschwendete und besser als die meisten wusste, dass das Leben nicht fair war, aber das hier war lächerlich.

Jessica atmete tief aus. Sie war ein Feigling. Wie konnte sie Hayley möglichst schonend beibringen, was sie gesehen hatte?

Hayley, bitte mach dir keine Sorgen, aber Brian ist eindeutig wieder mit deiner Mutter zusammen. Ich war zufällig im Bad versteckt, als er deiner Mutter eine blutige Lippe und ein blaues Auge verpasst hat. Aber reg dich nicht auf, es hätte noch viel schlimmer sein können.

Ja, das würde bestimmt ganz toll rüberkommen. Hayley würde unverzüglich zum Haus ihrer Mutter gehen. Damit würde sie den Alarm an ihrer elektronischen Fußfessel auslösen, und die Polizei würde kommen und sie zurück in den Knast bringen. Und Jessica wäre an allem schuld.

Sie fand einen Parkplatz und stieg aus. Als sie Lizzy auf der anderen Straßenseite sah, rief sie ihren Namen.

Lizzy drehte sich um und wartete auf sie. »Bist du gerade erst gekommen?«

»Tut mir leid. Ich bin heute ein bisschen spät dran.«

»Da bist du nicht die Einzige.«

»Wenn du Zeit hast, würde ich gerne mit dir über ein paar Dinge reden.«

Lizzy nickte und kramte in ihrer Handtasche nach dem Schlüsselbund. Sie schloss die Tür auf und ließ Jessica den Vortritt.

Jessica schrie und sprang zurück.

»Was ist los?«

»Das ist ja ekelhaft.« Jessica deutete auf die Insekten auf dem Boden. »Sind das Käfer? Ich glaube, sie bewegen sich nicht. Sind sie tot?«

Lizzy trat näher und sah sie sich genauer an.

Einer der Käfer zuckte leicht, worauf Jessica wieder zurücksprang.

Lizzy sah sie an. »Hör auf damit, sonst krieg ich noch ’nen Herzinfarkt.«

»Tut mir leid, aber die Viecher sind ja riesig. Die Fühler sind länger als ihre Körper. Was machen die hier drinnen?«

»Weiß ich nicht«, sagte Lizzy. »Das sind die gigantischsten Käfer, die ich je gesehen habe.« Sie zeigte auf Jessica. »Bleib, wo du bist. Ich hole nur eben mal einen Besen und eine Kehrschaufel und etwas, wo ich sie hineintun kann.«

»Gute Idee. Im Aktenzimmer steht ein leerer Karton.«

Lizzy verschwand.

Jessica sah sich die Käfer von dort, wo sie stand, näher an. Lizzy hatte recht: Die Viecher sahen gigantisch aus. Sie hatte noch nie etwas so Hässliches gesehen. Sie ließ den Blick über den Fußboden schweifen, um sicherzustellen, dass nicht noch mehr von diesem ekligen Ungeziefer im Büro herumkrabbelte.

Die Riesenkäfer in den Karton zu bekommen, war kein Problem. Sie waren ja bereits tot oder lagen im Sterben.

»Diese armen hässlichen Dinger«, sagte Jessica. »Was machst du mit ihnen?«

»Ich bin mir noch nicht sicher.«

Lizzy stellte den Karton auf ihren Schreibtisch und ging zur Tür, wo sie das Schloss gründlich überprüfte, und zwar gleich zweimal. Anscheinend machte sie sich Sorgen, dachte Jessica, tat aber so, als wäre es nicht so schlimm.

Jessica arbeitete nun schon lange genug mit Lizzy zusammen, um zu wissen, was los war. »Du brauchst nicht immer so tapfer zu sein, weißt du?«

»Was meinst du damit?«

»Es ist nicht gut für dich, wenn du deine negativen Gefühle, also deine Angst und deine Verzweiflung, in dich hineinfrisst. Das ist nicht gesund.«

Lizzy sah Jessica an und lächelte. »Danke, dass du dir über meine seelische Verfassung Gedanken machst, aber diese zwei Käfer da sind nichts weiter als ein paar tote Insekten.«

Jessica atmete tief aus. »Du bist nicht zusammengezuckt und hast keinen Schreckenslaut von dir gegeben. Nichts, keine Reaktion. Es ist nicht gesund, wenn man nie seine Angst zeigt.«

»Ich bin zusammengezuckt, als du geschrien hast.«

»Das zählt nicht.«

»Woher hast du das überhaupt?«

»Einführung in die Psychologie. Es ist normal, Angst zu zeigen.«

Lizzy sperrte die Tür ab.

Jetzt, wo die Käfer weg waren, begleitete Jessica Lizzy bei ihrem Rundgang durchs Büro. Im hinteren Teil befand sich ein kleines Bad mit Fenster. Lizzy überprüfte die Verriegelung, obwohl das Fenster außen vergittert war und keinen Eindringling hereinließ.

»Ich muss Hayley ein bisschen Arbeit vorbeibringen«, sagte Jessica. Das Durchsuchen der Büroräume langweilte sie jetzt schon. »Wahrscheinlich wundert sie sich, warum ich so lange brauche.«

»Dann nimm dir, was du brauchst und geh. Wegen mir musst du dir keine Gedanken machen.«

»Ja, okay, aber da ist noch etwas, worüber ich mit dir reden möchte.«

Lizzy hielt inne und wandte Jessica zu. »Was ist los? Was ist passiert?«

»Können wir in das andere Zimmer gehen? Hier stinkt's.«

»Geh«, sagte Lizzy und schob sie mit beiden Händen hinaus.

Jessica warf einen Blick auf den Karton und vergewisserte sich, dass die Käfer noch drin waren, bevor sie sich auf den Stuhl vor Lizzys Schreibtisch setzte.

Lizzy setzte sich ebenfalls und sah Jessica erwartungsvoll an.

Jessica seufzte und beschloss, die Sache mit Povo zunächst einmal außen vor zu lassen. »Es geht um Hayley.«

»Okay.«

»Na ja, in Wirklichkeit geht es um Hayleys Mutter, was letztendlich bedeutet, dass es auch um Hayley geht.«

»Rück schon endlich raus damit, Jessica.«

»Letzte Woche hat Hayley mich gebeten, nach ihrer Mutter zu sehen, weil sie nicht ans Telefon ging. Sie wollte, dass ich an ihre Tür klopfe. Falls niemand aufmachte, sollte ich den Hausschlüssel aus dem Versteck unter einer Kaninchenskulptur holen und ins Haus gehen.«

»Sag bloß nicht, du bist allein reingegangen.«

»Genau das habe ich getan, und zwar letzten Samstag.«

»Toll.«

»Ich weiß, es war keine gute Idee. Ich wollte mich einfach nur vergewissern, dass ihre Mutter nicht verletzt oder vielleicht sogar tot war.«

»Warum hast du nicht die Polizei verständigt? Oder *mich*? Du hättest mich anrufen können.«

»Hayley wollte das nicht.«

Lizzy schloss die Augen, bewahrte jedoch die Fassung. »Was ist passiert, Jessica? Jetzt sag schon … oder muss ich dir alles einzeln aus der Nase ziehen?«

Jessicas Augen weiteten sich. »Das ist schon besser. Lass alles raus.«

Lizzy stöhnte.

»Okay, okay. In dem Haus hat es ausgesehen wie bei 'nem Messi. Ein richtig ekliger Saustall. Es fiel mir nicht leicht, mir einen Weg durch den Müll und den Gestank zu bahnen, aber als ich im Elternschlafzimmer ankam, stellte ich fest, dass jemand in dem Bett geschlafen hatte. Da hab ich mich gleich besser gefühlt, erstens, weil es keine Leiche gab, und zweitens, weil das teilweise gemachte Bett und das Make-up auf der Ablage im Bad mich davon überzeugt haben, dass Hayleys Mutter noch lebte und wahrscheinlich beim Einkaufen war. Eigentlich hätte ich in diesem Moment gehen müssen, aber ich wusste, dass ich erst in jedem einzelnen Zimmer nachsehen musste.«

»Was hast du gefunden?«

Jessica zuckte mit den Schultern. »Ich bin nicht weit gekommen. Ich war noch im Bad, als ich plötzlich gehört hab, wie zwei Leute zur Haustür reinkamen. Ich wusste, dass es Brian war, weil Hayleys Mutter seinen Namen gesagt hat. Er war wütend auf sie, weil sie die Tür nicht abgesperrt hatte. Ich hab gehört, wie er sie geschlagen hat. Sie hat geweint, aber er hat die Tür zugeschlagen und weiter auf sie eingeprügelt. Es war furchtbar.«

»Was hast du dann gemacht?«

»Ich hab mich in der Badewanne versteckt. Und dann hab ich gehört, wie Brian durch den Flur in das andere Zimmer ging. Plötzlich kam Hayleys Mutter ins Bad. Ich glaube, sie hat ihr Gesicht sauber gemacht, und da hat auf einmal mein Handy vibriert. Es war mein Bruder.«

Lizzy wirkte ungeduldig, also fasste Jessica schnell den Rest der Ereignisse zusammen und berichtete, wie Hayleys Mutter sie in der Badewanne entdeckt hatte. Die Geschichte endete damit, dass Hayleys Mutter zusammen mit Brian das Haus verließ, was es Jessica ermöglichte, unbehelligt zu fliehen.

»Das Ganze ist jetzt erst ein paar Tage her, aber bisher hatte ich nicht den Mut, Hayley davon zu erzählen«, fügte Jessica hinzu. »Sie hat eine Nachricht auf meiner Handymailbox hinterlassen und wird wahrscheinlich mit mir schimpfen, wenn sie mich sieht. Ich hab aber Angst, ihr die Wahrheit zu sagen, weil sie dann womöglich etwas Dummes und Verrücktes anstellt.«

»Wir reden beide mit ihr. Komm, nimm dir, was du brauchst, und dann gehen wir.«

»Und was ist mit den Kakerlaken?«

»Das sind Käfer. Um die kümmere ich mich später.«

KAPITEL 17

Ich bin froh, dass man mich erwischt hat.
Ich würde es nämlich wieder tun.

– Arthur Gary Bishop

Davis
Dienstag, 22. Mai 2012

Hayley konnte ihren Frust nicht zurückhalten. Seit vier Tagen konnte sie sich theoretisch frei bewegen, aber jedes Mal, wenn Lizzy weg war, tauchte Jared auf. Wenn er nicht gerade damit beschäftigt war, Alarmanlagen zu installieren, arbeitete er in seinem Büro im Obergeschoss. Und um dem Ganzen die Krone aufzusetzen, hatte sie soeben erfahren, dass Brian wieder mit ihrer Mutter zusammen war, aber Jessica sich nicht getraut hatte, es ihr zu sagen. »Ich kann es einfach nicht fassen. Ihr beide sitzt da und erzählt mir, dass Brian meine Mutter windelweich prügelt, und dann verlangt ihr von mir, ich soll auf meinem Arsch sitzen bleiben und nichts unternehmen.«

Lizzy schüttelte den Kopf. »Das haben wir nicht gesagt. Der einzige Grund, warum du nichts machen sollst, ist, dass du sonst hinter Gittern landest.«

»Aber dann habe ich wenigstens versucht, ihr zu helfen.«

Lizzy verschränkte die Arme. »Wie willst du deiner Mom vom Knast aus helfen?«

Hayley ging mit verkrampftem Körper und grimmigem Gesicht im Wohnzimmer auf und ab.

»Sei von mir aus wütend«, sagte Lizzy. »Ich kann dich verstehen. Ich bin auch wütend. Übrigens habe ich Brian kein einziges Mal im Haus deiner Mutter gesehen. Warum er jetzt nach all diesen Monaten plötzlich auftaucht, verstehe ich nicht.«

»Wahrscheinlich hat er spitzgekriegt, dass ich wieder draußen bin. Und jetzt wartet er darauf, dass er mich in Moms Haus erwischt.«

Jessica schüttelte den Kopf. »Ich glaube, Lizzy hat recht. Wahrscheinlich war er die ganze Zeit weg.«

»Woher willst du das wissen?«

»Ich weiß es nicht, aber als sie ins Haus kamen, hat Brian herumgebrüllt. Er sagte irgendwas, dass das Haus nach all den Monaten immer noch wie ein Saustall aussehe. Ich hab den Eindruck, er war länger weg.«

Hayley sah Lizzy an. »Dann ist es wohl nur ein Riesenzufall.«

Lizzy seufzte. »Ich habe Jared angerufen. Wir beide werden bei deiner Mutter vorbeischauen und mit ihr reden.«

»Und was soll das bringen?«

»Wir können sie in einem Frauenhaus unterbringen. Dort ist sie sicher.«

»Da geht sie nicht hin. Sie wird nie von Brian wegkommen. Ich hätte den Kerl ein für alle Mal erledigen sollen, als ich die Gelegenheit dazu hatte.«

»Lass uns mit deiner Mutter reden«, sagte Lizzy. »Ich lade sie zum Abendessen ein, damit du sie auch sehen kannst. Aber du musst mir versprechen, dass du vorher nichts unternimmst, was dich deine Freiheit kosten kann.«

»Für mich ist das hier keine Freiheit, und versprechen tu ich schon gar nichts.«

Davis
Dienstag, 22. Mai 2012

In derselben Nacht lag Lizzy neben Jared im Bett, eng an seine linke Seite geschmiegt, den Kopf auf seiner Brust. Sein sanfter, rhythmischer Herzschlag beruhigte sie. Er war der Ruhepol in ihrem Leben, ihr Anker in einer stürmischen, chaotischen See.

»Du bist angespannt«, sagte er, als er sie fest an sich drückte und mit dem Daumen ihren Arm entlangstrich. »Ich habe ein paar Sicherheitsfirmen angerufen und um Kostenvoranschläge gebeten. Ich hab mir auch überlegt, umfassendere Maßnahmen zu ergreifen.«

»Du meinst, einen Personenschützer engagieren?«

Jared nickte. »Der Typ, der dir mit seinem Pickup draufgefahren ist, hatte es eindeutig auf dich abgesehen.«

»Kommt nicht infrage. Zumindest noch nicht jetzt. Du kannst gerne zusätzliche Alarmanlagen installieren lassen, aber ich will keinen Personenschützer. Ich meine es ernst, Jared. Es ist alles in Ordnung.« Eine gigantische Lüge. Sie bewegte sich nicht erst seit den jüngsten Vorfällen auf unsicherem Boden, aber seit jemand in ihr Haus eingebrochen und in ihren Tagebüchern herumgeschnüffelt hatte, war nichts mehr wie zuvor. Aber warum und wozu? Soweit sie feststellen konnten, hatte der Eindringling nichts mitgehen lassen. Lizzy machte sich seitdem größere Sorgen und schlief weniger.

Und natürlich war ihr klar, dass Jared noch nicht das letzte Wort gesprochen hatte, was den Personenschützer anging.

Sie hatte sich die Zeit für ein Telefongespräch mit ihrer Therapeutin Linda Gates genommen. Dabei hatte sie Linda von den Albträumen erzählt, die sie seit Neuestem heimsuchten. Früher war sie in ihren schlimmsten Träumen stets vor irgendjemandem davongerannt – durch dunkle Gassen und enge Straßen. Aber in letzter Zeit träumte sie, dass sie in eine finstere Höhle stürzte, wo niemand sie schreien hören konnte.

Jared küsste sie auf den Kopf. »Erzähl mir, was in den letzten Tagen los war. Mir kommt es vor, als hätten wir schon lange keinen ruhigen Augenblick mehr gehabt, wo wir in Ruhe miteinander reden konnten.«

»Gestern«, sagte Lizzy, »war ich in einem Blumenladen und habe die Besitzerin über Jennifer Dalton befragt. Dabei habe ich absolut nichts herausgefunden. Aber wenigstens habe ich ein hübsches Blumengesteck für meine Schwester gekauft. Heute hat mich jemand dabei ertappt, wie ich ins Fenster eines Hauses geschaut habe, das ich im Zusammenhang mit einem meiner Fälle observiert hatte. Und als der Hausbesitzer zu schnell nach einem Schraubenzieher in seinem Werkzeugkasten griff, hätte ich vor Schreck beinahe meine Pistole gezogen.«

Jared hörte einfach nur zu und streichelte ihren Arm mit seinem Daumen.

»Außerdem hat Jessica mir erzählt, dass Brian wieder bei Hayleys Mutter aufgetaucht ist.«

»Weiß Hayley davon?«

»Inzwischen ja. Hayley war diejenige, die Jessica zum Haus ihrer Mutter geschickt hat, mit der Anweisung, sie solle ins Haus gehen, falls niemand aufmacht. Als Jessica drinnen war, kam plötzlich Hayleys Mutter zusammen mit Brian heim. Jessica hat sich daraufhin im Bad versteckt und mitbekommen, wie Brian herumgebrüllt und Hayleys Mutter geschlagen hat. Allerdings wollte sie Hayley nichts davon erzählen, weil sie Angst hatte, dass sie sich Brian vorknöpft und wieder im Knast landet.«

»Ich kann ihr Zögern verstehen.«

»Du hast recht, aber wenn wir zusammenarbeiten, müssen wir uns vertrauen können. Uns blieb nichts anderes übrig, als Hayley die Wahrheit zu sagen.«

Jared drückte ihren Arm. »Ehrlich währt am längsten.«

»Ich hatte gehofft, dass du mit mir zu Hayleys Mutter gehst. Vielleicht können wir sie dazu überreden, für eine Weile in ein Frauenhaus zu gehen.«

»Ich finde, das ist eine gute Idee«, sagte er. »Zumindest können wir es versuchen.« Er küsste ihren Nacken.

Lizzy seufzte. »Und dann hab ich noch zwei tote Käfer in meinem Büro gefunden.«

Jared erstarrte und setzte sich auf. »In deinem Büro in der Stadt?«

Sie nickte. »Das Seltsame dabei ist, dass Jennifer Dalton totes Ungeziefer und Geräusche mitten in der Nacht erwähnt hat und …«

Als Jared plötzlich aufsprang und wie ein Verrückter im Zimmer herumlief, hörte sie auf zu reden.

Er griff zu seinem iPhone. Nach ein paar Minuten gab er es Lizzy und sagte: »Haben diese Käfer ungefähr so ausgesehen?«

»Haargenau so. Ich hab sie in einen Karton getan. Eigentlich wollte ich später noch mal ins Büro zurück, aber nachdem ich mit Hayley gesprochen hatte, war es schon spät und da hab ich es bleiben lassen.«

Jared hatte bereits ein Paar Jeans angezogen und schlüpfte gerade in ein sauberes weißes T-Shirt. Er nahm sein iPhone und wählte eine Nummer.

Lizzy kroch ebenfalls aus dem Bett und klaubte ihre Kleider zusammen. »Was ist los? Es ist elf Uhr nachts.«

»Wir fahren in dein Büro. Mein Team erwartet uns dort. Gehen wir. Unterwegs erzähle ich dir mehr.«

Sacramento
Mittwoch, 23. Mai 2012

Es war nach Mitternacht. Zwei Kriminaltechniker waren gerade damit beschäftigt, Lizzys Büro nach Fingerabdrücken abzusuchen, als die Tür aufging und ein bekanntes Gesicht erschien.

»Sieh mal einer an, das ist doch Jimmy Martin«, sagte Lizzy. Er wirkte schlanker und ergrauter als bei ihrer letzten

Begegnung, dafür hatte er eine gesunde Gesichtsfarbe. »Sie sehen gut aus, Jimmy.«

»Sie auch, meine Liebe.«

»Alles klar bei Ihnen?«

»Mir geht's besser als je zuvor.«

Jimmy war ein Special Agent beim FBI. Obwohl Lizzy in der Vergangenheit mit dem Mann Meinungsverschiedenheiten gehabt hatte, freute sie sich, ihn gesund und munter zu sehen. Sie kannte Jimmy von der gemeinsamen Arbeit am Spinnenmann-Fall. Damals hatten die Ärzte bei ihm Krebs diagnostiziert. Jared hatte sie seitdem auf dem Laufenden gehalten, und sie wusste daher, dass seine Frau ihn inzwischen verlassen hatte. Das einzig Gute an seiner Krankheit war, dass sie ihn seinen Töchtern wieder nähergebracht hatte und er sich seitdem mehr Zeit für sie nahm. Lizzy lächelte ihn an und sagte: »Du bist ein so ein zäher Bursche, dass du dem Krebs einfach einen Tritt in den Hintern verpasst hast, stimmt's?«

»Genauso ist es, Kleine.« Er deutete mit dem Kinn auf den Karton auf ihrem Schreibtisch. »Ich habe gehört, du hast womöglich schon wieder Bekanntschaft mit einem Irren gemacht.«

»Sieht ganz so aus«, sagte sie. »Was ist mit diesen Käfern?«

Jimmy steckte die Hände in die Hosentaschen und klimperte mit seinem Schlüsselbund herum. »Manche Serienkiller bewahren Erinnerungsstücke auf, um ihre Fantasien immer wieder aufs Neue zu durchleben, und andere hinterlassen einfach so zum Spaß kleine Kostbarkeiten wie zum Beispiel tote Insekten.«

»Was, wenn es sich hier um einen bloßen Zufall handelt?«

»Hoffen wir's«, sagte er und wechselte noch ein paar Worte mit Jared, bevor er sich zu einem der Kriminaltechniker am anderen Ende des Zimmers gesellte.

Lizzy warf einen Blick auf die Uhr auf ihrem Schreibtisch und sah dem Ticken des Sekundenzeigers zu. Sie hasste diesen Geruch der Furcht, den sie nur zu gut kannte und der dafür sorgte, dass ihre Arme zitterten und die Nackenhaare sich aufstellten. Obwohl sie sich nichts anmerken ließ, fragte sie sich immer wieder, ob die Medien nicht vielleicht doch recht hatten: Sie zog den Ärger nicht an, sondern suchte danach. Natürlich nicht absichtlich, aber anscheinend hatte sie ein ausgesprochenes Talent dafür, sich in die Angelegenheiten anderer Leute zu mischen.

Aber deswegen wollte sie sich nicht länger Vorwürfe machen. Wenn es darum ging, Michael Dalton zu helfen, hatte sie das Herz am rechten Fleck. Und trotzdem fragte sie sich manchmal: Wären Jessica, Hayley, Brittany und Michael Dalton vielleicht ohne sie besser dran?

Jared saß auf dem Stuhl an ihrem Schreibtisch und durchsuchte die Schubladen nach Spuren, die auf einen Eindringling hinwiesen. Zu diesem Zweck trug er Handschuhe. Auf der Fahrt in Lizzys Büro hatte er ihr erklärt, welche Bedeutung diese Käfer im Zusammenhang mit dem Liebespaarmörder hatten. Obwohl die Medien die Bevölkerung von Sacramento über die Mordserie bestens informiert hatten, war eine wichtige Information nicht an die Öffentlichkeit gedrungen: der Bockkäfer. Dieses Insekt verband viele der Opfer miteinander. Das erste ermordete Paar, das man am American River gefunden hatte, war frisch verheiratet gewesen, und beiden hatte jemand einen Käfer in die Speiseröhre gesteckt. Dann war da noch eine weitere Frau, Betsy Weaver, verstümmelt bis zur Unkenntlichkeit. Der Täter hatte die meisten ihrer Organe entfernt, darunter auch das Herz. Die Leiche, die von einem Baum in einem Park baumelte, konnte anhand der Zähne identifiziert werden. Betsy Weavers Ehemann, Stan Weaver, hatte seine Frau Wochen vor dem Leichenfund als vermisst gemeldet. Zunächst verdächtigte das FBI den Ehemann, ließ ihn aber in Ruhe, nachdem Agenten ihn mehrere Monate lang observiert hatten. Die Bevölkerung von Sacramento, darunter auch Stan Weaver, wusste nicht, dass das FBI Betsys Tod inzwischen dem Liebespaarmörder zuschrieb, und zwar wegen der Käfer, die man in ihrem Anus gefunden hatte. Und bei einem erst kürzlich ermordeten Liebespaar hatte der Täter einen Käfer sorgfältig in ihre Nasenlöcher gestopft.

Die Sache mit dem Bockkäfer hatte nur einen Haken: Diese lästigen Insekten kamen in Kalifornien häufig vor.

Ein weiteres Detail, das die potenziellen Opfer des Liebespaarmörders miteinander verband, war ihre Kinderlosigkeit. Da das FBI gewisse Einzelheiten der Mordserie unter Verschluss hielt, wussten die Medien und die Bürger von Sacramento nichts davon.

Eines jedoch war Lizzy klar: Sollten die Medien Wind von der Verbindung zwischen dem Käfer und dem Liebespaarmörder bekommen, würden die Reporter die Tür zu ihrem Büro einrennen.

Nachdem Jared ihr alles erklärt hatte, kam Lizzy noch einmal auf Jennifer und Michael Dalton zu sprechen. Aber wie Lieutentant Greer ihr bereits gesagt hatte, war die Beweislage gegen Michael Dalton solide. Und Jared versicherte ihr, dass der Täter weder an Jennifers Leiche noch in der unmittelbaren Umgebung Käfer hinterlassen hatte. Es gab also absolut keinen Hinweis auf eine mögliche Verbindung zwischen dem Mord an Jennifer und dem Liebespaarmörder.

Lizzy betrachtete die Käfer in dem Karton auf ihrem Schreibtisch. Wollte der Mörder ihr eine Botschaft übermitteln?

Sie nahm wahr, dass Jared sie anstarrte, und wusste sofort, was er dachte. Jetzt würde sie ihn nicht mehr davon abbringen können, einen Personenschützer zu engagieren.

Antelope
Donnerstag, 24. Mai 2012

»Hey, guck mal. Sie ist wieder da.«

Magnus blickte über seine Schulter nach hinten.

Scheiße.

Er hatte gedacht, er hätte ihr klar und deutlich zu verstehen gegeben, dass sie hier nichts zu suchen hatte. Anscheinend lag er mit dieser Annahme falsch. Die Tussi konnte alles kaputtmachen. Er musste sie ein für alle Mal loswerden, und zwar schnell.

»Wir müssen es dem Boss melden oder uns selbst um das Problem kümmern.«

»Ich glaube nicht, dass sie uns Probleme machen wird«, log Magnus.

»Du hast gehört, was Dominic gesagt hat. Seine Verlobte lässt ihn observieren. Er hat einen Vertrag in ihrem Büro gefunden. Die Tussi da drüben arbeitet für eine Privatermittlerin – noch dazu eine, die mit einem FBI-Agenten zusammenlebt. Wenn das kein Problem ist, weiß ich nicht, was sonst. Wer kümmert sich um sie? Du oder ich?«

Magnus steckte seinen Hammer in den Werkzeuggürtel und ging auf die Schrottkiste zu, die einmal ein roter Volvo Kombi gewesen sein musste.

Verdammt.

Er hasste diesen Teil seines Jobs. Vielleicht hätte er von Anfang an deutlicher werden und sie davonjagen müssen. Aber ihr Gesicht und diese großen ausdrucksvollen Augen und sinnlichen Lippen hatten ihn völlig überrumpelt.

Wirklich jammerschade um das Mädel.

Jessica sah, wie Magnus auf sie zukam. *Ist das jetzt ein Witz?*

Er konnte sie unmöglich so schnell erkannt haben. Abgesehen davon, dass sie schon seit über einer Woche nicht mehr hier gewesen war, hatte sie zwei Blocks von der Baustelle entfernt geparkt, und das erst vor fünf Minuten.

Jessica hatte Danielle erzählt, was sie mitbekommen hatte: Anscheinend hatte jemand Povo ein bisschen hart rangenommen und Geld von ihm gefordert. Aber Danielle interessierte nur, ob Jessica Povo mit einer anderen Frau gesehen hatte. Das Gespräch mit ihr war etwas holprig gewesen. Nachdem Jessica Danielle erklärt hatte, dass sie sich für eine Weile nicht mehr in der Nähe der Baustelle blicken lassen sollte, bestand die Frau darauf, dass Jessica wenigstens einmal die Woche dort vorbeischaute, während sie in Europa weilte, und überprüfte, ob Dominic zur Arbeit ging. Die Tageszeit war ihr egal – Danielle wollte nur sicher sein, dass Dominic sich tatsächlich auf der Baustelle aufhielt und sie nicht anlog. Das war verständlich. Obwohl Jessica sich bei ihrem letzten Besuch gründlich umgesehen hatte, wusste sie immer noch nicht, was Povo eigentlich machte.

Sie musste das Ganze lockerer angehen. Die Spritzer an der Wand des Trailers waren kein Blut und in den Müllsäcken befanden sich keine Leichen. Wenn jemand Blutspritzer an seiner Wand hinterließ, würde er sie umgehend entfernen, und was die Müllsäcke betraf, so konnten sie genauso gut Baumaterial enthalten.

Jessicas neuer Plan sah folgendermaßen aus: Sie würde einmal die Woche bei der Baustelle vorbeischauen, warten, bis Povo zur Arbeit erschien, und dann wieder verschwinden. Kinderleicht.

Sie seufzte, als sie Magnus näherkommen sah. Eins musste man dem Typen lassen: Sein Gang strotzte vor Selbstbewusstsein. Bei so viel geballter Männlichkeit konnte sie sich nicht einfach aus dem Staub machen.

Das Fenster hatte sie bereits heruntergelassen.

Er legte eine braun gebrannte Hand mit langen Fingern auf ihre Autotür. Beim Anblick der Muskeln, die sich unter seinem eng anliegenden T-Shirt abzeichneten, brachte sie kaum einen Ton hervor. »Sie haben mich erwischt«, sagte sie schließlich, als sie ihre Stimme wiederfand.

Er fuhr sich mit den Fingern durchs Haar. »Was muss ich tun, damit Sie endlich kapieren, dass Sie hier nichts zu suchen haben?«

Jessicas Gesicht lief rot an. »Ich schau mir wirklich nur die Gegend an. Zu dem Trailer bin ich das letzte Mal nur deshalb gegangen, weil ich mit Ihrem Boss über das Haus reden wollte, an dem Sie gerade arbeiten. Um ehrlich zu sein, fand ich es nicht besonders nett von Ihnen, wie Sie mich behandelt haben.«

»Sie haben es anscheinend noch immer nicht kapiert. Sie haben hier nichts verloren.«

»Das hier ist meine Lieblingsstraße, und ich interessiere mich für ...«

Er schnitt ihr mit erhobener Hand das Wort ab. »Mein Boss denkt, dass Sie ihm nachspionieren. Er hat mir gesagt, dass mein Job auf dem Spiel steht, wenn ich nicht einen Weg finde, Sie ihm vom Hals zu schaffen. Wollen Sie, dass ich meinen Job verliere?«

Sie wollte etwas erwidern, aber er hielt sie davon ab, indem er ihr eine Hand auf die Schulter legte. Die Berührung löste ein angenehmes Kribbeln in ihr aus. Es war wirklich höchste Zeit, dass sie einen festen Freund fand.

»Ich weiß, dass Sie für eine Privatdetektei arbeiten.«

»Das stimmt nicht, ich ...«

»Hören Sie auf, mich anzulügen.«

Jessica hob trotzig das Kinn. »Dasselbe könnte ich von Ihnen verlangen. Was ist letzte Woche in diesem Trailer passiert?«

»Das geht Sie nichts an.«

»Ich muss wissen, was mit Dominic Povo los ist. Steckt er in Schwierigkeiten?«

»Sie sollten jetzt lieber verschwinden.«

»Erst, wenn Sie mir sagen, was hier läuft.«

»Schlagen Sie mir einen Ort vor, wo wir uns treffen können, und dann reden wir.«

Dominic Povo hatte offensichtlich etwas zu verbergen und Magnus war der Einzige, von dem sie möglicherweise erfahren konnte, was los war. »Wie wär's, wenn wir uns nächste Woche auf einen Kaffee treffen«, sagte sie und hoffte, auf diese Weise mehr über Povo herauszufinden und vielleicht auch über diese sperrigen Müllsäcke, die die Bauarbeiter abgeladen hatten. Mit Magnus einen Kaffee zu trinken würde in diesem Fall als Arbeit zählen.

»Sagen Sie mir, wo und wann.«

»*Shady's Café und Teehaus* in Roseville. Dienstag um drei.« Für diesen Tag hatte sie vormittags eine Observierung geplant. Wenn sie sich danach mit Magnus träfe, würde sie zwei Fliegen mit einer Klappe schlagen.

Er blickte viel zu ernst drein, als er sagte: »Ich treffe mich mit Ihnen, aber nur wenn Sie mir versprechen, sich von hier fernzuhalten.«

»Wenn ich Ihnen das verspreche, erzählen Sie mir dann, was hier abgeht?«

»Ja. Aber jetzt verschwinden Sie.«

Er drehte sich um und ging. Ihr Blick blieb an seinem Rücken haften, bis er verschwunden war. Vielleicht hatte sie mit Danielle Cartwright mehr gemeinsam, als sie gedacht hatte – beide mochten die Sorte Männer, vor denen ihre Mütter sie stets gewarnt hatten. Magnus war allem Anschein nach Ende zwanzig, also auf jeden Fall älter als Jessica. Außerdem war er arrogant, selbstbewusst, aggressiv und möglicherweise gefährlich.

Und Jessica hatte das Gefühl, ihn bereits zu mögen.

John und Rochelle
Sacramento
Juni 2007

John öffnete den Mund und schluckte noch einen Löffel Brühe. Es kam ihm vor, als hätte er in den letzten Tagen immer wieder das Bewusstsein verloren. Er erinnerte sich, dass er zuletzt zu sich gekommen war, als Rochelle ihm mit einem kühlen feuchten Lappen über die Stirn wischte. Ihre Finger hatten sich dabei wie wohltuender Balsam angefühlt. Anscheinend war er wieder in Ohnmacht gefallen, noch bevor sie damit aufhörte, denn im Augenblick flößte sie ihm mit dem Löffel warme Brühe ein, die seiner wunden Kehle guttat.

Ferner erinnerte er sich, dass sie eine leere Kaffeedose als provisorischen Nachttopf benutzt hatte, damit er seine Notdurft verrichten konnte. Und sie hatte seine Hose und Unterwäsche in einem Eimer mit schmutzigem Wasser gewaschen. Er überlegte, wie lange sie wohl schon hier waren, musste aber nicht lange auf eine Antwort warten.

»Es sind jetzt zwei Wochen«, sagte Rochelle.

John hatte keine nennenswerte Familie. Bei Rochelle war das anders; ihre Eltern liebten ihre Tochter innig. Außerdem hatte sie ein enges Verhältnis zu ihrer Schwester und ihrem Bruder. Bestimmt machten alle sich inzwischen wahnsinnige Sorgen um Rochelle. »Ich wette, dass deine Familie bereits die Polizei eingeschaltet hat. Die müssten jeden Moment die Tür eintreten«, sagte er zu ihr mit schwacher Stimme. »Da bin ich mir sicher.«

Sie ließ den Kopf nach vorne fallen und John spürte, wie ihre feuchte Wange seine Hand berührte.

»Du darfst nicht weinen«, sagte er. »Tut mir leid, dass ich dich im Stich gelassen habe. Es ist meine Schuld, dass wir hier sind.«

»Ich will hier raus. Ich will nach Hause.«

»Ich weiß. Ich hol dich hier raus, das verspreche ich.« Als er den Blick senkte, fiel ihm ein langer, gezackter Schnitt längs ihrer Wade auf. »Was ist das da an deinem Bein? Was haben sie mit dir angestellt?«

Inzwischen weinte und schluchzte sie so heftig, dass ihre Schultern zitterten.

Er beugte sich vor und küsste sie auf den Kopf. Ohne Rochelle wäre er bereits tot. Es tat ihm weh, sie leiden zu sehen. Plötzlich hatte er eine Idee. »Rochelle, du musst etwas finden, mit dem ich diese Fesseln lösen kann. Bevor ich bewusstlos wurde, konnte ich sie lockern, indem ich das Seil an der scharfen Stuhlbeinkante gerieben habe, aber ohne deine Hilfe dauert das zu lange. Ich hab noch einiges an Arbeit vor mir.«

Als sie mühsam auf die Beine kam, konnte er die Narbe besser begutachten. Diese Monster hatten ihr einen etwa dreißig Zentimeter langen Blitz ins Fleisch geritzt und die Wunde anschließend notdürftig vernäht. *Warum machten sie so etwas? Das ergibt doch überhaupt keinen Sinn. Nichts ergibt einen Sinn. Warum halten sie uns gefangen? Warum haben sie ihr das angetan?*

»Da drüben findest du bestimmt irgendwelche Werkzeuge«, sagte er.

Sie ging in die Richtung, die er mit einer Kinnbewegung angedeutet hatte. Dabei rasselte ihre Kette.

»Ich schaffe es nicht, John«, hörte er sie sagen.

»Doch, du bist fast dran. Du schaffst es, Rochelle. Nur noch ein kleines Stück weiter.«

Sie verlagerte ihren Körper und gewann damit ein paar Zentimeter. Jetzt konnte sie mit der Fingerkuppe die Spitze eines Schraubenziehers berühren. Ihr Atem ging stoßweise, als sie an der Kette zerrte und sich streckte. Schließlich gelang es ihr wie durch ein Wunder, den Schraubenzieher vom Tisch zu stoßen. Das Werkzeug fiel polternd auf den Boden und rollte in ihre Richtung. Das Glück war auf ihrer Seite.

Sie hat's geschafft! Kluges Mädchen.

Rochelle hob den Schraubenzieher auf und hielt ihn hoch, sodass John ihn sehen konnte. In ihren Augen las er ihren Schmerz und ihr Leid. Er liebte sie so sehr.

»Probier mal, ob du das Seil lockern kannst«, flüsterte er.

Ihre Kette reichte gerade so weit, dass sie seine Vorderseite erreichen konnte, aber um an die auf den Rücken gefesselten Hände zu kommen, musste sie sich noch mehr strecken. Endlich schaffte sie es, den Schraubenzieher zwischen die Knoten zu schieben und ihn hin und her zu bewegen. Und siehe da, die Fesseln lockerten sich. Er hatte sich schon länger nicht mehr so leicht gefühlt. Noch ein bisschen mehr, und er würde seine Hände freibekommen.

Hoffnung.

Zum ersten Mal seit ihrer Entführung verspürte er einen Funken Hoffnung. Auf einmal wurde ihm leicht ums Herz – ein Gefühl, das er in diesem Raum voller Verzweiflung beinahe mit Händen greifen konnte.

»Du hältst mich für schwach, stimmt's?«

Er sah ihr an, dass sie sich alle Mühe gab, tapfer zu sein, aber die Tränen nahmen kein Ende.

Er schloss die Augen und konzentrierte sich auf seine Atmung. Noch nie hatte er jemanden so sehr geliebt wie Rochelle. Doch bevor er sie trösten konnte, ging die Kellertür mit einem Knarren auf.

»Rochelle«, flüsterte er mit Panik in der Stimme, »da kommt jemand. Wenn er nahe genug herankommt, musst du mit dem Schraubenzieher zustechen, so fest du kannst.«

Er ließ den Kopf auf die Brust fallen und stellte sich tot.

Den Schritten nach zu urteilen handelte es sich nur um eine Person. Perfekt. Er bemühte sich, eine Hand freizubekommen, damit er auf den Mann einstechen konnte.

»Was ist da unten los?«, fragte der Mann.

»Hört bitte auf«, schrie Rochelle. »Ich halte das nicht mehr aus. Lasst mich gehen!« Zitternd legte sie ihren Kopf auf Johns Knie.

Der Mann trat näher, packte sie am Arm und zog sie weg.

John hatte die Augen geschlossen, konnte aber den schlechten Atem des Mannes riechen, als dieser sich zu ihm herabbeugte. *Jetzt, Rochelle!*, dachte er. *Tu's jetzt!*

Als er ihre Kette rasseln hörte, öffnete er die Augen.

Der Mann stand immer noch direkt vor John, als Rochelle mit voller Wucht den Arm herabsausen ließ und immer wieder mit dem Schraubenzieher zustach. Er hatte sie noch nie so wütend gesehen. Anscheinend hatte sie den Kerl ordentlich erwischt, denn überall war Blut.

Johns Puls raste. Unter Aufbietung all seiner Kräfte zerrte er an den Fesseln und war erstaunt, als seine rechte Hand plötzlich freikam. Er griff nach dem Schraubenzieher, der immer noch im Körper des Mannes steckte, und löste damit die Knoten an seinem anderen Handgelenk.

KAPITEL 18

Es war nicht so schlimm und Furcht einflößend, wie es sich anhört. Ich hatte viel Spaß dabei … es macht einfach Spaß, andere Menschen umzubringen.

– Albert DeSalvo

Davis,
Freitag, 25. Mai 2012

Hayley betrachtete sich im Spiegel ihrer Kleiderschrankwand und hasste die innere Unruhe und Nervosität, die von ihr Besitz ergriffen hatten. Jared und Lizzy hatten ihre Mutter überredet, zum Abendessen zu kommen. Hayley wohnte jetzt schon ein paar Wochen bei Lizzy, aber dies war das erste Mal, dass sie sich Mühe gab, wie sie es nannte: »vorzeigbar«, auszusehen. Sie trug eine Jeans und ein moosgrünes Oberteil mit Ärmeln in Dreiviertellänge. Lizzy hatte ihr diese Sachen gekauft. Für Hayleys Geschmack saßen sie zu eng und sahen komisch aus.

Beim Anblick ihres Spiegelbilds erkannte sie sich nicht mehr. Ihre Haare waren jetzt länger und fielen ihr ein paar Zentimeter über die Schultern. Die Haarspitzen sahen beschissen aus, aber was soll's. Sie konnte sich nicht erinnern, jemals so lange Haare gehabt zu haben. Auf ihre Piercings hatte sie verzichtet, hauptsächlich wegen der mit der elektronischen

Fußfessel verbundenen Einschränkungen. Sie musste zugeben, dass sie sich an ihr Gesicht ohne all die Verzierungen gewöhnte.

Noch vor einer Stunde hatte sie gedacht, dass es Blödsinn war, sich über ihre Haare und Klamotten Gedanken zu machen. Aber dann war sie zu dem Entschluss gekommen, dass ihre Mom nicht die Einzige war, die sich ändern musste, um ihr Leben in den Griff zu bekommen. Und genau das wollte Hayley. Sie würde alles tun, auch ihr Äußeres verbessern, wenn dies ihrer Mutter half, vom Alkohol und von Brian wegzubleiben.

Als sie hörte, wie die Haustür aufging, schlug ihr Herz fester und schneller gegen die Brust. Sie straffte sich, atmete tief durch und begab sich in das andere Zimmer. Seit der letzten Begegnung mit ihrer Mutter waren fast zehn Monate verstrichen, aber es fühlte sich wie Jahre an. Laut Jessicas Eindruck konsumierte sie weder Drogen noch Alkohol, aber Hayley wollte das nicht so recht glauben. Die Male, die sie ihre Mutter nüchtern erlebt hatte, konnte man nämlich an den Fingern einer Hand abzählen.

Als Hayley das Wohnzimmer betrat, sah sie Lizzy als Erste zur Tür hereinkommen, mit Mom im Schlepptau. Die Haare ihrer Mutter enthielten inzwischen mehr Grau als Braun, aber sie hatte sie gekämmt und mit einer Spange befestigt. Als Make-up trug sie Rouge und Mascara.

Hayley stand wie angewurzelt da und wusste nicht, was sie als Nächstes tun sollte. Beide verharrten reglos und musterten sich eine Weile, bis Hayley schließlich ihre Stimme wiederfand. »Du siehst gut aus, Mom.«

Jetzt löste sich auch ihre Mutter aus der Starre, trat auf ihre Tochter zu und strich ihr eine Haarsträhne aus dem Gesicht. »Deine Haare sind gewachsen.« Sie seufzte. »Du siehst so erwachsen aus.«

Einen Augenblick später kam Jared zur Tür herein und ging mit Lizzy in die Küche, wo sie sich um das Abendessen kümmerten.

»Komm«, sagte Hayley und wies mit der Hand auf die Couch. Als sie bei ihrer Mutter eine leichte Alkoholfahne roch, war sie enttäuscht. »Setzen wir uns.«

Hayley stellte fest, dass Mom nicht betrunken war, aber wahrscheinlich einen oder zwei Schluck aus der Flasche genommen hatte, bevor sie hierhergekommen war. Als sie Hayley fragte, ob sie ihr Zimmer sehen könne, zitterten ihre Hände und sie wirkte nervös. Die Frage brachte Hayley aus dem Konzept, ohne dass sie genau wusste, warum.

»Es ist dein privater Bereich«, sagte ihre Mutter und wischte die Bitte mit einer wegwerfenden Handbewegung beiseite, als würde sie eine lästige Mücke verscheuchen. »Ich hätte dich nicht fragen sollen.«

»Nein«, protestierte Hayley und schüttelte die verrückten Gedanken ab, die in ihrem Kopf umherschwirrten. »Gehen wir in mein Zimmer. Ich möchte es dir zeigen.«

»Aber nur, wenn du es wirklich willst.«

Hayley führte ihre Mutter in ihr Zimmer, setzte sich auf die Bettkante und sah ihr zu, wie sie den Schnickschnack auf dem Regal über dem Schreibtisch musterte. Ihre Mutter berührte den Computermonitor und hob ein eingerahmtes Foto auf, das die beiden zusammen zeigte. Lizzy hatte das Bild gefunden, als sie Hayleys Sachen von der Wohnung geholt hatte, und sich die Mühe gemacht, es einzurahmen. Es zeigte Hayley und ihre Mutter im Freien, ihre Haare vom Wind zur Seite geweht. Hayley schätzte, dass sie zu der Zeit dreizehn Jahre alt gewesen war. Mutter und Tochter zeigten ein identisches Lächeln.

Plötzlich wandte Mom sich ab.

Hayley konnte ihr Gesicht nicht sehen, aber ihre Schultern zitterten. Mom weinte, als sie sagte: »Wir hatten ein paar gute Zeiten miteinander, nicht wahr?«

Hayley schloss die Augen. Am liebsten hätte sie ihre Mutter in die Arme genommen, doch gleichzeitig verspürte sie eine vertraute Mischung aus Angst und Wut. Auf einmal bereute sie, dass ihre Mutter hier war.

Mom stellte das Bild zurück und sah sich weiter im Zimmer um. »Miss Gardner und ihr Freund … behandeln sie dich gut?«

»Ja.«

»Und dir gefällt's hier?«

»Passt schon.«

»Es tut mir leid, dass ich dich vernachlässigt habe.«

»Mach dir keinen Kopf deswegen.«

»Schsch, nein, hör mir zu«, sagte Mom, als sie wieder den Mut fand, Hayley ins Gesicht zu sehen. »Ich möchte mich bei dir entschuldigen … für alles. Als du noch klein warst, habe ich dir immer gesagt, dass alles anders wird, aber dann war ich auch nicht besser als alle anderen.«

Mom meinte damit ihre eigene Familie: ihre Eltern, Brüder, Tanten und Onkels – alles durchgeknallte und egoistische Arschlöcher. »Du bist nicht wie die«, versuchte Hayley sie zu beruhigen.

Moms Blick fiel wieder auf das Foto. »Ich hab Mist gebaut.« Sie kam ans Bett und setzte sich neben Hayley. Sie wippte ein wenig auf und ab und schlug dann mit der flachen Hand auf die Matratze. »Es ist schön, dich zu sehen.«

Hayley holte tief Luft und rang sich ein Lächeln ab. Die blauen Flecken am Hals und auf den Armen ihrer Mutter waren nicht zu übersehen. Hayley wollte sie wegen Brian fragen, brachte aber kein Wort über die Lippen und wusste auch, warum. Sie hatte Angst, die Stimmung zu ruinieren, Angst, ihre Mutter unnötig aufzuregen und alte Wunden aufzureißen. Mom versuchte ernsthaft, ihr Leben zu ändern, und mehr verlangte Hayley nicht von ihr.

»Möchtest du hier übernachten?«, fragte sie. »Lizzy und Jared hätten bestimmt nichts dagegen.«

»Das geht nicht«, antwortete Mom. »Jared wird mich nach dem Essen in ein Frauenhaus bringen.«

Hayley blieb fast das Herz stehen. »Du gehst da hin?«

»Hattest du gedacht, ich würde es nicht tun?«

»Nein«, sagte Hayley verwirrt. »Ich dachte, du würdest dich dagegen sträuben.«

»Es ist höchste Zeit«, sagte sie und strich sich eine graue Haarsträhne hinters Ohr. »Ich habe viel darüber nachgedacht, was du gesagt hast, als wir uns das letzte Mal gesehen haben.« Ihre Stimme überschlug sich. »Ich habe falsche Entscheidungen getroffen. Ich habe immer nur an mich gedacht. Es ist Zeit, dass sich das ändert.«

Hayley schluckte den Kloß in ihrer Kehle herunter.

Mom ließ den Kopf hängen und fing wieder an, zu weinen.

Diesmal legte Hayley den Arm um sie und zog sie an sich heran, sodass ihr nichts anderes übrig blieb, als den Kopf auf die Schulter ihrer Tochter zu legen. »Schon gut. Du wolltest niemandem absichtlich wehtun.«

Hayley war realistisch und wusste, dass ihre Mutter noch einen langen Weg vor sich hatte. Aber das war in Ordnung. Das hier war möglicherweise ein guter Anfang. Mom brauchte einen Neustart. Hayley auch.

Mom hob den Kopf, wischte sich die Tränen aus den Augen und tätschelte Hayleys Knie. »Wir werden es schon schaffen.«

»Ja«, stimmte Hayley ihr zu, »ich glaube, das werden wir.«

Marshall Park, Sacramento
Montag, 28. Mai 2012

Um genau fünf Minuten nach sechs Uhr morgens kam Lizzy am Marshall-Park an. Sie stieg aus, atmete tief die frische Morgenluft ein und absolvierte ihre Streckübungen, bevor sie loslief. Als sie vor neun Monaten mit ihrem Lauftraining begonnen hatte, war es ihr nur unter größtmöglicher Überwindung gelungen, sich zum Park zu schleppen. Inzwischen freute sie sich auf ihre tägliche Runde, egal, wie das Wetter war.

Früher hätte sie nie gedacht, dass sie die Geduld aufbringen würde, zwei oder manchmal sogar bis zu acht Kilometer zu rennen, aber mittlerweile gehörte das tägliche Laufpensum fest zu ihrem Leben. Laufen gab ihr Energie und einen klaren Kopf. Sie gewöhnte sich schnell an die anderen Läufer und ließ sich nicht von ihrer Umgebung oder trüben Gedanken ablenken – zumindest nicht bis zu den jüngsten Ereignissen wie dem Einbruch, dem Vorfall mit dem Pickup und der Sache mit den Käfern, die der unbekannte Eindringling so platziert hatte, dass Lizzy sie nicht übersehen konnte. Und trotzdem hatten die Kriminaltechniker vom FBI weder Fingerabdrücke noch Spuren eines Einbruchs entdeckt. Das alles ergab keinen Sinn. Lizzy und Jared wussten beide, dass die Käfer kein bloßer Zufall waren. Außerdem war Lizzy klar, dass ihre Freiheit – und dazu gehörte auch ihr morgendliches Lauftraining – bald auf dem Prüfstand stehen würde. Jared sah sich bereits nach einem geeigneten Personenschützer um, der Lizzy auf Schritt und Tritt begleiten und sie nicht aus den Augen lassen würde.

Und all das wegen ein paar toter Käfer. Anscheinend verschaffte sich der Liebespaarmörder einen Kick, indem er Bockkäfer als eine makabre Visitenkarte hinterlegte und damit die Polizei wissen ließ, dass er wieder zugeschlagen hatte. Und dennoch handelte er nicht immer nach einem vorhersehbaren Muster. Der Liebespaarmörder wusste genau, was er tat. Er ließ alle im Dunkeln tappen, indem er manchmal bewusst Dinge tat, die niemand erwartete.

Während Jared und sein Team ihr Büro drinnen und draußen nach Spuren durchkämmten und alles sorgfältig dokumentierten, gab Lizzy sich nach außen hin betont gleichgültig, obwohl es in ihrem Inneren brodelte. Auch heute Morgen hatte ihr Bauchgefühl Alarm geschlagen und ihr geraten, daheimzubleiben und sich eine Zeit lang nirgendwo sehen zu lassen. Aber das wollte sie unter gar keinen Umständen tun.

Sie kannte das nämlich schon zur Genüge.

Jemand spielte ganz offensichtlich Psychospielchen mit ihr. Womöglich ein Freund oder Bekannter des Spinnenmanns? Sie hatte keine Ahnung, warum so ein Arschloch ihr das Leben schwermachen wollte, aber sollte sie sich deswegen verstecken und ihren Tagesablauf ändern? Nein. Sie hatte die Schnauze voll von Psychopathen, denen nichts Besseres einfiel, als ihre kranken Spielchen mit ihr zu treiben.

Etwas weiter sah sie eine Frau, die regelmäßig im Park lief, auf einer Bank am Wegesrand sitzen. Sie hatte einen Schuh ausgezogen und inspizierte ihren nackten Fuß.

Lizzy blieb bei ihr stehen. »Brauchen Sie Hilfe?«

»Danke, geht schon«, sagte die Frau. »Ich hab mir nur mit dem neuen Schuh 'ne Blase gelaufen.«

Lizzy kramte ein Pflaster aus ihrer Hüfttasche. »Das müsste helfen.«

»Danke.« Die Frau nahm das Pflaster entgegen und reichte Lizzy die Hand. »Ich bin Erica.«

Lizzy schüttelte die Hand. »Lizzy.«

»Ich hab Sie hier schon ein paarmal gesehen. Laufen Sie schon lange?«

»Seit neun Monaten.«

»Bei mir sind es fünf Jahre«, sagte Erica, während sie sich um die Blase kümmerte und den Schuh wieder anzog. Sie winkte einem vorbeilaufenden Mann zu. »Das war William. Ich bin neulich mit ihm um die Wette gelaufen, sozusagen als Herausforderung, aber er ist mir zu schnell. Ich muss mit meinen Kräften haushalten.«

Lizzy sah William nach, wie er um die Kurve verschwand.

Erica erhob sich und rannte auf der Stelle. »Perfekt.« Sie deutete auf den Pfad vor ihnen. »Wenn es Ihnen nichts ausmacht, laufe ich mit Ihnen bis zur nächsten Abzweigung und dann muss ich zur Arbeit.«

Sie liefen zwei Minuten miteinander, ehe Erica den Pfad nach rechts nahm. »Hat mich gefreut, Sie kennenzulernen!«, rief sie Lizzy zum Abschied zu. »Und nochmals vielen Dank.«

»Keine Ursache. Bis demnächst mal wieder.«

Lizzy lief weiter. Es dauerte nicht lange, und sie hörte, wie sich ihr ein anderer Läufer von hinten näherte. Er überholte sie und sie folgte ihm. Der Mann trug ein dunkles Kapuzensweatshirt und eine dazu passende Jogginghose. Er war knapp unter eins achtzig groß und schlank. Plötzlich verlangsamte er seine Schritte.

Lizzy lief jetzt ebenfalls langsamer.

Ihr Herzschlag beschleunigte sich, und sie sah sich schnell nach beiden Seiten um. Zu ihrer Linken befand sich ein Wäldchen. Die nächste Abzweigung zur Hauptstraße kam erst in etwa achthundert Metern. Ihre rechte Hand glitt in die Tasche und umschloss die kleine Dose Pfefferspray.

Sie reduzierte ihr Tempo auf ein schnelles Gehen. Gerade wollte sie umdrehen und die entgegengesetzte Richtung einschlagen, da fuhr er plötzlich herum und machte einen Satz auf sie zu. Alles, was sie wahrnahm, war eine Faust, die auf sie zusauste und sie voll auf die Nase traf. Sie taumelte rückwärts und schlug hart auf dem Boden auf. Blut schoss aus ihrer Nase.

Der Mann setzte mit einem zweiten Angriff nach.

Lizzy hob die Hand und sprühte ihm eine Ladung Pfefferspray ins Gesicht.

Er grunzte und fluchte und wischte sich mit dem Ärmel über das Gesicht. Leider hatte seine verdammte Sonnenbrille verhindert, dass das Pfefferspray größeren Schaden anrichtete.

Als Lizzy sich aufrappelte, ging der Kerl erneut mit unglaublicher Geschwindigkeit auf sie los. Sie duckte sich und sein Schlag ging daneben. Aber mit dem nächsten landete er einen Treffer am Kinn, und Lizzy ging wieder zu Boden.

Er stand über ihr.

Lizzy versuchte, einen Blick auf sein Gesicht zu erhaschen, bevor sie möglicherweise in Ohnmacht fiel, aber es nützte nichts. Die Kapuze und die Sonnenbrille verhinderten dies. Er packte sie an den Füßen und schleifte sie in einen Bereich mit dichtem Gestrüpp und Baumbewuchs in der Mitte des Parks.

Sie durfte sich auf gar keinen Fall ins Gebüsch zerren lassen. Als sie schreiend um sich trat, spürte sie jeden Kieselstein und jede kleine Unebenheit in ihrem Rücken. Sie hob den

Kopf, um nicht damit auf dem Beton aufzuschlagen. Obwohl sie seit zehn Jahren Selbstverteidigung unterrichtete, fühlte sie sich hilflos. *Dieser Scheißkerl.* Sie versuchte, sich aus seinem Griff zu befreien, schaffte es aber nicht. Ihr Angreifer ließ nicht locker.

Zweige und Kiefernnadeln stachen ihr in die Haut, als er sie über den Boden schleifte.

Schließlich gelang es ihr, einen großen Ast zu fassen, der auf dem Boden lag, und drückte ihn dicht an ihre Seite. Als er endlich stehen blieb, drückte er ihr einen Fuß auf die Brust und trat ihr fest in die Rippen. »Eigentlich sollten Sie inzwischen gelernt haben, sich aus Dingen rauszuhalten, die Sie nichts angehen.«

»Wer sind Sie?«

»Ich bin die Dunkelheit, vor der Sie sich fürchten, die Schreie, die Sie in Ihrem Schlaf hören, und das Knarzen im Nebenzimmer, wenn Sie allein zu Hause sind.«

»Bilden Sie sich nur nicht zu viel auf sich ein«, stieß sie zwischen zusammengebissenen Zähnen hervor. »Sie sind der Junge mit den Pickeln im Gesicht, der keine Partnerin für den Abschlussball in der Highschool findet. Sie sind das Arschloch, mit dem kein Mädchen auf Onkel Bobs Weihnachtsfeier etwas zu tun haben will …«

Er drückte den Fuß fester auf ihre Brust, sodass sie keinen weiteren Ton hervorbrachte.

Jede Selbstverteidigungslektion, die sie jemals gelehrt hatte, tauchte aus der Versenkung auf und explodierte in ihrem Kopf wie ein Feuerwerk. Kämpfen. Beißen. Treten. Lizzy holte mit dem Ast aus und traf den Angreifer seitlich am Gesicht.

Die heftige Gegenwehr erwischte ihn völlig unvorbereitet und er ging zu Boden.

Lizzy kroch auf allen vieren zu ihm, bekam sein Bein zu fassen und biss durch den Stoff der Hose in sein Fleisch, worauf er zu bluten anfing und wie ein abgestochenes Schwein schrie.

Sie würde dem Kerl zeigen, dass er an die Falsche geraten war.

Als Lizzy sich auf ihn setzte, trat er panisch um sich wie ein Kind, das versucht, den Kopf über Wasser zu halten. Sie schlug ihm mit dem Handballen auf die Nase und landete einen Volltreffer. Blut spritzte über sein Gesicht.

Lizzy versuchte, ihm die Sonnenbrille wegzureißen, damit sie sein Gesicht sehen konnte, aber er bäumte sich auf und warf sie ab. Dann sprang er auf die Füße, packte den Ast, den sie als Waffe benutzt hatte, und holte damit zum Schlag aus.

»Hey, Sie da! Lassen Sie die Frau in Ruhe!«

Der Angreifer blickte auf, warf den Ast weg und verschwand im Gebüsch.

Lizzy rappelte sich auf und ging zurück zum Fußweg.

Ihr Retter war William, derselbe Mann, dem Erica vorhin zugewinkt hatte. »Ich habe die Polizei gerufen«, sagte er.

»Danke.«

Er reichte ihr eine helfende Hand. »Vielleicht sollten Sie sich lieber hinsetzen.«

Voller Panik stieß sie die Hand beiseite und rannte zu dem Pfad, der sich im offenen Gelände befand. Sie konnte kaum atmen und schmeckte Blut im Mund. Sie musste erst einmal Luft holen.

»So was hab ich noch nie gesehen«, sagte William und folgte ihr aus dem Gebüsch ins Freie. »Ich bin William.«

»Ich weiß.« Sie ging weiter und legte noch einen Zahn zu. Im Augenblick traute sie niemandem. Sie taumelte mehr, als sie lief, aber sie musste einfach weiter.

»Sie wissen, wie ich heiße?«

»Erica hat es mir gesagt.«

»Ah. Eine nette junge Frau.«

Lizzy hatte gute Lust, William zu bitten, wenigstens für eine Minute die Schnauze zu halten, damit sie nachdenken konnte. Stattdessen holte sie ihr Handy hervor und wollte Jared anrufen, als ihr einfiel, dass er gerade im Flieger nach Los Angeles saß. Eigentlich hatte er sie nicht allein lassen wollen und war nur unter der Bedingung gegangen, dass sie auf ihren Morgenlauf verzichtete. *Scheiße.*

Lizzy steckte das Handy wieder weg und versuchte, den Typen zu ignorieren, als dieser ihr die Ohren vollredete, was für ein Glück sie gehabt habe, dass er sie habe schreien hören, und was sie wohl getan hätte, wenn er nicht zufällig vorbeigekommen wäre.

Sie hatte entsetzliche Schmerzen und ihr Schädel pochte, als würde jemand darauf herumtrampeln. In der Ferne hörte sie Polizeisirenen, beabsichtigte jedoch nicht, hierzubleiben. Was für ein Pech, dass ihr Körper und ihr Geist nicht auf derselben Wellenlänge waren. Ihre Beine zitterten und ihre Knie schlotterten, und ehe sie begriff, wie ihr geschah, brach sie zusammen und fiel in Williams Arme.

Sacramento
Montag, 28. Mai 2012

Hayley lief die Straße entlang und streckte den Daumen raus. Seit Tommy ihre Fußfessel ausgetauscht hatte, konnte sie sich frei bewegen, aber viel hatte ihr das bisher nicht genützt. Jedes Mal, wenn Jared beruflich unterwegs war, fand Lizzy irgendeinen Grund, zu Hause zu bleiben. Und sobald Lizzy wegging, kam Jessica vorbei, um nach dem Rechten zu sehen. Der Einbruch, der bizarre Verkehrsunfall und der Besuch von Hayleys Mutter hatten all ihre Pläne durchkreuzt. Aber heute war ihr alles egal. Sie hatte an ihrer Schlafzimmertür einen Zettel mit dem Hinweis angebracht, dass sie gerade schlafe. Wenn sie erwischt wurde, dann sei's drum.

Das erste Ziel auf ihrer Liste war das Frauenhaus mit dem passenden Namen *Mein Haus*, in dem Lizzy Hayleys Mutter untergebracht hatte. Hayley wollte sehen, wie es ihr ging. Eigentlich hatte sie ursprünglich vorgehabt, zuerst beim Haus ihrer Mutter vorbeizuschauen und herauszufinden, ob Brian sich dort aufhielt, entschied aber nach reiflicher Überlegung, es bleiben zu lassen. Sollte Brian ruhig den Rest seines wertlosen Lebens in dieser Hütte verbringen. Innerhalb dieser Wände wohnten nicht allzu viele gute Erinnerungen.

Sie hielt weiterhin den Daumen raus und atmete die frische Luft nach einer Regennacht ein. Plötzlich hielt weiter vorne ein Volvo in verblasster roter Farbe am Straßenrand und wirbelte Kies auf.

Als die Autos auf der Straße an ihr vorbeirauschten, stellte Hayley fest, dass die Fahrerin ihr bekannt vorkam.

Scheiße.

Da hatte sie die ganze Zeit Angst gehabt, einer Polizeistreife aufzufallen, aber dass ausgerechnet Jessica sie außer Haus erwischen könnte, daran hatte sie nicht gedacht. Sie ging zur Beifahrerseite und steckte den Kopf in das offene Fenster.

»Was machst du da?«, fragte Jessica.

»Ich trampe.«

»Das sehe ich. Bist du wahnsinnig?«

Hayley richtete sich auf und wollte schon weitergehen, doch Jessica sagte: »Würdest du bitte einsteigen, bevor eine Polizeistreife vorbeikommt, uns kontrolliert und feststellt, dass ich einer Flüchtigen helfe?«

Hayley öffnete die Tür und stieg ein. Angesichts Jessicas Bemerkung mit der Flüchtigen konnte sie sich ein Schmunzeln nicht verkneifen. Jessica starrte sie immer noch an. »Mensch«, sagte Hayley, »was ist denn jetzt schon wieder?«

»Könntest du dich bitte anschnallen? Schon mal was von Anschnallpflicht gehört?«

Hayley fischte das Ende des Gurts zwischen Tür und Sitz heraus und schnallte sich an. »Zufrieden?«

Während Jessica sich in den Verkehr auf dem Highway einfädelte, sah Hayley sich gründlich im Inneren des Wagens um. Der Boden war von Tür zu Tür mit Shaggy-Teppichen ausgelegt und es roch nach verschimmeltem Käse. »Toller Schlitten«, log sie. »Wo hast du den her?«

»Aus den Kleinanzeigen bei Craigslist.«

»Was hast du mit dem Mustang gemacht?«

»Den hab ich dem Vorbesitzer zurückgegeben.«

»Hast du dein Geld zurückbekommen?«

»Noch nicht, aber er hat mir versprochen, dass ich es vor Ablauf des Monats kriege.«

Für einen Augenblick herrschte Schweigen, bis Jessicas Blick auf Hayleys Füße fiel. »Wo ist deine elektronische Fußfessel?«

»Da ist sie doch«, sagte Hayley.

»Das ist aber nur eine Attrappe, oder?«

»Ja.«

»Wie kannst du nur so ein Risiko eingehen, nach allem, was Jared und Lizzy getan haben, um dich da rauszuholen?«

»Wenn ich es dir sage, würdest du es nicht verstehen.«

»Wetten, dass?«

»Ich hasse es, wenn man mich in meiner Bewegungsfreiheit einschränkt. Wenn ich eine Möglichkeit gefunden hätte, aus dem Knast auszubrechen, hätte ich es getan.«

»Und wenn man dich erwischt hätte, würdest du den Rest deines Lebens hinter Gittern verbringen.«

Hayley zuckte nur mit den Schultern.

»Hast du denn gar keine Träume und Ziele?«

Schweigen.

»Ich weiß, dass es zwischen uns ständig Meinungsverschiedenheiten gab, aber so verrückt es klingt, ich mag dich irgendwie. Überhaupt gibt es viele Menschen auf dieser Welt, denen du etwas bedeutest.«

»Du denkst also, ich soll die Vergangenheit hinter mir lassen und eine Vorzeigebürgerin werden?«

»Das wäre natürlich toll, aber so habe ich das nicht gemeint.«

Hayley interessierte es nicht im Geringsten, was Jessica zu sagen hatte, weshalb sie auf Kommentare verzichtete und ihr Bestes versuchte, sie zu ignorieren.

»Was ich damit sagen will: Das Leben ist kurz.«

»Ich hab's kapiert.«

»Ich bin noch nicht fertig.«

Hayley knirschte mit den Zähnen. *Scheiße.*

»Du bist intelligent. Deine Mutter muss eine ganz tolle Frau sein, wenn man bedenkt, dass sie es geschafft hat, so eine kluge Tochter großzuziehen – unter widrigsten Verhältnissen. Um sie herum nichts als Drogensüchtige und Vergewaltiger, übles Gesindel, und trotzdem versucht sie immer noch, gewaltige Hürden zu überwinden und ihr Leben zu meistern.«

Hayley wusste nicht, was sie darauf erwidern sollte. Ihr war nicht wohl dabei, wie sich ihre Brust zusammenzog.

»Deine Mom«, fuhr Jessica fort, »hat selbst nach Jahren der Vernachlässigung und schlechter Behandlung nicht aufgegeben, sondern versucht, ihr Leben zu verbessern. Sie ist ein Vorbild und vielleicht solltest du auch gerade ihretwegen ein paar Dinge in deinem Leben ändern.«

Hayley betrachtete die Landschaft, die draußen vorbeizog – grau und trübselig.

»Läufst du davon? Ist es das?«

»Muss nur ein paar Sachen erledigen.«

»Du willst also ein paar Stunden in der Gegend herumlaufen und dann wieder heim, bevor Lizzy zurückkommt?«

»Genau das habe ich vor.«

»Ich war vorhin im Haus und hab ein paar Akten geholt. Da hab ich den Zettel an deiner Tür gesehen und dachte, du schläfst.«

Hayley hörte nicht zu und zog stattdessen einen Zettel aus der Tasche. »Ich gehe zu *Mein Haus*. Das ist ein Frauenhaus in der Center Street in Sacramento. Wenn du ins Büro fährst, kannst du mich an der Ausfahrt rauslassen.«

»Das ist Wahnsinn.«

»Du wiederholst dich.«

»Nein, das tue ich nicht. Vorhin hab ich gesagt, dass *du* wahnsinnig bist. Jetzt sage ich, dass *das, was du tust*, wahnsinnig ist.«

»Danke für die Klarstellung.«

Jessica knirschte mit den Zähnen. »Ich fahre dich zum Frauenhaus und warte draußen auf dich.«

»Nach dem Frauenhaus muss ich nach Rancho Cordova.«

Das Geräusch aus Jessicas Kehle klang fast wie ein Knurren.

Hayley unterdrückte mühsam ein Lachen.

»Was ist in Rancho Cordova?«

»Ich habe ein bisschen über Adele Hampton recherchiert, das Mädchen, das vor achtzehn Jahren zur Adoption freigegeben wurde.«

»Hast du sie gefunden?«

»Noch nicht. Den Quittungen in der Akte zufolge hat sie eine Menge Geschäfte besucht, alle innerhalb ein paar Straßenblocks. Ich möchte mit ihrem Foto hausieren gehen und schauen, ob sie jemand erkennt.«

Hayley rechnete damit, auf Widerstand zu stoßen, und war überrascht, als Jessica lediglich eine Frage stellte.

»Glaubst du, dass sie immer noch in dieser Gegend lebt?«

»Ja.«

»Das ergibt doch keinen Sinn, oder?«, fand Jessica. »Ich meine, warum würde das Mädchen in dieser Stadt bleiben, es sei denn, sie will, dass man sie findet?«

»Vielleicht hat sie nie damit gerechnet, dass eines Tages jemand nach ihr suchen wird.«

Fünf wohltuende Minuten lang herrschte Schweigen, bis Jessica ein anderes Gesprächsthema einfiel.

»Ich habe da ein Problem und dachte, du könntest mir vielleicht helfen.«

Hayley sah Jessica von der Seite an und wartete.

»Ich soll mich mit Magnus morgen auf einen Kaffee treffen. Das ist der Typ, von dem ich dir erzählt habe. Ich habe keine Ahnung, ob ich ihm trauen kann, aber ich will zumindest herausfinden, was er so treibt.«

»Was genau stellst du dir vor?«

»Ich würde gerne wissen, wohin er nach unserem Treffen fährt. Leider kann ich ihm nicht nachfahren, weil er mein Auto kennt. Die Karre sticht total ins Auge.

»Ich rede mit Tommy – vielleicht kann er das übernehmen.«

»Würdest du das wirklich tun?«

»Was habe ich denn gerade gesagt? Natürlich.«

KAPITEL 19

Wenn ich das Grab meiner Mutter ausbuddeln könnte, würde ich ihr Skelett herausnehmen und sie noch einmal töten.

– Joseph Fischer

Sacramento
Montag, 28. Mai 2012

Eli Simpson saß in dem alten Buick seines Vaters und starrte auf das Haus, von dem er überzeugt war, dass seine Schwester darin gestorben war. Inzwischen bekam er bei seinen Besuchen kein unkontrolliertes Herzrasen mehr. Er fühlte sich innerlich leer. Na ja, nicht ganz. Trostlos und niedergeschlagen und mit einem Hauch düsterer Vorahnung, das beschrieb seine Stimmung schon besser.

Heute Nacht war es stockfinster, aber das machte ihm nichts aus, denn er war schon so oft hier gewesen, dass er genau wusste, wie das Haus aussah, selbst im Dunkeln. Es war alt und heruntergekommen und besaß eine Wohnfläche von einhundertunddreißig Quadratmetern. Der rissige Fußweg zum Eingang, der tote Rasen und die Eiche mit den verkrüppelten Ästen unterstrichen den Verfall des Hauses.

Er rollte den Kopf von rechts nach links, um die Verspannung in seinem Nacken zu lösen – kein Wunder, wenn man über eine Stunde in derselben Haltung verharrte. Obwohl in der Küche das Licht brannte, hatte er bis jetzt keine Bewegung im Haus wahrgenommen.

Soweit er sich erinnern konnte, hatte John Robinson in den letzten fünf Jahren nie Besuch gehabt. Warum sollte er auch? Der Mann war ein Mörder, und Mörder waren keine Menschen, sondern Monster.

Erschöpft von einem langen Arbeitstag, lehnte er sich an die Kopfstütze zurück und schloss die Augen. Sofort sah er im Geist seine Schwester, wie sie ihn anlächelte. Er kannte sie gar nicht anders als mit einem Lächeln auf den Lippen. Rochelle war jünger gewesen als er, aber nur zehn Monate. Er hatte zu ihr stets ein besonderes Verhältnis gehabt, vergleichbar mit dem Band zwischen Zwillingen.

Als Rochelle an einem Sonntagabend vor fünf Jahren zum ersten Mal John Robinson zum Essen eingeladen und ihren Eltern vorgestellt hatte, war ihm sofort klar gewesen, dass sie einfach nur nett sein wollte. Diesen Typen mit nach Hause zu nehmen war ungefähr so, als wenn man eine streunende Katze hereinlassen würde. Der Kerl tat Rochelle anscheinend leid. Wahrscheinlich dachte sie, sie könne einen besseren Menschen aus ihm machen, wenn sie ihn zum Essen einlud und ihm etwas Aufmerksamkeit zuteilwerden ließ.

Wenn man seine Schwester mit einem Wort beschreiben wollte, so wäre dies Barmherzigkeit. Rochelle war eine mitfühlende Person, ein wahrer Engel, einer dieser einzigartigen Menschen, die die Welt allein durch ihre Existenz zu einem besseren Ort machten. Andere Leute suchten ihre Nähe. Sie war eine gute Zuhörerin und gab jedem das Gefühl, etwas Besonderes zu sein.

Plötzlich tauchte ein Scheinwerferpaar die dunkle Straße in helles Licht.

Eli rutschte tiefer in den Sitz, um nicht gesehen zu werden. Das Garagentor des Nachbarhauses ging mit einem kreischenden Geräusch auf, das sich wie ein unheimliches, lang gezogenes Wehklagen anhörte, als läge es im Sterben wie der Rest dieses beschissenen Viertels. Hinter dem Steuer des Wagens saß eine Frau mit aschblonden, schulterlangen Haaren. Das Innere der Garage war sauber und aufgeräumt. Eli fragte sich, ob diese Frau jemals ihren mordenden Nachbarn kennengelernt hatte. In der Vergangenheit hatte er ein- oder zweimal an ihre Tür geklopft, um ihr ein paar Fragen zu stellen, aber sie hatte nicht aufgemacht.

Das ganze Viertel kam ihm vor wie eine Geisterstadt. Vielleicht waren die meisten von Robinsons Nachbarn längst tot und ihre Leichen lagen auf dem Dachboden oder in einer alten Tiefkühltruhe. Als sich das Garagentor schloss, sah er sich erneut um. Diesmal blieb sein Blick auf dem Haus haften, das einer Frau namens Claire Schultz gehörte, der einzigen Person in dieser Straße, die ihn in ihr Haus gelassen hatte. Er hatte mit ihr vor fünf Jahren gesprochen, in jenen dunklen Monaten nach Rochelles Verschwinden.

Der überraschte Ausdruck in Claires Gesicht, nachdem er ihr ein Foto seiner Schwester gezeigt hatte, überzeugte Eli, dass die alte Dame etwas wusste. Anschließend erzählte sie ihm sogar, sie hätte eines Nachts gesehen, wie John Robinson in Begleitung eines Mädchens heimkam – des Mädchens auf dem Foto.

Eli hatte darauf die Frau gefragt, ob sie ihre Aussage vor der Polizei wiederholen würde, und sie hatte sich einverstanden erklärt. Er war überzeugt gewesen, beweisen zu können, dass John Robinson beim Verschwinden seiner Schwester die Hand im Spiel gehabt hatte. Schließlich hatte er jetzt eine Zeugin.

Eli schüttelte bei der Erinnerung den Kopf. Als die Polizei schließlich Claire Schultz befragte, änderte sie ihre Geschichte und behauptete, das Mädchen auf dem Foto nicht zu kennen. Die alte Dame war sich plötzlich ganz sicher, dass sie nicht das Geringste über das vermisste Mädchen wusste. Der Polizei gegenüber sagte sie aus, sie könne sich überhaupt nicht an jene

Nacht erinnern, in der John Robinson ein Mädchen mit nach Hause gebracht habe – dabei hatte sie Eli erzählt, sie habe gesehen, wie John das Fenster eingeschlagen und eine Frau erwürgt habe. Aber nun behauptete sie, sie würde seit ihrem Sturz unter Gedächtnisschwund leiden, und erzählte den Polizisten sämtliche Einzelheiten über ihre gebrochene Hüfte und darüber, wie lange sie gebraucht habe, um sich von der Operation zu erholen.

Ausgerechnet zu dem Zeitpunkt, als die Polizei endlich den Arsch hochkriegte, änderte die alte Frau plötzlich ihre Geschichte.

Warum? Was hatte John Robinson gesagt oder getan, dass Claire Schultz plötzlich die Schotten dichtmachte?

Sacramento
Dienstag, 29. Mai 2012

Nach dem gestrigen Zwischenfall im Park war Lizzy mit den Rettungssanitätern ins Krankenhaus gefahren, wo ein älterer Arzt sich ihre Verletzungen angesehen und entschieden hatte, dass sie weder eine Röntgenuntersuchung noch eine Computertomografie brauchte. Ihre Nase blutete nicht mehr und war nicht gebrochen. Der Arzt empfahl ihr Ibuprofen, eine Eispackung und ein abschwellendes Mittel für ihre Nase, bevor er sie angeschlagen und mit Prellungen entließ. Lizzy beschloss, Jared zunächst nichts von dem Vorfall zu erzählen, sondern damit zu warten, bis er Ende der Woche nach Hause käme. Da sie zu erschöpft war, um bei der Polizei Anzeige zu erstatten, schaltete sie ihr Handy aus und ging sofort ins Bett.

Inzwischen war es Dienstagmorgen. Hayley schlief noch, also ließ Lizzy sie in Ruhe.

Sie setzte sich ins Auto und stellte bei einem Blick in den Rückspiegel fest, dass ihr Gesicht noch voller blauer Flecken war. Sie sah aus wie ein überfahrenes Tier am Straßenrand, aber als sie zum Sacramento Police Department fuhr, fühlten die Prellungen sich weniger schlimm an, als sie aussahen. Wenn sie nur dasselbe über den Rest ihres Körpers sagen könnte! Jeder einzelne Knochen und jeder Muskel taten ihr weh.

Da Lieutenant Greer heute freihatte, würde es keine Vorzugsbehandlung für sie geben. Nachdem sie den Vorfall im Park zu Protokoll gegeben hatte, führte man sie durch ein Großraumbüro zum Schreibtisch von Detective Mark Goldberg. Lizzys Schädel pochte wieder, aber da sie schon hier war, wollte sie sich gleich erkundigen, ob es etwas Neues über den Fahrer des Pickups gab, der ihr Auto angefahren hatte.

Während sie wartete, bis Detective Goldberg sein Telefongespräch beendete, bekam sie mit, wie ein missmutiger Mann über seine tote Schwester redete. Die Stimme kam ihr bekannt vor. Der Mann war wütend und sprach so laut, dass jeder im Raum mithören konnte.

Als Lizzy über die Schulter blickte, blieb ihr fast die Luft weg. Es war Eli Simpson, derselbe Mann, der sie dabei ertappt hatte, wie sie in sein Fenster gespäht hatte.

Die Detectives und Polizisten an den Nachbarschreibtischen schienen den Mann nicht zu beachten, als hätten sie seine Geschichte schon tausend Mal gehört. Der Officer, der gerade mit Mr Simpson zu tun hatte, sah aus, als machte er Dienst nach Vorschrift. Er nickte nur hin und wieder und erledigte seinen Papierkram.

Lizzy wandte sich ab und hoffte, dass Simpson sie nicht bemerkte. Als er damit anfing, wie er eine Frau beim Spähen durch sein Fenster ertappt hatte, zuckte sie zusammen. Simpson berichtete, er wisse von seinen Nachbarn, dass diese Voyeurin tagelang sein Haus im Visier gehabt habe. Bestimmt stecke der Mörder seiner Schwester dahinter. Mr Simpson ging sogar so weit, Polizeischutz für sich und seinen Vater zu verlangen.

Ehe Lizzy Gelegenheit bekam, Eli Simpson zu konfrontieren und seine Version der Dinge richtigzustellen, legte Detective Goldberg den Hörer auf.

»Tut mir leid, dass Sie warten mussten«, sagte er. »Sieht so aus, als hätten Sie eine harte Woche hinter sich.« Er deutete mit einer Handbewegung auf ihr Gesicht.

»Ich wurde gestern Morgen im Park überfallen. Es steht alles in meiner Akte«, sagte sie. »Aber wenn ich schon mal hier bin, möchte ich gerne wegen einer anderen Sache nachfragen. Vor circa zwei Wochen ist mir jemand mit einem Pickup absichtlich aufgefahren, und zwar mehrmals. Ich habe den Vorfall zu Protokoll gegeben, zusammen mit einem halben Dutzend Zeugen. Da wollte ich einfach mal fragen, ob dieser Pickup inzwischen gefunden wurde.«

Der Detective musterte sie sorgfältig, als wollte er abschätzen, wie einer Frau so viel Unglück innerhalb kürzester Zeit widerfahren konnte. »Haben Sie die Fallnummer?«

Sie gab ihm die gewünschte Information und er tippte sie in den Computer ein. »Das System ist heute ein bisschen langsam, aber mit etwas Geduld bekommen wir es schon hin.«

»Der Mann da drüben«, sagte Lizzy und machte eine Handbewegung in Eli Simpsons Richtung. »Ich habe zufällig mitgehört, wie er über seine Schwester geredet hat. Stimmt es, dass sie ermordet wurde?«

»Sie ist immer noch als vermisst gemeldet. Seit fünf Jahren fehlt von ihr jede Spur.« Er setzte sich gerade hin und rollte den Kopf, um die Verspannung in seinem Nacken zu lösen. »Eli Simpson kommt jeden Monat vorbei, bei Wind und Wetter, und erkundigt sich nach dem neuesten Stand der Ermittlungen.«

»Wieso glaubt er, dass sie ermordet wurde?«

»Seine Schwester war damals mit einem Mann zusammen, den er nicht mochte. Dann verschwand sie, und Simpson ist seitdem davon überzeugt, dass ihr Freund dabei seine Hand im Spiel hatte.«

»Jeden Monat kommt er hier vorbei, und das schon seit fünf Jahren … eine lange Zeit. Könnte er vielleicht doch mit seiner Vermutung richtigliegen?«

Goldberg schüttelte den Kopf und ordnete Akten und sonstigen Papierkram auf seinem unaufgeräumten Schreibtisch. »Wir waren bereits mehrmals im Haus des Beschuldigten und haben nichts gefunden. Der Typ da drüben war auch schon dort. Deshalb liegt ein Kontaktverbot gegen ihn vor.«

»Wie heißt der Freund?«

»Das darf ich Ihnen nicht sagen, Ma'am. Ich habe sowieso schon zu viel ausgeplaudert.« Er blickte mit zusammengekniffenen Augen auf den Computerbildschirm. »Schauen Sie sich das an. Der Pickup, der Ihnen hinten draufgefahren ist, wurde am Tag des Vorfalls als gestohlen gemeldet.«

»Ist er inzwischen wieder aufgetaucht?«

Goldberg schüttelte den Kopf, während seine Finger die Tasten klappern ließen. »Leider nicht.« Er drehte den Bildschirm in Lizzys Richtung. »Sind alle Ihre persönlichen Daten noch aktuell?«

Da sich seit ihrer Anzeige nichts geändert hatte, nickte sie.

»Gut. Kann ich sonst noch was für Sie tun? Ich habe einen Vermerk eingetragen, dass Sie hier waren und sich nach dem Stand der Ermittlungen in Ihrem Fall erkundigt haben. Wenn es etwas Neues gibt, hören Sie von uns.«

»Danke«, sagte Lizzy.

Eli Simpsons Stimme schwoll plötzlich um eine Oktave an, als er darüber schimpfte, dass die gesamte Polizei von Sacramento inkompetent sei. Lizzy stand auf und hoffte, unbehelligt davonzukommen, bevor er sie bemerkte. Sie bedankte sich bei Detective Goldberg für dessen Hilfe und ging zur Tür hinaus.

Als sie zu ihrem Wagen gelangte, beschloss sie, nun doch nicht vor Simpson davonzulaufen, sondern auf ihn zu warten. Es dauerte nicht lange, bis er auftauchte.

»Sie schon wieder!«, rief er, als er den Parkplatz überquerte und sie erblickte, wie sie an ihrem Auto lehnte. »Was ist mit Ihrem Gesicht passiert? Nein, sagen Sie es mir nicht. Sie haben auf einem fremden Grundstück herumgeschnüffelt und die Pistole gezogen, als der Eigentümer Sie erwischt hat.«

»Nein, jemand hat mich gestern im Park angegriffen.«

»Vielleicht sollten Sie lieber nach Hause fahren und sich eine Eispackung aufs Gesicht legen.«

Ehe sie etwas erwidern konnte, kniff er die Augen zusammen und sagte: »Was machen Sie überhaupt hier? Spionieren Sie mir immer noch nach?«

»Ich verstehe, dass es für Sie danach aussieht, aber ich war wegen einer persönlichen Angelegenheit hier.«

»Von denen da drinnen können Sie keine Hilfe erwarten. Die verschwenden nur unsere Steuergelder.«

»Ich sprach gerade mit Detective Goldberg, als ich hörte, wie Sie über Ihre Schwester geredet haben.«

Simpson erwiderte nichts, sondern ging einfach weiter.

Lizzy folgte ihm über den Parkplatz und tat ihr Bestes, nicht zu humpeln. Ihr Körper fühlte sich nämlich an, als hätte Bruce Lee ihn als Sandsack benutzt. Bevor Simpson die Tür seines Pickups öffnete, drehte er sich noch einmal zu ihr um und zeigte mit dem Autoschlüssel auf sie. »Was wollen Sie von mir?«

»Wie ich schon sagte, ich habe gehört, wie Sie da drinnen mit einem Polizisten gesprochen haben. Sie glauben mir nicht, dass ich für Michael und Jennifer Dalton arbeite?«

Er schnaubte verächtlich.

»Nachdem ich neulich Ihr Haus verlassen hatte«, fuhr Lizzy fort, »habe ich mir überlegt, wer Ihren Namen auf diesem Antrag auf Auszahlung der Unfallversicherung benutzt haben könnte. Wer auch immer das war, könnte genauso gut Ihre Identität für allerhand illegale Geschäfte missbrauchen.«

»Und?«

»Und das berührt Sie überhaupt nicht?«

»Hören Sie«, sagte er mit nicht zu überhörender Frustration und hervortretenden Adern auf seiner Stirn, »ich weiß ganz genau, wer meinen Namen verwendet – derselbe Kerl, der schon seit Jahren sein böses Spiel mit mir treibt. Ich wette, der Typ hat eine Privatermittlerin angeheuert, die so nahe dran war« – er hielt die Finger dicht zusammen –, »ihre Waffe voreilig abzufeuern und ihre Lizenz für immer zu verlieren.«

Lizzy seufzte.

»Was ich mich wirklich frage, Lizzy Gardner: Was geht Sie das alles eigentlich an?«

»Das habe ich Ihnen doch schon gesagt. Ich mache einfach nur meine Arbeit. Mein Auftraggeber bezahlt mich dafür, dass ich herausfinde, ob Eli Simpson wirklich einen Arbeitsunfall hatte. Wenn nicht, brauche ich dafür Beweise, damit ich der Versicherung bescheinigen kann, dass sie nicht zahlen muss. Dann ist die Versicherung glücklich und ich auch, vor allem, wenn ich den Fall zu den Akten legen kann und mich um das nächste Arschloch kümmere, das das System ausnutzt. Ich habe Ihnen ja bereits gesagt, in wessen Auftrag ich Sie observiert habe, und ich verstehe wirklich nicht, was daran so schlimm sein soll. Sie brauchen mir nur den Namen des Mannes zu geben, von dem Sie glauben, dass er sich für Sie ausgibt. Dann kann ich ihn unter die Lupe nehmen und Sie sind mich los. Das wäre doch im Interesse aller Beteiligten, Mister Simpson.«

Eli Simpson wirkte ein bisschen lockerer, schien aber angestrengt nachzudenken, was in Lizzys Augen keinen Sinn ergab.

Sie startete einen neuen Versuch. »Warum geben Sie mir nicht einfach seinen Namen?«

»Welchen Namen?«

»Den Namen des Mannes, den Sie verdächtigen, etwas mit dem Verschwinden Ihrer Schwester zu tun zu haben.«

»Wie viel hat Goldberg Ihnen erzählt?«

»Nicht viel.«

»Nun, besagter Mann hat sie nicht entführt, er hat sie getötet.«

»Haben Sie Beweise?«

»Nein.«

»Okay, aber Sie glauben, dass er derjenige war, der in seinem Antrag auf Auszahlung der Unfallversicherung Ihren Namen benutzt hat?«

»Daran zweifle ich nicht im Geringsten.«

»Wenn Sie mir seinen Namen verraten, kann ich Ihnen vielleicht auch helfen.«

»Und wie wollen Sie das anstellen?«

»Sie dürfen sich dem Mann nicht nähern, stimmt's?«

»Hat Goldberg Ihnen das erzählt?«

Verdammt. Eli Simpson war stur wie ein Ochse. »Stimmt das mit dem Kontaktverbot? Ja oder nein?«

Er verschränkte die Arme vor der Brust und antwortete mit einer Gegenfrage. »Was genau meinten Sie damit, dass Sie mir helfen können?«

»Ich könnte das Haus dieses Mannes observieren.«

»Das mache ich doch schon.«

»Und was ist mit dem Kontaktverbot?«

»Was soll damit sein? Ich werde alles tun, um meine Schwester zu finden, koste es, was es wolle.«

Lizzy seufzte. »Wenn er wirklich derselbe Mann ist, der Ihren Namen benutzt, kann die Polizei ihn wegen Betrugs festnehmen.«

Simpson sagte nichts.

»Ich benötige nichts weiter als den Namen und die Adresse von diesem Typen, damit ich meine eigenen Nachforschungen anstellen kann. Unfallversicherungsbetrug ist ein weit verbreitetes Delikt in Amerika. Die Versicherungen zahlen jedes Jahr Milliarden an solche Betrüger. Leute, die auf diese Weise das System ausnützen, schmälern die Profite von Firmen und kosten die Jobs von ehrlichen Arbeitnehmern. Ich nehme meine Arbeit ernst, Mister Simpson, und ich bilde mir ein, dass man etwas bewirkt, wenn man einen Gauner nach dem anderen auffliegen lässt.«

Er starrte sie mit einem bohrenden, durchdringenden Blick an, der sie nervös machte. »Wenn ich Ihnen seinen Namen verrate, was springt für mich dabei raus?«

»Denken Sie daran, dass ich Privatermittlerin bin. Wenn Sie mir seinen Namen nennen und mir Informationen über Ihre Schwester geben – Geburtsdatum und Sozialversicherungsnummer –, kann ich Nachforschungen über den Mann anstellen und finde vielleicht etwas. Und ich würde Ihnen nichts dafür berechnen.«

»Ach wirklich?«

Lizzy nickte. »Haben Sie schon mal einen Privatermittler beauftragt?«

»Nein, hab ich nicht.«

»Wieso nicht?«

»Weil ich bereits weiß, wer meine Schwester entführt hat.«

Lizzy musste sich gewaltig zusammenreißen. Kein Wunder, dass die Polizei diesen Mann nicht ernst nahm. »Ich mache Ihnen einen Vorschlag: Sie geben mir den Namen und ich helfe Ihnen bei der Suche nach Ihrer Schwester. Sie müssten mir dazu ein paar Fragen beantworten, zum Beispiel, hat sie irgendwelche besonderen Kennzeichen wie Tätowierungen oder Piercings, wer waren ihre engsten Freunde, besaß sie ein Handy oder einen Pager, bevor sie ...«

»Sie ist tot.«

Lizzy holte tief Luft. »Woher wissen Sie das?«

»Wenn sie noch am Leben wäre, hätte sie angerufen oder wäre nach Hause gekommen.«

»Okay, wenn das so ist, dann erzählen Sie mir doch alles, was Sie über diesen Mann wissen, den Sie des Identitätsdiebstahls verdächtigen, und ich setze meine Leute auf ihn an. Und dann sorgen wir dafür, dass dieser verdammte Mörder für den Rest seines Lebens hinter Gitter kommt.«

»Jetzt sprechen Sie meine Sprache, Schätzchen. So gefallen Sie mir schon besser.«

Shady Café und Teehaus
Roseville
Dienstag, 29. Mai 2012

»Ich mag Sie«, sagte Magnus zu Jessica bereits zehn Minuten nach seiner Ankunft im Café. Er saß ihr gegenüber und hatte eine Hand auf die andere gelegt. »Ich würde gerne mal mit Ihnen ausgehen.«

Jessica blickte über die Schulter, um sich zu vergewissern, dass Magnus nicht etwa eine hochgewachsene Blondine hinter ihr meinte. Aber nein, da war niemand. Sie wandte sich wieder zu ihm, sah ihn misstrauisch an und sagte: »Dafür ist es noch viel zu früh. Ich kenne Sie ja kaum.«

»Also gut, was wollen Sie über mich wissen? Sie können mich alles fragen.«

Jessica rutschte nervös auf dem Stuhl hin und her. Eigentlich war sie gekommen, um mehr über Magnus' Boss, Dominic Povo, herauszufinden, aber im Augenblick war sie in Gedanken ganz woanders. In seiner Stoffhose und dem frisch gebügelten Hemd machte Magnus einen vollkommen anderen Eindruck als auf der Baustelle. Außerdem roch er gut. »Wie alt sind Sie? Waren Sie schon einmal verheiratet? Wie lange hat Ihre letzte ernsthafte Beziehung gedauert? Wie stellen Sie sich einen romantischen Abend vor? Und ist die Arbeit auf dem Bau Ihre Leidenschaft?«

»Okay, der Reihe nach. Neunundzwanzig. Nein. Zwei Jahre. Hand in Hand am Strand spazieren gehen. Nein.«

Jessica wünschte, er würde sie nicht so angucken, als wäre sie hübsch und interessant. Nicht nur, weil er sie damit nervös machte, sondern weil sie nicht wusste, ob sie ihm trauen konnte. Kein Mann hatte sie jemals so angesehen.

Magnus lächelte und verschränkte die muskulösen Arme, die die Ärmel seines hellblauen Hemdes strafften. »Wo sehen Sie sich?«

»Wie bitte?«

»In Ihrer Zukunft … wo sehen Sie sich da?«

»Darüber habe ich mir noch nicht groß den Kopf zerbrochen.« Das war eine gewaltige Lüge, denn in Wirklichkeit dachte sie fast die ganze Zeit an ihre Zukunft. Sie wusste genau, was sie später einmal werden wollte: eine Profilerin beim FBI. Sie wollte ihre Arbeitstage mit operativer Fallanalyse verbringen. Das Studium des menschlichen Geists faszinierte sie, aber in diesem Augenblick ging es nicht um sie beide. Jessica rief sich ins Gedächtnis, dass sie lediglich hier war, um mit einem Typen Kaffee zu trinken, der in einer ganz anderen Liga spielte als sie. Ein Typ, dem sie trauen wollte, aber nicht konnte. »Was ist mit Ihnen?«, fragte sie in der Hoffnung, von sich abzulenken und ihn über sich selbst reden zu lassen. Danach konnten sie ja immer noch über Povo sprechen. »Erzählen Sie mir mehr über sich.«

»Ich bin einer von der seltenen Sorte – eine Mischung aus übersteigertem Selbstwertgefühl, Konkurrenzdenken und einem guten Verkäufer, gepaart mit einem nur geringem Schuss Mitgefühl.«

»Ach, wirklich«, erwiderte sie, durch und durch amüsiert und fasziniert. Vor allem von seinem Mund und seinen dunklen, glänzenden Augen.

Magnus lachte. »War nur ein Scherz. Ich habe ein Diplom in Finanzwesen. Am Bau arbeite ich nur vorübergehend, um mein Studentendarlehen abzubezahlen. Seit ich diesen Job mache, bin ich fast rund um die Uhr beschäftigt. Meine Hobbys sind Klettern und hin und wieder Golf. Außerdem lese ich gerne Bücher über Geldthemen und verbringe Zeit mit meinen Eltern und Geschwistern, wenn sie hier zu Besuch sind.« Er legte beide Hände auf den Tisch und beugte sich vor. »Insgeheim freue ich mich auf den Tag, an dem ich die richtige Frau finde. Und Sie?«

Jessica seufzte. Typen wie Magnus beachteten sie sonst nicht und das war das erste Warnsignal, dass etwas nicht stimmte. Es war keinesfalls so, dass sie ein Date mit einem heißen Typen nicht verdient hatte. Was ihr Aussehen anging, so lag sie auf einer Skala von eins bis zehn etwa bei acht – weder extrem dünn noch übergewichtig. Und sie hatte Rundungen an den richtigen Stellen. Sie war zwar kein Genie wie Hayley, aber auch nicht dumm. Und sie fand, dass sie Humor hatte. »Mein Leben ist nicht gerade aufregend. Wie Sie ja bereits wissen, arbeite ich für eine Privatdetektei und ich will ehrlich zu Ihnen sein. Ich würde gerne von Ihnen erfahren, was mit Dominic Povo los ist.«

»Wer möchte das wissen?«

»Seine Verlobte.«

Er atmete aus und wirkte ein wenig lockerer, ehe er sagte: »Sagen Sie ihr, sie soll so schnell wie möglich davonlaufen.«

»Ich vermute, Sie werden mir nicht sagen, warum?«

Er schüttelte den Kopf.

»Ist er gefährlich?«

»Extrem.«

»Können Sie mir etwas über diese Müllsäcke erzählen, die vor ein paar Wochen zu der Baustelle gebracht wurden?«

Er tat überrascht. »Ich weiß nicht, was Sie meinen.«

Jessica war sich nicht sicher, ob sie ihm das glauben sollte. Aber genau genommen hatte sie Magnus nicht vor Ort gesehen, als die Lieferung erfolgte. »Jemand hat ein paar sperrige Müllsäcke zur Baustelle gefahren und die Größe und Form verleiteten mich zu der Annahme, dass da womöglich Leichen drin waren. Aber da ich eine rege Fantasie habe und dafür bekannt bin, dass ich vorschnelle Schlüsse ziehe, bin ich noch nicht zur Polizei gegangen.«

»Lassen Sie das mit der Polizei lieber bleiben.«

»Warum sollte ich auf Sie hören?«

»Weil ich Sie mag und Ihnen helfen will.«

»Aber Sie können mir nicht sagen, was Povo macht?«

Er schüttelte den Kopf.

»Falls Sie in Schwierigkeiten stecken, Magnus, sollten Sie sich von Povo trennen. Sobald nämlich seine Verlobte in zwei Wochen aus Europa zurückkommt, werde ich mich mit ihr und meiner Chefin treffen und ihnen alles erzählen. Und da ich keine Beweise habe, lasse ich sie darüber entscheiden, wie es weitergehen soll.«

Magnus schrieb etwas auf eine Serviette und gab sie ihr. »Falls Sie mal jemanden zum Reden brauchen, hier ist meine Telefonnummer.« Er blickte auf seine Uhr und dann tief in ihre Augen, als dächte er darüber nach, wie viel er ihr erzählen sollte. »Passen Sie auf sich auf, Jessica.«

Und damit war die Sache vorüber. Er stand auf und ging und sie sah ihm nach und wünschte, sie hätten sich unter anderen Umständen kennengelernt. Sie machte sich nicht die Mühe, ihm nach draußen zu folgen und nachzusehen, was für ein Auto er fuhr. Sie musste sich ein paar Dinge durch den Kopf gehen lassen. Sich mit Magnus auf einen Kaffee zu treffen, war bittersüß gewesen.

Jessica mochte ihn. Aber er verbarg etwas vor ihr und es war deshalb zu schön, um wahr zu sein. Hayley hatte recht: Sie musste vorsichtig sein und auf ihre Intuition hören. Magnus war neunundzwanzig. Wenn er das Diplom und seine Vorliebe fürs Klettern nicht erfunden hatte, war er klug und abenteuerlustig. Und er war die Sorte Mann, vor der Mütter ihre Töchter warnten.

War es da nicht normal, dass sie ihn mochte?

Die ganze Zeit, während der er ihr gegenübergesessen hatte, hatte sie Schmetterlinge im Bauch gehabt. Nicht zu fassen. Sie kam sich vor wie ein Highschool-Mädchen.

Während der nächsten zehn Minuten nippte sie an ihrem Kaffee und las eine der ausliegenden Zeitschriften. Plötzlich vibrierte ihr Handy. Sie sah auf das Display und drückte auf die grüne Taste. »Er kann unmöglich schon bei der Arbeit sein.«

»Da ist er auch nicht«, sagte Hayley.

Jessicas Herzschlag setzte für eine Sekunde aus. »Wohin ist er dann gefahren, nachdem er das Café verlassen hat?«

»Die Antwort wird dir nicht gefallen.«

»Er hat sich mit Dominic Povo getroffen, stimmt's?«

»Ja. Tommy beobachtet ihn noch, aber er hat mich zwischendurch angerufen, damit ich Bescheid weiß.«

»Verdammt.«

Schweigen.

Jessica stieß die Luft aus. »Ich muss mich mal auf dieser Baustelle umsehen, wenn niemand dort ist. Vielleicht diesen Freitag, nachdem die Arbeiter Feierabend gemacht haben. Meinst du, dass du mich begleiten könntest?«

»Sehr gerne.«

»Danke. Bis später.« Jessica beendete die Verbindung und starrte geradeaus. Die Frau hinter dem Tresen kam an ihren Tisch und fragte, ob sie noch etwas haben wollte.

»Männer, Jungs, was auch immer«, sagte Jessica, »sie sind alle Arschlöcher.«

»Ja, da haben Sie recht. Möchten Sie noch einen Kaffee?«

»Klar doch.«

KAPITEL 20

Du spürst, wie der letzte Atemzug aus ihrem Körper entweicht. Du siehst ihnen dabei in die Augen. In so einer Situation ist man Gott!

– Ted Bundy

Sacramento
Donnerstag, 31. Mai 2012

Er lag im Bett und starrte an die Decke, sah aber nur dunkle Schatten. Sein Hirn arbeitete auf Hochtouren.

Es war drei Tage her, dass dieses Miststück ihm einen Schlag auf die Nase verpasst hatte. Er konnte sich den Luxus, ein Krankenhaus aufzusuchen, nicht erlauben, war aber sicher, dass sie nicht gebrochen war. Das hieß aber noch lange nicht, dass er keine Schmerzen litt. Sein Gesicht fühlte sich an, als hätte ihn ein Auto überfahren. Es war ziemlich ramponiert und wies Blutergüsse in verschiedenen Farben auf. Seinen ursprünglich anvisierten Zeitplan konnte er vergessen. Eigentlich wollte er morgen Nachmittag in Kassie Scotts Haus sein. Aber so wie er sich im Augenblick fühlte, musste er seine Pläne um eine Woche verschieben.

Lizzy Gardner würde für ihr schlechtes Benehmen büßen. Mit dem dämlichen Katz-und-Maus-Spiel war jetzt Schluss. Sie würde sterben, so viel stand fest, aber über die genaue Art und Weise ihres Abgangs würde er sich noch gründliche Gedanken machen. Selbstverständlich würde er sie foltern und sie tage- und nächtelang darüber im Dunkeln lassen, was als Nächstes kommen würde. Er wusste, dass seine Kontakte mit ihr in den letzten paar Wochen riskant gewesen waren – genau wie seine jahrelangen Psychospielchen mit Eli Simpson. Aber es machte einfach Spaß, andere Menschen zum Wahnsinn zu treiben. Wenn jemand wie Simpson sich in seine Angelegenheiten mischte und ihm das Leben schwer machte, drehte er gerne das Spiel um und zeigte ihnen, wer der Stärkere war und wie wenig sie gegen ihn ausrichten konnten.

Aber zunächst würde er sich noch ein paar Tage im Haus seiner Eltern verkriechen.

Er dachte an bessere Zeiten, als Mrs Beck für ihn kochte und sich größte Mühe gab, es ihm recht zu machen. Die Becks hatten ihn nach Strich und Faden verwöhnt und ihn behandelt, als wäre er immer noch dreizehn. Manchmal hatte es ihn zum Wahnsinn getrieben, wenn sie ihn ständig am Kopf tätschelten und seine Leistungen lobten.

Aber seit diesem Vorfall mit der Einbalsamierung saßen sie abends nur noch vor dem Fernseher.

Ihre plötzliche Kälte und das mangelnde Interesse an ihm waren der Wendepunkt gewesen.

Alles war danach anders geworden. Unvermeidbar? Vielleicht.

Es war fast Mitternacht, aber er konnte nicht schlafen. Er erhob sich von seinem Bett und ging zum Fenster. Es war eines von diesen alten mit Kurbelgriff, und er musste sich anstrengen, um es ein paar Zentimeter zu öffnen. Obwohl er kein kleiner Junge mehr war, fühlte er sich immer noch wohl, wenn er die unheimlichen hohen Töne hörte, die die Bockkäfer von sich gaben.

Siehe da, da war einer.

Mit einiger Mühe gelang es ihm, den Käfer zu fassen, ehe er in einer Ritze des Fensterrahmens verschwand. Er führte das Insekt auf Millimeter nahe an sein Auge heran, um es näher zu untersuchen. Warum hatte er sich anfangs vor diesen Tieren geekelt? Dann nahm er den Käfer in den Mund und genoss das Kribbeln auf seiner Zunge, als das Insekt auf der Suche nach einem Ausgang darauf herumkrabbelte. Als ihn das langweilte, zerbiss er den harten, aber zerbrechlichen Körper und ergötzte sich an dem schrillen Ton, den das Tier ausstieß, ehe dessen Körperflüssigkeit seine Kehle hinunterlief. Während er auf dem Käfer herumkaute und ihn schließlich schluckte, stellte er sich vor, wie es wohl wäre, ein Insekt zu sein – ohne Hirn, ohne Gedanken, nichts als gähnende schwarze Leere im Kopf.

Antelope
Freitag, 1. Juni 2012

Es war abends um fünf nach acht und die Sonne ging gerade unter, als Jessica ihren Wagen parkte. Hayley wartete bereits wie vereinbart am Straßenrand. Sie wollten zusammen zu der Baustelle fahren und sich dort nach verdächtigen Dingen umsehen, zum Beispiel Leichen. Povo und seine Arbeiter hatten bestimmt längst Feierabend gemacht.

Hayley stieg ein und nahm auf dem Beifahrersitz Platz.

»Was ist, wenn Lizzy früher heimkommt und du weg bist?«, fragte Jessica.

»Ich habe meine Zimmertür abgesperrt und bin zum Fenster raus. Sie wird denken, dass ich schlafe.«

Die Fahrt zu ihrem Ziel dauerte nur wenige Minuten. Jessica parkte am Straßenrand und stellte den Motor ab. Um zu dem Haus zu gelangen, mussten sie ein Feld überqueren.

Hayley zog sich eine eng sitzende Mütze an und befestigte eine Stirnlampe mit einem Elastikband an ihrem Kopf. Jessica hatte ihre Haare zu einem langen Zopf geflochten. Sie brauchte keine Kopfbedeckung.

Ziel ihrer Mission: Die Müllsäcke finden und wieder verschwinden.

Schweigend liefen sie über das Feld. Die Baustelle lag in einer Sackgasse. Sie hatten absichtlich nicht dort geparkt, damit sie nicht in der Falle säßen, wenn unerwartet jemand auftauchte.

Als sie sich der Baustelle näherten, vergewisserte Jessica sich, dass in der unmittelbaren Umgebung keine Fahrzeuge parkten. In dem Trailer, in dem Dominic Povo sich tagsüber aufhielt, brannte kein Licht. Jessica musste einen Zahn zulegen, um mit Hayley Schritt zu halten, die wie immer sehr zügig lief.

Die Bauarbeiter hatten den Schutt sorgfältig beiseitegeräumt und aufgehäuft, sodass nirgendwo lose Nägel oder Bretter herumlagen. Jessica folgte Hayley durch die Garage. Sämtliche Wände und Treppen waren in Holzrahmenbauweise errichtet. Holzschindeln bedeckten die Dächer, aber es fehlten noch Türen und Fenster.

Hayley blieb stehen und deutete auf einen dunklen Plastiksack nahe der Eingangstür. Sie schaltete die Stirnlampe ein, öffnete den Sack und schaute hinein.

Jessica hielt den Atem an.

»Da ist bloß Abfall drin.«

Gott sei Dank. »Okay, dann sehen wir uns mal im Haus um.«

»Warte mal«, sagte Hayley. »Schau dir den Boden genauer an.«

Jessica trat näher und musterte die Stelle, auf die Hayley zeigte. »Was ist?«

»Normalerweise wird erst das Fundament errichtet, bevor man mit dem Holzgerüst anfängt. Aber dieser Boden wurde in den letzten achtundvierzig Stunden gegossen. Der Zement ist erst vor Kurzem ausgehärtet. Ich kann es riechen.«

Jessica lief ein Schauer den Rücken hinunter. »Das hier war wirklich eine dumme Idee. Wir sollten lieber zur Polizei gehen.«

»Und was willst du denen sagen? Dass du gesehen hast, wie jemand ein paar große Plastiksäcke an einer Baustelle abgeladen hat, und dass du glaubst, unter dem Garagenboden lägen Leichen vergraben?«

»Also gut, dann suchen wir weiter, aber möglichst schnell. Und dann nichts wie weg. Wir halten uns bereits zu lange hier auf.« Jessica fand, dass diese Aktion ihre bisher dümmste Idee war. Vielleicht hätte sie doch auf Magnus hören und die Finger davon lassen sollen.

Sie betraten das Haus. Jessica ging nach oben, während Hayley sich um das Erdgeschoss kümmerte.

Im Obergeschoss gab es drei Schlafzimmer, alle mit geräumigen Wandschränken. Jessica betrat das Elternschlafzimmer. Mondlicht drang durch die Fensteröffnung. Sämtliche Zimmer waren sauber gefegt. Nur auf einem Fenstersims lag eine leere Packung Zigaretten. Sie sah in den unfertigen Wandschränken nach, fand dort aber keine Plastiksäcke.

Plötzlich hörte sie, wie ein Auto in die Einfahrt fuhr, und erstarrte.

»Scheiße.«

Das Zimmer hatte zwei Fenster, eins davon direkt über der Einfahrt. Jessica riskierte einen Blick nach draußen. Zwei Fahrzeuge parkten gerade vor der Garage. Jessica eilte zur Treppe und nahm die ersten zwei Stufen, hielt aber inne, als sie Männerstimmen in der Garage hörte. Sie rannte zurück ins Elternschlafzimmer und versteckte sich im Wandschrank, wo sie sich auf den Boden kauerte. Ihr Herz hämmerte gegen ihre Brust.

Was hatte sie sich nur dabei gedacht, hierherzukommen? Schließlich wollte sie Profilerin werden und keine Polizistin oder Ermittlerin. Hoffentlich hatte Hayley die Autos ebenfalls gehört und war durch ein Fenster geflüchtet. Sie steckte den Kopf aus dem Schrank und lauschte. Die Stimmen kamen jetzt aus dem Garten. Sie kroch zu dem Fenster, das zum Garten hinausging. Von dort sah sie eine frisch aus Zement gegossene Terrasse und einen halb vollen Müllcontainer.

Plötzlich hörte sie drei Männer, die über irgendetwas stritten.

»Wo ist Povo?«

»Der müsste jeden Moment hier sein.«

»Wir haben keine Zeit für deinen Schwachsinn. Hast du nun die Kohle, oder nicht?«

»Er hat gesagt, er versteckt sie in dem Lagerschuppen dort drüben.«

Die letzte Stimme kam ihr bekannt vor. Jessica drückte sich dicht an die Wand und erhob sich ein wenig, bis sie draußen Schatten wahrnahm. Einen der Männer erkannte sie allein anhand seiner Statur: Magnus. Der führte jetzt die Gruppe zum Lagerschuppen und machte sich am Riegel zu schaffen. In diesem Augenblick sah Jessica, wie einer der Männer ein Messer zog.

Sie sprang erschrocken auf und stieß dabei die Zigarettenschachtel aus dem Fenster. Alle drei drehten sich nach dem Geräusch um.

Magnus hatte anscheinend das Messer gesehen, denn plötzlich brach ein Handgemenge aus. Als die Männer sich am Boden wälzten, konnte Jessica nicht erkennen, wer von ihnen Magnus war.

»Was machst du da?«

Jessica fuhr herum und sah Hayley mit grimmigem Blick im Türrahmen stehen. Sie stürzte ins Zimmer, packte Jessica am Arm und zog sie die Treppe herunter. Sie verließen das Haus auf gleichem Weg, wie sie gekommen waren, nämlich durch die Garage.

Popp. Popp.

Pistolenschüsse? Schoss jemand auf sie?

Hayley packte sie am Arm und trieb sie zu größerer Eile an. Sie rannten über die Straße und weg von dem Feld, über das sie zu dem Haus gelangt waren.

Hayley überwand halb kletternd, halb springend einen eineinhalb Meter hohen Maschendrahtzaun, der die Musterhäuser umgab. »Schneller«, sagte sie und zog Jessica auf die andere Seite, ehe sie springen konnte.

Jessicas Hemd blieb irgendwo hängen und zerriss. Sie schlug mit dem linken Knie auf dem Gehsteig auf, aber Hayley ließ ihr nicht einmal genug Zeit, um ihr Gleichgewicht wiederzuerlangen. Stattdessen ergriff sie erneut ihren Arm.

Sie waren auf dem Grundstück, das sich alle drei Musterhäuser teilten. Hayley ging zu dem mittleren Haus, zog ihren Schlüsselbund aus der Tasche und machte damit am Fliegengitter eines Fensters herum.

»Was ist mit der Alarmanlage?«, fragte Jessica. »Da stehen überall Warnschilder herum.«

»Die sind nur zur Abschreckung da. Es gibt keine Alarmanlage. Außerdem habe ich bereits die Polizei angerufen.«

»Dafür kannst du in den Knast kommen.«

Hayley beachtete sie nicht, sondern öffnete das Fenster und stieg ins Haus. Kein Alarm ertönte.

Nachdem auch Jessica durchs Fenster geklettert war, machte Hayley es wieder zu. Dann vergewisserte sie sich, dass sämtliche Türen und Fenster verschlossen waren.

»Woher wusstest du, dass das Fenster unverschlossen war?«

»Ich hab ein bisschen im Internet recherchiert.«

»Oh.«

»Ich dachte mir, diese Warnschilder mit der Alarmanlage sind nur dazu da, um potenzielle Einbrecher abzuschrecken. Die Baufirma ist nämlich fast pleite und spart, wo es nur geht.«

»Das waren vorhin Pistolenschüsse, oder?«

»Davon können wir ausgehen.«

»Ich hätte dich nie überreden dürfen, mitzukommen«, sagte Jessica. »Tut mir leid.«

»Du machst dir zu viele Gedanken.«

Jessicas Hände zitterten. »Magnus ist womöglich tot oder verblutet gerade. Ich kann nicht einfach untätig herumsitzen und ihm nicht helfen.«

»Du hast keine Ahnung, ob er zu den Guten oder zu den Bösen gehört. Bist du bereit, seinetwegen zu sterben?«

Jessica wusste, dass Hayley recht hatte. Sie horchte nach Polizeisirenen, hörte aber noch keine.

Hayley verschwand nach oben. Jessica lief unruhig auf und ab, machte sich Sorgen um Magnus und fragte sich, was zum Teufel gerade passiert war. Sie rannte in die Küche und spähte zwischen den Lamellen der Jalousie hindurch. Die beiden Fahrzeuge parkten noch immer vor dem Haus. Plötzlich sah sie, wie ein Schatten aus der Garage trat.

Sie duckte sich und kroch auf allen vieren aus der Küche. Sie rannte die Treppe hoch und durchsuchte hektisch jedes Zimmer. »Hayley, wo bist du?«

»Hier drüben. Sei leise und bleib von den Fenstern weg. Er kommt hierher.«

Jessica blieb auf dem Boden liegen. Ihr Herz schlug heftig gegen ihre Rippen. Erst als sie die Polizeisirenen hörte, wagte sie zu atmen.

Sacramento
Freitag, 1. Juni 2012

Lizzys Blick huschte beim Fahren von einer Straßenseite zur anderen. Das Fenster auf der Fahrerseite war halb heruntergelassen. Vor zehn Sekunden hatte sie Eli Simpson nach rechts in diese Straße abbiegen sehen.

Wo war er nur hin?

Langsam fuhr sie die ruhige Seitenstraße entlang und hielt die Augen offen. Es war spät am Abend, dunkel und ziemlich kühl. Von draußen drang das Surren der Reifen auf dem Asphalt herein und in der Ferne kündigte sich ein Gewitter an.

Anders als in der Straße, wo Lizzy wohnte, gab es in der Bunker Street keine Straßenbeleuchtung – und auch sonst keine Lebenszeichen. Die meisten Häuser waren innen und außen dunkel. In ein paar Einfahrten parkten Autos, aber das war auch schon alles.

Lizzys Hände schlossen sich verkrampft um das Lenkrad.

Endlich sah sie auf der linken Seite Eli Simpsons Pickup, aber niemand saß darin. Simpson musste irgendwo in der Nähe sein. Ja, da war er. Der Schatten eines Mannes, zwei Häuserblocks weiter. Hier drückte er sich also nachts herum. Simpson hatte Lizzy zwar seine Handynummer gegeben, aber nie auf ihre Anrufe reagiert, seit sie auf dem Parkplatz vor dem Polizeirevier mit ihm geredet hatte. Irgendwann gab sie auf und fuhr stattdessen zu seinem Haus. Kaum war sie in seine Straße abgebogen, sah sie, wie sein Pickup aus der Einfahrt fuhr. Daraufhin tat sie, was jeder neugierige Privatdetektiv an ihrer Stelle getan hätte: Sie fuhr ihm hinterher.

Obwohl sie Eli Simpson nicht kannte und ihm auch nicht traute, war etwas an ihm, das seine Geschichte in einem glaubwürdigen Licht erscheinen ließ. Außerdem hatte sie ein paar Hintergrundinformationen über ihn recherchiert. Seine Eltern hatten bis vor Kurzem, als die Mutter an Krebs starb, in Lincoln, Kalifornien, gelebt. Dann wurde das Haus verkauft und Lizzy vermutete, dass Elis Vater zu der Zeit bei seinem Sohn eingezogen war. Eli hatte zwei Schwestern. Die eine wohnte in Citrus Heights, war verheiratet und hatte zwei Kinder. Die andere galt seit fünf Jahren als vermisst. Nirgendwo war jedoch die Rede davon, dass sie einem Mord zum Opfer gefallen war, und keine Namen wurden mit ihrem Verschwinden in Verbindung gebracht. Ein Artikel in der Lokalpresse, der zu der Zeit erschienen war, zitierte Freunde von Rochelle, die sie als freundlich, umgänglich und äußerst hilfsbereit beschrieben. Das war wohl auch der Grund gewesen, weshalb der Entführer ein leichtes Spiel mit ihr gehabt hatte.

Nicht umsonst hieß es: Nett ist die kleine Schwester von Scheiße.

Inzwischen hatte Lizzy sich Elis Schatten bis auf ein paar Meter genähert. Sie hielt neben ihm am Randstein und schaltete die Scheinwerfer aus. Eli Simpson war nicht gerade klein und schmächtig. Er arbeitete auf dem Bau, was man ihm selbst unter dem dunklen Kapuzensweatshirt und der Jeansjacke ansah.

Lizzy ließ das Fenster auf der Beifahrerseite herunter.

Nach anfänglichem Zögern kam Simpson herbei, bückte sich zum Fenster und fixierte sie mit stahlhartem Blick.

»Was machen Sie hier?«, fragte er.

»Sie haben nie auf meine Anrufe reagiert. Was soll ich sonst tun?«

»Sie sollen mich endlich in Ruhe lassen.«

»Ich gebe aber nicht so leicht auf. Als wir uns das letzte Mal unterhielten, haben Sie auf mich den Eindruck gemacht, als wären Sie an meiner Hilfe interessiert.«

»Ich habe meine Meinung geändert.« Nach einer kurzen Pause fügte er hinzu: »Sie sollten nicht hier sein.«

»Soviel ich weiß, sollten *Sie* nicht hier sein«, konterte Lizzy. »Steigen Sie ein. Bitte. Wir müssen reden.«

Simpson schüttelte den Kopf. »Ich meine es ernst. Sie sollten nicht hier sein. Der Mann ist gefährlich.«

»Machen Sie sich etwa Sorgen um mich, Simpson?«

Er erwiderte nichts.

»Sagen Sie mir eins: Was, wenn dieser Mann wirklich Ihre Schwester entführt hat? Warum würde er dann das Risiko eingehen und Ihren Namen in einem Antrag auf Auszahlung der Unfallversicherung verwenden? Würde er da nicht unnötig Aufmerksamkeit auf sich ziehen?«

Simpson stützte sich mit beiden Händen an der Beifahrertür ab und drückte die Stirn gegen die Fensterleiste. »Ich hab Ihnen doch gesagt, der Kerl tickt nicht richtig. Solche Typen handeln nicht logisch. Sie machen es einfach.«

»Sie machen einfach *was*?«

»Sie treiben ihre Psychospielchen mit anderen Leuten. Manchmal gehen sie sogar noch viel weiter. Letzten Monat zum Beispiel hat ein Amokläufer ein Dutzend Menschen in einem Fast-Food-Restaurant in Idaho erschossen.«

»Ich habe davon gehört.«

»Stellen Sie sich das mal vor: Die Leute sitzen nach einem langen Arbeitstag friedlich beim Essen, ein paar Familien haben ihre Kinder dabei. Und auf einmal kommt so ein Arschloch herein und ballert drauflos. Diese Leute hatten keine Chance. Das Böse stirbt eben nie aus.«

Eiskalte Schauer liefen Lizzy den Rücken hinunter. Sie deutete auf das Haus, von dem sie annahm, dass Simpson es observiert hatte, als sie angefahren kam. »Also, wer ist dieser Typ? Wie heißt er?«

In besagtem Haus ging ein Licht an.

Lizzy und Eli sahen zu, wie sich jemand in dem Zimmer bewegte, das zur Straße hinausging. In Elis Blick spiegelten sich heftige Emotionen wider, als er jeder Bewegung des Schattens folgte.

»Ist er das? Ist das Ihr Mann?«

Eli beantwortete Lizzys Frage nicht, sondern starrte sie misstrauisch an. »Wie haben Sie mich eigentlich gefunden?«

»Seit unserer letzten Begegnung habe ich gründlich recherchiert und alles gelesen, was ich über Ihre vermisste Schwester finden konnte.«

»Sie sind mir also hierhergefolgt.«

Lizzy nickte.

Er zog eine Augenbraue hoch. »Sie sind also echt?«

Anscheinend zielte die Bemerkung darauf ab, ob sie wirklich eine echte Privatermittlerin war. Sie bejahte.

»Ich weiß ja bereits, dass Sie eine Waffe tragen.«

»Ja, das tue ich.«

»Ist Ihnen die Unverletzlichkeit der Privatsphäre ein Begriff? Mit anderen Worten: Wissen Sie, dass man nicht einfach bei anderen Leuten ins Fenster schauen darf?«

Lizzy seufzte. »Ich weiß, da habe ich eine Grenze überschritten. Es tut mir leid.«

»Ich wette, dass es Ihnen nur leidtut, weil ich Sie dabei erwischt habe.«

»In diesem Fall nicht«, sagte sie. »Wenn Sie mich nicht erwischt hätten, würde ich immer noch Ihren Vater observieren und ihm jeden Tag dabei zusehen, wie er die Post aus dem Briefkasten holt. Das wäre langweilig und reine Zeitverschwendung.«

»Wollen Sie damit sagen, dass mein Vater langweilig ist?«

Bevor sie diesen Versprecher korrigieren konnte, sagte er: »Sie brechen die Regeln wahrscheinlich öfter, als Sie zugeben.«

»Wenn ich ehrlich bin«, wandte Lizzy ein, »breche ich sie nicht häufig genug.«

Der Anflug eines Lächelns huschte über Simpsons Gesicht, aber dann wurde sein Blick sofort wieder ernst.

Lizzy begriff allmählich, dass Eli Simpson längst nicht so gefährlich war, wie er nach außen wirkte – ganz nach dem Motto: Hunde, die bellen, beißen nicht. Sie entspannte sich daher ein wenig. »Mit wie vielen Leuten in diesem Viertel haben Sie eigentlich schon gesprochen?«

»Im Laufe der Jahre habe ich Dutzende Male an jede Tür geklopft, aber nur eine Person hat sich bereiterklärt, mit mir zu reden. Und als ich dann einen Privatermittler beauftragt habe, ihrer Story nachzugehen, hat sie einen Rückzieher gemacht.«

»Warum?«

»Ich vermute mal, mein Mann, wie Sie den Kerl nennen, hat mit ihr geredet und sie massiv bedroht. Was auch immer er getan hat, es hat funktioniert.«

»Viel scheint in dem Haus ja nicht zu passieren, oder?«

»Ich komme nicht jeden Abend hierher. Schließlich muss ich mich um mein Geschäft kümmern.«

»Darf ich Sie um einen Gefallen bitten?«

»Bitten dürfen Sie schon.«

Lizzy langte in ihr Handschuhfach und holte eine kleine Kamera heraus. »Das Ding hier macht Bilder aus nächster Nähe oder von weiter weg, Tag und Nacht. Wenn Sie sowieso öfter hier sind, könnten Sie da nicht versuchen, ein Foto von ihm zu machen?«

»Von John Robinson?«

»Ist das sein Name?«, fragte Lizzy.

»Sagten Sie nicht vorhin, Sie hätten gründlich recherchiert?«

»Sagen wir's mal so: Ich habe mich mit dem Fall beschäftigt. Deshalb bin ich Ihnen gefolgt. Ich brauchte einen Namen.«

»So, jetzt haben Sie einen.«

»Sie werden also ein Foto von ihm machen, wenn sich eine Gelegenheit ergibt?«

Er nahm die Kamera an sich. »Digital?«

Lizzy nickte.

»Ich hoffe, Sie zahlen gut.«

»Kommt darauf an, wie gut das Foto ist.«

»War nur ein Scherz.«

»Ich weiß.«

»Dann kann ich wohl davon ausgehen, dass wir beide zusammenarbeiten?«

»Das können Sie.«

»Und was kommt als Nächstes?«, fragte er.

»Wissen Sie, was John Robinson beruflich macht?«

»Er arbeitet für eine kleine Firma in der Stadt. Außerdem trägt er teure Klamotten und fährt einen Toyota Camry. Ab und zu kommen Handwerker, die in seinem Haus oder im Garten arbeiten. Ich schließe daraus, dass er Geld hat.«

Lizzy ließ ihren Blick erneut über das Haus und die Umgebung schweifen. »Wenn das stimmt, warum wohnt er dann hier?«

»Weil Monster sich nicht in Wandschränken und Höhlen verstecken. Sie leben in dunklen, unheimlichen Häusern in heruntergekommenen Straßen wie dieser hier.«

Lizzy musterte Eli gründlich und fragte: »Wieso hat das Gericht ein Kontaktverbot gegen Sie erwirkt?«

»Was geht Sie das an?«

»Wir arbeiten zusammen«, sagte sie achselzuckend. »Da muss ich wissen, mit wem ich es zu tun habe.«

Er beugte sich noch weiter vor und steckte sein Gesicht in ihr Fenster.

Lizzys Körper versteifte sich, als er wieder in seine einschüchternde Art verfiel.

»Nur damit Sie's wissen«, sagte er, »Sie arbeiten mit einem Mann zusammen, der vor Wut kocht. Ich habe niemandem etwas Böses getan und trotzdem hat das Monster in dem Haus da drüben es geschafft, meine gesamte Familie gegen mich aufzuhetzen. Ausgerechnet gegen *mich*«, betonte er wütend und mit verzerrtem Gesicht. »Dabei bin ich der Einzige auf der Welt, der sich noch ernsthaft dafür interessiert, was mit Rochelle Simpson, meiner Schwester, passiert ist.«

Für einen Augenblick breitete sich Schweigen zwischen ihnen aus, so dick, dass man es mit Händen greifen konnte.

Schließlich sagte Simpson: »Rochelle hat es nicht verdient, zu sterben.«

Die Art und Weise, in der Eli über seine Schwester sprach, machte Lizzy nervös. Als ob er sich ganz sicher war, dass sie nicht mehr lebte. Dabei konnte man erst eindeutig sagen, dass jemand tot war, wenn man dessen Leiche fand.

Er zog den Kopf aus dem Fenster und stützte seine Arme auf die Fensterleiste.

Jetzt, da Lizzy wieder etwas mehr Platz hatte, holte sie Atem.

»John Robinson war nicht der erste Taugenichts, den Rochelle mit nach Hause gebracht und der Familie vorgestellt hat«, sagte Eli. »Sie wollte stets anderen Menschen den Tag versüßen. Ich war nicht der Einzige, der ihr gesagt hat, dass ihr Nettsein ihr irgendwann zum Verhängnis würde. Aber ich war bestimmt der Letzte, von dem sie diese Worte gehört hat.«

»War sie Johns Freundin?«

Er ließ die Schultern hängen, nicht, weil er aufgab, sondern aus unbändiger Wut. Man konnte ihm ansehen, dass er sich äußerste Mühe gab, seine eigenen inneren Dämonen unter Kontrolle zu halten und dorthin zu verbannen, wo sie hingehörten – tief in sein Inneres. Schließlich hob er den Kopf und sagte mit zusammengebissenen Zähnen: »Nein, niemals. Hören Sie mir gut zu: Sie war einfach nur nett zu ihm.«

»Hat John geglaubt, sie wäre seine Freundin?«

»Eindeutig.«

KAPITEL 21

Es gibt kein Glück ohne Tränen, kein Leben ohne Tod. Passt auf! Ich werde euch zum Weinen bringen!

– Lucian Staniak

Carmichael
Samstag, 2. Juni 2012

Lizzy hatte nicht richtig begriffen, wie sehr sie Jared vermisste. Das Lustige daran: Genau in diesem Augenblick saß sie auf dem Beifahrersitz seines Wagens und bewunderte sein markantes Kinn, die schönen Lippen und die ebenmäßig geformte Nase. Er war in unmittelbarer Nähe. Sie brauchte nur die Hand auszustrecken und ihn berühren, aber dennoch vermisste sie ihn.

»Danke, dass du mitgekommen bist«, sagte Lizzy. In letzter Zeit war er häufiger unterwegs als zu Hause gewesen, und lange Gespräche waren eine Ausnahme. Da sie kaum Zeit hatten, miteinander zu reden, litt ihr Liebesleben. Und dass sie ihm nichts über den Überfall im Park erzählt hatte, verbesserte die Stimmung auch nicht gerade. Jared fühlte sich verraten – anscheinend vertraute sie ihm nicht genug, um ihm zu berichten, was passiert war. Man sah ihm deutlich an, dass er enttäuscht war.

Lizzy war zweiunddreißig und das erste Mal in einer festen Beziehung. Vielleicht gehörte das zum normalen Ablauf:

stürmische Hochphasen und deprimierende Tiefpunkte, innere Konflikte, lautes Schweigen, wilder Sex, kein Sex, Neustart.

Obwohl Jared mit seinen eigenen Fällen genug zu tun hatte, begleitete er Lizzy zum Haus von Michael und Jennifer Dalton. Kurz nach Michaels Verhaftung waren seine Eltern dort eingezogen, um sich um die alltäglichen Dinge zu kümmern, zum Beispiel die Post holen und die Katze füttern. Da sie wussten, dass Lizzy an Michaels Unschuld glaubte, und sie ihrem Sohn helfen wollten, erlaubten sie ihr, sich im Haus umzusehen. Alles, was dabei helfen könnte, ihr einziges Kind nach Hause zu holen, war ihnen recht.

»Gibt's was Neues in dem Fall, an dem du gerade arbeitest?«, fragte Lizzy.

»Der Liebespaarmörder ist uns immer noch einen Schritt voraus. Das sagt mir, dass er ein stiller Mensch ist, der ein unauffälliges Leben führt.«

»Sind die meisten Morde nicht hier in Sacramento passiert?«

Jared nickte. »Ich vermute, dass der unbekannte Verdächtige in der Gegend wohnt.«

»Was ist seine Vorgehensweise?«

»In drei der bisherigen Fälle, und das schließt den neuesten ein, hat er zuerst die Frau entführt. Daraufhin meldet der Ehemann, Freund oder Lebensgefährte sie als vermisst und verschwindet selbst in den nächsten achtundvierzig Stunden. Sämtliche Polizeidienststellen in Sacramento County haben Anweisung, jede vermisste Person sofort dem FBI zu melden.«

»Glaubst du, er hat es auf Paare abgesehen, weil er eine gescheiterte Beziehung hinter sich hat?«

»Ich gehe mal davon aus, dass unser Kandidat einsam ist und ernsthafte Bindungsprobleme hat. Vielleicht gönnt er anderen nicht, was das Leben ihm seiner Meinung nach verweigert.«

»Gibt es bereits konkrete Verdächtige?«

»Nichts außer ein paar allgemeinen Anhaltspunkten. Der Täter ist aller Wahrscheinlichkeit nach ein weißer, alleinstehender und introvertierter Mann zwischen dreißig und vierzig. Er fügt anderen Menschen gerne Schmerzen zu, weil ihm das ein Gefühl von Macht und Kontrolle gibt.«

Lizzy legte Jared eine Hand auf die Schulter und drückte sie. Seine Muskeln waren verspannt. »Tut mir leid, dass ich dir nicht gleich von dem Vorfall im Park erzählt habe.«

»Wirst du dich weiterhin dagegen sträuben, dass ich für dich einen Personenschützer besorge?«

»Nein.«

Jared folgte den Anweisungen seines Navigationsgeräts und nahm die nächste Ausfahrt. Ein paar Minuten später gelangten sie an ihr Ziel. Jared stellte den Motor ab und sah Lizzy an. »Es wird schon wieder. Mit mir, mit dir, mit Hayley, mit unserem Leben … alles wird gut.«

Davis,
Samstag, 2. Juni 2012

Kaum stand Jessica vor Lizzys Haustür, machte Hayley auch schon auf und sagte: »Lizzy und Jared sind weg. Gehen wir.«

Jessica machte auf dem Absatz kehrt und humpelte zu ihrem Auto. Hayley sperrte die Tür zu.

»Stimmt irgendwas nicht?«, fragte Hayley, als sie Jessica einholte.

»Nein.«

»Sonst ist bei dir immer alles eitel Sonnenschein.«

»Mir fehlt nichts.«

»Aber du hinkst ja.«

»Ich kann nun mal nicht so gut über Zäune springen wie du«, erwiderte Jessica. »Hast du Lizzy von unserer Aktion gestern Nacht erzählt?«

»Nein, sie hat im Augenblick genug andere Probleme.«

»Was hat Jared gesagt, als er ihr Gesicht gesehen hat?«

»Er war sauer auf sie. Ich glaube, er wird die nächsten Tage nicht von ihrer Seite weichen.«

»Was ist da nur los? Einbrüche, Auffahrunfälle, eklige Käfer in ihrem Büro und dann dieser Überfall im Park. Das ist ja fast wie damals mit dem Spinnenmann.«

»Lizzy zieht definitiv Verrückte an«, sagte Hayley.

Jessica sah sich plötzlich nervös nach allen Seiten um.

»Was guckst du so? Hast du Angst, dass hier irgendwo ein Auftragskiller lauert?«

Genau daran hatte Jessica gedacht: an einen Hünen mit muskelbepackten Armen, Händen so groß wie Bratpfannen und einem glänzenden Stahlgebiss wie bei diesem Typen in den James-Bond-Filmen.

Der Mann, der sich gestern Nacht dem Musterhaus genähert hatte, war geflüchtet, als er die Polizeisirenen gehört hatte. Als Jessica erneut aus dem Fenster geschaut hatte, waren die beiden Autos aus der Einfahrt gegenüber verschwunden. Ein paar Minuten später waren zwei Streifenwagen eingetroffen. Drei Uniformierte hatten gerade mal zehn Minuten damit verbracht, das Haus zu überprüfen, ehe sie zu ihren Fahrzeugen zurückgekehrt und weggefahren waren.

»Entspann dich«, sagte Hayley. »Alles wird wieder gut.«

Die Tussi hatte leicht reden, dachte Jessica. War mit Magnus alles in Ordnung? Hatte er mit einem der Autos fliehen können? Hätte sie ihm nur ihre Telefonnummer gegeben, dann würde er sich vielleicht bei ihr melden. Wenn sie wenigstens seine Stimme hören könnte, wüsste sie, dass er noch lebte.

Jessica setzte sich hinter das Steuer und ließ den Motor an. Heute war Samstag und sie könnte auf einer Parkbank sitzen und ein gutes Buch lesen oder ihren Kleiderschrank aufräumen. Stattdessen war sie in Begleitung eines der mürrischsten und stursten Menschen, die sie kannte, auf dem Weg zu einem Striptease-Schuppen.

Hayley freute sich über die Ruhe, die während ihrer Fahrt auf dem Highway 50 Richtung Rancho Cordova herrschte. Bei ihrem letzten Besuch in dieser Stadt hatte Hayley Adele Hamptons Foto herumgezeigt. Sie musste nicht lange fragen, bis ein

Angestellter eines Donut-Shops ihr sagte, dass Adele im Centerfold arbeite. Er erkannte die junge Frau sofort, versicherte jedoch eilig, dass er selbst natürlich nie in dieses Etablissement gehe. Vielmehr sei sie während ihrer Schwangerschaft oft in seinem Laden aufgekreuzt, da sie gern Donuts esse.

Hayley hatte daraufhin im Internet nach Adele gesucht und tatsächlich ein Foto von ihr auf der Homepage des Centerfold entdeckt. Laut Plan sollte sie heute Nachmittag tanzen.

»Bist du dir sicher, dass man da schon ab achtzehn rein darf?«

»Ganz sicher«, sagte Hayley. »In dem Laden wird kein Alkohol ausgeschenkt. Da laufen bloß ein paar halb nackte Frauen herum und verkaufen Limonade und belegte Brötchen.«

»Na toll.«

»Du musst nicht mit reinkommen, wenn du nicht willst.«

»Ich hab kein Problem damit.«

Hayley ließ das Fenster herunter, damit frische Luft hereinkam.

»Darf ich dich mal was fragen?«, fragte Jessica.

Hayley sog frische Luft in ihre Lunge, ehe sie antwortete: »Klar.«

»Hast du jemals starke Gefühle für einen Typen empfunden, den du gerade erst kennengelernt hast?«

»Du redest über Magnus, stimmt's?«

Jessica starrte geradeaus und nickte.

»Du kennst ihn kaum und er ist offensichtlich nicht die Sorte Mensch, die du näher kennenlernen solltest.«

Jessica seufzte. »Ich sag mir immer wieder, dass es verrückt ist, aber ich mache mir Sorgen um ihn. Was, wenn er gestern Nacht verletzt wurde?«

Hayley schwieg.

»Was, wenn unter dieser Garage Leichen vergraben liegen?«

»Wir sollten erst einmal diesen Ort meiden und uns unauffällig verhalten. Du könntest erneut die Bullen verständigen, aber die waren ja bereits dort, und ich glaube kaum, dass sie wegen dem bisschen, das du gesehen hast, den Garagenboden mit dem Presslufthammer aufreißen. Du hast Magnus nie deine Telefonnummer gegeben, stimmt's?«

»Nein, aber er hat mir seine gegeben, als wir uns im Café getroffen haben.«

»Die Visitenkarte, die du von ihm bekommen hast, war übrigens gefälscht.«

»Warum hast du mir nichts gesagt?«

»Ich sage es dir jetzt. Ich hab die Nummer angerufen. Den Anschluss gibt es nicht mehr. Dann hab ich nach einem Handwerker mit seinem Namen gesucht, aber den gibt es nicht. Was hat er dir im Café erzählt? Ging er davon aus, dass du ihn anrufst?«

»Weiß nicht genau, glaub' schon«, sagte Jessica. »Ich weiß nicht, ob ich das verkrafte ...«

»Ob du was verkraftest?«

»Für Lizzy zu arbeiten. Es ist gefährlich und ich glaube nicht, dass ich zu so einem Job tauge.«

»Du kannst jetzt nicht einfach alles hinschmeißen, Jessica. Jedenfalls nicht im Augenblick. Lizzy braucht dich. Erzähl mir mehr über diese Frau, die Lizzy beauftragt hat, Dominic Povo zu beschatten. Hast du ihr bereits berichtet, was da abläuft?«

»Sie ist zurzeit für ein paar Wochen in Europa.«

»Dann sollten wir den Fall Povo eine Weile auf Eis legen, bis sie zurückkommt. Lass dich solange nicht mehr in der Nähe der Baustelle blicken und ruf auf keinen Fall die andere Nummer an, die Magnus dir gegeben hat. Womöglich ist er gefährlich.«

Carmichael
Samstag, 2. Juni 2012

Das zweistöckige Haus der Daltons lag in Carmichael etwas abseits der Clover Street. Mrs Dalton, Michaels Mutter, war über siebzig, und ihre freundlichen Augen konnten den Schmerz und die Trauer über das Schicksal ihres Sohnes nicht verbergen. Sie stellte den Besuchern ihren Mann Harold vor und zog sich in die Küche zurück. Harold Dalton war klein und untersetzt und hatte überwiegend weiße Haare. Er trug eine Kakihose, deren Bund hoch über der Hüfte saß und von einem eng geschnallten braunen Gürtel gehalten wurde. Mr Dalton folgte Jared nach oben und gab damit Lizzy die Gelegenheit, sich ungestört im Erdgeschoss umzusehen.

Sie öffnete die erste Tür zu ihrer Rechten und fand sich in der äußerst geräumigen Garage wieder.

In der Ecke gab es einen Bereich, der für Werkzeuge reserviert war: ein grauer Werkzeugkasten voller Nägel, Schraubenzieher und Schraubenschlüssel und die Hälfte der Wand oberhalb der Werkbank, wo Hämmer und Sägen säuberlich aufgereiht hingen. An der hinteren Wand standen offene Regale. Lizzy ging dorthin und durchsuchte das Sammelsurium von Artikeln: endlose Stapel Bücher, eingerahmte Bilder, Malerbedarf, Feiertagsdekorationen. Zu ihrer Linken standen Golfschläger herum und rechts hingen Fahrräder von der Decke.

Lizzy betrachtete das einzige Auto in der Garage – dasselbe, das sie vor Jennifer Daltons Büro in der Innenstadt gesehen hatte. Sie öffnete die Tür, setzte sich hinter das Steuer und saß einen Augenblick lang einfach nur da. Dann öffnete sie die Mittelkonsole: Kaugummis, Papiertaschentücher, Kleingeld. Als Nächstes sah sie im Handschuhfach nach: sauber gefaltete Papiere, Benutzerhandbuch, Versicherungsnachweis. Nichts Ungewöhnliches. Nichts, was nicht dorthin gehörte.

Sie stieg aus, machte die Tür zu, ging nach hinten und öffnete den Kofferraum.

Leer und sauber.

Sie seufzte und ging zurück zur Tür, die ins Haus führte. Bevor sie die Garage verließ, ließ sie noch einmal langsam den Blick durch den gesamten Raum schweifen. Dabei fiel ihr die Luke mit der herabhängenden Kette auf – offenbar der Zugang zum Dachboden. Sie machte sich im Hinterkopf eine Notiz, die

Daltons zu bitten, das Auto wegzufahren, damit sie sich dort oben kurz umsehen konnte.

Als Nächstes fiel ihr Blick auf das Schuhregal neben der Tür, wo zwei Reihen ordentlich eingeräumter Schuhe unter einer Reihe Wintermäntel standen. Zwei Paar Wanderstiefel, eins für ihn, das andere für sie. Zwei Paar Laufschuhe für Damen, eins davon nagelneu. Sie beugte sich vor, um das rosa Netzobermaterial und die Flexkerben entlang der Sohlenmitte zu begutachten. Da bemerkte sie, dass der Schuh mit etwas ausgestopft war.

Sie hob ihn auf und sah, dass es keine Socken waren. Sie kniete nieder, drehte den Schuh um und erschrak, als ein paar tote Bockkäfer herausfielen.

Rancho Cordova
Samstag, 2. Juni 2012

Auf dem Parkplatz vor dem Centerfold in Rancho Cordova hingen eine Menge junger Männer um die achtzehn herum, aber keiner von ihnen beachtete Jessica und Hayley, als sie das Etablissement betraten.

Der Eintritt war mit zwanzig Dollar pro Person ziemlich teuer. Es gab keinen Alkohol, dafür aber Limonade und Himbeerbowle, soviel man wollte. In einer der Kabinen genoss ein männlicher Gast gerade einen privaten Lap Dance, der alles andere als privat war. Jessica blickte peinlich drein.

In dem dunklen und im Augenblick nicht besonders stark frequentierten Lokal gab es zwei Bühnen. Jessica ging mit verkrampfter Haltung hinter Hayley her, der das Ambiente überhaupt nichts auszumachen schien. Sie setzten sich an einen Tisch nahe an der ersten Bühne.

Eine Kellnerin nahm ihre Bestellung auf. Jessica gab sich Mühe, den Lap Dance nebenan zu ignorieren, was nicht leicht war. »Warum gehen Männer in solche Lokale?«

Hayley zuckte mit den Schultern. »Manche kommen einfach nur, um mit ihren Kumpels abzuhängen. Sie dürfen die Mädchen nicht anfassen, also geilen sie sich halt an den Lap Dances auf.«

Die Kellnerin kam zurück, stellte ihnen zwei Gläser mit Limonade auf den Tisch und versprach, das Essen in einer Minute zu bringen.

»Lieber würde ich auf der Straße leben und unter Brücken schlafen, als in so einem Schuppen zu arbeiten.«

»Diese Frauen wollen einfach nur ihren Lebensunterhalt verdienen wie jeder andere«, sagte Hayley. »Und sie haben begriffen, was Männer mögen und brauchen. Was ist daran so schlimm?«

»Da hast du wohl auch wieder recht.« Jessica trank die Limonade, rührte aber das Essen nicht an, nachdem die Kellnerin es ihnen gebracht hatte. Bereits beim Betreten des Lokals war ihr der Appetit vergangen. Im Augenblick tanzten zwei Mädchen auf der Bühne, und bei ihrem Anblick lief Jessicas Gesicht rot an. Sie wollte einfach nur Adele Hampton finden und so schnell wie möglich weg von hier. An den Wänden hingen Fotos von den Stripperinnen, die in diesem Klub auftraten. Die Musik bestand aus lauten Techno-Remixen populärer Hits.

»Das ist sie«, sagte Hayley.

Jessica blickte auf und sah ein neues Mädchen auf der Bühne vor ihnen. Hayley wedelte mit einem Zwanzigdollarschein herum, worauf Jessica sich noch unwohler fühlte.

Das Mädchen stieg von der Bühne herab und kam auf Hayley zu.

»Heißt du zufällig Adele?«, fragte Hayley.

»Wer will das wissen?«

»Wir beide. Das hier ist Jessica, und ich bin Hayley.«

Adele nahm den Schein an sich und steckte ihn zwischen ihre Brüste, wo er vollständig verschwand. »Ich bin Adele. Viel Spaß bei der Show.«

Hayley zog noch einen Zwanziger zum Vorschein. »Deine Mom sucht nach dir.«

Adele verdrehte die Augen und wandte sich ab, ohne den zweiten Geldschein zu berühren, den Hayley ihr entgegenhielt.

»Deine biologische Mutter, nicht die, die dich adoptiert und großgezogen hat«, fügte Hayley hinzu.

Adele drehte sich wieder zu Hayley um. »Weiß sie, dass ich hier arbeite?«

Jessica war sich nicht sicher, ob das Mädchen deswegen besorgt oder aufgeregt war.

»Nein«, sagte Hayley. »Außer uns beiden weiß das niemand.«

»Hat sie dich beauftragt?«

»Ja. Wir arbeiten für eine Privatdetektei in Sacramento.«

»Wohnt sie hier in der Gegend?«

»Deine biologische Mutter lebt in New York, aber sie hat deine Adoptiveltern ausfindig gemacht. Es war leicht, dich über deine Kreditkartenzahlungen aufzuspüren.«

»So leicht war es wohl auch wieder nicht, sonst hätten meine Adoptiveltern mich gefunden.«

»Sie haben nie nach dir gesucht«, sagte Hayley.

Jessica war schockiert darüber, wie brutal Hayleys Worte klangen. Adele versuchte, ihren Schmerz und ihre Traurigkeit mit einem spöttischen Grinsen zu verbergen, aber ihre Augen konnten darüber nicht hinwegtäuschen.

Adele warf Jessica einen kurzen Blick zu und sah darauf erneut Hayley an. »Weißt du, warum ich abgehauen bin?«

Hayley schüttelte den Kopf.

»Ich war schwanger und wusste nicht, was ich machen sollte. Ich hatte ganz einfach Angst. Damals verstand ich zum ersten Mal in meinem Leben, warum meine Mutter mich zur Adoption freigegeben hat.«

Jessica fiel auf, dass Hayley nicht weiter nachfragte, sondern einfach nur geduldig wartete.

»Man hat mir gesagt, dass meine richtige Mutter noch sehr jung war, als sie schwanger wurde. Ich konnte und wollte nie verstehen, warum sie ihr Baby weggegeben hat – bis es mir passierte.« Adele klopfte mit ihren langen, manikürten Fingernägeln auf den Tisch. »Meine Adoptiveltern hatten ehrgeizige Pläne und Hoffnungen für meine Zukunft. Harvard, Stanford … sie wollten für ihr kleines Mädchen nur das Beste. Mein Gott, und ich war so ein bitteres und wütendes Kind. Sie haben mir alles gegeben und nichts von mir zurückbekommen. Nein, das stimmt nicht. Ich habe ihnen jede Menge Kummer gemacht. Da kann ich es ihnen nicht verdenken, dass sie nicht nach mir suchen wollten. An ihrer Stelle hätte ich es auch nicht getan.« Nach einer kurzen Pause fügte Adele hinzu: »So, wie geht es jetzt weiter?«

»Hast du das Kind zur Welt gebracht?«, fragte Jessica.

Adele lächelte. »Ja, hab ich. Sie ist das süßeste kleine Mädchen in ganz Placer County.«

»Ich kapier das nicht«, sagte Jessica. »Deine Adoptiveltern haben keine Mühe gescheut, dich zu adoptieren und wie ihr eigenes Kind großzuziehen, und dann ließen sie dich gehen, weil du schwanger warst?«

»Sie wussten, dass sie mich besser erzogen hatten. Ich wusste es besser, habe aber nicht danach gehandelt. Deshalb mache ich ihnen keinen Vorwurf.«

»Möchtest du deine Mutter treffen?«, fragte Hayley.

»Ich weiß nicht recht.«

Hayley schrieb ihren Namen und ihre Telefonnummer auf eine Serviette. »Wenn du dich entschieden hast, dass du sie sehen möchtest, ruf mich an.«

Jessica fragte sich, was Hayley damit bezweckte. Das war nicht im Sinne des Auftrags. Wenn ein Kunde sie dafür bezahlte, jemanden zu finden, mussten sie ihm Bescheid sagen, falls es ihnen gelang.

»Das ist auch für dich«, sagte Hayley und gab ihr den anderen Zwanziger.

Adele nahm die Serviette und das Geld und verschwand.

»Du kannst das nicht einfach vor Lizzy verheimlichen«, sagte Jessica. »Du musst ihr sagen, dass du Adele gefunden hast.«

»Ich kann und ich werde es vor ihr verheimlichen, und das wirst du auch. Es ist nämlich das einzig Richtige.«

»Aber das ist doch unethisch.«

»Willst du mich verarschen? Wer bist du überhaupt? Wann wachst du endlich auf und kapierst es?«

»Was soll ich kapieren?«

»Dass die Welt nicht nur aus Schwarz und Weiß besteht. Sie ist gelb, lila, grau und blau.«

»Was soll das denn heißen?«

»Ich will damit sagen, dass es im Leben Grauzonen gibt. Die Leute denken, sie müssten sich stur an die Regeln halten, bloß weil jemand sie niedergeschrieben hat. Es ist wie bei einem Kochrezept: Wenn du kein Salz magst, dann lässt du es halt weg.«

Jessica erstarrte und hoffte inständig, dass niemand hörte, was diese verrückte Tussi sagte, die ihr gegenübersaß.

»Richtig oder falsch – darauf läuft es letztendlich hinaus«, fuhr Hayley fort. »So einfach ist das. Nur darauf kommt es an. Wenn sich etwas falsch anfühlt, dann ist es falsch. Wenn du etwas tust«, sagte Hayley und zeigte mit dem Finger auf Jessica, »das einem anderen Menschen in irgendeiner Form schadet, dann ist es falsch. Wenn du damit nur dir selbst schadest, ist es deine Entscheidung. Nicht meine, nicht die von dem Typen, der sich dort drüben in der Ecke einen runterholt, und nicht Lizzys.«

»Aber wenn dich jemand dafür bezahlt hat, dass du bestimmte Informationen findest?«

»Dann soll er mich halt feuern. Falsch ist falsch, und wenn man dafür bezahlt wird, einem anderen Menschen zu schaden, ist das in doppelter Hinsicht falsch. Wenn Adele nicht will, dass ihre Mutter sie findet, werde ich ihren Aufenthaltsort nicht an die große Glocke hängen. Und wenn das Lizzy nicht passt, soll sie jemand anderen beauftragen.«

Jessica seufzte und stand auf. »Okay, ich hab's kapiert. Können wir jetzt gehen?«

Carmichael
Samstag, 2. Juni 2012

Es war drei Uhr nachmittags. Die Garage der Daltons war mit Absperrband abgeriegelt und galt nun offiziell als Tatort.

Lizzy und Jared standen vor der Garage und schauten hinein. Es regnete wieder. Noch vor einer Stunde hatte es ausgesehen, als käme die Sonne zum Vorschein. Aber die dunklen Wolken hatten die Oberhand gewonnen und jetzt goss es heftig.

Lizzy hatte sich einen Schirm ausgeliehen, den sie in der Garage gefunden hatte. Zunächst hatte sie ihn nur zögerlich aufgespannt, aus Angst, Tausende von Käfern könnten herausfallen. Aber nichts dergleichen geschah. Anscheinend war heute ihr Glückstag.

Sie versuchte, den Schirm mit Jared zu teilen, aber der lief hin und her und wechselte zwischen Telefonaten auf seinem Handy und Anweisungen an die Kriminaltechniker. Im Augenblick stand er neben ihr. Regenwasser tropfte ihm ins Gesicht und lief über Nase und Kinn.

»Na, was meinst du?«, fragte Lizzy ihn.

»Es gibt definitiv eine Verbindung zwischen dem Liebespaarmörder und den Daltons«, sagte er. »Vielleicht sogar eine stärkere, als selbst du dir vorgestellt hast.«

»Was willst du damit sagen? Gibt man jetzt etwa Michael Dalton die Schuld?«

»Lizzy«, sagte Jared in einem Ton, den er sonst für Hayley reservierte, »was hast du nur die ganze Zeit mit diesem Michael?«

»Wie meinst du das?«

»Du ergreifst ständig für ihn Partei, obwohl du ihn erst wie oft getroffen hast? Vermutlich dreimal?«

»Was soll das heißen, *vermutlich*? Wir sind uns genau dreimal begegnet.«

»Ich habe mit Greer gesprochen. Er hat mir erzählt, du hättest dich mit Stacey Whitmore, der Reporterin, bei ihr zu Hause in Granite Bay getroffen.«

»Ja, das habe ich. Was ist damit?«

»Was hat sie dir über Michael Dalton erzählt?«

»Stacey hat gesagt, er sei völlig in Ordnung.«

»Sie ist mit Dan Whitmore verheiratet, diesem Scheidungsanwalt, der immer wieder von sich reden macht.«

»Das stimmt. Ich glaube, er arbeitet nebenbei als Berater für die beliebte Fernsehserie *Cheaters – Beim Fremdgehen erwischt!*. Ihn habe ich nicht kennengelernt, aber Stacey hat mir eines ihrer Fotoalben mit Familienbildern gezeigt. Stacey Whitmore und Michael Dalton hatten eine Beziehung während ihrer Zeit auf dem College, doch damit war Schluss, als Michael Jennifer kennenlernte. Sie sind jedoch Freunde geblieben und beide Ehepaare sind jahrelang zusammen in Urlaub gefahren.«

»Sie hatten eine Affäre«, platzte es aus Jared heraus.

»Wie bitte?« Die Nachricht traf Lizzy vollkommen unerwartet. »Wer?«

»Jennifer Dalton und Dan Whitmore.«

Lizzy traute ihren Ohren nicht.

Jared sagte nichts weiter, sondern stand nur im Regen und versuchte, die Information zu verdauen, bis Lizzy von sich aus nachhakte.

»Hat Greer dir das erzählt?«

Jared nickte.

»Dieses Miststück.«

»Wen meinst du?«

»Jennifer Dalton, wen denn sonst?«

»Und Dan Whitmore?«

»Er ist ein Arschloch, aber das brauche ich wohl nicht extra zu sagen. Was ist mit Stacey?«, fragte sie.

»Was soll mit ihr sein?«

»Hat sie was mitbekommen?«

»Sie weiß schon seit Jahren über die Affäre Bescheid.«

Lizzy stand mit offenem Mund da und musste das Ganze erst einmal verarbeiten. »Um Gottes willen.«

»Diese Information wirft kein gutes Licht auf Michael Dalton.«

»Da hast du recht.«

Lizzy deutete auf die Garage. »Michael steht jetzt wie ein eifersüchtiger und wütender Ehemann da. Und das mit den Käfern macht ihn wohl zu eurem Hauptverdächtigen.«

»Möglicherweise ja.«

»Ich habe also die ganze Zeit versucht, einen Serienmörder freizubekommen?«

»Für solche Rückschlüsse ist es noch zu früh, Lizzy. Immerhin würden wir ohne dich jetzt nicht hier stehen. Klopf dir dafür auf die Schulter, anstatt dir Vorwürfe zu machen. Tust du mir den Gefallen?«

Lizzy schnaubte.

»Nur dieses eine Mal?«

»Du brauchst keine Angst zu haben«, sagte sie schließlich. »Ich werde mir nicht die Schuld für jeden Irren geben, der frei herumläuft.« Während Lizzy den Kriminaltechnikern zusah, wie sie Beweismaterial sicherstellten, kam ihr der Gedanke, dass Michael Dalton unmöglich der Liebespaarmörder sein konnte. Schließlich hatte sie monatelang auf engstem Raum mit einem echten Serienmörder zusammengelebt und ihm in die Augen geschaut – leere, leblose Augen. Michael Dalton war nie und nimmer ein Mörder und niemand würde sie vom Gegenteil überzeugen können – selbst der Mann nicht, den sie liebte.

»Ich bin nicht perfekt«, sagte Jared, »aber eines verspreche ich dir.«

Lizzy hob den Schirm etwas höher, sodass sie ihn besser sehen konnte, während er zu ihr sprach.

»Ich werde dich niemals anlügen oder dich mit einer anderen Frau betrügen.«

»Ich weiß«, sagte sie. Und das stimmte. Wenn es etwas auf dieser gottverlassenen Welt gab, auf das sie sich verlassen konnte, dann war es Jared Shayne. An seiner Liebe zu ihr hatte sie nie auch nur den geringsten Zweifel gehabt. Doch bevor sie ihm ihrerseits Versprechungen machen konnte, klingelte sein Handy und er nahm das Gespräch an und entfernte sich.

KAPITEL 22

Ich zog ihr den BH und das Höschen aus und hatte Sex mit ihr. Anscheinend gehört das zu meinem Leben – Sex mit Toten.

– Henry Lee Lucas

Davis
Dienstag, 5. Juni 2012

Hayley deaktivierte den Bewegungsmelder, den Jared installiert hatte, öffnete das Fenster und kroch nach draußen. Sie schloss das Fenster hinter sich und verspürte ein leichtes Schuldgefühl bei dem Gedanken, das Haus ungesichert zurückzulassen. Da sie die Hunde in der Nachbarschaft nicht wecken wollte, lief sie so schnell sie konnte, ohne dabei mit den Absätzen zu laut auf dem Asphalt zu klappern. Sie hatte Tommy gebeten, an der Ecke Meadow und Leighton auf sie zu warten. Zunächst dachte sie, er würde womöglich kneifen und sie versetzen, doch dann sah sie ihn neben seinem Motorrad auf dem Randstein sitzen. Er war ganz in Schwarz gekleidet und daher in der Dunkelheit kaum zu erkennen. Sonst trug er eigentlich immer helle Kleidung.

Ein wohliger Schauer der Aufregung lief ihr den Rücken hinunter – ein unvertrautes Gefühl.

Sie ging auf ihn zu und sagte: »Hi.« Dabei verspürte sie das erste Mal seit Langem eine Anwandlung von Glück.

»Hi«, grüßte er zurück und erhob sich.

Hayley ließ ihren Blick zu seinen Stiefeln wandern. »Schwarz steht dir gut.«

»Danke.«

Tommy löste einen zweiten Helm von seinem Motorrad und gab ihn ihr. »Wir sollten uns beeilen, bevor das ganze Viertel aufwacht und schaut, was hier draußen los ist.«

Er stieg als Erster auf das Motorrad.

Hayley setzte den Helm auf, zog den Kinnriemen fest und schwang ein Bein über den Sitz. Kaum hatte sie sich an ihm festgehalten, startete er auch schon den Motor und raste los. Sie schlang ihre Arme fester um ihn. Vielleicht hatte er genau das beabsichtigt. Wie auch immer, es störte sie nicht.

Sie fühlte sich wohl und hatte Spaß.

Die Luft roch frisch. Sie war frei.

Die nächste halbe Stunde schmiegte sie sich eng an ihn, während er durch ein Labyrinth von dunklen und engen Straßen navigierte. Schließlich verlangsamte er das Tempo und bog in eine Schotterstraße. Sie war lang, kurvenreich und steil, und Hayley musste beim Festhalten Muskeln anstrengen, von denen sie nicht wusste, dass sie sie besaß. Als sie oben auf dem Berg ankamen, schaltete er den Motor aus.

Die beiden stiegen ab. Keiner sprach ein Wort. Tommy holte eine Decke aus einer am Tank befestigten Tasche und breitete sie aus. Sie legten sich rücklings darauf und beobachteten die Sterne am Himmel. Vor einigen Stunden hatte es aufgehört, zu regnen, und die Nacht war kühl.

»Ich bin froh, dass du mich angerufen hast«, sagte Tommy, den Blick zum Himmel gerichtet.

Hayley wusste nicht, was sie darauf erwidern sollte. Eigentlich wollte sie sich bedanken, aber so etwas fiel ihr nicht leicht – wenn es ihr überhaupt gelang. Die Gefühle in ihrem Innern waren ganz neu. Mit Wut konnte sie umgehen. Mit

Enttäuschung, Angst und Trauer kannte sie sich bestens aus, mit freudiger Überraschung schon weniger. Eines stand jedoch fest: Es war toll, frei zu sein.

Die beiden lagen gerade und in steifer Haltung nebeneinander, die Arme an den Seiten.

»Alles okay bei dir?«, fragte Tommy.

In der Ferne quakten Frösche.

»Ja«, sagte Hayley, »mir geht's gut.«

»Das Leben ist schon seltsam«, lautete sein nächster Kommentar.

»Wie meinst du das?«

»Dass wir beide im Augenblick hier sind und die Sterne beobachten. Damit hatte ich nicht gerechnet.«

Hayley lächelte. »Kommst du oft hierher?«

»Schon seit Jahren.«

Schweigen.

»Außer dir hab ich noch nie jemanden hierher mitgebracht.«

»Ich fühle mich geschmeichelt.«

Er lachte.

»Du bist ein wandelnder Widerspruch«, sagte Hayley. »Mal trägst du Farben, die perfekt zueinanderpassen, mal gehst du ganz in Schwarz und machst auf geheimnisvoll.«

»Ich versuche nie, etwas zu sein, das ich nicht bin. Ich ziehe mich an, wie es mir gerade in den Sinn kommt. Von geheimnisvoll bin ich weit entfernt.«

Hayley versuchte, ein Sternbild zu finden, gab aber schließlich auf. »Was hat dich dazu bewogen, ein Experte in Karate zu werden?«, fragte sie.

»Ich wurde als Kind gemobbt – verbal und körperlich. Du hast doch bestimmt diese Geschichten über Schüler gehört, denen das Pausenbrot weggenommen wird. So einer war ich. Die Rowdys hatten es jeden Tag auf mich abgesehen.«

»Und wie hat deine Familie darauf reagiert?«

»Mom, Dad und meine beiden Schwestern sind wirklich toll, aber sie konnten mir nicht helfen.«

»Wieso nicht?«

»Weil ich jahrelang niemandem was erzählt habe. Ich wollte meine Eltern nicht beunruhigen. Irgendwann haben es jedoch meine Schwestern mitbekommen, als sie mit eigenen Augen gesehen haben, was in der Schule ablief. Sie haben versucht, mir zu helfen, aber an dieser Schule waren die Rowdys in der Überzahl. Eine von meinen Schwestern hat es schließlich unseren Eltern erzählt. Aber wie schlimm es wirklich war, wussten sie erst, als ich in der siebten Klasse im Krankenhaus landete.«

»Was ist passiert?«

»Ein paar Knochen- und Rippenbrüche. Meine gerade Aristokratennase ist seitdem auch nicht mehr das, was sie mal war.«

Tommys Versuch, witzig zu sein, verfehlte seine Wirkung. »Und dann hast du mit Karate begonnen?«

»Mein Vater hat einen Freund zu uns nach Hause eingeladen – einen Karatelehrer namens Kyro. Von ihm habe ich Privatunterricht bekommen und alles gelernt, was ich heute kann. Als die Schule nach den Ferien wieder losging, bekam ich schon bald Gelegenheit, das Gelernte anzuwenden. Von da an ging es mir besser, aber ich weigerte mich, mich zu ändern. Ich wollte nicht bestimmte Klamotten tragen, nur damit ich dazugehörte. Zu dem Zeitpunkt wollte ich gar nicht dazugehörigen, basta. Es hat mir nichts ausgemacht, anders zu sein. Überhaupt fühle ich mich schon immer zu Leuten hingezogen, die aus der Reihe tanzen.«

»Und genau das tust du auch, oder? Dich mit Außenseitern anfreunden, mit Leuten wie mir?«

»Siehst du dich so? Als Außenseiterin?«

»Ich stemple andere Menschen nicht gerne ab … und mich erst recht nicht«, antwortete Hayley. »Wobei ich so manche Eigenschaft mit Außenseitern teile. Ich bin introvertiert und folge meinen eigenen Regeln. Wenn das anderen Leuten nicht passt, so ist das ihr Problem. Allerdings lege ich es nicht bewusst darauf an, meinen Mitmenschen wehzutun. Ich bin nicht verrückt, obwohl du bestimmt davon gehört hast, dass ich einem

Mann den Penis abgeschnitten habe. Der Kerl hatte es voll und ganz verdient.«

»Hast du dich hinterher besser gefühlt?«

»Nein.«

»Würdest du es wieder so machen, wenn du mit einer Zeitmaschine in die Vergangenheit reisen könntest?«

»Das möchte ich lieber nicht wissen.«

Hayley fand, dass die Sterne unheimlich hell leuchteten. Sie lebte völlig im Augenblick und genoss das Gefühl. Ihr Atem ging ruhig und gleichmäßig, als sie alles auf sich einwirken ließ: das Quaken der Frösche, der Geruch des Waldes nach einem langen Regen und Tommys warme Hand, die sich auf ihre Linke legte.

Sie war sich nicht sicher, was sie von seiner Berührung halten sollte. Eigentlich mochte sie es nicht, wenn andere Menschen sie anfassten, aber da seine Finger sich warm anfühlten, ließ sie ihn gewähren.

Sacramento
Mittwoch, 6. Juni 2012

Frühmorgens am Mittwoch kam Stacey Whitmore in Lizzys Büro in der J Street. Sie trug eine Tweedjacke mit Fransen und einen dazu passenden Rock. Sie war blass im Gesicht und schaute grimmig drein. »Sie müssen ihm helfen«, sagte sie und ließ die Tür hinter sich ins Schloss fallen. »Sie können Michael jetzt, wo er Sie am meisten braucht, nicht einfach im Stich lassen.«

Lizzy legte den Kopf schief. »Wollen Sie mich verarschen?« Sie stieß den Zeigefinger in Staceys Richtung und fügte hinzu: »Wenn jemand ihn im Stich gelassen hat, dann Sie. Sie haben mich angelogen und die Tatsachen verdreht. Seitdem sind Sie für mich völlig unglaubwürdig. Verlassen Sie sofort mein Büro.«

Stacey machte nicht den Eindruck, als ließe sie sich leicht einschüchtern. Ein Grizzlybär könnte plötzlich aus dem

Nichts auftauchen, und die Frau würde mit keiner Wimper zucken. Sie trat näher an Lizzys Schreibtisch heran und sagte mit unbeirrbarer Miene: »Michael ist unschuldig. Das ist alles, was zählt.«

»Sind Sie in diesen Mann verliebt?«

»Ja.«

»Beruht diese Liebe auf Gegenseitigkeit?«

»Nein.«

»Seine Frau hat mit Ihrem Mann geschlafen«, sagte Lizzy. »Wahrscheinlich würde sie es immer noch tun, wenn sie nicht tot wäre. Und Sie wollen unbedingt Jennifers Ehemann helfen?«

»Weil er unschuldig ist.«

»Gerechtigkeit für alle. Geht es Ihnen nur darum?«

»Ja.«

»Warum haben Sie sich überhaupt die Mühe gemacht, mich in die Sache hineinzuziehen, wenn Sie mir hinterher wichtige Informationen vorenthalten?«

»Weil ich wusste, dass Michaels Unschuld in den Hintergrund rücken würde, wenn ich seine schmutzige Wäsche vor anderen Leuten wasche.«

Lizzy dachte mit zusammengekniffenen Augen über Staceys Antwort nach. »Wie kommt Ihr Mann eigentlich mit Jennifers Tod klar?«

»Das weiß ich nicht, weil ich ihn kaum sehe. Bestimmt kommt er damit auf dieselbe Art und Weise klar wie mit allen Enttäuschungen: Er ertränkt seinen Kummer, indem er sich in seine Arbeit stürzt.«

»Glaubt er Michaels Version?«

»Voll und ganz.«

»Ich kann also davon ausgehen, dass sowohl Sie als auch Michael von der Untreue Ihrer jeweiligen Partner wussten?«

Stacey nickte.

Lizzy wusste nicht, was sie dazu sagen sollte, und ging deshalb nicht darauf ein. »Erklären Sie mir doch bitte, warum ausgerechnet ich Michael helfen soll.«

»Vergessen Sie diese ganzen Geschichten darüber, wer mit wem ins Bett geht«, sagte Stacey. »Sie wissen genau, dass Michael unschuldig ist. Und die Medien sind immer noch von Ihnen fasziniert. Wenn Sie an seine Unschuld glauben, tun andere das auch. So läuft es nun mal auf dieser Welt. Deshalb bringen Prominente das Kunststück fertig, einem Eskimo Eis zu verkaufen.«

Lizzy seufzte. »Und ich hatte schon gedacht, es hätte etwas mit meinem guten Ruf als Privatermittlerin zu tun.«

»Damit natürlich auch.«

»Ich muss mir das Ganze noch einmal gründlich durch den Kopf gehen lassen.«

Stacey lächelte, aber es wirkte aufgesetzt. Sie nickte und wandte sich zum Gehen.

Lizzy hätte ihr gerne von den Käfern in Michaels Haus erzählt und Stacey wissen lassen, dass der Mann, den sie liebte, unter Umständen ein Serienmörder war. Aber sie wollte die Ermittlungen in dem Fall nicht gefährden. Stacey würde es noch früh genug herausfinden.

Sie sah der Reporterin nach, wie sie über die Straße zu ihrem Auto ging, und wurde das Gefühl nicht los, dass sie recht hatte – Michael war unschuldig. Und die Antwort lag direkt vor ihrer Nase: die Bockkäfer.

Jemand hatte die Käfer aus einem ganz bestimmten Grund in ihrem Büro hinterlassen. Wenn Michael tatsächlich unschuldig war, hatte der Mann, der die Insekten in Jennifers Schuh versteckt hatte, dasselbe in Lizzys Büro getan. Der Grund war offensichtlich: Er wollte nicht, dass Lizzy ihre Nase in die Angelegenheit steckte.

Sacramento
Freitag, 8. Juni 2012

Während er sich im Haus der Scotts umsah, fand er, dass die extra Woche Wartezeit sich gelohnt hatte – das Vergnügen, das er im Augenblick empfand, war größer als sonst. Die Nase tat ihm zwar immer noch weh, aber nicht mehr so schlimm wie zuvor. Er hatte große Pläne für Lizzy und freute sich darauf, seine Strategie weiterzuentwickeln. Später würde er sie sogar anrufen und den Dialog ins Rollen bringen. Aber im Augenblick wollte er sich voll und ganz auf Kassie und Drew Scott konzentrieren.

Er dachte daran, wie er Kassie haargenau schildern würde, was er mit ihr vorhatte. Dieser Teil gefiel ihm am besten. Er würde ihr bis ins letzte Detail schildern, wie er sie umbringen und zerstückeln und sich an ihren Überresten vergehen würde, während ihr Mann dabei zusehen müsste. Sobald er mit ihr fertig wäre, würde er ihren Mann töten und ebenfalls zerstückeln. Und dann würde er einfach so zum Spaß die Arme und Beine der beiden vertauschen und sie am Körper des anderen annähen.

Bei der Vorstellung, wie er Kassie mit den Geschlechtsteilen ihres Mannes ausstatten würde, musste er grinsen. Diese Fantasie beschäftigte ihn seit der Zeit, als seine Adoptiveltern, die Becks, mehrere Leichen gleichzeitig einbalsamiert hatten. Seine Pflegeeltern besaßen einen makabren Humor, ahnten jedoch nicht, dass ihr *Sohn* eine noch viel bizarrere Seite hatte – das erfuhren sie erst, als eines Tages die Polizei in ihrem Bestattungsunternehmen auftauchte und sich für zwei Leichen interessierte, die jemand, wie sich herausstellte, mit lebenden Bockkäfern ausgestopft hatte.

Zu der Zeit war er siebzehn gewesen. Die Becks machten sich nicht die Mühe, ihn zu dem Vorfall zu befragen – sie wussten es. Um sich die Medien vom Hals zu halten, nahmen sie die Schuld sofort auf sich, zahlten zwölfhundert Dollar Strafe und nahmen eine Hypothek auf ihr Haus auf, um das Schmerzensgeld für die Eltern der Opfer zu begleichen. Das Ganze lief innerhalb von wenigen Wochen über die Bühne und wurde dann für immer unter den Teppich gekehrt.

Wozu diese Aufregung? Die Leute waren doch eh schon tot.

Nach diesem Vorfall verschlechterte sich das Verhältnis zwischen ihm und den Becks. Von da an nannten sie ihn nicht mehr »Sohn«, und er sagte nicht mehr Mom und Dad zu ihnen.

Liebe war vergänglich.

Heute hier, morgen fort.

Beim Anblick der vielen eingerahmten Fotos an der Wand, die Kassie und Drew zeigten, verschwanden die Erinnerungen so schnell, wie sie gekommen waren. Er musterte eingehend die Bilder von dem Wanderurlaub des Paares in den Appalachen, von einer Wildwasserfahrt in einem Schlauchboot und von ihrem Hochzeitstag, wo beide glücklich in die Kamera lächelten.

Er ging weiter und seine Schuhe versanken in dem flauschigen cremefarbenen Teppich. Mit jedem Schritt schlug sein Herz schneller, nahm seine Aufregung zu. Er beobachtete Kassie und Drew Scott nun schon seit mehreren Monaten. Es machte ihm Spaß, seinen Opfern nachzustellen, aber das war nichts im Vergleich zu der Befriedigung, die er empfand, wenn er sie folterte – die nackte Angst und die schwindende Hoffnung in ihren Augen. Den größten Kick bereitete es ihm, wenn er an seinen Opfern spontane Operationen vornahm – selbstverständlich ohne Narkose, nur mit einem Klebeband auf dem Mund.

Es war Freitag, kurz vor zwei Uhr nachmittags. Freitags spielte Drew Scott nach Feierabend immer Basketball mit ein paar Kollegen und manchmal ging es nach dem Spiel auf ein Bier in eine Kneipe. Aber selbst wenn er die Kneipe ausfallen ließe, würde Drew nicht vor sieben heimkommen. Kassie machte freitags ebenfalls meistens früher Feierabend. Sie war eine angesehene Psychologin, die mit psychisch gestörten Kindern arbeitete – ein wichtiger Grund, weshalb sie und ihr Mann ganz oben auf seiner Liste standen.

Kassie Scott faszinierte ihn und er freute sich darauf, ihr Gehirn zu sezieren – wörtlich und im übertragenen Sinn.

Als er das Haus der Scotts durchstreifte, wurde ihm vor lauter Aufregung und Machtgefühl schwindlig. Hinter der Glasschiebetür eines Kuriositätenschranks sah er eine Sammlung

Hochzeitsbilder, Kristallflötengläser mit eingravierten Liebesbezeugungen und handgeschriebene Liebesschwüre. Der Anblick von all diesen Erinnerungsstücken versetzte ihn in Ekstase. Er öffnete die Glasschiebetür, nahm den Deckel von einem herzförmigen Kristallgefäß und holte mit der anderen Hand zwei lebende Käfer aus der Hosentasche. Die Insekten wirkten benommen von der langen Reise, die sie hinter sich hatten. Er streichelte sie mit der Fingerkuppe, setzte sie in das Gefäß und legte den Deckel wieder drauf.

Er bahnte sich einen Weg durch das Labyrinth aus ultramodernen Möbeln und malte sich aus, was er mit Kassie anstellen würde, wenn er mit ihr allein wäre. Es war schon eine ganze Weile her, seit er das letzte Mal ein Opfer in sein spezielles Versteck gebracht hatte. Jemanden ungesehen hierherzubringen, erforderte sorgfältige Planung, und deshalb tat er es weitaus seltener, als ihm lieb war.

Ein Grund dafür, dass er diesmal so lange gewartet hatte, war das Gerede über die Bildung von Bürgerwehren, das in letzter Zeit zunehmend die Runde in Sacramento machte. Außerdem trieb die Angst der Bevölkerung das FBI zu größeren Anstrengungen an, den Fall endlich zu lösen. Aber er wusste besser als die meisten Leute, dass die Guten unter akutem Personalmangel litten. Kaum begannen sie mit den Ermittlungen in einem Mordfall, hatte er bereits das nächste Opfer beseitigt. Solange er immer wieder seine Vorgehensweise änderte und falsche Fährten legte, wie er es bei Michael Dalton getan hatte, brauchte er sich keine Sorgen zu machen.

Die Vorstellung muss weitergehen, dachte er und gluckste in sich hinein.

Im Esszimmer stand einer dieser modernen Tische mit Marmorplatte, um ihn herum vier Stühle mit schwarzen Lederpolstern. Er nahm sich eine Traube aus der mit Früchten garnierten Kristallschale. Dass sie aus Plastik war, merkte er erst, als er sie sich in den Mund stecken wollte. Mit der Spitze seiner langen Zunge leckte er sämtliche Trauben ab.

Das Schrillen der Türklingel ließ sein Herz bedeutend schneller schlagen und er spürte buchstäblich, wie das Blut durch seine Adern strömte und die Zellen mit Nährstoffen und Sauerstoff versorgte. Er warf die Plastiktrauben zurück in die Schale, eilte in das Schlafzimmer, das zur Straße hinausging, und spähte zum Fenster hinaus.

Falscher Alarm.

Ein Lieferwagen mit dem Logo eines Paketdienstes parkte am Straßenrand. Der Fahrer, ein junger Mann in brauner Uniform, hatte ein Päckchen vor die Tür gelegt und setzte sich gerade hinter das Steuer.

Das unerwartete Klingeln an der Haustür hatte ihm einen Kick gegeben. Er liebte Herausforderungen und ging in Gedanken die vielen Möglichkeiten durch, wie er sich mit dem Fahrer vergnügen könnte, bis Kassie nach Hause käme. Der arme Kerl würde nicht einmal wissen, wie ihm geschähe. Natürlich blieb es bei der Fantasie. Er war schließlich nicht dumm.

Fantasieren durfte ein Mörder ja wohl noch, oder?

Als Nächstes inspizierte er das Gästezimmer: grüne Wände, ein Bett mit Eisengestell sowie ein riesiges Bild, das eine nackte, teilweise mit einem Handtuch verhüllte Frau zeigte, die dem Künstler den Rücken zuwandte. Langweilig. Wirklich nichts Weltbewegendes. Er verließ das Zimmer und begab sich nach oben. Beim Betreten des Elternschlafzimmers lächelte er. Es war geräumig und geschmackvoll eingerichtet. Die Sachen fremder Leute zu durchwühlen, machte ihm Spaß. Im Elternschlafzimmer fand man oft die intimsten Gegenstände, manchmal sogar Geheimnisse, wenn man nur lange genug suchte.

Ein Kribbeln erfüllte seinen gesamten Körper, während er sich umsah und überlegte, wo er beginnen sollte. In den Schubladen der Kommode? Im Wandschrank? Unter dem Bett?

Auf dem Nachttisch rechts neben dem Bett lag ein aufgeschlagenes Buch mit dem Einband nach oben. Der Titel stach ihm ins Auge: *Liebe allein genügt nicht. Die Erziehung emotional gestörter Kinder* von Bruno Bettelheim. Er legte sich mit dem

Rücken aufs Bett, blickte zur Decke empor und testete den Härtegrad der Matratze.

Nicht schlecht.

Er drehte sich auf die Seite, zog ein Kissen unter der Tagesdecke hervor, drückte sanft seine Nase dagegen und roch so lange daran, bis ihm schwindlig wurde. Dann nahm er das Buch und las an der Stelle weiter, an der Kassie aufgehört hatte.

Davis
Freitag, 8. Juni 2012

Lizzy rief Hayley und Jessica an und bat sie zu einer Besprechung bei ihr zu Hause. Sie wollte sehen, wie die beiden mit ihrer Arbeit vorankamen. Dann verließ sie das Büro und machte sich auf den Heimweg.

Um zwei Uhr nachmittags saßen sie zu dritt im Wohnzimmer. Akten und Papiere lagen verstreut auf dem Boden und dem Beistelltisch herum. Es gab nirgendwo ein freies Plätzchen und man konnte sich kaum bewegen, ohne eine oder mehrere Akten durcheinanderzubringen.

Lizzy hatte ihre Haare zu einem Pferdeschwanz zusammengebunden und sich eine Jeans und ein T-Shirt angezogen. Hayley trug ihr übliches Outfit: eine schwarze Hose und ein schwarzes T-Shirt mit einem Totenkopf. Jessicas Ensemble bestand aus einer Jeans und einem hellgrünen Hemd unter einer weißgrauen Strickjacke mit winzigen Knöpfen. Sie sah frischer und ausgeruhter aus als Lizzy und Hayley.

Lizzy nippte an ihrem Kaffee. Als sie bemerkte, dass Jessica sie anstarrte, fragte sie: »Was ist los, Jessica?«

»Tut dein Gesicht weh?« Jessica schnitt eine Grimasse. »Es ist ganz gelb geworden. Sieht aus, als ob es wehtut.«

»Es ist nicht so schlimm, wie es aussieht«, sagte sie und hielt ein Blatt Papier hoch. »Okay, ich brauche so schnell wie möglich eine Information. Ich will wissen, wem das Haus in der Bunker Street eintausendundzweiunddreißig in West Sacramento gehört.«

Sie sah beide an, um sich zu vergewissern, dass sie sich Notizen machten. Hayley tippte auf der Tastatur ihres Laptops, Jessica kritzelte etwas in ihr Notizbuch.

»Und dann brauche ich noch ausführliche Informationen über den Mieter, der dort wohnt. Er heißt John Robinson.«

»Der Name kommt mir bekannt vor«, sagte Jessica. »Hatten wir nicht mal einen Kunden, der so hieß?«

»Nicht dass ich wüsste«, erwiderte Lizzy. »Noch irgendwelche Fragen, bevor ich weitermache?«

»Müssen wir dieses Wochenende arbeiten?«, fragte Jessica.

»Auf jeden Fall«, sagte Lizzy. »Ich habe im Augenblick jede Menge Arschlöcher am Hals, die mir das Leben schwer machen, und ab Montagmorgen kann ich nicht mal mehr zum Scheißen gehen, ohne dass mir auf Schritt und Tritt ein Aufpasser folgt. Entschuldigt bitte meine unflätige Ausdrucksweise, aber ich habe einfach die Schnauze voll.«

»Du glaubst also, dass einer der Fälle, an denen wir zurzeit arbeiten, irgendwas mit den jüngsten Vorfällen zu tun hat?«, fragte Jessica.

»Ja«, sagte Lizzy und atmete tief aus. »So, was habt ihr beide über Adele Hampton herausgefunden?«

»Um die kümmert sich Hayley«, antwortete Jessica etwas zu schnell.

»Hayley?«

Hayley hörte auf zu tippen und blickte auf. »Der Typ heißt Dennis Nilsen. Er ist vierunddreißig Jahre alt und Fotograf.«

Jessica gab ausweichende Antworten und jetzt fing Hayley auch noch an, in Rätseln zu sprechen. »Welcher Typ?«, fragte Lizzy.

»Na, der Besitzer des Hauses in der Bunker Street in West Sacramento. Das ist die Adresse, die du uns vorhin gegeben hast. Dennis Nilsen ist als Eigentümer eingetragen.«

»Gute Arbeit«, sagte Lizzy. »Ob Dennis Nilsen wohl auch dort wohnt, zusammen mit John Robinson? Steht da auch, ob er in West Sacramento wohnt?«

»Laut den Informationen, die ich finden konnte, wohnt Dennis Nilsen auf einem zwanzig Hektar großen Grundstück in Lincoln, Kalifornien. Ich habe eine Adresse, falls du sie brauchst, aber keine Telefonnummer.«

Jessica starrte Hayley an, als wäre sie ein Monster mit zwei Köpfen.

»Was ist?«, fragte Hayley sie.

»Wie konntest du bloß so schnell herausfinden, wem dieses Haus gehört?«

»So schnell ging das nun auch wieder nicht. Es hat immerhin zehn Minuten gedauert.«

»Nein«, sagte Jessica kopfschüttelnd. »Zwei Minuten kommen da schon eher hin. Du hast jemanden, der dir hilft, stimmt's?«

Hayley schüttelte den Kopf, als wollte sie Jessica signalisieren, dass sie ein hoffnungsloser Fall war. Dann widmete sie sich wieder ihrer Arbeit.

Lizzy stand auf und nahm ihre Handtasche.

Jessica runzelte die Stirn. »Wohin gehst du?«

»Soll ich dich auf deinem Handy anrufen, falls ich etwas über John Robinson finde?«, fragte Hayley.

»Unbedingt«, sagte Lizzy.

»Du bist doch gerade erst gekommen«, sagte Jessica. »Da kannst du nicht gleich wieder verschwinden, ohne uns zu sagen, wer dieser John Robinson ist.«

Jessica hatte recht. Es war nicht fair, sie im Dunkeln zu lassen, also setzte Lizzy sich wieder hin und erklärte es ihnen. »Michael und Jennifer Dalton haben mich beauftragt, einen ihrer Mitarbeiter zu überprüfen. Der Mann wollte von der Versicherung Geld wegen eines angeblichen Arbeitsunfalls. Wie ihr wisst, wurde Jennifer ermordet und ihr Mann sitzt in Untersuchungshaft.«

»Du glaubst aber nicht, dass er es war«, sagte Jessica.

»Richtig«, sagte Lizzy und beschloss, zunächst einmal nichts darüber zu erwähnen, dass das FBI im Augenblick Michael als Hauptverdächtigen betrachtete. »Ich hatte bereits den Vertrag unterschrieben und eine Anzahlung erhalten, und außerdem wollte ich nicht, dass ihr Mitarbeiter mit seiner Betrugsmasche durchkommt. Also habe ich den Auftrag zu Ende geführt.«

Hayley hielt eine Akte hoch. »Du redest von Eli Simpson.«

Lizzy nickte. »Die Sache ist kompliziert, aber mitten in meinen Nachforschungen hatte ich eine Unterhaltung mit dem Mann, und da stellte es sich heraus, dass er Michael und Jennifer Dalton nie begegnet ist, geschweige denn für sie gearbeitet hat.«

»Was, wenn er dich angelogen hat?«, gab Jessica zu bedenken. »Was, wenn er wirklich ein Mitarbeiter der Daltons war und dich bloß abwimmeln wollte?«

»Dasselbe habe ich mich zunächst auch gefragt, aber dann habe ich mit einer Frau bei *Sunset Realty* gesprochen. Der falsche Eli Simpson hatte diese Firma in seinem Lebenslauf erwähnt. Wie sich herausstellte, hat er nie dort gearbeitet. Allerdings war er mal bei einem Vorstellungsgespräch dort. Der Eli Simpson, der sich damals um eine Stelle bewarb, war knapp unter eins achtzig, schlank und mit Glatze. Aber der Eli Simpson, den ich kenne, ist um einiges größer und kräftiger. Außerdem hat er dichte schwarze Haare, eine Hakennase und braune Augen.«

»Die beiden stimmen ja nicht mal annähernd überein.«

Lizzy nickte. »Eli Simpson glaubt, dass John Robinson seinen Namen benutzt, um ihn zu ärgern. Anscheinend sind die beiden schon öfter aneinandergeraten. Vor ein paar Jahren hat John Robinson sogar ein Kontaktverbot gegen Simpson erwirkt, nachdem der in sein Haus eingebrochen war.«

»Warum hat Simpson so etwas getan?«

»Eli glaubt, dass John Robinson etwas mit dem Verschwinden seiner Schwester vor fünf Jahren zu tun hatte.«

»Und was sagt die Polizei?«

»Die können Robinson nichts nachweisen.«

Jessica kratzte sich am Kinn. »Und was machst du jetzt?«

»Wenn das, was Eli Simpson sagt, stimmt und John Robinson in Wirklichkeit für die Daltons gearbeitet hat, brauche ich die üblichen Fotos, um nachzuweisen, dass er arbeitsfähig ist. Dann kann ich den Fall abschließen und zu den Akten legen.«

»Wenn John Robinson auf dem Antragsformular für die Versicherung einen falschen Namen verwendet hat«, sagte Jessica, »kann man ihn dann nicht wegen Betrugs anzeigen?«

»Durchaus möglich.«

»Jemand, der sich hinter einer falschen Identität verbirgt, ist womöglich gefährlich«, fügte Jessica hinzu. »Hast du schon mit Jared darüber geredet?«

»Der hat momentan viel um die Ohren«, sagte Lizzy. »Außerdem habe ich John Robinsons richtigen Namen erst letzten Freitag erfahren, als ich noch einmal mit Simpson geredet habe.«

»Du bist allein hingefahren?«

»Falls du es noch nicht wusstest ... Lizzy ist Privatermittlerin«, erinnerte Hayley sie. »Die reden manchmal mit wildfremden Leuten. Das gehört zu ihrem Job.«

»Du bist gemein«, sagte Jessica.

Hayley zuckte mit den Schultern. »Ich sage nur, was Sache ist.«

Lizzy ignorierte das zickige Benehmen der beiden. »Sonst noch Fragen, bevor ich verschwinde?«

»Ich kapier immer noch nicht, was Dennis Nilsen mit der Sache zu tun hat, und warum du mit ihm reden willst«, sagte Jessica.

»Ich habe Eli versprochen, dass ich ein paar Nachforschungen zu seiner vermissten Schwester anstelle, wenn er mir den Namen des Mannes gibt, der sich gegenüber der Unfallversicherung für ihn ausgegeben hat.« Lizzy kramte in ihrer Handtasche nach dem Schlüsselbund und sah Jessica an. »Ich hoffe,

Dennis Nilsen kann mir etwas über seinen Mieter John Robinson sagen. Möchtest du mitkommen?«

»Nein, danke«, sagte Jessica. »Aber ich muss mit dir noch über Dominic Povo reden.«

»Kann das noch ein paar Stunden warten?«

»Ja, natürlich.«

Als sie an der Tür angelangt war, schnippte Lizzy mit den Fingern und wandte sich noch einmal zu den beiden Mädchen um. »Ach ja, noch was: *Best Limousines* und Bockkäfer. Ich habe bereits gesucht, kann aber nichts über diese Limousinenvermietung finden. Außerdem brauche ich sämtliche Informationen, die ihr über Bockkäfer finden könnt: Was sie fressen, wie lange sie leben, wo sie sich aufhalten, versteckte symbolische Bedeutungen, et cetera.«

KAPITEL 23

Es macht mir Spaß, Menschen zu töten. Ich liebe es, ihnen beim Sterben zuzusehen. Manchmal habe ich Leuten einen Kopfschuss verpasst, und sie haben sich gewunden und herumgezuckt, und plötzlich waren sie still. Andere Male habe ich ein Messer benutzt und zugesehen, wie sie ganz blass im Gesicht wurden. Ich liebe einfach das viele Blut.
Einmal habe ich zu einer Frau gesagt, sie soll mir ihr ganzes Geld geben. Sie hat sich geweigert. Also habe ich ihr das Messer reingerammt und ihr die Augen ausgestochen.

– Richard Ramirez

Sacramento
Freitag, 8. Juni 2012

Das Geräusch der sich öffnenden Tür kündigte ihm an, dass Kassie nach Hause kam. Er blickte auf die Uhr. Eigentlich hatte er sie erst in einer halben Stunde erwartet. Jetzt musste er schneller als geplant vorgehen.

Er legte das Buch auf den Nachttisch zurück, stand auf, strich die Tagesdecke glatt und ging zur Schlafzimmertür, wo er besser hören konnte. Ihre Schuhabsätze klapperten auf den

Fliesen im Flur, der zur Küche führte. Schranktüren gingen auf und wieder zu. Wasser rauschte.

Obwohl er sich am liebsten im Bad versteckt hätte, wo er sie vielleicht beim Ausziehen beobachten könnte, beschloss er, sie in voller Kleidung zu entführen. Sie parkte stets in der Garage, was ihm die Arbeit erleichterte, denn so konnte er sie unbemerkt in den Kofferraum ihres Wagens laden und zu seinem Versteck fahren. Er hatte sein übliches Kidnapping-Outfit dabei: eine Perücke, eine Sonnenbrille und einen Lippenstift – für den Fall, dass ein neugieriger Nachbar Kassie dabei sah, wie sie gleich nach dem Heimkommen schon wieder wegfuhr.

Jetzt hörte er, wie sie telefonierte – wahrscheinlich mit ihrer Mutter oder ihrem Mann. Der Klang ihrer Stimme gefiel ihm: samtweich, mit beruhigendem Tonfall. Da sie Kinderpsychologin war, hätte er vielleicht von langen Gesprächen mit ihr profitiert, als er noch klein war.

Schon seltsam, dachte er, *dass sie diesen Beruf ergriff, aber selbst keine Kinder hatte. Hmmm.* Er nahm sich vor, sie danach zu fragen. Plötzlich wurde ihre Stimme lauter. Sie bewegte sich auf ihn zu. Er sah sich aufgeregt um und lächelte.

Seine Mutter spielte immer mit ihm Verstecken. Es war sein Lieblingsspiel. Die Duschkabine im Bad der Scotts hatte Glaswände, keinen Vorhang, hinter dem man sich verstecken konnte. Also entschied er sich für den Wandschrank. Es war langweilig, aber es ging nicht anders. Wenn er jetzt in ein anderes Zimmer eilte, würde sie ihn sehen, sobald sie die Treppe hochkam.

Der begehbare Wandschrank war größer als die meisten anderen, in denen er sich bisher versteckt hatte. In der Mitte gab es eine Insel aus massivem Mahagoni. Er ging nach hinten, wo sie ihn nicht sofort sehen würde, setzte sich hin und machte es sich bequem.

Eine Minute später hörte er gelegentliche leise Geräusche, die aus dem Hauptteil des Schlafzimmers zu ihm drangen.

»Nein, ich hatte noch keine Gelegenheit, es ihm zu sagen«, sagte sie. »Ich habe versucht, ihn anzurufen, aber er ist mit seinen Arbeitskollegen unterwegs. Dann erfährt er es halt später. Bitte sag niemandem was, bevor ich es Drew nicht selbst erzählt habe.«

Anscheinend hatte sie Neuigkeiten für ihren Mann. Bei dem Gedanken geriet er vor Aufregung völlig aus dem Häuschen. Als er allein im Dunkeln saß, war die Vorfreude darauf, sie in seine Gewalt zu bringen, fast unerträglich. In seinem rastlosen Zustand rieb er sich die Arme, obwohl er nicht fror. Ganz im Gegenteil, ihm war heiß vor lauter Erwartung – einer Erwartung, die vielleicht zu hochgeschraubt war.

Er versuchte, sich zu beruhigen, indem er die Augen schloss und an seine Mutter dachte. Ein wirksames Mittel, das ihn daran erinnerte, warum er hier war und was er zu tun hatte. Plötzlich hörte er ein Geräusch. Er blickte auf und sah sie vor sich, weniger als einen halben Meter entfernt. Sie starrte ihn an, als sähe sie ein Gespenst.

Aber er war kein Gespenst.

Er war echt.

Als sie endlich kapierte, dass er keine bloße Erscheinung war, war es bereits zu spät. Sie war schnell, aber er war schneller. Er war klar im Vorteil – schließlich hatte er die Aktion sorgfältig geplant. Er hechtete auf sie und packte sie an den Fußknöcheln, ehe sie aus dem Wandschrank flüchten konnte. Dann zog er sie tiefer in das Innere des Schranks. Ihre schrillen Schreie zerrissen die Stille. Eigentlich wollte er sie so lange würgen, bis sie das Bewusstsein verlöre, aber die Schlampe war stärker, als sie aussah. Mit ihren ungefähr eins siebzig war sie groß für eine Frau, aber sie hatte eine zierliche Statur und nicht viel Fleisch auf den Rippen – nur straffe Muskeln und Sehnen.

Sie lag auf dem Rücken und er saß auf ihr, während sie sich mit Händen und Füßen wehrte. Er tastete mit der rechten Hand herum und riss den erstbesten Gegenstand los, den er zu fassen bekam: eins von Drew Scotts langärmeligen Hemden.

Während sie ihre Fingernägel in seine Arme und seinen Nacken grub, blieb er konzentriert und ignorierte die Schmerzen, die sie ihm zufügte – ja, er genoss sie sogar. Schließlich gelang es ihm, ihr das übermäßig gestärkte Baumwollhemd in den Mund zu stopfen.

Ihre Augen traten vor Angst aus den Höhlen.

In dem Moment, in dem sich ihre Hilflosigkeit in ihren Augen widerspiegelte, bekam er eine Erektion. Wenn sie wieder atmen wollte, musste sie den Knebel loswerden, also griff sie mit beiden Händen nach dem Hemd. Das verschaffte ihm die Gelegenheit, ihre Handgelenke zu fesseln, und zwar mit demselben Hemd, das er vor wenigen Augenblicken als Knebel verwendet hatte.

Er riss ein weiteres Hemd von einem Kleiderbügel und schlang es um ihre Fußknöchel. Er arbeitete so schnell, dass er völlig außer Atem geriet, und würgte sie so lange, bis sie das Bewusstsein verlor. Dann zog er ein Taschentuch aus der Tasche und onanierte. Es war einer der wildesten Orgasmen, die er je erlebt hatte.

Kassie Scott aus dem Obergeschoss in den Kofferraum ihres Wagens in der Garage zu befördern, war schwieriger als erwartet. Er zerrte sie an den Füßen aus dem Wandschrank, die Treppe hinunter und durchs Wohnzimmer. Unterwegs kam sie wieder zu sich und schaffte es, ihre Hände freizubekommen.

Kassie wehrte sich unter Aufbietung all ihrer Kräfte und versuchte, zu verhindern, dass er sie aus dem Haus schaffte. Stühle fielen um, Dekorationsgegenstände zerbrachen. Ein harter Gegenstand traf ihn seitlich am Kopf, was ihn wütend machte. Eine Beule mehr am Kopf. Die Schlampe würde ihren Widerstand noch bereuen.

Sie schrie und trat um sich, als er sie durch die Küche schleifte. Es war Zeit, ihr eine Lektion zu erteilen. Er nahm das größte Messer, das er finden konnte, und hielt es ihr an die Kehle. Seine Hände zitterten. Er bekam große Lust, auf sie einzustechen, sie aufzuschlitzen und mit ihren Eingeweiden zu spielen. Anscheinend sah sie die Entschlossenheit in seinen Augen, denn sie hörte jetzt auf, sich zu wehren.

Als sie schließlich an Händen und Füßen gefesselt im Kofferraum lag, war sein anfänglicher Adrenalinrausch verflogen.

Er ging zurück ins Haus und beseitigte das Chaos, so gut es ging. Als er wenig später hinter dem Steuer von Kassies Wagen saß, wühlte er in seiner Tasche nach der blonden Perücke und zog sie über seinen kahlen Schädel. Er blickte in den Rückspiegel, rückte die Perücke zurecht und setzte sich eine Sonnenbrille auf. Dann schminkte er sich die Lippen und bewunderte sein neues Aussehen im Spiegel.

Hübsch.

Als Nächstes holte er das Prepaidhandy hervor, das er sich angeschafft hatte, um seine Lieblings-Privatermittlerin anzurufen.

Es war wirklich höchste Zeit.

Er fragte sich, was Lizzy wohl gerade machte. War sie heute Morgen joggen gegangen? Bei dem Gedanken musste er lachen. Hatte sie das Geschenk gefunden, das er in ihrem Büro hinterlassen hatte? Wusste die Frau eigentlich, mit wem sie es zu tun hatte?

Ihre Nummer kannte er bereits auswendig, obwohl er noch nie bei ihr angerufen hatte. Er rief die Favoritenliste auf. Ein Druck auf die Kurzwahltaste, und schon strömte das Adrenalin durch seine Adern. Ungeduldig lauschte er dem Klingelton. »Komm schon, Lizzy, geh endlich ran. Ich will mit dir spielen.«

Davis
Freitag, 8. Juni 2012

Kaum war Lizzy in Richtung Lincoln aufgebrochen, ging Hayley in ihr Zimmer und holte ihren Rucksack. Danach stürzte sie ins Wohnzimmer und sagte: »Komm schon.«

Jessica wirkte mit ihren aufgerissenen Augen und dem blassen Gesicht panisch. »Was soll das? Wir müssen hierbleiben und arbeiten.«

»Das werden wir auch tun«, sagte Hayley. »Arbeiten, meine ich. Jetzt komm schon.«

»Was hast du da in deinem Rucksack?«

»Das geht dich nichts an. Ich könnte auch dein Auto nehmen und allein hinfahren, aber ich brauche jemanden, der Schmiere steht.«

»Jemanden, der Schmiere steht?«

»Ja, du weißt schon, jemand, der draußen aufpasst und mich auf dem Handy anruft, falls jemand kommt. Und der mir sagt, dass ich schleunigst aus dem Haus verschwinden soll, wenn ich am Leben bleiben will.«

Jessica verschränkte die Arme auf der Brust. Das tat sie öfter. Eine lahme Geste, mit der sie andeutete, dass sie keine Lust hatte.

»Wenn du mich nicht hinfährst«, drohte Hayley, »rufe ich auf der Stelle Lizzy an und sage ihr, dass du neulich einen Flüchtigen unterstützt hast.«

»Das ist Erpressung. So etwas würdest du nicht wagen.«

»Sehe ich aus wie jemand, der so etwas nicht wagen würde?«

»Vergiss die Drohungen. Du würdest es nicht machen, weil du dann zurück in den Knast müsstest.«

»Gutes Argument.«

»Wenn du dein Ding durchziehst«, sagte Jessica, »sieht Lizzy, dass du weg bist, wenn sie heimkommt. Und dann schnappen dich die Bullen.«

»Sie ist nach Lincoln unterwegs, das liegt fast eine Stunde von hier entfernt. Wir haben also jede Menge Zeit. Aber wenn du nicht willst, dann frage ich halt Tommy. Ich bin sicher, er eignet sich bestens als Aufpasser.«

Jessica erhob sich knurrend und hängte sich die Handtasche über die Schulter.

Hayley hielt ihr die Tür auf.

»Das werde ich mir merken«, sagte Jessica.
»Das glaube ich dir.«

Lincoln
Freitag, 8. Juni 2012

Lizzy bog von der Forbes Road nach links in eine schmale Straße. Die hohen Kiefern zu beiden Seiten ließen nur wenig Tageslicht durchdringen.

Sie folgte der Straße etwa eineinhalb Kilometer, bis eine Kette, die zwischen einer Kiefer auf der linken Seite und einem Holzpfosten auf der rechten gespannt war, die Weiterfahrt versperrte. Sie stellte ihr Auto am Straßenrand ab und beschloss, den Rest der Strecke zu Fuß zurückzulegen.

Der Großteil des Grundstücks bestand aus Wald. Das Laub und die Erde auf dem Waldboden waren noch feucht vom Regen. Mächtige Redwoods, Eichen und Kiefern verströmten einen würzigen Duft. Plötzlich hörte Lizzy ein seltsames Geräusch. Sie blieb stehen und lauschte. Es klang nicht wie das Zirpen von Heuschrecken, sondern wie ein tiefes, unheimliches Summen, als kauten winzige Tierchen in gleichmäßigem Rhythmus vor sich hin.

Weiter vorne tauchte das Dach eines eingeschossigen Hauses auf. Bei näherem Hinsehen stellte Lizzy fest, dass es größer war, als sie zunächst angenommen hatte. Um das L-förmige Bauwerk verlief eine Terrasse. Ein separates Gebäude im Vordergrund sah wie eine Scheune aus. Die Holzverkleidung an den Außenwänden des Hauses war von der Witterung verblasst. Über die Hälfte des Fundaments war im Boden versunken, weshalb sich das Haus schief zur Seite neigte und so aussah, als würde es jeden Moment umkippen. Die Holzverkleidung wies am unteren Rand Termiten- und Witterungsschäden auf.

Das Haus machte auf den ersten Blick einen verlassenen Eindruck, aber als Lizzy die drei Stufen erklomm, die auf eine

Terrasse aus neuem Zedernholz führte, fielen ihr einige Dinge ins Auge, die auf noch nicht lange zurückliegende menschliche Aktivitäten hindeuteten. Ein Regenschirm lehnte neben der Eingangstür, schlammverkrustete Arbeitsstiefel standen herum und Holzscheite stapelten sich an der Wand. Lizzy öffnete die Fliegengittertür und klopfte. Nach einer Minute klopfte sie noch einmal. Als niemand aufmachte, trat sie einen Schritt zurück und ließ die Fliegengittertür zufallen.

Sie ging die Terrasse entlang um das Haus. Ihre Schritte hallten von den Holzdielen.

»Jemand zu Hause?«, rief sie und folgte der Terrasse bis zum Ende an der Westseite des Hauses. Sie blickte über das Geländer und sah Felszungen und Bäche. Ein friedlicher Ort, und dennoch ging von ihm eine kaum wahrnehmbare Unheimlichkeit aus.

Lizzy wusste, dass sie es eigentlich nicht tun sollte, aber sie konnte nicht anders. Schließlich hatte sie eine lange Strecke zurückgelegt, um hierherzukommen. Mit einem Blick durch die Bäume in Richtung ihres Autos vergewisserte sie sich, dass inzwischen niemand aufgetaucht war. Das Letzte, was sie brauchen konnte, war ein Ruf als Voyeurin. Sie presste das Gesicht an die Fensterscheibe, schirmte ihre Augen auf beiden Seiten mit den Händen ab und spähte ins Innere des Hauses.

Ihr Blick erfasste eine alte Couch, einen braunen Fernsehsessel und mehrere Bücherregale. Die Küche lag auf der rechten Seite. Lizzy drückte die Stirn fester gegen die Scheibe, um den Küchentisch besser sehen zu können. Auf der Tischdecke lag … *Paff!*

Lizzy erschrak so heftig, dass sie rückwärts auf den Hintern fiel. *Scheiße.*

Es war nur eine Katze, die aufs Fenstersims gesprungen war. Lizzy hielt sich die Hand auf die Brust. Das Herz schlug ihr bis zum Hals. Sie brauchte einen Augenblick, um sich zu sammeln. Genau genommen geschah es ihr recht. Schließlich stand sie auf.

Bevor sie einen erneuten Blick ins Innere werfen konnte, vibrierte ihr Handy. Sie atmete heftig aus und beschloss, am nächsten Tag wiederzukommen. Vielleicht hatte sie dann mehr Glück und würde jemanden zu Hause antreffen. Ohne auf das Display zu schauen, nahm sie den Anruf entgegen.

»Lizzy Gardner«, sagte die Stimme am anderen Ende. »Schön, dass sich endlich mal die Gelegenheit ergibt, mit Ihnen zu reden.«

Es war ein Mann. Lizzy hielt auf der obersten Treppenstufe inne. »Wer spricht da?«

»Ich bin ein großer Fan von Ihnen. Ich habe einiges über Sie gelesen, über Ihr Durchhaltevermögen und darüber, wie Sie Ihre Ängste und Phobien überwunden und versucht haben, ein normales Leben zu führen. Bei Ihrer Geschichte wird mir ganz warm ums Herz. Ich hoffe, wir können uns mal persönlich treffen.«

Sie wartete darauf, dass der Anrufer zur Sache kam. Plötzlich vernahm sie aus der Ferne, dort wo überwiegend große Felsen und hohe Bäume standen, dieses rhythmische, kauende Geräusch, das sie vorhin schon einmal gehört hatte. »Wer spricht da?«, wiederholte sie.

Der Anrufer lachte. »Um ehrlich zu sein, ich bin Ihr schlimmster Albtraum.« Seine Stimme klang auf einmal tief und rau.

Lizzy erstarrte. »Mein schlimmster Albtraum ist tot.«

»Das könnte Ihnen so passen«, sagte er glucksend. »Das könnte Ihnen so passen.«

Sacramento
Freitag, 8. Juni 2012

Der Wind hatte an Stärke zugenommen. Mit einer beständigen Geschwindigkeit von einhundertundsieben Stundenkilometern lag Jessica nur ein paar Stundenkilometer über dem Tempolimit. Sie hielt das Lenkrad fest umklammert und den Blick auf die Straße gerichtet. »Wohin fahren wir überhaupt?«, fragte sie.

»Zum Haus von John Robinson.«

»Hast du nicht gehört, was Lizzy gesagt hat? Der Mann ist womöglich gefährlich.«

»Du weißt doch, ich lebe für die Gefahr.«

Jessica kniff die Augen zusammen. »Du bist wahnsinnig.«

»Und verrückt, vergiss das nicht.«

»Du willst mich doch bloß provozieren.«

»Weil es so leicht ist«, sagte Hayley.

Für den Rest der Fahrt füllte Schweigen das Innere des Wagens. Irgendwann hielt Jessica es nicht mehr aus und drehte das Radio lauter.

»Nimm die nächste Ausfahrt«, wies Hayley sie ein paar Minuten später an.

Jessica gefiel das Ganze nicht. Sie ließ sich nur ungern herumkommandieren und schon gar nicht erpressen. Am wenigstens gefiel ihr die Vorstellung, dass Hayley sich verletzen könnte oder erneut im Gefängnis landete, falls sie erwischt wurde. Jessica nahm die nächste Ausfahrt, bog mehrere Male ab und hielt schließlich am Straßenrand. Sie sah Hayley an und sagte: »Ich will wissen, was dein Plan ist.«

»Wir sind noch nicht da.«

»Ich fahre erst weiter, wenn du mir sagst, was dein Plan ist.«

»Also gut«, sagte Hayley. »Wenn wir zu Robinsons Haus kommen, parkst du einen halben Block entfernt auf der Ostseite der Straße. Ich klopfe an der Tür, und wenn jemand aufmacht, mache ich mit meiner Handykamera ein Foto.«

»Das ist illegal. Du kannst doch nicht einfach andere Leute ohne ihr Einverständnis fotografieren.«

»Ich werde es unauffällig machen und so tun, als telefoniere ich.«

»Und wenn niemand zur Tür kommt?«

»Dann schaue ich mich schnell auf dem Grundstück um.«

»Versprich mir, dass du nicht in das Haus einbrichst.«

»Ich werde nicht einbrechen.«

Jessica starrte Hayley an und fragte sich, ob das Mädchen sie nur anlog. »Ich dachte, du machst keine Versprechen.«

»Das tue ich auch nicht.«

Jessica schnaubte. »Und wie lange wird dieser spontane Erkundungstrip dauern?«

»Höchstens zehn Minuten.«

Jessica dachte einen Augenblick darüber nach und betrachtete dabei die Bäume entlang der Straße, die sich im Wind wiegten. »Okay. Zehn Minuten. Wenn es länger dauert, rufe ich die Polizei.«

»Das lässt du schön bleiben.«

»War nur ein Witz.«

»Ruf die Polizei erst, wenn zwanzig Minuten vorüber sind«, fügte Hayley hinzu.

Der plötzliche Ernst in Hayleys Stimme gefiel Jessica nicht und schon gar nicht die Vorstellung, womöglich die Polizei rufen zu müssen. Das mit der Polizei hatte sie nicht ernst gemeint, aber Hayley anscheinend schon.

»Und jetzt kommt das Wichtigste«, fuhr Hayley fort. »Falls ein Auto in die Einfahrt fährt oder du jemanden auf das Haus zulaufen siehst, musst du mich anrufen. Ich habe mein Handy auf Vibrationsalarm gestellt, also kann niemand es klingeln hören.«

Jessica wurde ganz flau im Magen.

»Kann ich mich auf dich verlassen?«

»Ja, das kannst du«, sagte Jessica und fuhr los. »Bringen wir es hinter uns. Es sieht nach Regen aus. Wie geht's weiter?«

»Beim nächsten Stoppschild rechts.«

KAPITEL 24

Ich hasse es, wenn eine Tussi herumzickt.

– Gerald Stano

Lincoln
Freitag, 8. Juni 2012

»Warum wollen Sie mir nicht verraten, wer Sie sind?«, fragte Lizzy.

»Und mir damit den Spaß verderben?«

»Sind Sie der Mann, der mich neulich im Park überfallen hat?«

»Ich muss jetzt Schluss machen, Lizzy. Es gibt Wichtiges zu tun. Ich wollte einfach mal Ihre Stimme hören.«

»Bevor Sie das Gespräch beenden«, sagte Lizzy, »möchte ich Ihnen etwas äußerst Wichtiges sagen.«

»Ich bin noch dran.«

»Schön. Und jetzt hören Sie mir gut zu. Ich bin *Ihr* schlimmster Albtraum, Sie Arschloch. Von jetzt an bin ich der Schatten, der in jeder dunklen Ecke lauert. Vielleicht haben Sie ja wirklich ein paar Artikel über mich gelesen. Vielleicht glauben Sie alles, was in der Zeitung steht, und denken, ich bewege mich am Rand eines finsteren Abgrunds. Und wissen Sie was? Sie haben recht. Ich bewege mich am Rand … aber nicht am

Rand eines Abgrunds, sondern am Rand der Erleuchtung. Ich habe kapiert, dass ich ziemlich kaputt bin und wegen meiner Vergangenheit Verrückte, wie Sie, anziehe. Aber Ihr Plan, mich in den Abgrund zu schubsen, ist nach hinten losgegangen. Ich bin nämlich das Miststück, das Sie aufspüren und hinter Gitter bringen wird, und das Einzige, was Sie sich dann noch wünschen, ist …«

Plötzlich hörte sie das Freizeichen und wusste, dass ihr schlimmster Albtraum aufgelegt hatte.

Der Kerl war ganz schön dreist.

Zum ersten Mal seit Monaten empfand Lizzy etwas Stärkeres als Furcht, nämlich eine unbändige Wut. Und von einer Sekunde auf die andere erstickte diese Wut sämtliche Ängste in ihr. Was sie im Augenblick verspürte, war nicht der vergängliche Ärger über die kleinen Unannehmlichkeiten des Alltags, sondern rasender Zorn. Und sie fühlte sich gut dabei.

Sie ging auf der unbefestigten Straße zu ihrem Wagen zurück und grinste.

Sacramento
Freitag, 8. Juni 2012

Hayley zählte bis zehn. Hier war eindeutig niemand zu Hause. Die Eingangstür zu John Robinsons Haus war aus solidem Holz und es gab keine Möglichkeit, ins Innere zu schauen. Dunkle Vorhänge verdeckten das große Fenster – auch hier gab es nichts zu sehen.

Weiter mit Plan B.

Das Gartentörchen zu finden, war leicht, nicht hingegen, es zu öffnen. Hayley streckte den Arm, so weit es ging, und langte darüber hinweg. Ein paar Holzsplitter bohrten sich in ihre Haut. Endlich bekam sie den Metallriegel zu fassen, aber er ließ sich nicht bewegen. Ihre Finger ertasteten ein schweres Schloss – eines von der Sorte, für das man einen Schlüssel benötigte.

Der alte verwitterte Zaun stand windschief da und Hayley konnte durch die Ritzen blicken. Der Teil des Gartens, der hinter dem Haus lag, sah genauso aus wie der Vorgarten: toter Rasen und Unkraut. Aus einer verbeulten Mülltonne aus Aluminium quoll der Abfall heraus.

Hayley blickte über die Schulter nach hinten und sah, wie Jessica besorgt aus dem Fenster des Wagens schaute.

Ihre Blicke trafen sich.

Jessica schüttelte den Kopf und signalisierte Hayley mit beiden Händen, zum Auto zurückzukommen.

Hayley schüttelte ebenfalls den Kopf und gab Jessica mit einem Handzeichen zu verstehen, dass sie über den Zaun klettern wollte. Dann stieß sie sich mit den Füßen vom Boden ab, zog sich mit zusammengebissenen Zähnen und unter Aufbietung aller ihrer Kräfte an dem Hindernis hoch und ließ sich auf die andere Seite fallen. Sie landete mit beiden Füßen auf dem Boden, verlor jedoch das Gleichgewicht und fiel hin. Als sie sich wieder aufgerappelt hatte, wischte sie sich den Schmutz von den Kleidern. Bei dem Gestank, der ihr entgegenschlug, rümpfte sie die Nase. Es roch wie in einer Kläranlage. Sie fühlte sich fast wie zu Hause.

Plötzlich vibrierte ihr Handy, aber sie ignorierte es. Jessica war nun mal ein Angsthase.

Durch die Ritzen zwischen den Brettern konnte sie die Einfahrt sehen. Bisher war niemand vorbeigekommen und vor dem Haus parkten keine neuen Autos.

Jessica begann mit ihrem Countdown, nachdem Hayley aus dem Auto gestiegen war. Inzwischen waren fünf Minuten verstrichen. Um sich besser konzentrieren zu können, schaltete sie das Radio aus. Die Straße gefiel ihr nicht. Das Viertel sah heruntergekommen aus: Häuser mit eingeschlagenen Fensterscheiben, eine alte Matratze, die etwas weiter auf dem Gehsteig lag, Briefkästen, die dem Vandalismus zum Opfer gefallen waren. Sie fragte sich, in wie vielen dieser Häuser überhaupt noch jemand wohnte.

Sie hatte über solche Straßen gelesen. Die Verwahrlosung geschah stets nach demselben Muster: Häuser wurden zwangsversteigert, die Bewohner zogen aus, Drogensüchtige und Kriminelle rückten nach. Über der gesamten Straße hing ein übler Geruch.

Jetzt konnte sie Hayley vor der Eingangstür sehen.

Komm schon, Hayley. Da ist niemand zu Hause. Lass uns verschwinden.

Zutiefst verärgert beobachtete sie, wie Hayley zur Seite des Grundstücks ging, sich auf ihre Zehenspitzen stellte und mit einem Arm über das Gartentor langte. Anscheinend war dieses verschlossen, sonst hätte sie es geöffnet und das Grundstück betreten. Jessica war erleichtert, als Hayley in ihre Richtung blickte und mit ihr Augenkontakt aufnahm. Sie signalisierte ihr mit Handzeichen, dass ihre Zeit um sei und dass sie zum Auto zurückkehren solle. Stattdessen kletterte Hayley über den Zaun.

Scheiße. Sie hätte wissen müssen, dass Hayley nicht so leicht aufgab.

Was soll's.

Wenn Hayley unbedingt ihr Leben riskieren wollte, war das ihre Sache … aber wozu? Das Mädchen war dumm. Sie hatte soeben ein Grundstück betreten, das einem potenziell gefährlichen Mann gehörte. Nur Hayley konnte so leichtsinnig sein.

Jessica weigerte sich, einfach nur dazusitzen und sich Sorgen zu machen. Davon würde sie nur ein Magengeschwür bekommen. Um sich auf andere Gedanken zu bringen, warf sie einen Blick auf ihr Handy. Keine Anrufe in Abwesenheit, keine SMS, noch immer kein Wort von Magnus. Sie musste ihn anrufen, sonst würde sie noch wahnsinnig werden. Schließlich holte sie aus ihrer Handtasche den Zettel mit seiner Telefonnummer, den er ihr im Café gegeben hatte.

Wenn sie seine Stimme hörte, würde sie sich gleich viel besser fühlen. Sie wählte seine Nummer. Als das Freizeichen ertönte, schlug ihr Herz schneller.

Er ging nicht ran.

Plötzlich nahm sie aus dem Augenwinkel eine Bewegung wahr. Sie legte das Handy weg. Draußen auf der Straße stand ein kleiner verwahrloster Hund ohne Halsband. Er sah aus wie eine Promenadenmischung – eine Kreuzung aus Malteser und einer anderen, schwer identifizierbaren Rasse. Die Rippen standen hervor.

Der arme Kerl sah total verhungert aus.

Sie ließ ihren Blick die Straße auf- und abwandern, sah aber niemanden, der nach einem entlaufenen Hund suchte. Sie wühlte in ihrer Handtasche herum, bis sie einen Müsliriegel fand, griff nach ihrer Wasserflasche und stieg aus. »Hey, Kleiner!«, rief sie.

Der Hund drehte sich zu ihr um und sah sie an.

»Hast du Hunger?«

Der Hund wedelte mit dem Schwanz, kam aber nicht näher.

Jessica riss die Verpackung des Riegels auf, brach ein kleines Stück ab und hielt es ihm hin. »Hier, Kleiner. Na komm schon.«

Das Tier machte einen Schritt nach vorn, doch dann fuhr ein Pickup heran und machte alles zunichte. Der Hund lief davon und das Fahrzeug parkte in der Einfahrt von John Robinsons Nachbargrundstück.

Jessica eilte zu ihrem Volvo zurück und setzte sich hinter das Steuer. Sie holte ihr Handy hervor und rief Hayley an. Es klingelte einmal … zweimal … dreimal … viermal.

»Geh endlich ran, Hayley.«

Wozu jemanden Schmiere stehen lassen, wenn man nicht ans Handy geht?

Jessica ließ sich tiefer in ihren Sitz sinken und beobachtete, wie der Mann ausstieg. Er war groß und kräftig. Anstatt zum Eingang zu gehen, steuerte er auf John Robinsons Haus zu. Er ließ die Tür links liegen und ging auf direktem Weg zu demselben Gartentor, wo Hayley über den Zaun geklettert war, und verpasste ihm einen kräftigen Tritt, dass die Bretter zerbrachen.

Jessica erschrak. Was machte der Mann da? Was ging hier vor sich?

Er vergewisserte sich nicht einmal, ob ihn jemand beobachtete, sondern wirkte vollkommen ruhig, als wäre es die normalste Sache der Welt, Türen und Tore einzutreten. Jessica sah ihm zu, wie er sich bückte und durch das Loch im Gartentor verschwand. In diesem Viertel schien es nur Verrückte zu geben. Jessica griff zu ihrem Handy.

Hayley holte einen Dietrich aus ihrem Rucksack und öffnete damit die Seitentür der Garage in weniger als dreißig Sekunden. Drinnen parkte ein blitzblank polierter, blauer Toyota Camry, bei dem selbst die Felgen wie neu glänzten. Die gesamte Garage war sauber und aufgeräumt. Eine Wand war vollständig mit Werkzeugen behangen: Sägen, eine Axt, Schaufeln und eine Reihe von Gartengeräten.

Die Tatsache, dass ein Auto in der Garage stand, beunruhigte Hayley, denn bei ihren Recherchen hatte sie nichts über eine Ehefrau gefunden. Die Wahrscheinlichkeit, dass ein unverheirateter Mann mehr als ein Fahrzeug besaß, war gering. Und wenn Robinson nur ein Auto hatte, war er wahrscheinlich zu Hause. *Warum hat er dann nicht aufgemacht, als ich geklopft habe?*

Hayley beschloss, es herauszufinden. Aber zunächst einmal hob sie ein Hosenbein an und vergewisserte sich, dass ihr Messer sicher in der Knöchelscheide steckte. Sie zog es mit einer einzigen blitzschnellen Bewegung und hielt es so, dass die Klinge mit der Spitze nach vorne zeigte. Froh darüber, dass sie ihre Behändigkeit im Umgang mit der Waffe nicht verloren hatte, steckte sie das Messer wieder weg. Dann verschaffte sie sich mit dem Dietrich Zutritt zum Haus, wo sie eine Weile in der Küche stehen blieb und lauschte. Es war vollkommen ruhig. Kein Fernseher, kein Radio, keine Waschmaschine, Trockner oder sonstige Haushaltsgeräte.

Die Arbeitsplatte der Küche war aus gelbem Resopal. Um den Fünfzigerjahre-Esstisch aus Chrom und Avocadoholz standen vier Aluminiumstühle. Auf dem Boden lag ein bunter Flokati. Wie die Garage, so war auch die Küche sauber und aufgeräumt. Sogar die Wände sahen frisch gestrichen aus.

Als ihr Handy erneut vibrierte, ging Hayley zum Wohnzimmerfenster und spähte durch die schweren Vorhänge nach draußen.

Jessica blickte in ihre Richtung und deutete mit einer hektischen Handbewegung auf das Nachbarhaus. Da Hayley nichts sehen konnte und sich nicht für die Nachbarn interessierte, zeigte sie Jessica den erhobenen Daumen und zog die Vorhänge zu.

Sie benötigte gerade mal fünf Minuten, um das Haus auf die Schnelle zu durchsuchen. Es gab nur zwei Schlafzimmer. In den Betten schlief niemand. Das gesamte Haus wirkte nicht gerade bewohnt. An den Wänden hingen keine Bilder, nichts, das über den oder die Bewohner Aufschluss gab.

Hayley durchsuchte gerade den Arzneischrank im Bad, als sie plötzlich laute Geräusche im Nachbarhaus hörte. Sie rannte ins Schlafzimmer am anderen Ende des Hauses und spähte zum Fenster hinaus. Das Haus nebenan wirkte wie eine Kopie dessen, in dem sie sich gerade aufhielt. Sie konnte den seitlichen Teil des Gartens und die Tür zur Garage sehen.

Wumm. Wumm.

Was war das dort drüben?

Wahrscheinlich der Nachbar, der in der Garage arbeitete. *Nichts Aufregendes. Konzentrier dich.* Sie musste ihre Hausdurchsuchung zu Ende bringen und von hier verschwinden, bevor Jessica die Polizei rief. Als sie ins Schlafzimmer zurückkehrte, fiel ihr auf, dass der rechteckige Tisch am Ende des Betts in Wirklichkeit eine hölzerne Truhe war. Sie hob den Deckel und sah einen Stapel säuberlich zusammengelegter Frauenkleider, ein Paar schwarze Pumps und ein Paar Damenstiefel aus Leder. Sie griff nach einem mit einer Seidenschnur zugebundenen Kleidersack, fand darin zwei blonde Perücken und nahm eine heraus. Sie war schulterlang mit seitlich weggekämmtem Pony. Das Haar fühlte sich echt an.

Aus dem Nebenzimmer drang ein kratzendes Geräusch. Hayley stopfte alles wieder in die Truhe zurück, machte den

Deckel zu und eilte nach nebenan. Sie blieb einen Augenblick stehen und lauschte. Plötzlich nahm sie unter einem Tisch eine Bewegung wahr. Der Zottelteppich wurde angehoben.

Eine Falltür?

Scheiße!

Hayley rannte los, aber bevor ihr die Flucht gelang, schoss eine Hand hervor und packte sie am Fußgelenk. Sie fiel hin und schlug mit dem Kopf gegen einen Stuhl. Instinktiv wälzte sie sich zur Seite und trat dem Mann mit dem freien Fuß ins Gesicht.

Er stöhnte vor Schmerz, hielt sie aber fest. »Wer zum Teufel bist du?«

»Wer zum Teufel sind Sie?«, schrie sie.

»Ich mache nur meine wöchentliche Runde«, stieß er zwischen zusammengepressten Zähnen hervor, »und suche nach meiner Schwester.«

Hayley kniff die Augen zusammen. »Eli Simpson?«

»Woher kennst du meinen Namen?«

»Ich arbeite für Lizzy Gardner.«

Er atmete frustriert aus und ließ sie los. »Ist das eine elektronische Fußfessel?«

»Was geht Sie das an?«

»Eigentlich nichts.« Er stieg aus dem Loch und machte die Falltür zu. »Dieses Arschloch hat in seinem Haus mehr Fallen und Hindernisse als das Computerspiel *Mousetrap*.«

Hayley stand auf und klopfte sich den Staub von den Kleidern. »Gibt es dort unten etwas?«

»Nur einen leeren, fensterlosen Raum mit einer Werkbank und ein paar Werkzeugen. Ich habe mich schon länger gefragt, wie der Kerl es fertigbringt, ungesehen zu kommen und zu gehen. Vor einiger Zeit hat er in seinem hinteren Garten ein paar Arbeiten machen lassen. Ich hab mich umgesehen, und siehe da, es gibt einen Tunnel von der Grünanlage hinter dem Haus in den Raum dort unten.«

»Haben Sie in dem Tunnel etwas gefunden?«

Er schüttelte den Kopf. »Hat Lizzy dich hierhergeschickt?«

»Nein.« Hayley deutete in Richtung Haustür. »Ich muss los, sonst ruft die durchgeknallte Tussi, die mich hierhergebracht hat, die Polizei.«

Er deutete auf ihr Gesicht. »Du blutest ja.«

Hayley berührte ihr Gesicht und spürte das Blut an ihrem Finger. Als sie zur Tür ging, wunderte sie sich, wie schnell ihr Herz schlug.

»Und du?«, fragte Simpson, bevor sie zur Tür hinausging. »Hast du was gefunden?«

»Eine Truhe mit Frauenkleidern und ein paar Perücken.«

»Ja, der Typ macht gerne einen auf Transvestit«, sagte er und bedeutete ihr mit einer Handbewegung, das Haus zu verlassen. »Ich sehe mich noch ein bisschen um.«

Hayley sah sich noch einmal nach Eli um. Irgendwie tat ihr der Typ sogar leid. Sie machte hinter sich die Tür zu und lief über die Straße. Jessica wartete bereits mit offener Beifahrertür auf sie.

Kaum war Hayley eingestiegen, fuhr Jessica los.

Hayleys Herz schlug heftig gegen die Brust. Sie wartete darauf, dass Jessica sich erkundigte, was passiert war, oder sie wenigstens beschimpfte, dass sie völlig durchgeknallt wäre. Aber Jessica sagte nichts, sondern hielt sich peinlich genau an die Geschwindigkeitsbegrenzung und beachtete an jeder Kreuzung die Vorfahrt. Wenn da nicht diese Tränen in ihrem blassen Gesicht gewesen wären, hätte Hayley nie vermutet, dass Jessica irgendwelche Emotionen empfand.

KAPITEL 25

Ein Teil von mir sagt: Ich würde gerne mit ihr reden und ausgehen. Ein anderer sagt: Wie wohl ihr Kopf aussieht, wenn er auf einem Stock aufgespießt ist?

– Edmund Kemper

Sacramento
Freitag, 8. Juni 2012

Das Garagentor senkte sich mit einem lauten Surren. Sobald es sich geschlossen hatte, nahm er die Perücke vom Kopf und warf sie auf den Beifahrersitz. Dann lehnte er sich an die Kopfstütze zurück und atmete tief durch.

Die Nachwirkungen des Gesprächs mit Lizzy Gardner waren noch nicht verflogen. Sie war ein freches Miststück – genau die Art von Frauen, die ihm gefiel. Sie war eingebildet und äußerst selbstbewusst und wollte ihn in dem Glauben lassen, dass sie ihn genau dort hätte, wo sie ihn haben wollte. Bei dem Gedanken daran musste er lächeln.

Sie hatte ja absolut keine Ahnung, was auf sie zukam und was er mit ihr vorhatte. Er wünschte, er könnte ihre Reaktion mit der Videokamera festhalten, wenn ihr Leben wie ein Kartenhaus zusammenfiele.

Ein lautes Pochen riss ihn aus seinen Gedanken. Kassie war ganz schön widerspenstig, dachte er beim Aussteigen. Sie würde es noch bereuen, dass sie ihm so viel Ärger bereitet hatte.

Er machte den Kofferraum auf und nahm im selben Augenblick eine hastige Bewegung wahr. Plötzlich spürte er einen stechenden Schmerz an seiner Seite und taumelte rückwärts. Ein Messer steckte in seinem Körper.

Cleveres Mädchen.

Benommen sah er zu, wie sie aus dem Kofferraum stieg.

Als die Szene vor seinen Augen ablief, dachte er sich, dass es eigentlich lustig wäre, Kassie bei der Flucht zuzusehen, wenn das Ganze nicht so lächerlich wäre. Diese resolute Frau glaubte doch tatsächlich, ihn mit einem kleinen Steakmesser ausschalten zu können. Sie hatte keine Ahnung, mit wem sie es zu tun hatte. Er malte sich die verschiedenen Arten und Weisen aus, auf die er ihr Schmerzen zufügen wollte und, was noch wichtiger war, tatsächlich zufügen *würde*. Und zwar große Schmerzen.

Er folgte ihr mit gemächlichen Schritten. Gleich würde er ihr zeigen, wer hier das Sagen hatte.

Als sie versuchte, den Riegel beiseitezuschieben, der ihrer Flucht im Weg stand, zog er das Messer aus seiner Seite heraus und stach sie damit in den Oberschenkel. Sie schrie so laut und schrill, dass er sich gezwungen sah, ihren Kopf gegen die Wand zu schlagen, worauf sie in Ohnmacht fiel. Er holte ein Seil und eine Rolle Klebeband von der Werkbank, fesselte sie an Händen und Füßen und befestigte einen Streifen Klebeband auf ihrem Mund.

Er stand aufrecht da und sah einen Augenblick auf sie herab, ehe er sich zu ihr auf Gesichtshöhe hinunterbückte. Nach einer Weile flatterten ihre Lider und sie öffnete langsam die Augen.

»Das ist nur der Anfang«, warnte er sie. »Am Ende, wenn Sie sich mit dem Gedanken ans Sterben versöhnen und glauben, der Tod würde Sie erlösen, zeige ich Ihnen, dass Sie sich irren. Ich werde mich mit Ihrer Leiche vergnügen. Diese Hände«, sagte er und zeigte ihr beide Handflächen mit den Fingern nach oben, »werden mit jedem Ihrer Körperteile spielen, und zwar stundenlang.«

Sie fing an zu zittern. Er freute sich darüber und schloss die Augen. Ein wohliger Schauer durchfuhr seinen Körper.

Freitag, 8. Juni 2012

Während der Heimfahrt löste sich Lizzys Wut allmählich in Luft auf. Sie starrte auf die Fahrbahn und überlegte, was sie falsch gemacht hatte. Das Draufgängertum, das sie bei ihrem Telefongespräch zur Schau gestellt hatte, war wie weggeblasen. Jetzt, wo ihre Zukunft endlich vielversprechend aussah, fiel alles auseinander. Es war mehrere Wochen her, seit Lizzy das letzte Mal mit ihrer Schwester und ihrer Nichte gesprochen hatte, und sie vermisste beide. Sie konnte sich nicht mehr erinnern, wann sie zuletzt an ihre Mutter gedacht hatte. Mom lebte in Hawaii. Vor ein paar Monaten hatten Cathy und Brittany sie in Maui besucht und Lizzy erzählt, sie sehe gesund und glücklich aus. Cathy erwähnte mit keinem Wort, ob Mom nach Lizzy gefragt hatte, aber Lizzy konnte es sich denken. Selbst jetzt, nach all den Jahren, gaben die Eltern ihr die Schuld an allem, was in ihrem eigenen Leben schiefgelaufen war. Lizzys Therapeutin erinnerte sie oft daran, dass ihre Eltern damit nur Verantwortung von sich selbst abwälzten. Indem sie mit dem Finger auf andere zeigten, kamen sie mit ihren eigenen Schuldgefühlen besser klar.

Und dann war da noch Jessica. Sie war jung und intelligent, aber in letzter Zeit wirkte sie ängstlich. Lizzy wusste, was zu tun war. Sie musste Jessica entlassen und sie zwingen, sich etwas anderes zu suchen, bevor ihr alles über den Kopf wuchs.

Plötzlich klingelte ihr Handy. Es war Jared. *Gott sei Dank*. Lizzy hatte ihm eine Nachricht hinterlassen, mit der Bitte, zurückzurufen. Sie nahm das Gespräch an. »Alles klar bei dir?«

»Alles klar«, sagte er. Seine Stimme klang hastig. »Ich wollte dir nur sagen, dass ich die nächsten Tage nicht heimkomme.«

»Musst du wieder nach Quantico?«

»Nein, ich bleibe hier in Sacramento.«

»Was ist los?«

»Eine Frau wird seit heute vermisst. Sie heißt Kassie Scott und ist seit vierzehn Jahren verheiratet, ohne Kinder.«

»Kam das schon in den Nachrichten?«

»Nein. Ihr Mann hat sie erst vor ein paar Stunden als vermisst gemeldet. Das FBI behandelt den Fall unter Ausschluss der Öffentlichkeit. Alle Polizeireviere in Sacramento County haben die Anweisung, uns jede vermisste Frau zu melden, deren Verschwinden zu der Vorgehensweise des Liebespaarmörders passt.«

»Ich dachte, der Typ hat keine feste Vorgehensweise.«

»Hat er eigentlich auch nicht, denn bisher hat er seine Opfer entführt, ermordet und hinterher entsorgt, ohne sich an eine bestimmte Methode zu halten. Bei den neuesten Fällen verhielt es sich jedoch so, dass der Ehemann vierundzwanzig Stunden, nachdem er seine Frau als vermisst gemeldet hatte, entführt wurde. Anhand neuer Beweise trifft das auch im Fall Rene und Harold Lofland zu. Eine Putzfrau hatte im Haus der Loflands versucht, ein diamantenbesetztes Armband und anderen teuren Schmuck mitgehen zu lassen. Als Mrs Lofland unerwartet nach Hause kam, hat sie sich versteckt und mitgehört, wie Renes Entführer ihr mitteilte, er werde sich später den Ehemann schnappen.«

»Und das hat sie erst jetzt gemeldet?«

»Sie wurde festgenommen, als sie versucht hat, den Schmuck beim Pfandleiher zu verhökern. Der Staatsanwalt bot ihr für ihre Zeugenaussage im Zusammenhang mit dem Mord an Rene Lofland Strafmilderung an.«

»Und was habt ihr jetzt vor?«

»Wir müssen zügig handeln. Das könnte unsere Chance sein, den Liebespaarmörder auf frischer Tat zu ertappen. Ich werde bei Drew Scott bleiben, bis der unbekannte Täter mit ihm Kontakt aufnimmt.«

»Was, wenn der Mörder mit so etwas rechnet? Begibst du dich da nicht unnötig in Gefahr?«

»Es werden Kollegen in Zivilfahrzeugen in der Nähe sein. Was macht dein Gesicht? Hast du immer noch Schmerzen?«

Jared wechselte schon wieder geschickt das Thema. Darin war er Meister. »Bei mir ist alles im grünen Bereich«, sagte Lizzy. »Du brauchst dir keine Sorgen um mich zu machen.«

»Ich liebe dich«, sagte er. »Ich muss jetzt Schluss machen. Du hörst in ein paar Tagen von mir.«

»Jared«, begann sie, aber ehe sie ihm von dem Drohanruf berichten konnte, hatte er bereits aufgelegt. Sie fuhr in die Einfahrt und saß einen Augenblick lang nur da. Dann wählte sie seine Nummer, aber er ging nicht ran.

Sie schloss die Augen und versuchte, sich ein Leben ohne Jared vorzustellen. Zum ersten Mal, seit sie mit ihm zusammengezogen war, begriff sie, dass sie genau dort war, wo sie sein sollte. Dieses Haus war ihr gemeinsames Heim. Hier gehörte sie hin.

Jessica und Hayley waren gerade noch rechtzeitig zurückgekehrt, bevor sie Lizzys Auto in der Einfahrt hörten. Auf dem Beistelltisch lagen Papiere und Akten verstreut herum. Die beiden brachten schnell ein wenig Ordnung in das Chaos, damit es so aussah, als wären sie die ganze Zeit zu Hause gewesen.

Gerade als Lizzy zur Tür hereinkam, setzten sie sich auf die Couch.

Lizzys Gesicht zeigte immer noch Spuren des Überfalls im Park: Prellungen und blaue Flecken. Dazu kamen jetzt auch noch dunkle Ringe unter den Augen – deutliche Anzeichen von Übermüdung. Lizzy sagte kurz Hallo und kündigte an, sie wolle sich nur noch schnell umziehen und werde gleich wiederkommen.

Nachdem Lizzy nach oben gegangen war, flüsterte Jessica Hayley zu: »Das war verdammt knapp.«

»Hör auf, dir deswegen in die Hose zu machen. Wir haben es rechtzeitig geschafft.«

»Ich werde Lizzy von Magnus erzählen und von allem, was bisher im Zusammenhang mit Povo passiert ist.«

»Tu, was du nicht lassen kannst«, sagte Hayley, »aber sag nichts über meine Beteiligung. Wenn Lizzy das mit der falschen Fußfessel herausfindet, muss sie Jared davon erzählen. Beide stehen nämlich unter richterlicher Anweisung, darauf zu achten, dass ich mich an die Regeln halte. Sie sind offiziell meine Erziehungsberechtigten, wenn auch nur vorübergehend.«

»Verstehe«, sagte Jessica.

»Ich würde auch das mit den Männern weglassen, die sich den Kampf mit dem Messer geliefert haben.«

»Wieso?«

»Was, wenn Lizzy daraufhin die Polizei verständigt und die Bullen herausfinden, wo Magnus wohnt? Was würde dann mit deinem Freund passieren?«

Jessica verbarg nur ungern etwas vor Lizzy, aber in diesem Fall hatte Hayley recht. Sie wusste nicht, welche Rolle Magnus in dieser Sache spielte, und die Vorstellung, dass er wegen ihr Ärger bekommen könnte, gefiel ihr nicht. Bevor sie etwas unternahm, wollte sie wenigstens mit ihm reden. Sie musste sich beruhigen und ihre Paranoia über Bord werfen. Ehe sie mehr zu Hayley sagen konnte, kam auch schon Lizzy die Treppe herunter.

Lizzys Blick wanderte von Hayley zu Jessica. »Was ist los?«

Jessica erzählte Lizzy in einem Atemzug die ganze Geschichte: die sperrigen Müllsäcke, die spontanen Treffen in Povos Trailer, die Flecken an der Wand, bei denen es sich möglicherweise um Blutspritzer handelte. Sie erwähnte auch, dass sie sich mit Magnus in einem Café verabredet hatte, später noch einmal zu der Baustelle zurückgekehrt war und dabei gesehen hatte, wie Magnus von zwei Männern bedroht wurde. Hayleys Beteiligung ließ sie aus.

»Ich möchte, dass du in Zukunft um diese Baustelle einen weiten Bogen machst, okay?«

Die Panik in Lizzys Stimme war nicht zu überhören. »Das musst du mir nicht zweimal sagen«, sagte Jessica. »Aber was ist mit Magnus?«

»Ist das der Mann, mit dem du dich im Café getroffen hast?«, fragte Lizzy.

Jessica nickte. »Er arbeitet für Dominic und ich mache mir Sorgen um ihn.«

»Der Typ bringt uns nur Ärger«, sagte Hayley zu Lizzy. »Magnus weiß, dass Jessica für dich arbeitet. Woher sollte er das wissen … es sei denn, er hat selbst ein paar Nachforschungen angestellt? Und wieso würde er sich heimlich über ein Mädchen informieren, das in einem Auto sitzt und eine Baustelle beobachtet? Doch nur, wenn er selbst nicht ganz sauber ist.«

Jessica warf Hayley einen bösen Blick zu. »Aber …«

»Nichts aber«, unterbrach Lizzy sie. »Wir legen den Fall Povo zunächst einmal auf Eis, bis Danielle Cartwright aus Europa zurückkommt. Sie ist schließlich unsere Auftraggeberin. Wir schauen mal, was sie sagt, und handeln dann dementsprechend.«

»Okay, gut«, sagte Jessica und ließ sich in die Couch sinken.

Lizzy setzte sich und wandte sich Hayley zu. »Erzähl mir doch bitte, was es Neues im Fall Adele Hampton gibt.«

»Ich hab ein paar Anrufe erledigt, aber um es kurz zu machen, die wenigen Spuren, die ich verfolgt habe, verliefen im Sand«, log sie. »Ich habe mit Adeles Mutter gesprochen und … na, wie soll ich es sagen … ich glaube, sie will Adele nur deshalb finden, damit es ihrem Mann im Wahlkampf nützt.«

»Was hat sie gesagt, das dich zu dieser Annahme verleitet?«, fragte Lizzy.

»Es war vielmehr das, was sie nicht gesagt hat.« Hayley seufzte. »Wie dem auch sei, ich verfolge im Augenblick noch ein paar weitere Spuren. Vielleicht weiß ich in ein paar Tagen mehr.«

Jessica tat so, als machte sie sich Notizen, aber in Wirklichkeit verspürte sie einen unbändigen Drang, auf der Stelle alles hinzuschmeißen. Sie hatte die Lügen, die Gefahr und den Stress, die zu diesem Job gehörten, schlicht und einfach satt, doch leider brauchte sie das Geld. Außerdem vergötterte sie Lizzy Gardner und konnte sie unmöglich im Stich lassen, gerade jetzt, wo sie sie dringend brauchte. Hayley war eine andere Geschichte. Jessica hatte von ihren Manipulationen, den ständigen Lügen und Psychospielchen sowie den Verstößen gegen das Gesetz die Nase voll. Sie waren buchstäblich in letzter Minute aus John Robinsons Straße entkommen und Jessica zitterte immer noch deswegen. Was würde sie tun, wenn Lizzy von dieser Aktion erführe?

»Gibt es irgendwelche Probleme?«, fragte Lizzy Jessica. Anscheinend spürte sie ihre innere Unruhe.

»Nein.«

»Jessica hat zurzeit viel um die Ohren«, mischte sich Hayley ein. »Sie hält ein Auge auf meine Mutter, studiert am College und arbeitet zu viele Wochenstunden an diesem Povo-Fall. Außerdem hat sie Fotos gemacht, die beweisen, dass bei zwei von unseren Fällen Versicherungsbetrug vorliegt. Wir konnten beide Fälle in Rekordzeit abwickeln. Die Versicherung ist beeindruckt.«

Lizzy nickte anerkennend. »Ausgezeichnet. Danke, Jessica.«

»Ich hab bloß meine Arbeit gemacht«, sagte Jessica, ohne aufzublicken. Ja, es war schon richtig, dass sie die beiden Fälle gelöst hatten, aber Hayley hatte die ganze Arbeit erledigt, Fotos inklusive. Natürlich musste Hayley so tun, als wäre dies alles Jessicas Verdienst, denn es durfte ja niemand wissen, dass sie sich in der Stadt herumtrieb.

»Da ist jemand an der Tür«, sagte Hayley.

Lizzy durchquerte das Zimmer, spähte durch den Spion und machte auf.

Es war Stacey Whitmore von *Channel 10 News.*

»Ich muss mit Ihnen reden«, sagte sie.

»Kommen Sie rein.«

Stacey trat ein und Lizzy schloss die Tür hinter sich. Statt ihres zweiteiligen Kostüms trug sie dunkle Designerjeans und schwarze, goldverzierte Ballerinas. Unter der taillierten roten Jacke schaute eine weiße Seidenbluse hervor. Die Haare saßen perfekt. Aber hinter dieser makellosen Fassade verbarg sich eine Frau, die kurz vor einem Nervenzusammenbruch stand. Jessica kannte das aus eigener Erfahrung und empfand Mitleid mit ihr.

»Das hier sind meine Assistentinnen, Jessica und Hayley«, sagte Lizzy und machte eine Handbewegung in Richtung der beiden Mädchen.

Stacey nickte ihnen zu. Nachdem man sich miteinander bekannt gemacht hatte, gingen Lizzy und Stacey in die Küche. »Kann ich Ihnen etwas anbieten?«, fragte Lizzy.

»Nein, danke. Ich bin hier, weil ich etwas loswerden möchte.«

»Möchten Sie in den Garten, damit wir ungestört reden können?«

Die Reporterin sah zu Jessica und Hayley hinüber und schüttelte den Kopf. »Nein, das ist nicht nötig. Hier drinnen ist okay.«

»Also gut, worum geht es?«

»Um Michael.« Stacey deutete auf den Fernseher. »Es ist überall in den Nachrichten. Man hält ihn für den Liebespaarmörder. Er ist der Hauptverdächtige des FBI.«

Michael war nicht der einzige Verdächtige, aber Lizzy schwieg darüber.

»Sie haben es die ganze Zeit gewusst.« Stacey rieb sich den Nasenrücken. »Warum haben Sie mir nichts gesagt?«

»Das konnte ich nicht.«

»Was hat das FBI gegen Michael in der Hand? Sie haben selbst gesagt, dass Sie in seinem Haus waren. Was hat man dort gefunden?«

Hayley sah Jessica an und formte mit den Lippen die Worte: »Was ist los?«

Jessica gab Hayley mit einem Kopfschütteln zu verstehen, dass sie keine Ahnung hatte.

»Bleibt es unter uns?«, fragte Lizzy.

»Es bleibt unter uns«, erwiderte Stacey.

»Die Verbindung zwischen Michael und dem Liebespaarmörder hat etwas mit dem Bockkäfer zu tun.«

Stacey kniff die Augen zusammen. Man sah ihr die Überraschung deutlich an. »Bockkäfer«, murmelte sie.

Lizzy nickte. »Wenn ich es richtig verstehe, ist der Bockkäfer im Augenblick das einzige Verdachtsmoment.«

Stacey zog einen Stuhl heran und setzte sich. Sie wirkte benommen.

»Der Käfer fasziniert offensichtlich den Liebespaarmörder. In den letzten fünf Jahren hat der Mann diese Insekten bei den Leichen der Opfer oder zumindest in deren Nähe hinterlassen.«

»Sie wollen mir also damit sagen, dass das FBI diesen Käfer in Michaels Haus gefunden hat. Der echte Killer könnte ihn dort versteckt haben. Es ist genauso, wie Michael sagt – jemand versucht, ihm die Tat in die Schuhe zu schieben. Das leuchtet doch ein, oder nicht?«

Lizzy sagte nichts. Kassies Entführung änderte alles, aber sie wollte nicht zu viel preisgeben und Jared gefährden.

»Wenn ich mich nicht irre, gab es in den Nachrichten auf *Channel 10* mal eine Story über diesen Bockkäfer«, sagte Stacey. Ihre Augen waren plötzlich hellwach. »Mein Gott, das muss mindestens zehn Jahre her sein. Es ging dabei um ein älteres Ehepaar. Wenn mich meine Erinnerung nicht täuscht, waren sie Bestattungsunternehmer. Eines Tages fand man in ihrer Bestattungsfirma zwei Leichen, die mit genau diesen Käfern ausgestopft waren.«

»Zu der Zeit haben Sie doch noch gar nicht bei *Channel 10 News* gearbeitet.«

»Aber ich habe mir jede Sendung angesehen, seit ich wusste, dass ich einmal Fernsehjournalistin werden wollte. Ich habe mir sämtliche Bewegungen der Reporter gemerkt, ihre Sprache, ihre Mimik, ihre Gesten. Ich war damals in meinem letzten Semester an der Uni und in den Medien drehte sich alles um den Lewinsky-Clinton-Skandal und Baseballstars wie Mark McGwire und Sammy Sosa. Es gab wirtschaftliche Turbulenzen und tropische Wirbelstürme in der Karibik. Da hat sich doch niemand für ein paar mit Käfern ausgestopfte Leichen interessiert.«

Jessica wurde übel. Das war ja widerlich. Ein paar Minuten zuvor hatte sie eine Akte von dem Beistelltisch genommen, um so zu tun, als wäre sie beschäftigt. Dabei fiel eine Visitenkarte heraus und landete auf ihrem Schoß. Während sie dem Gespräch zwischen Lizzy und Stacey zuhörte, spielte sie mit der Karte herum. Schließlich warf sie einen genaueren Blick darauf und sah, dass jemand den Namen *Belle Gunness* auf eine Seite gekritzelt hatte. Irgendetwas stimmte da nicht. Der Name kam ihr bekannt vor, aber sie konnte nicht genau sagen, warum.

Hayley klapperte wie immer auf ihrer Tastatur herum. »Ja, das stimmt«, sagte sie. »Das Paar hieß Karen und Todd Beck. Sie waren Bestattungsunternehmer und wohnten in Lincoln, Kalifornien.« Hayley sah Lizzy an. »Warst du heute nicht in Lincoln?«

Lizzy nickte.

»Wie es aussieht, haben sich die Becks vor Gericht schuldig bekannt und kamen mit einer Verwarnung davon«, fügte Hayley hinzu.

»Ich rufe meine Assistentin an«, sagte Stacey, »und bitte sie, die Mitschrift dieser Sendung herauszusuchen.«

Jessica sah Lizzy an und hielt die Karte von Lilys Blumenladen hoch. »Diese Visitenkarte war von einem der Dienstleister, die Jennifer Dalton für ihr Hochzeitsjubiläum engagiert hat, stimmt's?«

Lizzy nickte.

»Hast du den Namen gesehen, den jemand auf die Rückseite geschrieben hat?«

»Ja, hab ich«, sagte Lizzy. »Ich war in dem Laden und habe mit der Chefin geredet.«

»Hast du auch mit Belle Gunness gesprochen?«

»Ich habe nach ihr gefragt, aber die Chefin sagte mir, sie käme erst nach Thanksgiving wieder. Wieso fragst du?«

»Ich bin mir nicht sicher«, sagte Jessica. »Der Name kommt mir irgendwie bekannt vor, das ist alles.«

KAPITEL 26

Ich habe mein ganzes Leben lang gehasst.
Ich habe alle gehasst. Als ich noch klein war, hat meine Mutter mir Mädchenkleider angezogen. Das hat sie zwei oder drei Jahre lang gemacht. Und danach hat man mich behandelt wie einen Hund. Man hat mich geschlagen und gezwungen, Dinge zu tun, die kein Mensch freiwillig tut.

– **Henry Lee Lucas**

Sacramento
Freitag, 8. Juni 2012

Die Meldung, dass Kassie Scott vermisst wurde, ging um genau 19.43 Uhr am Freitag ein. In den nächsten zwei Stunden arbeitete das FBI einen Plan aus.

Drew Scott, der Mann, der seine Frau als vermisst gemeldet hatte, bekam die Anweisung, sich unverzüglich zu dem Supermarkt an der Ecke 10th Avenue und Oak Street zu begeben, dort Milch zu kaufen und dann wieder nach Hause zu fahren. Man sagte ihm auch, wo er sein Auto unverschlossen parken solle, und dass das Ganze schnell gehen müsse.

Ferner teilte das FBI Drew mit, er solle nicht erschrecken, wenn er auf dem Rücksitz seines Wagens einen Mann vorfinde, der sich dort verstecke. Dieser Mann war FBI-Agent Jared Shayne. Wenn es sich bei Kassies Entführer tatsächlich um den Liebespaarmörder handelte, würde er höchstwahrscheinlich Drew auf Schritt und Tritt folgen.

Zwei Minuten, nachdem Drew seinen Wagen vor dem Supermarkt geparkt hatte, blockierte ein großer Lieferwagen die Sicht auf das Fahrzeug und gab Jared dreißig Sekunden Zeit, sich ungesehen darin zu verstecken. Das FBI hatte sich für diese Vorgehensweise entschieden, da sie leichter durchführbar war, als das Einschleusen eines Agenten in Drew Scotts Haus.

Das Ganze ging schnell über die Bühne: Drew verließ sein Haus und kam in weniger als fünfzehn Minuten mit der Milch und einem FBI-Agenten auf dem Rücksitz zurück.

Drew fuhr seinen Wagen in die Doppelgarage, schloss das Garagentor mit der an der Sonnenblende angebrachten Fernbedienung und sagte: »Sie können jetzt hochkommen. Die Luft ist rein.«

Jared legte einen Finger auf die Lippen und signalisierte Drew, dass es in seinem besten Interesse sei, nicht laut zu reden. Er öffnete leise die Wagentür und stieg aus. Da die Spurensicherung erst Zutritt zu dem Haus haben würde, wenn das Ganze vorbei war, hatte Jared die Anweisung erhalten, sämtliche Beweismittel einzusammeln. Zu diesem Zweck trug er einen Beutel mit Spurensicherungswerkzeugen mit sich.

Er würde mit empfindlichen und leicht zu verunreinigenden Beweismaterialien beginnen, wie zum Beispiel Blut, Haare, Fingerabdrücke und Fasern. Ganz oben auf seiner Liste: sämtliche Bereiche des Hauses fotografieren, die aussahen, als hätte dort jemand Spuren hinterlassen. Er hatte eine helle Leuchte und ein Vergrößerungsglas dabei, aber wenn er Glück und der Täter seine Hände mit beispielsweise einem Stück Seife gewaschen hatte, könnte ein Foto überaus nützlich sein. Ansonsten würde er seine Taschenlampe und schwarzes Pulver verwenden.

Bereiche, die er sich näher unter die Lupe nehmen würde, waren Ein- und Ausgänge und sämtliche harten Oberflächen.

Er würde mit Möbeln oder anderen Gegenständen beginnen, die den Eindruck machten, als hätte sie jemand verschoben oder angerührt.

Ehe er jedoch mit der Spurensicherung begann, würde er sich zunächst vergewissern, dass das Haus sicher war und sich niemand dort versteckte.

Bereits wenige Minuten nach Bekanntwerden von Kassie Scotts Verschwinden hatte das FBI mehrere Agenten in der Straße platziert. Sie hatten Anweisung, sich gut versteckt zu halten.

Jared hängte sich den Spurensicherungsbeutel über die Schulter, streifte sich ein Paar Latexhandschuhe über, zog seine Sig P226 und signalisierte Drew mit einer Handbewegung, sich ruhig zu verhalten und zu bleiben, wo er war, bis Jared seinen Rundgang durch das Haus beendet hatte.

Als Erstes nahm er sich die Küche vor. Das einzige Licht im Haus kam von ein paar Wandleuchtern im Zimmer nebenan. Er betätigte den Schalter an der Wand zu seiner Rechten. Auf den ersten Blick sah alles steril und unberührt aus, doch bei näherem Hinsehen entdeckte er ein kleines Messer, das unter einem Schrank hervorragte. Er schaute kurz in Richtung Garage, wo Drew wie angewurzelt dastand und nervös Jareds Bewegungen beobachtete.

Es war schwierig zu erraten, was Drew wohl im Augenblick durch den Kopf ging. Er war blass im Gesicht und starrte vor sich hin. Wahrscheinlich hatte er jede Menge Fragen. Bestimmt sorgte er sich um seine Frau. Und dennoch wirkte er ruhig – zu ruhig.

Jared wollte mit dem Mann keine Minute lang tauschen.

Er ließ das Messer erst einmal links liegen und ging weiter in den eigentlichen Wohnbereich weiter vorne im Haus. Er betätigte einen weiteren Lichtschalter und stellte fest, dass die Eingangstür verschlossen war und keine Spuren eines Einbruchs aufwies. Um den Tisch im Esszimmer gruppierten sich vier Stühle mit hohen Lehnen, von denen einer umgestürzt war.

Die Schale mit Plastikobst in der Mitte des Tischs war ebenfalls von der Stelle gerückt worden. Er machte sich über diese zwei Unregelmäßigkeiten eine Notiz in seinem Hinterkopf und ging mit schussbereiter Waffe weiter.

Die nächste Station war ein Kuriositätenschrank aus Kirschholz im Esszimmer, dessen Glasschiebetür teilweise offen stand. Dass jemand Gegenstände entfernt hatte, war anhand der Abdrücke in der dünnen Staubschicht an den leeren Stellen ersichtlich. Es waren jedoch nicht die offene Tür und die fehlenden Gegenstände, die seine Aufmerksamkeit erregt hatten, sondern die beiden lebenden Bockkäfer, die in einem herzförmigen Kristallgefäß mit Deckel herumkrabbelten.

Sie hatten ihren Mann.

Plötzlich erschien Lizzys Gesicht vor Jareds geistigem Auge. Er schüttelte den Kopf, um die Vision zu vertreiben. *Ihr geht es gut*, redete er sich ein. Immerhin hatte er sie heute Morgen gesehen und erst vor knapp einer Stunde mit ihr telefoniert. Trotzdem nagte etwas in seinem Unterbewusstsein und erschwerte die Konzentration.

Er betrachtete die Käfer. Der Liebespaarmörder war also hier gewesen. Vielleicht war er sogar noch im Haus. Jared fokussierte seine Gedanken und setzte seinen Rundgang fort. Er durchsuchte das Gästezimmer. Niemand lag unter dem Bett versteckt. Im Wandschrank nichts als Winterjacken und Skistiefel – kein Durcheinander, nichts, was dort nicht hingehörte. Er verließ das Zimmer und ging nach oben. Auf dem obersten Treppenabsatz hielt er inne. Ein Geräusch – zu seiner Rechten tropfte ein Wasserhahn.

Langsam und vorsichtig betrat er das Elternschlafzimmer und stellte fest, dass jemand erst kürzlich auf der rechten Seite des Bettes gelegen haben musste. Noch eine Notiz in seinem Hinterkopf: Frage Drew, ob er ein Nickerchen gehalten hatte, bevor er seine Frau als vermisst meldete. Jared warf einen Blick auf das aufgeschlagene Buch, rührte es jedoch nicht an.

Tropf. Tropf. Tropf.

Ein Albtraum für Leute, die an Schlaflosigkeit litten.

Im Bad überwogen Glas, Marmor und Armaturen aus Titan. Der Raum war übersichtlich und es gab keine Stellen, die sich als Versteck eigneten. Jared drehte den Wasserhahn fest zu. Im selben Augenblick vernahm er ein Kratzgeräusch aus dem Schlafzimmer. Womöglich eine Ratte auf dem Dachboden – oder der Mörder.

Jared trat in voller Alarmbereitschaft aus dem Bad und lauschte. Die Tür zum Wandschrank war verschlossen. Er ging darauf zu und versank mit den Füßen in dem Plüschteppich. Seine Hand berührte den Chromgriff der Tür und öffnete sie.

Im Wandschrank war es dunkel, nichts als Schatten. Mit der Linken tastete er die Wand ab, bis er den Lichtschalter fand.

Das Innere des Wandschranks hatte die Form eines Hufeisens und war fast so groß wie das Gästezimmer im Erdgeschoss. Jareds Blick wanderte von den zerknitterten Hemden, die unordentlich an Kleiderbügeln aus Holz hingen, hinunter auf den teppichbelegten Boden. Ein Teil des Teppichs war verrutscht und wies Flecken auf. Offensichtlich hatte an dieser Stelle ein Kampf stattgefunden, und Jared ging davon aus, dass das Drama hier seinen Anfang genommen hatte.

Mit gezogener Waffe ging er langsam auf die Insel in der Mitte des Wandschranks zu. Von dort hatte er einen vollen Überblick über das gesamte Innere des Schranks. Die Regale über seinem Kopf waren voll von Schuhschachteln und verschiedenen Accessoires wie Handtaschen und Mützen.

Er hielt erneut inne und lauschte. Das Kratzgeräusch war verschwunden.

Um die Durchsuchung der Schubladen konnte er sich später kümmern. Im Augenblick konzentrierte er sich auf die Hemden in der Nähe des Lichtschalters. Er ging darauf zu, bückte sich und bemerkte einen einzelnen Knopf und etwas auf dem Teppich, das wie Blutflecken aussah.

John und Rochelle
Sacramento
Juni 2007

»O Gott, was habe ich nur getan?«, schrie Rochelle. Ihr ungewaschenes Haar hing ihr in Strähnen ins Gesicht.

John hatte inzwischen beide Hände frei und versuchte hektisch, das Seil um seine Fußgelenke zu lösen. Schließlich bekam er das rechte Bein frei. Nur noch der andere Fuß, dann war er frei. »Rochelle«, sagte er, »alles ist gut. Wir kommen hier raus.«

Mit ihren weit aufgerissenen Augen und dem zusammenhanglosen Zeug, das sie von sich gab, wirkte sie wie im Fieberwahn. Ihre Ketten klirrten, als sie auf engem Raum auf und ab ging. Sie war sichtlich verwirrt. Im Eifer des Gefechts hatte sie mehrmals aus Versehen mit dem Schraubenzieher auf ihn eingestochen, und der Gedanke, dass sie ihn womöglich verletzt hatte, war einfach zu viel für sie. Er verspürte große Schmerzen, vermied es jedoch, sie unnötig in Panik zu versetzen. Mit seinem Hemd band er sich den Arm ab, um den Blutfluss zu hemmen.

»Lässt du mich gehen?«

»Ich werde dafür sorgen, dass wir beide freikommen, falls du das meinst.«

Er ignorierte ihr wirres Gerede und machte sich weiter an der Fessel um sein Fußgelenk zu schaffen. Ihre Flucht konnte nur gelingen, wenn er fokussiert blieb. Fast hatte er es geschafft. Noch eine Minute, dann konnte er sich um die Kette an Rochelles Bein kümmern.

In der Ferne ertönten Polizeisirenen.

Rochelle riss den Kopf hoch. In ihren weit aufgerissenen, wachen Augen spiegelte sich neue Hoffnung.

John brachte es nicht übers Herz, ihr zu sagen, dass sie hier unten in diesem fensterlosen Kellerverlies niemand hören konnte.

Rochelle musste dies instinktiv begriffen haben, vor allem, als das Sirenengeräusch immer schwächer wurde.

Sie fiel auf die Knie, kroch von ihm weg und kauerte sich zitternd in einer Ecke zusammen.

John verspürte einen unbändigen Drang, nach oben zu gehen und die Kerle, die ihnen das angetan hatten, windelweich zu prügeln, aber sein linkes Bein war immer noch an den Stuhl gefesselt. Solange er nicht freikam, war er hilflos. Er packte den Schraubenzieher und bearbeitete mit erneutem Eifer das Seil an seinem linken Bein. Mit zusammengebissenen Zähnen und hervortretenden Adern bekam er schließlich den Fuß frei.

Geschafft! Zum ersten Mal seit mehreren Tagen, oder vielleicht sogar Wochen, gelang es ihm, auf die Füße zu kommen. Für einen Augenblick stand er mit wackeligen Knien da, bis er sein Gleichgewicht fand. Er machte einen Schritt, dann noch einen. Er wankte, rutschte in einer Blutlache aus und fiel auf die Matratze, auf der Rochelle wochenlang jede Nacht geschlafen hatte. Ihr Geruch trieb ihm Tränen in die Augen.

Seine Freundin bewegte sich nicht, während er versuchte, ihre Ketten zu entfernen. Ihre Niedergeschlagenheit beunruhigte ihn. Dieses Martyrium hatte sie um den Verstand gebracht und sie hatte anscheinend aufgegeben. Jedes Kettenglied war fünf Zentimeter lang. Ohne passendes Werkzeug hatte er nicht die geringste Chance, die Fußschelle von ihrem Knöchel zu lösen.

Zuvor hatte er die Männer reden hören und wusste, dass sie jeden Moment wiederkommen konnten.

Ihnen blieb nicht mehr viel Zeit.

Er rappelte sich auf und taumelte zu der Stelle, wo die Werkzeuge aufbewahrt wurden. Leider gab es nichts, womit er Metall durchschneiden konnte. Er schleppte sich zum Fuß der Treppe und kroch nach oben. Seine Arme und Beine fühlten sich wie gekochte Nudeln an. Sein Atem ging flach und er war am Ende seiner Kräfte. Die Angst verursachte ein Kribbeln auf seiner Haut. Wie konnte er es in diesem Zustand schaffen, Rochelle zu retten?

Die Tür ließ sich mühelos öffnen. *Gott sei Dank.*

Er hielt sich an der Wand fest, richtete sich auf und schaute nach rechts und links. Falls einer der Männer jetzt zurückkäme und ihn sähe, wäre er erledigt.

Er ließ Rochelle nur äußerst ungern zurück, aber nur so könnte er sie beide retten. Seine Freundin schrie um Hilfe und ihre Schreie taten ihm in der Seele weh. Mit wankenden Schritten durchquerte er das Wohnzimmer und gelangte zur Tür.

Langsam und leise, um niemanden im Haus zu wecken, drehte er den Knauf und öffnete die Tür. Als er die frische Luft im Gesicht spürte, atmete er tief ein.

In dem Viertel war es ruhig, die Straßen waren frei. Alles sah aus wie vorher, mit Ausnahme seines verschwundenen Wagens.

Rochelle schrie schon wieder um Hilfe.

Er drehte sich zum Wohnzimmer um und überlegte, ob es nicht eine andere Möglichkeit gäbe, sie zu befreien, aber es war zu riskant. Die Kerle würden dafür mit ihrem Leben bezahlen, so viel stand fest. Er würde jeden dieser Männer, die ihnen das angetan hatten, eigenhändig umbringen – und zwar bald.

Aber erst musste er Hilfe holen. Eine andere Möglichkeit gab es nicht. Er ging nach draußen und trat auf Laub und tote Äste, die auf dem vergilbten Rasen herumlagen. Die Sonne versteckte sich zur Hälfte hinter einer Schicht dicker Wolken. Das Viertel lag verlassen und leblos da. Er humpelte, so schnell er konnte – was nicht sonderlich schnell war –, einen unebenen, von Rissen durchzogenen Gehsteig entlang. Welcher Tag heute war, wusste er nicht und es war ihm auch egal. Er wusste nur, dass er Hilfe holen musste, bevor es dunkel wurde.

KAPITEL 27

Auf einmal begriff ich, dass ich soeben etwas getan hatte, das mich von normalen Menschen unterschied und das ich nie wiedergutmachen konnte. Von da an wusste ich, dass ich nie wie alle anderen sein würde. Ich muss etwa zwanzig Minuten lang in diesem Geisteszustand verharrt sein. Eine solche emotionale Leere hatte ich bis dahin noch nie erlebt, und ich werde dieses Gefühl nie vergessen. Es war, als hätte ich Land betreten, aus dem es kein Zurück gibt.

– David Gore

Sacramento
Samstag, 9. Juni 2012

Jared brachte den größten Teil der Nacht damit zu, Drew zu beruhigen. Er erinnerte ihn daran, dass er ihm nur dann helfen konnte, Kassie zu finden, wenn Drew sich zusammenriss. Da die meisten Spuren im Schlafzimmer zu finden waren, hielten sie sich dem Obergeschoss fern. Drew schlief im Gästezimmer, Jared auf der Couch.

Jared bekam in dieser Nacht nicht viel Schlaf. Irgendwann musste er für etwa eine Stunde eingenickt sein, denn als ihn das Knallen einer Autotür weckte, war es vier Uhr morgens. Er begab sich in die Garage und sah Drew hinter dem Steuer seines Wagens sitzen und auf dem Handy telefonieren. Als er Jared bemerkte, beendete er das Gespräch.

Jared fiel Schweiß auf Drews Stirn auf.

»Er hat Kontakt aufgenommen«, sagte Drew.

»Wer?«

»Der Kerl, der meine Frau entführt hat.«

Drews Hände zitterten und sein Blick huschte nervös von einer Seite der Garage zur anderen. Da war etwas faul. Jared trat an den Wagen heran und spähte ins Innere. Der Rücksitz war leer. »Machen Sie den Kofferraum auf«, sagte er.

Drew tat, wie ihm geheißen. Der Kofferraum war leer.

»Was soll das?«, fragte Drew. »Der Mann, den Sie suchen, hat mit mir Kontakt aufgenommen. Wollen Sie da nicht etwas unternehmen?«

»Das tue ich ja schon«, sagte Jared und kam zum vorderen Ende des Wagens zurück. »Sie müssen ruhig bleiben.«

Drew schnaubte verächtlich und drehte den Autoschlüssel im Zündschloss.

»Machen Sie den Motor wieder aus und geben Sie mir den Schlüssel«, wies Jared ihn in bestimmtem Ton an.

»Ich muss meine Frau retten.«

»Machen Sie sofort den Motor aus.«

»Erst wenn Sie mir sagen, was los ist. Was haben Sie im Obergeschoss gefunden und wie lange sitzen wir noch untätig herum?«

Jared musste den Mann dringend beruhigen und dazu musste er ehrlich zu ihm sein. »Im Wandschrank in Ihrem Schlafzimmer hat es einen Kampf gegeben.«

Drew ließ den Kopf und die Schultern hängen und fing an zu weinen.

Jared langte ins Auto, stellte den Motor ab und zog den Schlüssel aus dem Zündschloss. »Wo sollen Sie sich mit ihm treffen?«

»Das darf ich Ihnen nicht sagen.«

»Weiß er, dass Sie mit dem FBI zusammenarbeiten?«

»Davon habe ich ihm nichts erzählt«, sagte Drew mit tonloser Stimme und blutunterlaufenen Augen. »Er hat mich gewarnt, dass unsere Abmachung null und nichtig ist und Kassie stirbt, wenn ich die Polizei oder das FBI kontaktiere.«

»Sagen Sie mir, wo Sie sich mit ihm treffen sollen.«

»Das geht nicht. Er bringt sie sonst um.«

Jared atmete frustriert aus. »Hören Sie, Drew, wir sind hier, um Ihnen und Ihrer Frau zu helfen. Jetzt sagen Sie schon: Wo sollen Sie sich mit dem Anrufer treffen?«

»Sie verstehen mich nicht. Ich kann ohne Kassie nicht leben.«

»Ich verstehe Sie schon, Drew. Ich würde nie etwas tun, das Kassies Leben gefährdet. Sie müssen uns helfen, damit wir Ihnen helfen können.«

»Die Shell-Tankstelle in der Madison Avenue«, sagte Drew leise und schloss die Augen. »Er wird wieder anrufen.«

»Hat er gesagt, wann?«

»Nein.«

»Erzählen Sie mir genau, was der Anrufer gesagt hat, damit wir Kassie helfen können.«

»An der Shell-Tankstelle in der Madison Avenue gibt es ein Münztelefon«, sagte Drew mit zitternder Stimme und gesenktem Blick. »Ich soll allein dorthin kommen und warten, bis das Telefon klingelt. Wenn jemand anders ans Telefon geht, ist die Abmachung hinfällig.«

Jared zog sein Handy hervor und rief Jimmy Martin an. »Wie es aussieht, hat der unbekannte Täter im Laufe der Nacht mit Drew Kontakt aufgenommen. Drew erhielt die Anweisung, zur Shell-Tankstelle in der Madison Avenue zu fahren.«

Jared gab die restliche Information durch und bekam grünes Licht: Drew sollte sich zu dem Münztelefon begeben und dort auf weitere Anweisungen warten. Jared beendete das Gespräch und gab Drew den Autoschlüssel zurück.

Kaum hielt Drew den Schlüssel in der Hand, sah er zum ersten Mal Jared direkt in die Augen. »Tut mir leid«, sagte er mit ernster Stimme und Tränen in den Augen. »Ich hatte keine andere Wahl.«

»Wie meinen Sie das?«, fragte Jared. Aber Drew brauchte es gar nicht erst zu erklären, denn, noch bevor Jared den lauten elektrostatischen Knall hörte und den Stromschlag in seinem Nacken spürte, nahm er zu seiner Rechten eine Bewegung wahr und begriff augenblicklich, dass er in eine Falle getappt war.

Drew stieg aus und beugte sich zu Jared hinunter. »Ich hatte keine andere Wahl«, sagte er mit grimmigem Blick. Er wird Kassie jetzt freilassen. Nur so konnte ich sie retten.«

Es tat höllisch weh. Jareds Muskeln verkrampften sich und er verlor jegliche Kontrolle über seinen Körper.

»Steigen Sie ein«, befahl jemand. Es war der Mann, der Jared mit einem Stromstoß aus einer Elektroschockpistole außer Gefecht gesetzt hatte.

Drew setzte sich hinters Steuer. Der Mann beugte sich zu Jared herab. In seiner Hand hielt er eine Spritze.

»Die Wirkung der Elektroschockpistole verfliegt schnell. Deswegen muss ich Ihnen ein Betäubungsmittel injizieren. Nur so kann ich Sie von A nach B transportieren, ohne dass uns jemand sieht.«

Jared konzentrierte sich auf den Liebespaarmörder.

Er hatte die letzten neun Monate damit verbracht, mithilfe gründlicher Tatortanalyse ein Täterprofil für diesen Serienmörder zu erstellen und herauszufinden, was ihn motivierte. Und jetzt stand der Mann vor ihm. Er war Weißer, knapp unter einem Meter achtzig groß und kahlköpfig. Alles an ihm sah aus wie in die Länge gezogen: der Giraffenhals, die langen Beine und die ungewöhnlich langen Finger. Seine großen, hohlen und blauen Augen wirkten für ein derart schmales Gesicht überdimensioniert.

Kaum hatten die von der Elektroschockpistole verursachten Schmerzen nachgelassen, spürte Jared den Einstich einer Nadel in seinem Arm. Vor seinen Augen verschwamm alles.

»Wo ist Kassie?«, fragte Drew den Mörder mit flehender Stimme. »Wo kann ich sie finden?«

Jared blickte zu Drew hinüber. Der Mann war ein Idiot und kapierte anscheinend nicht, was er angerichtet hatte. Zu glauben, man könnte mit einem Irren verhandeln, war äußerst naiv. Leider würde er schon bald herausfinden müssen, dass er seine Frau genauso gut selbst hätte töten können.

»Schauen Sie auf Ihre Uhr«, hörte Jared den Mörder zu Drew sagen. »In zehn Minuten, keine Sekunde früher, werden Sie das Garagentor öffnen und zu der Tankstelle in der Madison Avenue fahren, genau wie vereinbart. Wenn Sie dort sind, erhalten Sie einen Anruf von mir und erfahren, wo Sie Ihre Frau finden. Und jetzt machen Sie die Tür zu.«

Jared vernahm Türenknallen.

Unmittelbar, bevor er das Bewusstsein verlor, spürte er, wie er aus der Garage ins Haus und dann durch die Glasschiebetür in den hinteren Garten geschleift wurde.

Sacramento
Samstag, 9. Juni 2012

Als Drew Scott in die Tankstelle in der Madison Avenue fuhr, parkte Jimmy Martin bereits auf der anderen Straßenseite. Ein Undercover-Agent, der Drew hierher gefolgt war, stand schräg gegenüber. Sie gaben einander über Funk Bescheid, dass jeder von ihnen seinen Platz eingenommen hatte.

Drew hielt links von dem Münztelefon und sprang aus dem Wagen. Er stellte sich neben das Telefon, fuhr sich ständig mit den Fingern durchs Haar und wirkte eindeutig nervös. Nach ein paar Minuten begann er, auf und ab zu gehen.

Jimmy nutzte die Wartezeit, um Jared erneut anzurufen. Immer noch keine Antwort. Die Gedanken, die ihm durch den Kopf gingen, gefielen ihm nicht. Etwas war schiefgegangen. Er rief einen seiner Leute an, der immer noch vor dem Haus der Scotts postiert war. »Was ist los?«

»Nichts. Keine Bewegung, keine Anrufe.«

»Wann haben Sie zuletzt mit Jared gesprochen?«

»Ich hatte noch keinen Kontakt mit ihm.«

»Gehen Sie ins Haus und sehen Sie nach, was los ist. Melden Sie sich wieder, wenn Sie drinnen sind.« Jimmy klappte sein Handy zu, verließ das Fahrzeug und überquerte die Straße. Als er bei Drew ankam, zückte er seine Dienstmarke. »Jimmy Martin, FBI.«

Drew wurde blass.

»Was ist los, Drew?«

»Wie meinen Sie das?«

Der schuldige Blick, mit dem Drew ihn ansah, gefiel Jimmy nicht. »Sagen Sie mir, was los ist, oder mir bleibt nichts anderes übrig, als Sie in Handschellen abzuführen.«

»Sie sollten nicht hier sein«, sagte Drew. »Er ruft mich gleich an.«

»Was hat Ihnen der Entführer sonst noch erzählt, Drew? Hat er Versprechungen gemacht? Hat er Ihnen garantiert, dass Sie Ihre Frau wohlbehalten wiederbekommen, wenn Sie seine Anweisungen genau befolgen?«

»Woher wissen Sie das?«

Jimmy fuhr sich mit den Fingern durchs Haar. Sein Handy klingelte. »Ich bin im Haus«, meldete der FBI-Agent.

»Was sehen Sie dort?«

»Offensichtlich hat jemand einen schweren Gegenstand, wahrscheinlich einen Menschen, durch das Haus geschleift, in einen Schubkarren geladen und zu einem Gartentor gefahren, durch das man zu einer ausgedehnten Grünanlage mit Bäumen und hohen Sträuchern gelangt.«

»Von Shayne keine Spur?«

»Leider nicht.«

»Schicken Sie die Spurensicherung dorthin, und zwar so schnell wie möglich.«

»Bereits geschehen. Die Jungs durchkämmen gerade das Haus und den Garten.«

Kaum hatte Jimmy das Gespräch beendet, klingelte es erneut. »Was gibt's?«

»Das Münztelefon ist kaputt. Falls Drew Scott einen Anruf erwartet, wird er das bei diesem Apparat vergebens tun.«

Jimmy klappte das Handy zu, sah Drew an und sagte: »Sie kommen mit mir.«

»Sie haben mich anscheinend nicht verstanden. Ich kann hier nicht weg. Wenn dieses Telefon klingelt, muss ich sofort rangehen, sonst bringt er sie um.«

»Es wird niemand anrufen.«

»Das stimmt nicht.«

Jimmy nahm den Hörer ab, horchte einen Augenblick und gab ihn Drew. Der geriet in Panik, kramte ein paar Münzen aus der Tasche, warf sie in den Schlitz und drückte ein paarmal hektisch auf die Gabel.

Die Leitung war tot.

Davis
Samstag, 9. Juni 2012

»Wir sitzen jetzt schon die ganze Nacht hier«, sagte Lizzy, als sie sah, dass Jessica auf der Couch eingeschlafen war. »Stacey muss wahrscheinlich nach Hause zu ihrer Familie. Fassen wir noch einmal zusammen, was wir bisher haben, und setzen uns ...« Sie konnte den Satz nicht beenden, weil ihr Handy klingelte. Es war Jimmy Martin. Lizzy drückte auf die grüne Taste. »Hi, Jimmy, was gibt's?«

»Ich habe keine gute Nachricht, Lizzy. Vielleicht solltest du dich erst einmal hinsetzen.«

Lizzy sah sich gar nicht erst nach einem Stuhl um. »Raus mit der Sprache, Jimmy.«

Ihr Ton klang so ruppig, dass alle im Raum in ihre Richtung blickten.

»Er hat Jared.«

»Wer?«

»Der Liebespaarmörder.«

Das ergab überhaupt keinen Sinn. Jared war kompetent und klug. Außerdem trug er eine Waffe. Es konnte einfach nicht sein, dass er mit dem Mörder mitgegangen war. Andererseits würde Jimmy ihr nicht einfach irgendeinen Unsinn erzählen. »Wie konnte das passieren?«, fragte sie.

»Drew Scott hat ihn ans Messer geliefert. Wir haben ihn festgenommen. Er hat dem Mörder geholfen, Jared zu überwältigen, nachdem ihm versichert wurde, dass seine Frau leben werde, wenn er tue, was der Killer von ihm verlangte.«

Lizzy beschloss, sich nun doch hinzusetzen, und ließ sich in die Polster der Couch fallen. Sie musste erst einmal verarbeiten, was Jimmy ihr soeben erzählt hatte. »Haben wir irgendeine Idee, wo er sein könnte?«

»Nein.«

»Niemand hat ein Auto wegfahren sehen?«

»Drew erhielt die Anweisung, zu einem Münztelefon in der Madison Avenue zu fahren. Zwei meiner Leute sind ihm gefolgt. Ein paar Minuten zuvor hat Jared sich das letzte Mal gemeldet. Es gab keinen Grund zu der Annahme, dass Gefahr im Verzug war. Er klang nicht so, als stünde er unter Stress. Anscheinend wurde er kurz darauf überwältigt.«

»Aber wie konnte der Mörder ihn aus dem Haus schaffen, ohne dass du oder deine Leute etwas gesehen haben?«

»Hinter dem Grundstück liegt eine Grünanlage. Der Täter hat Jared in einem Schubkarren dorthin gebracht, wahrscheinlich zu einem Auto, das dort wartete. Es gibt keine Wege auf diesem Gelände und die Spuren hörten einfach auf. Außerdem war es dunkel. Bis jetzt haben sich noch keine Zeugen gemeldet.«

Lizzy rieb sich die Schläfen und versuchte, ruhig zu bleiben. »Meine Arbeitsgruppe ist gerade bei mir im Haus. In den letzten Tagen ist hier viel passiert. Ich habe seltsame Anrufe erhalten. Inzwischen frage ich mich, ob das Ganze etwas mit dem Fall zu tun hat, an dem du arbeitest. Ich finde, du solltest bei mir vorbeikommen, damit wir darüber reden können.«

Jimmy willigte ein, sich mit ihr zu treffen, und Lizzy beendete das Gespräch. Sie sah zum Essbereich hinüber, wo Hayley und Stacey die ganze Nacht gearbeitet hatten: Telefonate, Notizen, Internetrecherchen. Stacey hatte vor fünf Minuten aufbrechen wollen, aber jetzt saß sie immer noch mit hochgekrempelten Ärmeln da und sah Lizzy an. »Wir finden den Kerl.«

Samstag, 9. Juni 2012

Jared wachte mit pochenden Kopfschmerzen auf und versuchte vergebens, den Kopf zu heben. Er war immer noch benommen von der Spritze. Er griff mit einer Hand an die Stirn und fühlte sich auf seltsame Weise abgehoben, als schwebte er. Die nächsten zehn Minuten konzentrierte er sich auf seine Atmung, bis er seine Umgebung etwas deutlicher wahrnahm.

Er befand sich in einem drei mal drei Meter großen Käfig aus Maschendraht, in der Art, wie man ihn häufig bei Zäunen auf Sportplätzen sah. Jared war sich nicht sicher, wie lange er hier schon gefangen saß, da er immer wieder das Bewusstsein verloren hatte.

Als er erneut die Augen öffnete, hörte er jemanden stöhnen. Er lag auf einer dünnen Matratze ohne Decke. Er kroch von der Matratze, hielt sich am Maschendraht fest und erhob sich. Als sich seine Augen an die Dunkelheit gewöhnt hatten, stellte er fest, dass sich noch ein weiterer Käfig im Raum befand, nur wenige Zentimeter von seinem eigenen entfernt. Es dauerte einen Augenblick, bis er deutlich sehen konnte. In dem anderen Käfig lag eine Frau auf dem Rücken. Sie trug keine Kleider am Leib, und ihre langen Haare hingen über den Rand der Matratze.

»Kassie?«, rief er mit einer Reibeisenstimme.

Wieder erklang ein Stöhnen.

Als Jared sich in dem Raum umsah, fiel sein Blick auf eine weitere Frau, die auf einem Stuhl in der Ecke saß. Sie trug ein buntes Kleid, eine Strumpfhose und schwarze Schuhe mit hohen Absätzen. Ihr Kopf war zur Seite geneigt. Wegen des großen Hutes, den sie aufhatte, konnte er ihr Gesicht nicht sehen, aber dafür die langen, kastanienbraunen Haare, die ihr über die schmalen Schultern fielen. »Hey!«, rief Jared ihr zu. »Aufwachen!«

Die Frau auf dem Stuhl rührte sich nicht.

Die Frau in dem anderen Käfig stöhnte wieder, aber Jareds Aufmerksamkeit galt im Augenblick der Souvenirsammlung an der Wand: Zähne, Knochen, Finger und Zehen. Führerscheine und Skalps mit Haaren. Mit Nägeln und Reißzwecken befestigte Schmuckstücke, Fotos, Zeitungsausschnitte, getrocknete menschliche Organe und Haut. Wenn alle diese Erinnerungsstücke von Opfern stammten, hatte der Liebespaarmörder mehr Morde begangen, als man ihm offiziell zuschrieb.

Jared tastete nach seiner Pistole, aber die war natürlich weg. Er griff in die Hosentaschen. Kein Handy, keine Brieftasche. Sein Blick erfasste noch einmal den Raum, in dem man ihm gefangen hielt. Vor der Wand mit den Erinnerungsstücken stand ein Schreibtisch und zu seiner Rechten ein altes Fernsehgerät auf einem kleinen Tisch. Darüber ein Regal mit Einweckgläsern in verschiedenen Größen, anscheinend mit Formaldehyd gefüllt, denn die Organe darin waren gut erhalten.

»Lassen Sie mich in Ruhe«, schrie die Frau in dem Käfig. »Rühren Sie mich nicht an.«

Jared wandte sich ihr zu. »Ich heiße Jared Shayne«, stellte er sich mit ruhiger Stimme vor. »Von mir haben Sie nichts zu befürchten. Ich bin FBI-Agent.«

Die Frau drehte den Kopf zur Seite, sodass sie ihn sehen konnte. Ihre Augen waren vor Angst weit aufgerissen. »Sind Sie hier, um mir zu helfen?«

»Wenn ich es schaffe, aus diesem Käfig rauszukommen, lasse ich Sie auf keinen Fall hier zurück.«

»Ich friere«, sagte sie.

»Können Sie sich bewegen?«

Sie nickte und zuckte gleich darauf vor Schmerz zusammen, als sie versuchte, sich von der Matratze zu erheben.

Jared zog seine Jacke aus und schälte sich aus seinem Hemd, da die Jacke zu dick war und nicht durch den Maschendraht passte. Er rollte das Hemd zu einer Art Seil zusammen und schob es durch den Maschendraht, bis er damit den Nachbarkäfig berührte.

Die Frau begriff, was er beabsichtigte, brauchte jedoch eine Weile, um zum Gitter zu kriechen und den Stoff hindurchzuziehen. Bei näherem Hinsehen stellte Jared fest, dass sie an mehreren Stellen Schnittwunden aufwies, die jemand sorgfältig und professionell vernäht hatte. Eine der längeren Wunden, die längs des Schlüsselbeins verlief, sah rot und geschwollen aus. Jared beugte sich vor, um sie besser sehen zu können, und stellte fest, dass sich unter der Haut etwas bewegte. »Was zum Teufel hat er mit Ihnen angestellt?«

Tränen liefen ihr beide Wangen hinunter, als sie krampfhaft versuchte, mit dem rechten Arm in den Ärmel von Jareds Hemd zu schlüpfen. Jared war frustriert, weil er ihr nicht helfen konnte. Die Wunde musste dringend geöffnet werden, um das Ding, das unter ihrer Haut kroch, zu entfernen.

Sie sah ihn an und ahnte anscheinend, was er dachte. »Die Wunde ist präzise vernäht und es tut weh, wenn man sie berührt. Ich kann nichts machen.«

Jared biss die Zähne zusammen. *Bleib ruhig und finde einen Ausweg.* »Ihr Mann hat sie als vermisst gemeldet«, sagte er, während er den Maschendraht auf Schwachstellen untersuchte.

»Ist alles in Ordnung mit ihm?«

Jared drückte gegen das Käfigdach. Der Käfig war aus galvanisiertem Stahl und Maschendraht. Ohne Drahtschneider hatte er keine Chance. »Ihr Mann macht sich Sorgen um Sie, aber ansonsten geht es ihm gut. Ihm wird nichts passieren.«

»Wie können Sie sich da so sicher sein? Der Kerl hat Sie doch auch in seine Gewalt gebracht, oder?«

»Anscheinend wollte er mich anstelle Ihres Mannes.«

»Wieso?«

»Ich bin mir nicht sicher.«

Sie kroch wieder auf die Matratze, lehnte sich mit dem Rücken an das Maschendrahtgitter und knöpfte das Hemd zu. »Weiß das FBI, wo wir sind?«

»Nein.« Wenn seine Kollegen es wüssten, dachte Jared, hätten sie längst ein paar Türen eingetreten.

Jared deutete auf die Frau in der Ecke. »Schläft sie?«

Kassie zuckte mit den Schultern. »Sie hat sich nicht gerührt, seit ich hier bin. Wo auch immer das ist.«

»Sind wir in einem Haus?«

»Keine Ahnung. Ich war auf der Fahrt hierher im Kofferraum eingesperrt.«

»Wir kommen hier raus«, versprach Jared ihr.

Ihre Blicke trafen sich und Kassie rang sich ein gequältes Lächeln ab. »Ich bin erwachsen. Sie können sich Ihre Aufmunterungsversuche sparen.«

»Tut mir leid. Sie haben recht.« Jared zog sich die Jacke wieder an. »Reine Gewohnheit. Normalerweise sitze ich den Bösewichten nach Ihrer Verhaftung gegenüber, und nicht vorher.«

»Nein«, flüsterte sie. »Ich bin diejenige, die sich zu entschuldigen hat. Sie können nichts dafür.« Sie blickte ihm in die Augen und suchte dort nach Antworten. »Waren Sie bereits vor meiner Entführung hinter diesem Kerl her?«

Jared nickte.

»Wer ist er?«

»Man nennt ihn den Liebespaarmörder. Seine Opfer sind in der Regel Paare. Er entführt zunächst die Frau und binnen vierundzwanzig Stunden verschwindet auch der Ehemann oder Lebenspartner. Nachdem Ihr Mann Sie als vermisst gemeldet hatte, trat unser Plan in Aktion. Wir schlugen Drew vor, er solle zum Supermarkt fahren, damit ich mich in seinem Wagen verstecken und ungesehen in Ihre Garage gelangen konnte. Leider gelang es dem Mörder, mit Ihrem Mann Kontakt aufzunehmen und ihm einen Vorschlag zu unterbreiten … mich im Gegenzug für Ihre Freilassung.«

»O Drew«, sagte sie.

Jared versuchte, ihren Ehemann in Schutz zu nehmen. »Er war verzweifelt.«

»Als ich im Kofferraum lag«, sagte Kassie, »habe ich die Fahrtdauer geschätzt. Von unserem Haus bis hierher waren es höchstens zwanzig Minuten.«

Jared untersuchte weiterhin den Käfig auf mögliche Schwachstellen. Er versuchte, eine der Ecken anzuheben, aber sie bewegte sich nicht. Metallklammern und Betonschrauben hielten den Käfig fest an seinem Platz.

Er machte die Mobiltoilette auf und zu, hob die Matratze an und untersuchte sie sorgfältig. Sein Blick wanderte auf der Suche nach Gegenständen umher, die er als Waffe benutzen konnte. Neben der Matratze lagen zwei Wasserflaschen und ein Müsliriegel. Er sah zu Kassies Käfig hinüber und fragte sich, ob sie Wasser und etwas zu essen hatte. Als er ihrem Blick durch den Raum folgte, sah er auf dem Boden zwei volle Flaschen außerhalb ihrer Reichweite.

»Ich bin ausgerastet und habe mit den Flaschen auf ihn geworfen«, sagte sie, »habe aber schlecht gezielt. Wenigstens konnte ich ihn mit einem Steakmesser erwischen, als er mich aus dem Kofferraum holen wollte. Leider habe ich keine lebenswichtigen Organe getroffen, aber es war einen Versuch wert.«

Jared erinnerte sich, ein solches Messer auf dem Boden in ihrer Küche gesehen zu haben. Anscheinend hatte sie eins fallen lassen und das andere versteckt, als der Entführer sie aus dem Haus geschleift hatte. Er drückte eine seiner Wasserflaschen durch das Gitter und hielt sie nahe genug an ihren Käfig heran, dass sie sie erreichen konnte.

»Danke.«

Jared nickte.

»Ich bin von Beruf Kinderpsychologin«, sagte sie, als Jared sich wieder auf die Matratze setzte. »Jeden Tag rede ich mit emotional gestörten Kindern, die verbal und körperlich missbraucht wurden. Ich versuche, ihnen einzureden, dass alles wieder gut wird. Ich sage ihnen, wie tapfer sie sind und wie leid es mir tut, dass man ihnen diese schrecklichen Dinge angetan hat. Und ich versichere ihnen, dass sie nicht allein sind und ich alles tun werde, um ihnen zu helfen. Aber wissen Sie was? Letztendlich sind sie wirklich allein, denn wenn sie mitten in der Nacht schweißgebadet von einem Albtraum aufwachen, bin ich nicht bei ihnen. Bis jetzt habe ich nie wirklich verstanden, was diese Kinder Schreckliches durchmachen mussten.« Sie schüttelte den Kopf. »Aber zu der Zeit, als ich mir ihre furchtbaren Geschichten anhörte, glaubte ich tatsächlich, ich hätte sie verstanden. Inzwischen weiß ich jedoch, dass niemand verstehen kann, was ein anderer Mensch durchgemacht hat, wenn er nicht dasselbe erlebt hat.« Sie seufzte. »Ich war in meinem Beruf stets leidenschaftlich bei der Sache.« Plötzlich zuckte sie vor Schmerzen zusammen und hielt sich den Bauch, als hätte sie Magenkrämpfe. Als es ihr wieder besser ging, fuhr sie fort: »Ich weiß jetzt, dass ich in Wirklichkeit nichts kann. Ich bin nichts als eine Hochstaplerin.«

Jared wollte gerade zu einer Erwiderung ansetzen und ihre Selbstzweifel zerstreuen, als er ein Geräusch hörte und die Füße eines Mannes, die in großen Stiefeln steckten, eine steile Holztreppe herunterkommen sah.

»Ah«, sagte der Mann, als er schließlich unten angelangt war. »Ich sehe, dass Sie beide sich schnell miteinander angefreundet haben. Wie reizend.«

Er musterte Kassie und schüttelte den Kopf. »Der arme, dumme Drew. Glauben Sie, dass er immer noch auf meinen Anruf wartet?«

Jared ließ sich nicht provozieren. Kassie auch nicht.

»Wie ich sehe, haben Sie ihr Ihr letztes Hemd gegeben«, sagte er zu Jared und lachte glucksend. »Sie sind ja ein echter Kavalier der alten Schule.« Er starrte Jared mit weit geöffneten Augen an, den Kopf bizarr zur Seite geneigt. »Können Sie mit nackten Frauenkörpern nichts anfangen?«

»Sie hat gefroren«, erwiderte Jared tonlos.

»Ah, wie dumm von mir. Warum habe ich nicht daran gedacht?« Der Mann fuhr sich mit der Hand über den kahlen Schädel und blickte sich um. »Was halten Sie von meinem speziellen Hobbyraum?«

Schweigen.

»Ist mit der Frau auf dem Stuhl alles in Ordnung?«, fragte Jared nach einer Weile.

Der Mann wandte sich der Frau in der Ecke zu. »Der nette Herr vom FBI möchte wissen, ob mit dir alles in Ordnung ist.« Er trat an den Stuhl heran, beugte sich herab und flüsterte ihr ins Ohr. Dann hielt er sein Ohr an ihren Mund und nickte, als würde sie ihm etwas zuflüstern.

Er richtete sich wieder auf und sagte: »Sie weiß Ihre Sorge um ihr Wohlbefinden zu schätzen, aber sie hatte einen langen Tag und ist jetzt müde.«

»Wer ist sie?«, fragte Jared.

»Die Liebe meines Lebens – mein Ein und Alles. Sie ist *meine* Lizzy.«

Jared gab sich Mühe, so zu tun, als brächte ihn diese Antwort nicht aus der Fassung, obwohl genau das Gegenteil der Fall war. Der Mann wollte mit der Erwähnung von Lizzys Namen den Eindruck erwecken, als wüsste er über intime Details aus Jareds Leben Bescheid. Die meisten Mörder wollten eine Reaktion provozieren, aber Jared verweigerte ihm dieses Vergnügen. »Wie heißt sie?«, bohrte er weiter, da er mehr über die Frau auf dem Stuhl erfahren wollte. Er konnte nicht ausmachen, ob sie unter Drogen stand oder bereits tot war. Genau genommen war er sich nicht einmal sicher, ob sie überhaupt echt war, denn sie saß in der dunkelsten Ecke des Raums. Sie trug eine Strumpfhose und Handschuhe sowie einen Schal um den Hals und einen Hut, der ihr Gesicht verbarg. Der Kopf schien auf der Schulter zu ruhen, als ob sie schlief.

»Sie wird Ihnen ihren Namen nennen, wenn die Zeit reif ist.« Er rieb sich die Hände. »Ich habe einen großen Tag geplant und es gibt viel zu tun.«

Jared bemerkte, dass Kassie auf der Matratze lag und am ganzen Körper zitterte. »Lassen Sie Kassie frei«, sagte er.

Der Mörder sah Jared an. »Ihre Ritterlichkeit kennt keine Grenzen. Kein Wunder, dass Lizzy Sie so anziehend findet.« Er verschränkte die Arme vor der Brust. »Tut mir leid, aber das geht nicht. Kassie bleibt hier. Ich habe einiges mit ihr vor. Was, werde ich Ihnen natürlich nicht sagen. Nicht groß darüber reden, sondern es einfach tun, lautet mein Motto. Wie gefällt Ihnen das?« Er wartete keine Antwort ab, sondern fuhr fort: »Kassie ist sich bereits völlig im Klaren darüber, was auf sie zukommt.« Er formte mit einer Hand einen Trichter um seinen Mund, als wolle er verhindern, dass die Frau auf dem Stuhl hörte, was er gleich sagen würde. »Ehrlich gesagt, würde ich es Ihnen gerne verraten, aber das geht nicht … auf jeden Fall nicht vor meiner Verlobten. Sie mag es nicht, wenn ich andere Frauen mit nach Hause bringe. Sie wird leicht eifersüchtig«, sagte er augenzwinkernd.

KAPITEL 28

Seit meiner Geburt steckt der Teufel in mir.
Ich kann nichts dagegen machen, dass ich ein
Mörder bin, genauso wenig wie ein Dichter etwas
gegen seine Inspiration machen kann …
Der Leibhaftige stand bei meiner Geburt als mein
Pate neben dem Bett, in dem ich die Welt erblickte,
und er wich seitdem nicht von meiner Seite.

– H.H. Holmes

Davis
Samstag, 9. Juni 2012

Es war Samstagmorgen um sieben Uhr und sie hatten eine lange Nacht hinter sich. Jessica hatte sich ein paar Stunden hingelegt, aber jetzt war sie wach und kochte in der Küche eine frische Kanne Kaffee.

Stacey hatte stundenlang herumtelefoniert. Um halb sechs war ihre Assistentin mit der Mitschrift der Sendung vorbeigekommen, die Stacey gesucht hatte: die Story über das Bestattungsunternehmer-Ehepaar, das Leichen mit Bockkäfern ausgestopft hatte. Wie sich herausstellte, hatten Karen und Todd Beck an derselben Adresse in Lincoln gewohnt, bei der Lizzy gestern vorbeigeschaut hatte.

Lizzy klappte ihr Handy zu. »Das war Jimmy. Das FBI hat vor etwa einem Jahr den Becks einen Besuch abgestattet. Man hat damals das Anwesen durchsucht, aber nichts gefunden, was sie mit dem Liebespaarmörder in Verbindung bringt. Jimmy hat ein paar Leute nach Lincoln geschickt. Diesmal wollen sie gründlicher hinschauen. Die Bäume dort sind voller Käfer, aber im Moment ist niemand zu Hause, und sie können das Haus erst betreten, wenn sie einen richterlichen Beschluss in der Hand haben.«

»Schau dir das an«, sagte Hayley. »Ich habe einen Eintrag für *Becks Limousinenvermietung* gefunden. Kann es sein, dass Jennifer *Becks Limousinen* anstatt *Best* notiert hat?«

»Ich werde es Jimmy sagen«, erwiderte Lizzy. »Hast du irgendetwas über den Adoptivsohn der Becks herausgefunden? Wissen wir, wo er ist oder was er macht?«

»Bevor die Becks ihn adoptiert haben, hat Robert bei mehreren Pflegefamilien gelebt. Als er elf oder zwölf war, haben ihn die Hargroves bei sich aufgenommen. Das war die Pflegefamilie vor den Becks. Über Robert Beck konnte ich nicht viel finden, aber als ich nach dem Namen *Hargrove* gesucht habe, fand ich heraus, dass diese Familie drei Jungs bei sich untergebracht hat. Alle drei besuchten dieselbe Schule und ein Junge namens Robert wird als Schüler von Maria Trumble aufgeführt. Das Alter passt zu Robert Beck. Diese Lehrerin, Maria Trumble, hat einen Blog verfasst, in dem sie einen Schüler mit schweren Disziplinverstößen erwähnt. Der Junge wurde von einer Pflegefamilie zur anderen weitergereicht, aber irgendwann adoptiert. Sie nannte zwar keinen Namen, erwähnte jedoch, dass er nur ein Jahr in ihrer Klasse war. Das deckt sich mit meinen Informationen über Robert Hargrove. Ich habe ihre Privatadresse, falls du sie brauchst.«

Eine Viertelstunde später war Lizzy auf dem Weg zu Maria Trumbles Haus im Cottage Way in Sacramento. Für einen Samstagmorgen herrschte dichter Verkehr. Lizzy zählte bis zehn, um ihre Gedanken von Jared und dem, was ihr Freund womöglich durchmachen musste, abzulenken.

Was, wenn er bereits tot ist?

An so etwas durfte sie gar nicht erst denken. Ein Leben ohne ihn konnte sie sich nicht vorstellen.

Eins. Zwei. Drei … Sie hörte erst auf zu zählen, als sie bei Maria Trumble ankam.

Der Cottage Way war eine ruhige Wohnstraße in Sacramento. Das Haus stand inmitten von bunten Blumenbeeten und einem gepflegten Rasen. Lizzy parkte am Randstein und ging auf die Eingangstür zu. In der Einfahrt parkte ein grauer Toyota Prius. Es war noch sehr früh, aber Lizzy war das egal. Ihr ging es einzig und allein darum, Jared zu finden. Sie drückte auf die Klingel.

Sie wollte gerade ein zweites Mal läuten, als eine grauhaarige Frau durch die Vorhänge im Wohnzimmer nach draußen spähte. Einen Augenblick später öffnete sie die Tür einen Spaltbreit, ließ aber die Sicherheitskette eingehakt. »Es ist Samstag und noch dazu in aller Herrgottsfrühe. Kennen wir uns?«

»Ich heiße Lizzy Gardner und bin Privatermittlerin. Ich würde gerne mit Ihnen reden. Es handelt sich um einen Notfall, sonst würde ich Sie nicht in dieser Form belästigen.«

»Ich verstehe nicht, wie …«

»Ich habe einen Text von Ihnen im Internet gelesen«, platzte es aus Lizzy heraus. »Darin ging es um einen Ihrer ehemaligen Schüler … ich glaube, er hieß Robert.«

Die Haltung der Frau versteifte sich. »Das ist jetzt schon zwanzig Jahre her. Ich glaube nicht, dass ich Ihnen irgendetwas über diesen Jungen erzählen kann, das Ihnen weiterhilft.«

»Bitte. Ich flehe Sie an, lassen Sie mich rein, damit wir reden können. Ein Freund von mir schwebt in höchster Gefahr und möglicherweise sind Sie die Einzige, die mir helfen kann, ihn zu finden.«

Die Frau seufzte und machte die Tür zu. Lizzy hörte, wie sie die Kette aus der Halterung nahm. Kurz darauf öffnete sie die Tür wieder und bat Lizzy mit einer Handbewegung herein.

Sacramento
Samstag, 9. Juni 2012

Stacey verließ kurz nach Lizzy das Haus.

John Robinson ging Hayley nicht aus dem Kopf. Sie war davon überzeugt, dass sie mehr über ihn herausfinden mussten. Erstens: John Robinsons Vermieter wohnte in demselben Haus, wo die Becks einst Leichen mit Bockkäfern ausgestopft hatten. *Purer Zufall?*

Zweitens: Jemand war entschlossen, Lizzy aus dem Gleichgewicht zu bringen, und der einzige Mensch, der dafür infrage kam, war John Robinson. Vielleicht war er der Mann, der sich für Eli Simpson ausgegeben hatte, und jetzt hatte er entdeckt, dass Lizzy dem echten Eli Simpson half, Nachforschungen zum Verschwinden seiner Schwester anzustellen.

Drittens: Wenn John Robinson imstande war, sich für andere Leute auszugeben und Elis Schwester verschwinden zu lassen, dann war es ihm auch zuzutrauen, dass er Lizzy als nächstes Opfer auserkoren hatte.

Hayley las die Polizeiberichte aus der Simpson-Robinson-Akte zu Ende und gab sie Jessica. Eli Simpson behauptete, dass John Robinsons Nachbarin Claire Schultz alles gesehen habe und genau wisse, was vor fünf Jahren mit seiner Schwester passiert sei.

Es bedurfte einiger Überredungskünste, aber schließlich willigte Jessica ein, Hayley zu Claires Haus zu fahren. Sie konnte nicht einfach nur herumsitzen und Däumchen drehen.

Hayley klopfte an der Tür und Jessica blickte in Richtung John Robinsons Haus. Lizzy hatte ihnen den Zusammenhang zwischen den Käfern und dem Liebespaarmörder erklärt, weshalb Hayley sich fragte, ob John Robinson zu mehr als nur reinen Psychospielchen fähig war. Bevor sie Jessica an ihren Gedanken teilhaben lassen konnte, öffnete eine ältere Frau die Haustür. Sie erinnerte Jessica an eine dieser aus Äpfeln geschnitzten Puppen: tief in den Höhlen liegende Augen, eine überdimensionale Nase und ein schmallippiger Mund inmitten eines Labyrinths von tiefen Falten und Furchen. Die Frau war klein und hatte einen Buckel. Um den Hals trug sie einen dicken bunten Schal. »Ich brauche keine Pfadfinderkekse. Verschwindet.«

»Wir verkaufen keine Kekse«, erklärte Hayley ihr. »Wir möchten mit Ihnen über Ihren Nachbarn ein paar Häuser weiter reden, John Robinson.«

Die Frau wurde aschfahl im Gesicht und wollte die Tür zumachen, aber Hayley schob einen Fuß dazwischen. »Zwei Menschen schweben in höchster Gefahr. Sie können uns vielleicht helfen.«

»Bitte«, fügte Jessica hinzu.

»Wenn ihr nicht sofort verschwindet, hole ich die Polizei.«

»Sie wissen anscheinend etwas«, sagte Hayley. »Wieso wollen Sie uns nicht helfen?«

»Manchmal ist es besser, man kümmert sich um seine eigenen Angelegenheiten«, sagte die Frau. »Und jetzt lasst mich in Ruhe.«

Jessica berührte Hayley am Arm. »Komm, Hayley. Sie will nicht darüber reden.«

»Verdammt noch mal, das ist genau das, was ich an dir hasse«, sagte Hayley mit rotem Gesicht.

Sie sah wütender aus, als Jessica sie je gesehen hatte.

»Womöglich stirbt Jared«, fuhr Hayley fort. »Oder vielleicht ist er schon tot, aber das ist dir ja egal. Wenn es dir nicht egal wäre, würdest du dich nicht abwimmeln lassen. Diese Frau weiß etwas, nimmt aber ihr Wissen mit ins Grab, weil sie vor diesem Irren ein paar Häuser weiter Schiss hat. Die wahren Mörder sind die, die schweigen.«

»Hayley, jetzt reicht's aber. Die Dame ist nicht verpflichtet, mit uns oder sonst irgendjemandem zu reden. Das ist ihr gutes Recht als Bürgerin der Vereinigten Staaten. Also lass sie gefälligst in Ruhe.« Jessica wandte sich zum Gehen um. Sie hatte genug.

»Ich rede mit *ihr*«, sagte die Frau und zeigte auf Jessica.

Jessica wandte sich wieder der alten Dame zu. Sie machte tatsächlich die Tür weiter auf und ließ die beiden Mädchen herein.

Sacramento
Samstag, 9. Juni 2012

Maria Trumble zog ihren Bademantel enger um die Hüften und setzte sich Lizzy gegenüber auf die Couch. »In all den Jahren im Schuldienst habe ich nie ein so emotional gestörtes Kind erlebt wie Robert.«

»Inwiefern? War er laut und unausstehlich?«

»Ganz im Gegenteil. Robert war ruhig – zu ruhig. Anfangs hielt ich ihn für schüchtern, aber es dauerte nicht lange, bis ich herausfand, dass er nicht nur intelligent war, sondern auch umgänglich sein konnte. Sobald die Pausenglocke läutete, erwachten seine leblosen und trüben Augen zum Leben – mit Ausnahme der Tage, an denen ich Pausenhofaufsicht hatte. Dann saß Robert nämlich nur still auf einer Bank und las ein Buch.«

»Das klingt für mich nicht gerade umgänglich.«

»Nein, tut es auch nicht.«

Lizzy hatte keine Ahnung, worauf die Frau mit dieser Geschichte hinauswollte, musste aber geduldig sein, wenn sie wollte, dass sie weiterredete. Was, wenn der Adoptivsohn der Becks etwas mit dem Liebespaarmörder zu tun hatte? Was, wenn er der Liebespaarmörder *war*? Es war ein Schuss ins Blaue, aber im Augenblick war es ihre einzige Spur. Das Problem war nur, dass niemand wusste, was aus Robert Beck geworden war. Wo war er heute? Jimmy und seine Leute hielten sich in Lincoln auf und warteten auf einen Durchsuchungsbefehl für das Haus der Becks. Lizzy blickte immer wieder auf ihr Handy und betete inständig, dass er anrief und ihr mitteilte, er hätte Jared gefunden.

»Immer wenn ich Pausenhofaufsicht hatte«, sagte Mrs Trumble, »zeigte Robert sich von seiner besten Seite, weil er wusste, dass ich ihn beobachtete.«

»Und was war an den anderen Tagen, wenn Sie keine Aufsicht hatten?«

»Dann musste man auf alles gefasst sein. An diesen Tagen passierte immer etwas. Ein Kind konnte beim Turnen vom Barren *fallen* und sich Arme und Beine brechen. Manchmal ging der Feueralarm los oder man fand ein totes Tier in einem der Toilettenräume.« Sie schüttelte den Kopf. »Irgendwas war immer.«

»Und Sie glauben, dass Robert dahintersteckte?«

»Ich glaube es nicht nur, ich *weiß* es.«

»Wie können Sie sich da so sicher sein?«

»Weil er mir davon erzählt hat.«

»Er hat ein Kind vom Barren geschubst oder den Feueralarm ausgelöst und Ihnen dann erzählt, was er getan hat?«

Sie nickte. »Und dann habe ich den Vorfall dem Schulleiter gemeldet, was wahrscheinlich sogar zu seinem diabolischen Plan gehörte. Er musste daraufhin zum Direktor und hat dort jedes Mal seinen Charme spielen lassen. Ein paar sorgfältig gewählte Worte und ein unschuldiger Blick reichten aus, um den Direktor zu überzeugen, dass ich es auf den Jungen abgesehen hätte. Manchmal hat er auch irgendeinem Kind, das gar nichts verbrochen hatte, die Schuld in die Schuhe geschoben. Aber egal, wie er es angestellt hat, das Endergebnis war dasselbe: Er verließ das Büro des Direktors mit einem hämischen Grinsen.«

»Ein paarmal haben Sie Robert von der Schule nach Hause begleitet, stimmt's?«

Sie nickte. »Ich kannte Mistress Hargrove persönlich. Sie hatte bereits zwei andere Jungs als Pflegemutter großgezogen und war ein ganz lieber Mensch und eine tolle Mutter.«

»Sie wollten ihr also sagen, was mit Robert los war?«

»Genau. Ich wollte sie warnen. Sie musste wissen, was Sache war. Ich hatte Angst um sie.«

»Angst, dass Robert ihr Gewalt zufügen könnte?«

»Angst, dass er sie umbringen würde.«

»Zu der Zeit war er gerade mal elf Jahre alt«, sagte Lizzy. Der ernsthafte Tonfall der Frau überraschte sie.

»Ja, er war zwar nur ein kleiner Junge, aber in seinem Inneren taten sich seelische Abgründe auf. Robert hatte wahnhafte Züge. Einmal, als ich ihn nach Hause begleitet habe, sprach ich mit Mistress Hargrove, und sie erzählte mir, dass alle drei Jungs, die bei ihr wohnten, beim Therapeuten gewesen seien. Bei Robert wurde damals eine wahnhafte Störung festgestellt. Er hat sich Dinge eingebildet. Zum Beispiel war er davon überzeugt, dass er beliebt war. In Wirklichkeit hatten die anderen Kinder vor ihm Angst.«

»Was verursacht so eine wahnhafte Störung?«

»Dafür gibt es viele Ursachen, unter anderem eine traumatische Kindheit. Bei Robert ging man davon aus, dass die Störung sich entwickelte, nachdem seine Mutter verschwand und er von einer Pflegefamilie zur anderen weitergereicht wurde.«

»Hat man ihm Medikamente verschrieben?«

Sie zuckte mit den Schultern. »Ich glaube schon, aber ich konnte keine Besserung erkennen.«

»Waren Sie bei der Polizei?«

Sie schüttelte den Kopf. »Daran gedacht habe ich schon. Einmal hat er einen Text verfasst, in dem er detailliert schilderte, wie er Mistress Hargrove umbringen würde. Wenn er das erledigt hatte, wollte er seine Lehrerin töten.«

»Eine ehemalige Lehrerin von einer anderen Schule?«, fragte Lizzy.

»Nein, in dem Text waren an den Rändern kleine Zeichnungen dabei. Er wollte mich umbringen. Ich konnte es jeden Tag in seinen Augen sehen.«

»Und obwohl Sie einen Beweis hatten, hat niemand auf Sie gehört?«

»Ich weiß nicht, wie er es gemacht hat, aber irgendwie hat Robert sich den Text, den er mir gegeben hatte, wieder unter den Nagel gerissen. Ich hatte ihn in einer verschlossenen Schublade in meinem Schreibtisch aufbewahrt, und plötzlich war er weg. Später hat ein besorgter Freund übers Wochenende in meinem Büro Überwachungskameras installiert. Auf diese Weise habe ich Robert dabei erwischt, wie er einen Haufen auf meinen Schreibtisch gesetzt hat.«

»Das ist ja furchtbar.«

»Das war noch gar nichts. Da ich mir nicht sicher war, ob ein einziges Ereignis als Beweis genügte, ließ ich die Kamera zwei Wochen lang laufen. Robert war kein normaler Junge, sondern ein Dämon. Er hat andere Kinder mit gespitzten Bleistiften traktiert und tote Eidechsen und Frösche unter ihren Schulbänken versteckt. Und er hat kleine Mädchen dazu gebracht, dass sie seine Geschlechtsteile berührten und ihm erlaubten, die ihren ebenfalls anzufassen. Bis heute weiß ich nicht, wie er es geschafft hat, sie zu überreden. Die Kamera hat nämlich nur Bilder, aber keinen Ton aufgezeichnet. Aber der Vorfall mit den Mädchen hat das Fass endgültig zum Überlaufen gebracht.«

»Die Mitschüler haben nie etwas zu den Lehrern gesagt?«

Sie schüttelte den Kopf. »Kein Einziger von ihnen. Aber dank der Videoaufnahmen hatte ich endlich Beweise und er flog daraufhin von der Schule.«

»Haben Sie jemals wieder etwas von ihm gehört?«

»Nein.«

»Sagen Ihnen die Namen Karen und Todd Beck etwas?«

Sie schüttelte erneut den Kopf.

Lizzy konnte ihre Enttäuschung nicht verbergen. Schließlich war sie in der Hoffnung gekommen, dass die Frau ihr etwas über Robert Becks derzeitigen Aufenthaltsort erzählen konnte. »Karen und Todd Beck waren die Leute, die Robert als Nächstes bei sich aufnahmen. Sie haben den Jungen sogar adoptiert.«

Mrs Trumble schüttelte weiterhin traurig den Kopf. Lizzy war sich nicht sicher, wer der Frau mehr leidtat: Robert oder das Ehepaar, das ihn bei sich aufnahm.

»Sie waren Bestattungsunternehmer«, fuhr Lizzy fort, »und bekannten sich vor Gericht schuldig, zwei Leichen mit toten Bockkäfern ausgestopft zu haben.«

Mrs Trumble schloss die Augen. Tränen liefen ihr über beide Wangen.

»Was ist los?«, fragte Lizzy.

»Er war es die ganze Zeit.«

»Wer?«

»Seit zehn Jahren schickt mir jemand jedes Jahr zwei tote Käfer ins Haus – entweder mit der Post, oder er legt sie mir vor die Haustür. Ich habe mich immer gefragt, ob das Robert war.«

KAPITEL 29

Ich bin zu weit gegangen, so viel steht fest.

– Jeffrey Dahmer

Sacramento
Samstag, 9. Juni 2012

Hayley blickte auf das Display ihres Handys. Sie waren jetzt schon eine halbe Stunde im Haus der alten Frau, ohne auch nur eine Kleinigkeit zu erfahren. Für so etwas hatten sie keine Zeit. Hayley sprang auf und sagte: »Jessica, wir müssen los. Menschen schweben in Lebensgefahr und wir kommen hier nicht weiter.«

»Wieso wolltest du dann überhaupt hierher?«, fragte Jessica.

»Jimmy kümmert sich um das Haus in Lincoln und Lizzy ist zu der Lehrerin gefahren, um herauszufinden, was aus Robert Beck geworden ist. Da konnten wir nicht einfach untätig bleiben. Komm, gehen wir.«

Jessica sah Claire Schultz an und tätschelte ihren Handrücken. »Machen Sie sich keine Sorgen. Alles wird gut.«

»Nichts wird gut«, mischte Hayley sich ein. Man konnte ihr den Frust deutlich ansehen. »John Robinson könnte Eli Simpsons Schwester ermordet haben, aber wir werden es nie mit Sicherheit wissen. Es sei denn, Leute wie Sie lassen sich nicht länger von diesen Verbrechern einschüchtern und sagen die Wahrheit.«

»Sei nicht so unhöflich«, sagte Jessica.

Hayleys Augen verengten sich zu Schlitzen. »Sie weiß, was in der Nacht passiert ist, als Eli Simpsons Schwester verschwand, aber aus irgendeinem Grund will sie uns nicht helfen. Ich verstehe das nicht.«

Die Frau wandte sich Hayley zu und sah ihr direkt in die Augen. Die alten Hände mit der papierdünnen Haut zitterten, als sie ihren Schal entfernte, den Kragen ihrer Bluse nach unten zog und die Schulter freimachte. Eine rote, etwa dreißig Zentimeter lange Wulstnarbe schlängelte sich über Schlüsselbein und Schulter. »Hier könnt ihr sehen, was das Monster mir angetan hat. Er hat mir gedroht, er würde es wieder machen, wenn ich nicht den Mund halte.«

Jessica starrte die Wunde mit offenem Mund an.

Die Frau zog ein Hosenbein hoch und zeigte ihnen eine weitere Narbe, die von einem zickzackförmigen Schnitt herrührte. Sie war ebenfalls rot und geschwollen, aber jüngeren Datums als die andere.

»Die junge Frau, die John Robinson in jener Nacht mit zu sich nach Hause brachte, hat versucht zu entkommen«, sagte Claire empört. »Ich habe alles durch mein Küchenfenster beobachtet. Sie hat sich in seinem Auto vor ihm in Sicherheit gebracht und die Türen verriegelt. Die beiden waren allein. Es standen keine Männer um das Auto herum, wie John Robinson später der Polizei weismachen wollte. Er leidet an einer wahnhaften Störung und hat geglaubt, die Frau wäre in ihn verliebt und wollte ihn heiraten. Aber ihr Bruder Eli sagt, dass das nicht stimmt. Bis zum heutigen Tag bildet John sich ein, er und Rochelle wären ein Liebespaar.«

»Und er hat Ihnen das angetan?«, fragte Jessica.

Die Frau konnte ihren Blick nicht von Hayley abwenden und zeigte mit zitterndem Finger auf sie. »Ach, das ist noch gar nichts. Er kommt regelmäßig vorbei, um sicherzustellen, dass ich niemandem was erzähle.«

Hayley trat von einem Fuß auf den anderen. »Warum sind Sie nicht einfach von hier fort?«

»Ich wäre schon längst aus diesem gottverlassenen Viertel weggezogen, wenn ich es mir leisten könnte. Aber niemand will dieses Haus kaufen. Ich bin unverheiratet und kinderlos. Dieses Haus ist alles, was ich habe.«

»Sie müssen mit uns kommen«, sagte Jessica. »Die Polizei wird Sie schützen.«

»Die Polizei schert sich einen feuchten Dreck um mich. Dieser Mörder ein paar Häuser weiter hat sie überzeugt, dass er der Einzige ist, der nicht verrückt ist. John Robinson kann gut reden. Er könnte einen Gehirnoperationspatienten davon überzeugen, auf die Narkose zu verzichten. Weil er felsenfest an seine eigenen erfundenen Geschichten glaubt und selbstbewusst auftritt, merken die meisten nicht, dass er nur Sprüche macht. Ich könnte über das, was ich gesehen habe, berichten, bis ich schwarz werde, und niemand würde mir glauben. Aber da haben wir es. Er ist der Teufel in Person. Er ist selbstgefällig, arrogant, und das Böse schlechthin. In jener Nacht war er derjenige, der die Fensterscheibe seines Wagens eingeschlagen hat. Dann hat er das Mädchen bis zur Bewusstlosigkeit gewürgt und in sein Haus geschleppt.«

»Was haben Sie dann gemacht?«, fragte Hayley.

»Ich habe meinen Gehstock gepackt und bin zu seinem Haus gegangen. Als ich von drinnen Schreie hörte, habe ich an die Tür gepocht, aber er hat nicht darauf reagiert. Ich bin dann zurück in mein Haus gerannt, aber bevor ich die Polizei rufen konnte, bin ich gestolpert und mit dem Kopf gegen den Fliesenboden geknallt. Ein paar Tage später fand mich der UPS-Fahrer und rief den Notarzt. Ich lag wochenlang im Koma. Als ich wieder zu Hause war, fing John Robinson irgendwann an, mich regelmäßig zu besuchen. Anfangs hielt ich ihn für ein Geschenk des Himmels. Er hat mir Blumen und Lebensmittel gebracht und für mich gekocht. Aber irgendwann kehrte mein Gedächtnis zurück und ich beging den Fehler, meinem neuen Freund zu erzählen, was ich gesehen hatte. Danach kam er weiterhin jede Woche bei mir vorbei, aber nur, um sich zu vergewissern, dass ich den Mund hielt. Seine Methoden waren äußerst effektiv.«

»Und seitdem hat niemand mehr das Mädchen gesehen?«

»Womöglich liegt sie in seinem Garten begraben. John Robinson ist ein Monster. Ich möchte nicht wissen, was er mit dem armen Mädchen angestellt hat.«

Jessica holte ihr Handy aus der Tasche. Dabei fiel die Visitenkarte heraus, die sie bei Lizzy gesehen und eingesteckt hatte. Sie hob sie auf und wollte schon ihren Anruf erledigen, doch dann sah sie noch einmal den Namen auf der Rückseite. »Belle Gunness«, las sie laut. Und kurz darauf: »Ach du Scheiße!«

»Was ist?«, fragte Hayley.

»John Robinson, Dennis Nilsen und Belle Gunness. Jetzt weiß ich wieder, wo ich diese Namen gehört habe. In meiner letzten Vorlesung in Verhaltenspsychologie.«

»Rück schon raus damit«, sagte Hayley. »Wer sind diese Leute?«

»Sie sind allesamt Serienmörder.«

Hayley trat ans Fenster und blickte die Straße entlang Richtung John Robinsons Haus. »Jared könnte dort drinnen sein.«

»Womöglich ist John Robinson jemand, der schon viele Namen benutzt hat, darunter Robert Beck, der Adoptivsohn von diesem Bestattungsunternehmer-Ehepaar«, sagte Jessica. »Ich rufe sofort Lizzy an.«

Sacramento
Samstag, 9. Juni 2012

Lizzy verließ das Haus von Mrs Trumble und wollte gerade in ihr Auto steigen, als ihr Handy klingelte. Sie nahm das Gespräch an.

»Er wird sterben. Das ist Ihnen doch hoffentlich klar, oder?«

Lizzy holte tief Atem.

»Sie haben anscheinend eine lange Leitung.«

»Nennen Sie mich ruhig begriffsstutzig«, sagte sie. »Sie sind doch dieser Möchtegernserienmörder, stimmt's?«

»Ich bin Gott.«

»Dass ich nicht lache. Sie sind nicht einmal der Cousin des Teufels. Sie können ja nicht einmal Ihre eigenen Opfer finden, sondern sind auf das angewiesen, was Ihnen jemand anders übrig gelassen hat«, sagte Lizzy in Anspielung auf sich selbst und den Spinnenmann.

»Ich habe etwas in meinem Besitz, von dem ich glaube, dass Sie es gerne haben wollen.«

»Und das wäre?«

»Ich glaube, die Anfangsbuchstaben seines Vor- und Nachnamens lauten J und S.«

Sie schloss die Augen. Anstatt etwas zu erwidern, betete sie, dass Jared noch lebte.

»Jetzt hat es Ihnen aber die Sprache verschlagen, was?«

»Ficken Sie sich.«

Er lachte. »Das klingt schon viel besser.«

»Das freut mich. Ich will Sie nämlich nur zufriedenstellen.«

»Sie sind ja ganz schön mutig.«

»Ach, hören Sie auf, ich werde gleich rot. Aber weil ich Sie gerade am Telefon habe … was macht Ihr Käferfetisch?«

»Ich weiß nicht, was Sie meinen.«

Das glaubte sie ihm keine Sekunde. »Wenn Sie schon von sich selbst so überzeugt sind, dass Sie glauben, Sie können einen FBI-Agenten entführen und nicht erwischt werden, dann geben Sie ihn mir doch für einen Augenblick.«

»Weil ich so ein netter Kerl bin, lasse ich Sie beide zueinander Lebewohl sagen. Es ist nämlich aus und vorbei, Lizzy Gardner. Sie und Ihr Freund sind erledigt. Sie hatten Ihre Chance, wahre Liebe zu finden, und haben es sich gründlich vermasselt. Wie fühlt es sich für Sie an, zu wissen, dass Sie alles hätten haben können, aber zu sehr mit Ihren eigenen lächerlichen Problemen beschäftigt waren? Wie ist es, wenn man weiß, dass man den Rest seines Lebens allein verbringen muss?«

»Sie sind ein Arschloch.«

»Im Gegensatz zu Ihnen habe ich mein Leben nicht als selbstverständlich betrachtet. Ich glaube, Ihnen ist der Ernst Ihrer Lage überhaupt nicht klar. Das ist das letzte Mal, dass Sie seine Stimme hören werden, und Ihre letzte Chance, ihm zu sagen, was Sie für ihn empfinden.«

Lizzy hörte Geräusche im Hintergrund, dann Jareds Stimme. »Lizzy, bist du das?«

»Jared«, sagte sie und spürte, wie sich ihr buchstäblich die Eingeweide zusammenzogen. »Wo bist du?«

»Ich habe nicht die geringste Ahnung. Kassie Scott ist auch hier und sie braucht einen Arzt. Denke bitte daran, wenn du dein weiteres Vorgehen mit Jimmy koordinierst.«

»Ich werde es ihm sagen. Er durchsucht gerade ein Haus in Lincoln.«

»Nicht so weit weg«, sagte Jared.

»Sacramento?«, fragte sie. Sie kannten beide die Spielregeln. Für romantische Gefühlsduselei fehlte ihnen die Zeit. Jetzt kam es vor allem darauf an, so schnell wie möglich die wichtigsten Informationen zu übermitteln.

»Ja.«

»Kann man das Telefon orten?«

»Einweghandy.«

»Kannst du mir irgendetwas über ihn sagen? Etwas, das uns hilft, ihn zu identifizieren?«

»Keller. Zwei Käfige. Erinnern mich an Hundezwinger. Der Typ zieht sich gerne Frauenkleider an.«

»Her mit dem Handy, oder ich füge der Frau weitere Verletzungen zu. Sofort!«

Lizzy hörte eine Frau schreien.

»Ich glaube, das war's dann«, sagte der Mörder zu Lizzy. »Sie hatten ausreichend Gelegenheit, Lebewohl zu sagen.«

»Lassen Sie Kassie frei«, flehte Lizzy ihn an. »Sie braucht dringend ärztliche Hilfe. Noch ein Mord, der auf Ihr Konto geht, ist das Letzte, was Sie brauchen.«

»Meine Güte, Sie klingen ja fast genauso wie Ihr Freund.«

»Warum tun Sie das eigentlich? Was ist das Endspiel?«

Er gluckste über diese Bemerkung. »Endspiel?«

»Ja, was haben Sie davon? Was springt für Sie dabei heraus?«

»Sie machen wohl Witze, oder? Was für mich zählt, ist das Hier und Jetzt … die Tatsache, dass ich mit Ihnen plaudere und lange, tiefsinnige Gespräche mit einer Kinderpsychologin führe.« Sie hörte ihn laut atmen, ehe er fortfuhr: »Ich habe einen FBI-Agenten in einem Käfig sitzen … und da fragen Sie mich, was für mich dabei herausspringt? Mir gibt das Ganze einen gewaltigen Kick! Ich fühle mich wie bei einer rasanten Achterbahnfahrt. Aber wissen Sie was, Süße, Sie haben recht, es gibt tatsächlich ein Endspiel und Sie, Lizzy, werden dabei eine wichtige Rolle spielen. Sie liefern mir nämlich den ultimativen Kick. Ich will Ihr Gesicht sehen, wenn Sie den Kopf Ihres Freundes auf einem Pfosten am Highway 80 finden. Aber bevor ich Mister Shayne töte, muss er zusehen, was ich mit Kassie anstelle. Ihr Freund soll mit eigenen Augen sehen, wozu ein echter Psychopath fähig ist.«

Kaum hatte der Mörder das Gespräch beendet, klingelte Lizzys Handy aufs Neue. Es war Jessica. »Was gibt's?«, fragte Lizzy. Wenn sie einen Nervenzusammenbruch vermeiden wollte, musste sie in Bewegung bleiben.

»Wir haben eine Verbindung zwischen John Robinson, Dennis Nilsen und Belle Gunness. Das sind alles Namen von Serienmördern. Ich glaube, dahinter verbirgt sich Robert Beck.«

Lizzy ließ die Information auf sich einwirken. Bei Robert Beck war das Böse seit seiner Kindheit vorprogrammiert. Er wanderte von einer Pflegefamilie zur nächsten, bis Karen und Todd Beck ihn schließlich adoptierten. Wo war das Ehepaar heute? War ihr Sohn Robert derjenige gewesen, der die Leichen mit toten Käfern ausgestopft hatte? Liebten seine Adoptiveltern den Jungen so sehr, dass sie die Schuld für dessen bösen Streich auf sich nahmen?

»Lizzy, bist du noch dran?«

»Ja.«

»Hayley und ich sind gerade bei Claire Schultz, einer Nachbarin von John Robinson. Sie hat uns alles erzählt. Eli Simpson hatte recht. John Robinson war nicht nur mit Elis Schwester Rochelle in der Nacht ihres Verschwindens zusammen, sondern hat auch das Autofenster eingeschlagen und Rochelle bis zur Bewusstlosigkeit gewürgt. Danach hat er sie in sein Haus getragen. Claire Schultz sagt, dass sonst niemand dabei war. Die Geschichte, die Robinson der Polizei aufgetischt hat, ist erstunken und erlogen.«

»Warum ist Claire nicht zur Polizei gegangen?«

»Weil John Robinson sie bedroht und gefoltert hat. Als Beweis hat sie uns ihre Narben gezeigt. Die sehen wirklich schlimm aus.«

»Verständige umgehend die Polizei. Ich sage Jimmy Bescheid.«

»Das hat Hayley bereits getan«, sagte Jessica. »Die Polizei ist schon unterwegs.«

KAPITEL 30

Selbst als sie schon tot war, hat sie immer noch herumgezickt. Ich konnte sie nicht zum Schweigen bringen.

– Edmund Kemper

Samstag, 9. Juni 2012

Jared sah zu, wie der Liebespaarmörder einen Tisch bereitstellte – eine fahrbare Transportliege mit einer Hebe- und Senkvorrichtung. Als Nächstes brachte er ein Chirurgentablett und bereitete sorgfältig seine Instrumente vor. In Gedanken versunken prüfte er eine Ansammlung von Skalpellen.

Er hielt ein Skalpell hoch und sagte: »Für den ersten Einschnitt in die Haut nehme ich am liebsten die abgerundete Klinge número zehn.« Mit einem Tuch wischte er seine Lieblingsklinge ab, nahm einen Retraktor – ein Instrument zum Offenhalten von Wunden und anderen offenen Stellen am Körper – und musterte ihn eingehend.

Jared warf Kassie einen Blick zu.

Der Mörder erwartete anscheinend eine Reaktion, bekam sie aber von keinem der beiden.

»Eine stumpfe Klinge hinterlässt eine gezackte Wunde. Sieht nicht besonders hübsch aus.«

Jared ließ ihn nicht aus den Augen.

»Ich wette, Sie würden gerne wissen, was ich mit all diesen Instrumenten vorhabe.«

»Nein«, sagte Jared. »Kein Interesse.«

Der Mann grinste spöttisch. »Die sind nicht für Sie, falls Sie das beruhigt.«

»Das tut es nicht.«

Der Mann lächelte, als wüsste er bereits, was Jared als Nächstes sagen würde. Behutsam stellte er ein Einweckglas auf das Tablett neben dem Skalpell. Es war mit dem Glas neben dem Fernseher identisch – dem Glas mit dem konservierten Herz.

»War Ihr Vater Arzt?«, fragte Jared.

»Ich habe keine Ahnung, wer mein Vater war oder was er beruflich gemacht hat.«

»Ach, erzählen Sie mir keinen Blödsinn. Sie müssen zumindest ein bisschen mitbekommen haben«, bohrte Jared weiter. »Woher stammte Ihr Vater?«

Der Mann nahm das Skalpell, das er bereits gesäubert hatte, und wischte es erneut mit dem Tuch ab, diesmal gründlicher als zuvor.

»War er ein Arzt, ein Bürgermeister, oder wohl eher ein stadtbekannter Säufer?«

Er richtete die scharfe Spitze des Skalpells auf Jared, als wollte er in den Käfig steigen und ihn damit umbringen. Seine Hände zitterten dabei leicht. Jared hoffte inständig, dass er es versuchte. Er wünschte sich nichts so sehr, als den Mann zwischen die Finger zu kriegen.

Von einer Sekunde zur nächsten wich die Wut aus dem Gesicht des Mörders und machte einem Ausdruck völliger Ruhe Platz. »Ich weiß, was Sie versuchen. Äußerst clever. Für einen Augenblick hätten Sie mich beinahe so weit gebracht.«

»Ich versuche überhaupt nichts«, sagte Jared. »Ich möchte einfach nur herausfinden, wie ein Mensch wie Sie tickt.«

»Sie mögen ja nur ein ganz normaler FBI-Agent sein, aber im Grunde Ihres Herzens sind Sie ein Profiler, stimmt's, Jared

Shayne? Sie wollen sich Zugang zu der Gedankenwelt von Leuten wie mir verschaffen und darin herumwühlen, in der Hoffnung, etwas Neues zu ihrer Trickkiste hinzuzufügen und zukünftigen Serienmördern einen Schritt voraus zu sein. Aber Sie verschwenden bloß Ihre Zeit. Bei mir ist nichts zu holen, denn wenn ich fertig bin, sind Sie und Kassie tot. Aber ich kann Ihre beruflich bedingte Neugier nachvollziehen.«

Er legte die Instrumente an ihren Platz zurück und legte eine neue Speicherkarte in seine Videokamera ein. Seine Bewegungen wirkten roboterhaft, als hätte er sie schon häufig ausgeführt.

Als er mit der Kamera fertig war, sagte er: »Töten ist wie verliebt sein.«

»Wie meinen Sie das?«, fragte Jared.

»Man kann andere Menschen nicht dazu bringen, einen zu lieben. Genauso wenig kann man sich zwingen, sich in eine bestimmte Person zu verlieben. Entweder es geschieht, oder auch nicht. Mit dem Töten verhält es sich genauso.« Er nahm das Skalpell erneut in die Hand und streifte mit der Klinge den Unterarm entlang. »Menschen, wie ich, entscheiden sich nicht von heute auf morgen, einen Mord zu begehen.« Aus seinem Unterarm tropfte langsam Blut. Er lächelte. »Wir werden als Mörder geboren oder nicht.«

Er legte das Skalpell weg und untersuchte ein anderes Instrument auf seine Funktionstüchtigkeit. Dann sah er Jared an. »Sie schütteln den Kopf. Warum?«

»Im wirklichen Leben sind die Dinge nicht so einfach.«

»Bei allem Respekt, aber da muss ich Ihnen widersprechen.«

»Viele Mörder werden gemacht«, sagte Jared. »Sie sind ein Produkt der Gesellschaft, ihres Elternhauses, ihres persönlichen Umfelds und ihrer Lebensumstände.«

»Auf mich trifft das nicht zu.«

»Wieso nicht?«

»Ich bin bei einer liebevollen Mutter aufgewachsen, die mich über alles geliebt und nach Strich und Faden verwöhnt hat. Ich war ihr Ein und Alles, ihr Sonnenschein. Sie hatte immer Zeit für mich, hat mir alles beigebracht, was sie wusste, und mich jede Nacht ins Bett gebracht.«

Kassie schnaubte verächtlich.

Jared beachtete sie nicht und hoffte, dass es der Mann auch nicht tat.

»Was gibt's, Kassie? Möchten Sie etwas zu unserem Gespräch beitragen?«

»Sie leiden eindeutig unter einer wahnhaften Störung.«

»Ah, ich verstehe. Sie glauben, Sie kennen mich, weil Sie alles schon gesehen haben, stimmt's? Ist es das, was gerade durch Ihren Kopf geht, meine liebe Frau Kinderpsychologin?«

»Ganz genau, Sie Arschloch. Sie sind für mich nichts Neues. Immer die alte Leier«, sagte sie und gähnte übertrieben. »Wenn man mir für jeden emotional gestörten Jugendlichen einen Dollar geben würde, der zu mir in die Sprechstunde kommt und mir weismachen will, er hätte eine tolle Kindheit gehabt, hätte ich mich schon längst zur Ruhe setzen können.«

»Wollen Sie damit behaupten, dass ich lüge?« Er legte das Skalpell weg, ging mit wutverzerrtem Gesicht zu Kassies Käfig und schloss seine langen bleichen Finger um die Gitterstäbe. »Wollen Sie mir sagen, meine Mutter sei eine egoistische Schlampe gewesen, die mich ignoriert hat – eine Frau, der es wichtiger war, ihre Schweine zu füttern, als sich um ihren einzigen Sohn zu kümmern? Eine Frau, die Angst vor mir hatte, weil ich sie an meinen Vater erinnerte, den Mann, der sie vergewaltigt hat?«

»Ich glaube nicht, dass sie es so gemeint hat«, mischte Jared sich ein.

»Doch, genau das wollte ich sagen«, sagte Kassie in einem Ton, der unbeteiligt und fast schon leblos klang.

Die Frau hat bereits völlig kapituliert, dachte Jared, und sich in ihr Schicksal ergeben. Wahrscheinlich hoffte sie sogar auf einen schnellen Tod, der ihrem Leiden ein Ende bereiten würde.

»Wie viele Menschen haben Sie getötet?«, fragte Jared in der Absicht, den Mörder von Kassie abzulenken.

»Bei Weitem nicht genug«, sagte er und rüttelte an Kassies Käfig. Aber die Frau reagierte nicht darauf.

»Geht die Ermordung von Charles und Maureen Baker auch auf Ihr Konto?«

»Na klar«, sagte er und lächelte dabei entspannt. »Charles wollte nichts mit mir zu tun haben, aber wie so viele Männer, die sich von Frauen zum Narren halten lassen, hätte er alles für Maureen getan.« Er seufzte. »Liebe kann so bittersüß sein.«

»Und was war mit den Daltons?«, fragte Jared.

Der Mann ging zu seinem Schreibtisch und nahm eine CD aus einer Kassette. Zu den Klängen von *Only the Lonely* von Roy Orbison ging er zu seinem Tisch zurück und widmete seine Aufmerksamkeit wieder den Instrumenten. Er sang das Lied mit, während er ein Messer an sich nahm und mit der Spitze der Klinge auf Jared zeigte. »Die Daltons«, sagte er laut genug, um die Musik zu übertönen, »waren kompliziert. Am Anfang haben beide mich zum Narren gehalten und mich glauben lassen, sie wären ein glücklich verliebtes Paar, aber am Ende waren sie den Aufwand nicht wert. Michael liebte nur sich selbst, aber er hätte nie seine Frau getötet – dafür fehlte ihm der Schneid. Ihre Freundin war die Einzige, die einen Blick für das große Ganze hatte. Wie kann das sein? All diese großen Besprechungen beim FBI, all diese angeblich brillanten Geister in einem Raum … aber keiner konnte eins und eins zusammenzählen, mit Ausnahme einer zutiefst traumatisierten Seele.« Er lächelte, und der Wahnsinn stand in seinen weit aufgerissenen Augen. »Eine Frau wie die gibt man so schnell nicht wieder her. Wenn ich Sie erst einmal aus dem Weg geräumt habe, gehört sie mir allein. Meine liebe Lizzy wollte von mir wissen, was mein Endspiel sei. Das ist es«, sagte er und sein breites Grinsen entblößte zwei Reihen schlechter, ungepflegter Zähne.

»Was sagt die Liebe Ihres Lebens dazu?«, fragte Jared und meinte damit die Frau auf dem Stuhl, die sich seit seiner Ankunft nicht bewegt hatte. Jared war sich nicht sicher, ob sich unter all den Kleidern und der Staffage ein echter Mensch oder eine aufblasbare Gummipuppe verbarg.

»Sie wird darüber hinwegkommen. Sie weiß, dass ich letztendlich immer wieder zu ihr zurückkehre.«

»Wie lange ist Ihre Geliebte da drüben schon tot?«, fragte Kassie.

Er kicherte. »Sie ist lebendiger, als Sie es jemals sein werden.«

»Schon wieder eine von diesen wahnhaften Vorstellungen«, sagte Kassie und seufzte. »Sie haben sie buchstäblich zu Tode geliebt, nicht wahr? Sie konnten sie nur an sich binden, indem Sie sie getötet und hinterher wie die Dame des Hauses ausstaffiert haben.« Sie lachte verächtlich. »Selbst als sie tot war, mussten Sie sie an den Stuhl fesseln, um sie zu behalten. Armseliger geht es schon nicht mehr.«

Das brachte das Fass buchstäblich zum Überlaufen. Der Mann rastete vollkommen aus. Er fummelte in seiner Hosentasche herum und holte den Schlüssel zu Kassies Käfig hervor. Ohne auch nur einen Augenblick zu zögern, schloss er die Käfigtür auf und zerrte Kassie zu dem Tisch, den er so sorgfältig vorbereitet hatte.

Jared wusste, dass Kassie gegen den Mann keine Chance hatte. Die letzten Kraftreserven waren aus ihr gewichen, und die von ihren Wunden verursachte Infektion rief in ihrem Körper Fieber und Schüttelfrost hervor.

»Lassen Sie sie in Ruhe«, sagte Jared. »Tun Sie das nicht.«

Aber der Mann hatte sie bereits mit Riemen auf den Tisch geschnallt und diesen auf die passende Höhe eingestellt. Er nahm dasselbe Skalpell, mit dem er sich in den eigenen Arm geschnitten hatte, und machte sich unverzüglich ans Werk.

Sacramento
Samstag, 9. Juni 2012

Lizzy fuhr vor dem Haus in der Bunker Street vor. Auf beiden Seiten der Straße parkten bereits Streifenwagen und Zivilfahrzeuge der Polizei. Die Kleinbusse von Presse, Rundfunk und Fernsehen waren gerade eingetroffen. Lizzy hoffte, dass ihr Handy wieder klingeln und sie Jareds Stimme hören würde. Sie wünschte sich nichts so sehr wie eine erneute Gelegenheit, ihm zu sagen, dass sie ihn liebte. Wütend auf die Welt, wischte sie sich die Tränen aus den Augen. Jetzt galt es, stark zu bleiben. Zum Weinen war keine Zeit. Sie würden Jared finden. Sie mussten.

Ein paar Minuten zuvor hatte sie mit Jimmy gesprochen. Der Hausdurchsuchungsbefehl war eingetroffen, und er und seine Leute konnten sich endlich in dem Haus umsehen. Von Jared oder Kassie gab es immer noch keine Spur, aber dafür fanden sie die gut erhaltenen und einbalsamierten Leichen von Todd und Karen Beck. In einer Scheune am Rand des Grundstücks entdeckten sie eine alte Limousine mit zwei Leichen, die fast ausschließlich aus Knochen und Haaren bestanden – vermutlich Maureen und Charles Baker.

Lizzy öffnete die Wagentür, aber noch bevor sie aussteigen konnte, kam Jessica mit verquollenen und blutunterlaufenen Augen herbeigeeilt.

Lizzy rutschte das Herz in die Hose und sie rechnete mit dem Schlimmsten. »Was haben sie gefunden?«

»Jared ist nicht im Haus.«

Lizzys Handy klingelte. Als sie statt Jareds Stimme die von Maria Trumble hörte, war sie enttäuscht.

»Mir sind noch ein paar Dinge zu Robert eingefallen.«

»Was?«

»Seit dreißig Jahren lasse ich meine Schüler jeden Mittwoch einen Aufsatz über etwas oder jemand Wichtiges in ihrem Leben schreiben. Robert schrieb jedes Mal über seine biologische Mutter, die verschwand, als er noch klein war. Sie hieß Lily. Ich glaube, dass daher seine Faszination mit Blumen rührte. Hin und wieder kam er in Frauenkleidern zur Schule. Ich bin mir nicht mehr sicher, aber ich glaube, einige davon gehörten ursprünglich einer älteren Frau. Ich dachte mir sogar immer, die Kleider könnten von seiner toten Mutter stammen.«

Lizzy bedankte sich und beendete das Gespräch.

Blumen.

Ein Mann in Frauenkleidern.

Sie sah Jessica an und rief: »*Lilys Blumenladen*! Das muss es sein!«

»Wovon redest du?«, fragte Jessica. »Wer war da gerade am Telefon?«

»Ich habe jetzt keine Zeit, es dir zu erklären. Ich werde Jimmy von unterwegs aus anrufen. Sag bitte Lieutenant Greer, ich bin auf dem Weg zu Lilys Blumenladen in der Innenstadt. Er soll Verstärkung schicken. Sofort.«

Lizzy schlug die Tür zu und raste mit quietschenden Reifen davon.

Hayley rannte über die Straße und fragte: »Wohin fährt sie?«

»Ich soll Lieutenant Greer sagen, dass sie zu *Lilys Blumenladen* unterwegs ist und dort Verstärkung braucht.«

»Komm«, sagte Hayley, »wir müssen ihr nach. Sie schafft das nicht alleine.«

»Was schafft sie nicht alleine? Und was ist mit dem Lieutenant?«

Hayley saß bereits auf dem Beifahrersitz von Jessicas rotem Volvo. »Ich rufe Greer während der Fahrt an. Komm, Jessica, beeil dich. Wir wollen Lizzy schließlich nicht verlieren.«

Sacramento
Samstag, 9. Juni 2012

Lizzy parkte vor *Lilys Blumenladen*, stellte den Motor ab und sprang aus dem Wagen. Sie rannte zur Eingangstür, aber die war verschlossen. Als sie durch das Glas spähte, sah sie den Ladentisch, wo sie mit Jane, der Besitzerin, gesprochen hatte. Jane hatte zwar Frauenkleider getragen, aber sie war in Wirklichkeit ein Mann: Robert Beck. Lizzy wusste von Eli Simpson, dass John Robinson in einem Geschäft in der Innenstadt arbeitete. Sie hatte Eli nicht nach weiteren Details gefragt, da es keinen Grund zu der Annahme gegeben hatte, dass John Robinson der Liebespaarmörder war. Außerdem hatte sie zu viel um die Ohren gehabt. Aber jetzt sah sie alles ganz klar: John Robinson war ein Mann mit vielen Namen. Er hatte Claire Schultz unter Drohung und Anwendung von Folter zum Schweigen gebracht und war zweifellos der Mörder von Elis Schwester und wer weiß wie vielen anderen Opfern.

Sie wollte zur Rückseite des Ladens rennen, aber ein oben mit Stacheldraht bewehrtes Eisentor riegelte die Lieferantenzufahrt ab und versperrte ihr den Weg. Eine ungewöhnliche Sicherheitsvorkehrung für einen Blumenladen. Mit der Pistole in der Hand rannte sie zurück zum Eingang und wollte gerade das Türschloss zerschießen, als sie Hayley »Halt!« rufen hörte.

Hayley holte ein Einbruchswerkzeug aus der Tasche und machte sich am Schloss zu schaffen. Lizzy blickte zur Straße und fragte: »Wo ist Jessica?«

»Im Auto. Sie telefoniert gerade mit Greer.«

»Warum piepst der Alarm an deiner elektronischen Fußfessel nicht?«

»Das ist eine lange Geschichte«, sagte Hayley. Gleich darauf vernahmen sie ein Klicken und die Tür sprang auf.

Lizzy wartete nicht auf eine Erklärung, sondern stürmte sofort in den Laden. »Du bleibst beim Eingang«, wies sie Hayley an. »Ich sehe mich ein bisschen um.«

Mit ausgestreckter Pistole ging sie langsam und vorsichtig von Raum zu Raum. Der vordere war leer, und im hinteren stapelten sich Kartons mit Vasen und getrockneten Blumen für die Gestecke. Der süße Duft der Tuberosen stand in krassem Gegensatz zu den tödlichen Spielen, denen der Besitzer des Ladens täglich frönte.

In dem Raum standen außerdem zwei Schreibtische. Lizzy sah unter beiden nach und öffnete Schubladen und Schränke entlang der Wand, fand aber nichts.

Nach einer Weile hielt sie inne und lauschte.

Hayley kam herein und zeigte auf den Wollteppich in der Mitte des Raums. Lizzy zog an einer der Ecken, aber er bewegte sich nicht. Der Teppich war wie festgenagelt, aber darunter vernahm sie ein Klicken. »Hilf mir doch mal«, sagte sie zu Hayley. Die beiden zogen mit vereinten Kräften und öffneten wenig später eine Falltür – ohne Zweifel das Tor zur Hölle.

War Jared dort unten? Kam sie womöglich zu spät?

Aus dem Loch drang laute Musik. Lizzy sah Hayley an. »Du bleibst hier. Das meine ich ernst.«

Hayley nickte.

»Hast du etwas, womit du dich notfalls verteidigen kannst?«, fragte Lizzy.

»Ist der Papst katholisch?«

Lizzy stieg die steile Holztreppe herab. Ein penetranter Geruch nach Desinfektionsmitteln schlug ihr entgegen und raubte ihr augenblicklich die Sinne. Ohne sich noch einmal zu Hayley umzudrehen, setzte sie furchtlos ihren Weg nach unten fort, entschlossen, Jared zu finden, ehe es zu spät wäre.

Samstag, 9. Juni 2012

Als Jared sah, wie der Mörder Kassie Scott mit dem Skalpell ins Fleisch schnitt, pumpte das Blut schneller durch seine Adern. Am schlimmsten dabei fand er, dass er nichts tun konnte. Der Irre hatte recht gehabt: Nichts von dem, was Jared bisher in seiner Zeit beim FBI getan hatte, war geeignet gewesen, ihn für diesen Augenblick vorzubereiten. Wie viele seiner Kollegen hatte auch er stundenlang psychopathische Mörder vernommen und ihnen in die Augen gesehen, als sie genüsslich eine grausame Handlung nach der anderen schilderten und dabei weder Reue noch Scham zeigten. Diesen Menschen ging es nur darum, beim Erzählen die Morde erneut zu durchleben.

Jared hatte jahrelang geglaubt, er hätte verstanden, was Lizzy durchgemacht hatte, als ein Mörder sie gefangen hielt und sie zwang, bei der Folterung von jungen Mädchen zuzusehen. Jetzt begriff er, dass er überhaupt nichts verstanden hatte. Zum ersten Mal, seit ihn dieser Psychopath in sein Kellerverlies verschleppt hatte, verspürte er grenzenlose Wut.

Der Mann hatte Kassie bisher an drei verschiedenen Stellen aufgeschnitten und ihr den Umriss eines Herzens in die Brust geritzt – tief genug, dass Blut floss, aber nicht so tief, dass sie verblutete. Man konnte sehen, dass er seine operativen Eingriffe ernst nahm, als wäre jeder Schnitt das Werk eines Künstlers. So viel stand fest: Er hatte es geschafft, Kassie in Angst und Schrecken zu versetzen. Mit jedem Atemzug hob und senkte sich ihre Brust. Jedes Mal, wenn sie ihren Peiniger anflehte, er solle es hinter sich bringen und sie endlich töten, wirkte er ruhiger und gefasster. Während der Mann sich an Kassie zu schaffen machte, untersuchte Jared weiterhin gründlich den Käfig nach Schwachstellen und rüttelte an den Gitterstäben, woraufhin der Mörder jedes Mal lachte.

Der Mann ignorierte Jared für eine Weile und sprach stattdessen zu Kassie. »Ich habe Ihr Telefongespräch mitgehört, als ich im Wandschrank Ihres Schlafzimmers auf Sie gewartet habe. Sie haben etwas von einer Überraschung für Ihren Ehemann gesagt. Offenbaren Sie mir Ihr Geheimnis, meine liebste Kassie, oder ich schneide Ihnen den Bauch auf und sehe selbst nach.«

»Ich weiß nicht, wovon Sie reden«, sagte sie mit zitternder Stimme.

Er schraubte bedächtig den Deckel des Einweckglases auf. »Haben Sie keine Angst, falls Sie während des chirurgischen Eingriffs bewusstlos werden. Wenn Sie wieder aufwachen, ist Ihr Baby sicher in diesem Glas aufbewahrt. Ich werde dafür sorgen, dass Drew …«

»Ich bin schwanger«, sagte sie in der Hoffnung, ihr Baby mit dieser ehrlichen Antwort retten zu können. »Tun Sie meinem Kind nichts. Bitte.«

»Sie haben vergessen, die Videokamera einzuschalten!«, rief Jared und atmete auf, als der Mann einen Moment von Kassie abließ, um nachzusehen.

»Netter Versuch«, sagte er lächelnd zu Jared, als er begriff, dass er ihn hereingelegt hatte. Er trat wieder an den Tisch und hielt das Skalpell an Kassies Bauch. »Keine Angst«, sagte er zu ihr. »Ihr Baby wird nichts spüren.«

Plötzlich nahm Jared hinter dem Mörder eine Bewegung wahr und sah zu seiner Verblüffung Lizzy die Treppe herunterkommen. Um den Mann abzulenken, warf er sich mehrere Male hintereinander gegen den vorderen Teil des Käfigs und schrie dabei aus Leibeskräften.

Lizzy versuchte erst gar nicht, sich einen Reim auf das zu machen, was sich vor ihren Augen abspielte: Jared schrie sich die Seele aus dem Leib und Roy Orbisons Stimme sang *Only the Lonely*. Wenn etwas verrückt war, dann das. Kaum war sie unten am Fuß der Treppe angekommen, achtete sie auf einen ausreichenden Sicherheitsabstand zu dem Mann im Laborkittel und richtete die Pistole auf ihn. »Lassen Sie das Messer fallen, Robert. Es ist vorbei.«

Er fuhr herum und grinste übers ganze Gesicht, das Skalpell fest in der Hand. »Sie haben mich doch tatsächlich gefunden. Der Spinnenmann hatte recht. Sie sind wirklich voller Überraschungen.«

Lizzy erkannte ihn sofort. Sie hatte nicht nur den Besitzer des Blumenladens vor sich, den Mann in Frauenkleidern, der sich Jane nannte, sondern auch den Angreifer im Park. »Werfen Sie das Messer weg oder ich schieße.«

Er zuckte mit keiner Wimper, sondern lächelte nur. In seinen Augen loderte ein wilder Fanatismus. »Ich hätte Sie aus dem Weg räumen sollen, als ich die Gelegenheit dazu hatte.«

»Hinterher ist man immer schlauer. Weg mit dem Messer.«

»Sie werden nicht schießen, weil Sie es gar nicht können.«

Lizzy hatte jahrelang auf dem Schießstand geübt. Sie wusste alles über vertikale Ausrichtung und brauchte keine Hüft- oder Kniedrehung zu vollführen. Um ihr Ziel zu treffen, bedurfte es keiner besonderen Anstrengung, vor allem nicht bei dieser kurzen Distanz.

Robert Beck ignorierte sie völlig und machte sich wieder an die Arbeit. Anscheinend hatte er es eilig, das bereits Begonnene zu Ende zu bringen, was auch immer das war.

Lizzy drückte ab. Der erste Schuss erwischte ihn an der linken Schulter.

Er arbeitete weiter.

Die nächste Kugel bohrte sich in seinen Oberschenkel, die dritte traf die Kniekehle. Die Schüsse hallten laut von den Wänden wider.

Er brach zusammen und riss erstaunt die Augen auf, als könnte er noch immer nicht glauben, dass sie es gewagt hatte, auf ihn zu schießen.

»Für Sie war das alles nur ein Spiel«, sagte sie und zielte auf sein Herz. »Sie dachten, Sie könnten mich weiterhin ärgern und ich würde Sie nicht finden?«

Die Polizeisirenen kamen näher. Gott sei Dank! Sie hatte nämlich keine Ahnung, ob die Frau auf dem Tisch noch lebte. Man konnte keine klaffenden Wunden erkennen, nur Narben von Einschnitten, die vernäht worden waren, grünen Eiter, der aus einer Wunde am Schlüsselbein lief, und überall Blut.

Lizzys Blick fiel auf die Frau auf dem Stuhl. Sie hielt die Waffe weiterhin auf Robert Beck gerichtet, ging auf sie zu und nahm ihren Hut ab. Ihr Gesicht erkannte sie sofort. Bei dem schrecklichen Anblick holte sie tief Luft. »Rochelle Simpson. Die Aussage, die Sie bei der Polizei zu Protokoll gaben«, sagte sie zu Robert, »war gelogen.«

»Es war die Wahrheit«, sagte Robert.

Lizzy schüttelte den Kopf. »Claire Schultz hat beobachtet, wie Sie die Fensterscheibe des Autos eingeschlagen haben. Anschließend haben Sie Rochelle bewusstlos gewürgt und in Ihr Haus getragen. Claire hat Rochelle schreien hören. Es war niemand anders da. Sie haben die einzige Frau getötet, die etwas für Sie übrighatte.«

Er schwieg.

»Sie haben Ihre Leiche konserviert. Warum?«

Er hob das Skalpell vom Boden auf, setzte die Klinge an einem Punkt gleich unterhalb seiner Kehle an und machte mit einer langsamen Abwärtsbewegung einen tiefen und geraden Schnitt in die Brust. »Das verstehen Sie nicht«, sagte er und starrte auf sein Blut, das aus der klaffenden Wunde lief. »Ich war einsam.«

Lizzy hielt ihn nicht von seinem Tun ab.

Robert sah Jared an. »Möchten Sie wissen, warum ich am Ende meine Mutter getötet habe?«

Jared sagte kein Wort und zuckte mit keiner Wimper.

»Sie hat mich nie geliebt«, sagte Robert und ließ das Skalpell auf den Boden fallen.

Lizzys Blick wanderte von Jared zu dem Schloss an der Käfigtür. »Wo ist der Schlüssel?«

»In seiner vorderen Hosentasche.«

Sie fegte das Skalpell mit dem Fuß beiseite. Es schlitterte durch eine Blutlache. Sie kniete sich neben Robert und zog den Schlüssel aus seiner Tasche. Der Killer hatte die Augen weit aufgerissen, war aber tot.

Oben im Haus hallten Schritte. Die Verstärkung war eingetroffen.

Lizzy stand auf und ging auf den Käfig zu. In ihrem Kopf hatte nur ein Gedanke Platz: Jared lebte.

»Ich liebe dich«, sagte sie laut genug, dass er es trotz der Musik hören konnte.

KAPITEL 31

Ich habe so oft zugesehen, wie Jungs geschlagen wurden, dass es mir nie wieder aus dem Kopf ging.

– Albert Fish

Antelope
Sonntag, 10. Juni 2012

Jessica hatte vom Warten endgültig die Nase voll. In den letzten vierundzwanzig Stunden hatte keiner von ihnen ein Auge zugetan, aber trotzdem wollte sie unbedingt zu der Baustelle, mit oder ohne Lizzy, Jared und Hayley. Sie würde erst wieder ruhig schlafen können, wenn sie das Grundstück abgesucht hatte. Schluss mit den Lügen und den Versteckspielen, Schluss mit diesem ganzen Privatermittlerkram! Sie hatte keine Ahnung, wer Magnus Vitalis war, aber sie wollte ihn auf jeden Fall finden und sich vergewissern, dass er noch lebte und dass es ihm gut ging.

Sie hatte Lizzy bereits über ihre Absicht informiert, den Job an den Nagel zu hängen. Lizzy war darüber erleichtert, denn wie sich herausstellte, hatte sie vorgehabt, Jessica am Montag in ihrem eigenen Interesse zu kündigen. Jessica gab nicht nur ihren Job auf, sondern auch ihre Wohnung, in der sie weniger als einen Monat gewohnt hatte. Inzwischen war sie entschlossener denn je, auf die Universität zu gehen und Kriminalistik zu studieren. Sie wusste genau, was sie aus ihrem Leben machen wollte, und war bereit, ihre Ziele anzupacken.

Sie hatte vor, bei ihrer Mutter zu wohnen, und hatte bereits ihren Bruder in New Jersey angerufen und ihm Vorwürfe gemacht, weil er sich nicht um die Mutter gekümmert hatte. Er plante ebenfalls, wieder daheim zu wohnen. Zusammen würden sie ihrer Mutter helfen, ihr Leben in den Griff zu bekommen, und wieder eine glückliche Familie sein.

Obwohl sie notfalls auch allein zu der Baustelle gefahren wäre, war das nicht nötig. Mithilfe seiner Kontakte und seines Einflusses veranlasste Jared, dass unter der Garage und der Terrasse nach versteckten Leichen gegraben wurde. Und falls sie dort keine fänden, würde Jared die Kosten für die Aktion sogar aus eigener Tasche bezahlen.

Jessica stand in der Einfahrt und sah den Arbeitern ungeduldig zu, wie sie mit ihren ohrenbetäubenden Presslufthämmern den Betonboden aufrissen. Das Warten und die Ungewissheit machten sie wahnsinnig, und als es nicht mehr aushielt, ging sie in den Garten hinter dem Haus.

Als der Presslufthammerlärm endlich vorüber war, hörte sie ein Geräusch, das aus dem nahe gelegenen Müllcontainer kam. Sie versuchte, den Deckel anzuheben, aber er war mit einem Vorhängeschloss gesichert. Inzwischen war das Klopfen und Pochen stärker geworden. Da drinnen war eindeutig jemand. Jessica rannte zur Vorderseite des Hauses und sah, wie Jared und die Arbeiter die ausgegrabenen Müllsäcke untersuchten. Schon von Weitem konnte sie den Leichengestank riechen. Mit hektischen Gesten machte sie Jared auf sich aufmerksam und deutete in Richtung Garten. Er folgte ihr zu dem Müllcontainer.

Es dauerte nicht lange, bis die Männer das Vorhängeschloss geknackt und den Deckel geöffnet hatten.

Im Container lag ein Mann und erhob sich. Er hatte viel Gewicht verloren und war über und über mit Schmutz bedeckt, aber Jessica erkannte ihn sofort: Magnus Vitalis, wie er leibte und lebte.

Als Jared seine Pistole auf die geschwächte und ausgemergelte Gestalt richtete, zückte diese ihrerseits eine Dienstmarke und ließ einen Redeschwall los.

Jessica traute ihren Ohren nicht. Magnus war ein verdeckter Ermittler und Drogenfahnder, der Dominic Povo im Visier gehabt hatte.

Nachdem Jared ihn aus dem Container gezogen und ihm Wasser gegeben hatte, gab Magnus dem FBI-Agenten die Hand und sagte zu Jessica: »Wo sind Sie nur so lange geblieben?«

Sie runzelte die Stirn und zeigte auf ihre Brust. »Meinen Sie mich?«

»Ja, Sie. Ich dachte, Sie mögen mich.«

»Ich weiß nicht, wie Sie auf diese Idee gekommen sind.« Nach einer kurzen Pause musste Jessica lächeln. Magnus legte einen Arm um ihre Schulter, stützte sich an ihr ab und ließ sich zu einem Stuhl in der Nähe bringen.

Er war schwach auf den Beinen und roch nach verfaulten Tomaten und Abfall, aber Jessica störte das nicht. Nachdem er sich hingesetzt hatte, gab sie ihm noch eine Flasche Wasser.

»Was ist passiert?«, fragte sie ihn.

»Ich habe mehrere Monate lang verdeckt gegen Povo ermittelt«, sagte er zwischen einzelnen Schlucken Wasser. »Er ist einer der größten Meth-Dealer in der Gegend. Seine Männer dachten, sie hätten mich getötet, und ließen mich einfach liegen. Die Essensreste und die halb vollen Getränkedosen in der Mülltonne haben mich am Leben gehalten. Aber meine Rettung verdanke ich Ihnen, Kat Sylvester.«

Sie verdrehte die Augen. »Ich heiße Jessica«, erinnerte sie ihn.

»Ja, ich weiß.«

Sacramento
Sonntag, 10. Juni 2012

Stacey Whitmore hatte in den letzten zwei Tagen nur vier Stunden geschlafen, sah aber in ihrem taillierten königsblauen Kostüm mit Goldknöpfen besser denn je aus und fühlte sich auch so. Mit perfekter Frisur und Make-up im Gesicht setzte sie sich hinter das Moderatorenpult und machte sich bereit, die Abendnachrichten vorzutragen. Ihre wachen, aufmerksamen Augen blickten in die Kamera.

Fünf, vier, drei, zwei, eins. Der Regieassistent hob den Finger, und der Teleprompter lief.

»Wie inzwischen bestätigt wurde, ist Robert Beck, der Liebespaarmörder und Mann mit vielen Namen, tot. Er erlitt drei Schusswunden, starb jedoch nicht daran, sondern an einer selbst zugefügten Verletzung. Wie wir erfahren haben, machte Lizzy Gardner das FBI auf Becks Versteck aufmerksam, wo er zwei Menschen gefangen hielt. Eine Frau, deren Name erst nach Benachrichtigung der Angehörigen bekannt gegeben wird, liegt in kritischem Zustand im *Sutter Medical Center* in Sacramento.

»Beschreibungen zufolge handelt es sich bei dem Versteck des Liebespaarmörders um einen fensterlosen, dunklen und feuchten Kellerraum, wo er an seinen Opfern chirurgische Eingriffe vornahm. Anscheinend konservierte der Liebespaarmörder einige von ihnen, indem er sie einbalsamierte. Nach neuesten Erkenntnissen des FBI ist Robert Beck für mindestens elf Morde verantwortlich, einschließlich des Mordes an seinen Adoptiveltern, Todd und Karen Beck. Eine vollständige Liste mit den Namen der Opfer wird der Öffentlichkeit zugänglich gemacht, sobald die Angehörigen informiert wurden.

Dank der neuen Beweise, die vor Ort gefunden wurden, wurde Michael Dalton heute Nachmittag auf freien Fuß gesetzt. Entscheidend wirkte sich dabei das DNA-Material aus, das in dem Versteck sichergestellt werden konnte und Robert Beck eindeutig als den Mörder von Jennifer Dalton identifiziert.«

Stacey lächelte weiterhin in die Kamera, was ihr unter den gegenwärtigen Umständen leichtfiel. Obwohl sie Jennifer Dalton nie etwas Böses gewünscht hatte, wäre sie gerne vor Ort dabei gewesen, als Michael aus dem Gefängnis entlassen wurde. Im Augenblick wusste sie noch nicht, was die Zukunft für sie und Michael bereithielt, aber sie hatte bereits ihren Anwalt angewiesen, die Scheidung einzureichen – ein Schritt, der längst überfällig war.

Der Regieassistent teilte ihr mit einem Handzeichen mit, dass sie nicht mehr auf Sendung war. Sie lächelte trotzdem weiter. Ein neues Leben wartete auf sie.

Sacramento
Sonntag, 10. Juni 2012

Eli Simpson schaltete den Fernseher in seinem Wohnzimmer aus und sah zu Lizzy hinüber, die mit ihm zusammen die Nachrichten angesehen hatte.

»Das war's dann wohl?«, fragte er.

Sie nickte. »Das war's dann wohl.«

Simpson kratzte sich am Kopf. »Und die Polizei hat diesem Irren mehr geglaubt als mir?«

Lizzy seufzte. Sie konnte sich gut vorstellen, dass Elis übellauniges Temperament wahrscheinlich seinen Teil dazu beigetragen hatte.

»Rochelles Beerdigung findet am Donnerstag statt«, sagte er nach einer kurzen Pause. »Es werden ein paar Verwandte und alte Freunde da sein. Wenn Sie wollen, können Sie gerne kommen.«

»Das mache ich.«

»Diese wahnhafte Störung … ist das eine echte Krankheit?«

Lizzy nickte. »Ich habe die Gutachten von den Psychologen gelesen, bei denen Robert während seiner Kindheit und Jugend in Therapie war. Es ist eine psychische Störung, die nicht allzu häufig vorkommt. Die Menschen, die daran leiden, bilden sich bestimmte

Ereignisse in ihrem Leben ein, die in dieser Form nie stattgefunden haben. Sobald jemand am Wahrheitsgehalt dieser Geschichten zweifelt, reagieren sie äußerst aggressiv. Jetzt, wo er tot ist, werden sich bestimmt mehrere Zeugen melden und seine Lügen enttarnen.«

»Wo war eigentlich sein Vater, als er noch klein war?«

»Die Mutter wurde vergewaltigt und ging nach Kalifornien, wo sie das Kind auf einer geerbten Farm großzog. Aber alles an Robert hat sie an ihren Vergewaltiger erinnert. Ein paar Verwandte haben ausgesagt, sie sei unfähig gewesen, dem Jungen Liebe zu geben, weil sie vor ihm Angst hatte. Als Robert elf Jahre alt war, erwischte sie ihn dabei, wie er landwirtschaftliche Nutztiere getötet und in der Scheune vergraben hat. Sie hat ihn damit konfrontiert und ist ein paar Tage später auf Nimmerwiedersehen verschwunden.«

»Ich hoffe, dass man diesen Fall wieder neu aufrollt.«

»Das wird auch geschehen. Nächste Woche sollen die Ausgrabungsarbeiten auf der Farm beginnen.«

Eli verschwand und kam kurz darauf mit Lizzys Digitalkamera wieder. »Hier. Ich habe kein einziges Bild damit gemacht. Sie schulden mir also keinen Cent.«

Lizzy stand auf, nahm die Kamera an sich und sah ihm lächelnd in die Augen. »Das mit Ihrer Schwester tut mir leid. Und ich finde es schade, dass keiner Ihnen geglaubt hat.«

»Sie haben mir geglaubt.« Seine Augen wurden feucht. »Sie allein, Lizzy Gardner.«

Lizzy wollte ihm die Hand schütteln, aber er beugte sich vor und umarmte sie.

Sacramento
Sonntag, 10. Juni 2012

Lizzy verließ Elis Haus und machte sich auf den Weg zum *Sutter Medical Center*. Unterwegs rief sie ihre Schwester an. Cathy nahm den Anruf nach dem zweiten Läuten an.

»Es tut mir leid«, platzte es aus Lizzy heraus. Am liebsten hätte sie ihre Schwester in den Arm genommen.

Am anderen Ende war es zunächst still, aber Lizzy wusste, dass Cathy noch dran war, denn sie konnte sie atmen hören. »Du willst anscheinend nicht mit mir reden.«

»Ich will nicht mehr mit dir streiten«, sagte Cathy.

»Ich auch nicht. Wenn du Richard wirklich liebst und mit ihm zusammen sein willst, dann hast du meinen Segen. Hauptsache, du bist glücklich.«

»Das weiß ich sehr zu schätzen«, sagte Cathy. »Übrigens steht gerade jemand neben mir und will mit dir reden.«

Lizzy lächelte. »Dann gib sie mir.«

»Hi, Lizzy!«

»Ist das meine Lieblingsnichte?«

»Ich habe die Führerscheinprüfung bestanden. Der Fahrlehrer hat gesagt, ich wäre eine seiner besten Schülerinnen gewesen.«

»Das wundert mich nicht. Ich wette, deine Mutter freut sich riesig darüber.«

Brittany lachte, denn sie wussten beide, dass dies nicht der Fall war. »Kannst du nächstes Wochenende mit Jared zu uns zum Abendessen kommen?«

»Was sagt deine Mutter dazu?«

»Ich gebe sie dir. Sie will noch mal mit dir reden.«

»Ich hab dich lieb, Britt.«

»Ich dich auch, Lizzy.«

»Zieh dich schnell um«, hörte Lizzy ihre Schwester zu Brittany sagen. »Wir fahren in zehn Minuten.«

»Okay, hier bin ich wieder«, sagte Cathy. »Wir gehen einkaufen.«

»Na, dann viel Spaß.«

Cathy räusperte sich. »Ich habe die Nachrichten gesehen. Du hast in den letzten Tagen viel durchmachen müssen.«

»Ich bin einfach nur froh, dass alles vorüber ist und Jared noch lebt.«

»Ich auch. Wie sieht's mit dem Abendessen aus? Könnt ihr beide am Freitagabend zu uns kommen?«

»Gerne. Geht es in Ordnung, wenn wir Hayley mitbringen?«

»Brittany wird sich freuen. Ich würde sie auch gerne wiedersehen. Wir freuen uns.«

»Dann bis Freitag.« Kaum hatte Lizzy das Gespräch beendet, kam schon der nächste Anruf – Adele Hamptons biologische Mutter. Die Frau war völlig aufgelöst. Ihr Ehemann steckte gerade in einer heißen Wahlkampfphase und sie wollte unbedingt ihre lange verschollene Tochter an ihrer Seite haben.

Hayley und Jessica hatten Lizzy inzwischen eingeweiht und Lizzy gab diese Version an die Anruferin weiter: Adele war an einer Begegnung mit ihrer Mutter nicht interessiert.

Als die Frau sich daraufhin in wüsten Flüchen und Beschimpfungen erging, schaltete Lizzy das Gespräch auf stumm.

Eine Viertelstunde später gab Lizzy sich größte Mühe, bei ihrem Gang durch den glänzend weißen Krankenhausflur den Geruch nach Desinfektionsmitteln zu ignorieren. Jared und ein paar von Kassie Scotts Angehörigen standen schweigend in Kassies Krankenzimmer und warteten darauf, dass sie aufwachte.

Jared stellte Lizzy vor, worauf alle sie umarmten, als gehörte sie zur Familie. Als sie erfuhr, dass Kassie und ihr Baby durchkommen würden, war sie erleichtert. Wenn weiterhin alles gut ging, würde das Baby in sieben Monaten zur Welt kommen. Drew Scott, Kassies Ehemann, war immer noch in Untersuchungshaft, weil er sich den Anweisungen der FBI-Agenten widersetzt hatte, aber würde wahrscheinlich schon vor dem Wochenende freikommen.

Plötzlich vibrierte Lizzys Handy. Sie entschuldigte sich und trat hinaus in den Flur. Es war Jessica, die sich wegen Hayleys Mutter Sorgen machte. Sie hatte nämlich das Frauenhaus verlassen und jetzt hatte Jessica Angst, dass Hayley Brian aufsuchen würde und etwas täte, das sie später bereuen würde.

Da in der Nacht zuvor niemand hatte schlafen können, hatten Lizzy und Jared mit Hayley ein ernstes Gespräch geführt. Das Mädchen hatte dabei einen vernünftigen Eindruck gemacht, sodass Lizzy Jessica guten Gewissens sagen konnte, es bestehe kein Anlass zur Sorge. Zum Schluss versprach sie Jessica, sie werde noch einmal anrufen, sobald sie und Jared wieder zu Hause wären.

Weil Hayley geholfen hatte, den Fall des Liebespaarmörders zu lösen, hatte der zuständige Richter Jimmy Martin versprochen, Hayley mit einem blauen Auge davonkommen zu lassen. Die elektronische Fußfessel musste sie nun nicht mehr tragen, zumindest nicht auf absehbare Zeit. Viele Leute sympathisierten mit ihr, darunter Jimmy Martin, Jared Shayne und jetzt auch ein Richter.

Kaum hatte Lizzy ihr Gespräch mit Jessica beendet, kam Jared zu ihr in den Flur. Kassie war jetzt wach, und er wollte sie mit ihrer Familie alleine lassen.

Lizzy berichtete ihm über die neuesten Ereignisse im Zusammenhang mit Hayley und Jared stimmte mit ihr überein, dass es wohl am besten wäre, wenn sie auf dem Heimweg bei Hayleys Mutter vorbeischauten. Lizzy sah Jared an und fand keine Worte, um ihm zu sagen, wie sehr sie sich freute, dass er vor ihr stand. Sie konnte immer noch nicht richtig fassen, dass sie ihn um ein Haar verloren hätte. »Na«, sagte sie und ergriff Jareds Hand, »wirst du mich nun heiraten oder nicht?«

»Die Antwort lautet nach wie vor Nein«, antwortete er. »Du hast in den letzten drei Tagen kaum geschlafen. Der Adrenalinrausch ist noch nicht verflogen, und du befindest dich in einem Zustand der Euphorie.«

»Das ist ja wohl das Lächerlichste, was ich je gehört habe.«

»Wir haben so lange gewartet. Frag mich in einer Woche noch einmal.«

»Das muss ich mir noch gründlich überlegen. Was, wenn ich nächste Woche einen Mann kennenlerne, der einen Stein zwanzig Mal auf dem Wasser hüpfen lassen kann anstatt nur lächerliche fünfzehn Mal?«

Ehe er etwas darauf erwidern konnte, steckte eine Frau, die Kassie verblüffend ähnlich sah, den Kopf zur Tür heraus und winkte ihnen zu. »Hätten Sie was dagegen, noch einmal reinzukommen? Kassie möchte sich bei Ihnen beiden bedanken.«

Jared und Lizzy betraten Hand in Hand Kassies Zimmer. Alle Anwesenden lächelten. Es war ein guter Tag.

KAPITEL 32

Wann dieses Ungeheuer Besitz von meinem Gehirn ergriffen hat, werde ich nie erfahren, aber ich weiß, dass es auf Dauer bleiben wird. Wie kann man sich selbst heilen? Ich kann das Monster in mir nicht aufhalten, es macht einfach weiter und schadet mir und der Gesellschaft. Vielleicht können Sie es stoppen. Ich kann es nicht.

– Dennis Rader

Sacramento
Sonntag, 10. Juni 2012

Es war bereits dunkel, als Hayley von Tommys Motorrad abstieg und ihn bat, auf sie zu warten. Das Unbehagen in ihrem Innern gefiel ihr nicht – es fühlte sich wie scharfe Zähne an, die an ihren Eingeweiden nagten.

Warum ist Mom nicht im Frauenhaus geblieben? Es ging ihr dort so gut.

Hayley war überzeugt, dass Brian etwas damit zu tun hatte.

Der Gedanke, dass sie jetzt vor dem Haus stand, in dem sie aufgewachsen war, löste ein flaues Gefühl in ihrem Magen aus. Mom ging immer noch nicht ans Telefon. Hayley und Tommy kamen gerade vom Frauenhaus, wo sie von einer Angestellten erfahren hatten, dass die Mutter vor zwei Tagen von einem Mann abgeholt worden sei und freiwillig mit ihm mitgegangen sei. Eine Personenbeschreibung konnte die Frau nicht liefern. Sie wusste nur, dass es ein Mann gewesen war.

Hayley schlenderte gemächlich zur Haustür und lauschte den Geräuschen der Umgebung. In einem toten Busch zu ihrer Rechten raschelte etwas, vermutlich eine Eidechse, und in der Ferne quakten Frösche. Das Haus war völlig heruntergekommen und selbst der Regen, der in letzter Zeit kräftig gefallen war, hatte es nicht geschafft, den muffigen Schimmel- und Fäulnisgeruch abzuwaschen. Sie wollte gar nicht daran denken, wie Jessica bei ihrem Besuch zumute gewesen sein musste.

Hayley war das letzte Mal vor fast einem Jahr hier gewesen. In der Mitte der Tür prangte ein Graffiti in großen schwarzen Lettern: BLEIB DRAUSSEN.

Ein weiser Rat.

Sie drückte die hässliche Türklinke aus Messing herunter, worauf die Tür sich leicht öffnen ließ. Vielleicht erwartete jemand ihren Besuch.

Gleich nach dem Betreten des Hauses kippte sie beinahe aus den Schuhen. Der Gestank war überwältigend und nahezu unerträglich, viel schlimmer als in ihrer Erinnerung. Überall lag Müll herum. Hayley konnte kaum einen Schritt machen, ohne eine Ratte zu verscheuchen, die es sich in dem Unrat aus Pappkartons, Konservendosen und Essensresten gemütlich gemacht hatte.

Sie bahnte sich einen Weg durch den Abfall in die Küche und wagte es nicht, nach ihrer Mutter zu rufen. Stattdessen hoffte und betete sie inständig, dass die Frau nicht in diesen Saustall zurückgekehrt war und es auch in Zukunft nicht tun würde. Der Küchentresen hatte als Aschenbecher gedient und war mit schwarzen Brandlöchern und Zigarettenkippen übersät. Das einzige Geräusch im Raum kam von einem undichten Wasserhahn. Über dem Spülbecken, in dem sich schmutziges und mit Schimmel überzogenes Geschirr türmte, war ein Fenster mit zersprungener Scheibe. Im Garten stapelten sich alte Autoreifen und kaputte Plastikstühle.

Hayleys Blick blieb an der verrosteten Schaukel haften. Das Gerüst neigte sich schief zur Seite, aber alles, was Hayley im Augenblick sah, war eine hübsche junge Frau, die ihre einzige Tochter auf der Schaukel hin und her schubste. Beide hatten ein fröhliches Grinsen im Gesicht. Die Sonne schien und die Luft war frisch.

Hayley nahm die Küche plötzlich mit anderen Augen wahr und sah ihre Mutter auf sich zukommen. Sie trug einen kleinen Teller mit einem Cupcake, den sechs brennende Kerzen zierten. Die beiden wünschten sich etwas und lachten miteinander, als sie die Kerzen bis auf eine, die weiterhin helles Licht verbreitete, ausbliesen.

Hayley fuhr herum, als wieder eine Ratte über den Boden huschte, und musste an Tommy denken, der draußen auf sie wartete. Er war in relativ kurzer Zeit ein wichtiger Teil ihres Lebens geworden. Ein echter Freund, dem sie vertrauen konnte.

Da sie das Haus so schnell wie möglich wieder verlassen wollte, beeilte sie sich, als sie den Flur entlangging. Jemand hatte im Bett ihrer Mutter geschlafen; schmutzige Laken und fleckige Kopfkissen lagen auf einem Haufen. Im Bad war anscheinend niemand, aber der vergilbte Duschvorhang war zugezogen. Hayley riss ihn auf.

Als sie niemanden dahinter sah, atmete sie erleichtert auf.

Sie ließ das Schlafzimmer hinter sich und ging weiter den Flur entlang. Noch zwei Zimmer, dann war sie fertig. Ihr altes Schlafzimmer lag rechts, die Garagentür geradeaus am Ende des Flurs. Kaum hatte sie die Hand auf den Türknauf ihres ehemaligen Zimmers gelegt, wurde ihr klar, dass sie eigentlich nicht hineinwollte. Mehr als alles andere wünschte sie sich, das Haus wäre bereits vor einigen Jahren abgebrannt. Das hätte womöglich viele Probleme gelöst.

Sie drehte den Knauf, weil sie es einfach tun musste. Der Gestank nach faulen Eiern und menschlichen Ausdünstungen ließ sie würgen.

Die Hölle existierte wirklich. Sie lag direkt vor ihr.

Ihr alter Schreibtisch stand immer noch an der Wand zu ihrer Linken. Schmutzige Teller türmten sich in seiner Mitte. Selbst von ihrem Platz im Türrahmen aus konnte sie den Maden bei ihrer Mahlzeit zusehen. Der Fußboden war mit leeren Suppendosen und Bierflaschen übersät. *Hundert Flaschen Bier an der Wand, hundert Flaschen Bier, nimm eine runter, reich sie herum, neunundneunzig Flaschen Bier an der Wand.* Das war eines von Brians vielen Saufliedern, das er immer dann grölte, wenn er sich eine Flasche Bier die Kehle hinunterlaufen ließ. In dem Zimmer lagen so viele unterschiedliche Sachen herum, dass sie gar nicht wusste, wo sie zuerst nachsehen sollte.

Wahrscheinlich war es am besten, wenn sie sich nicht zu lange hier aufhielt.

Die Holzschiebetür zum Wandschrank war zu, und eine ungute Vorahnung ergriff von Hayley Besitz. *Hau ab. Verschwinde, solange du es noch kannst.* Aber sie wusste, dass sie nicht von hier weggehen konnte, ohne sich zu vergewissern, dass der Wandschrank leer war. Ihr Handy vibrierte, aber sie ging nicht ran, sondern bahnte sich einen Weg durch Berge von alten Kleidern und stieß dabei hin und wieder gegen Flaschen und Bierdosen. In einer Ecke des Zimmers häuften sich Zigarettenkippen.

Bevor sie in den Schrank schaute, ging sie auf die Knie und warf einen schnellen Blick unter das Bett. Nichts außer noch mehr Müll. Wieder atmete sie erleichtert auf und inhalierte Schimmel in ihre Lunge. Froh, auch das hinter sich gebracht zu haben, erhob sie sich und griff nach dem Loch in der Schranktür, das als provisorischer Türgriff diente. Die Holztür knarzte und quietschte, ließ sich aber öffnen. Die verbogene Kleiderstange war leer, aber im Regal entdeckte sie ganz hinten einen

Schuhkarton. Sie griff danach und machte den Deckel auf. Das Erste, was sie sah, war ihre Mutter, die ihr entgegenlächelte.

Der Karton war voller alter Fotos: zutiefst glückliche Fotos von Hayley und ihrer Mutter auf der Schaukel, bei Kaffee und Kuchen, beim Tanzen und in inniger Umarmung. All die Erinnerungen, die in der Küche vor ihrem geistigen Auge vorübergezogen waren.

Wer hat diese Fotos nur gemacht?, überlegte sie und durchwühlte den Karton nach weiteren Erinnerungen. Und schließlich fand sie, wonach sie suchte: eine weit zurückliegende Erinnerung auf Papier, aber nicht in ihrem Kopf. Wer war dieser Mann? Ihr Vater? Konnte das sein?

Sie verließ das Zimmer mit dem Karton unter dem Arm und dem Foto in der rechten Hand und ging zurück ins Schlafzimmer ihrer Mutter. Dort stellte sie sich vor den Spiegel im Bad und hielt das Foto neben ihr Gesicht.

Die beiden Gesichter glichen sich wie ein Ei dem anderen.

Das war er – ihr Vater. Hayley sah ihm verblüffend ähnlich: dunkle Haare und eine halbwegs normale Nase mit einem winzigen Grübchen an der Spitze. Ihre Augen waren ebenfalls die gleichen. *Wie hieß er überhaupt?* Sie drehte das Foto um, fand aber auf der Rückseite weder das Datum noch einen Namen.

Man kann nicht alles haben.

Auf dem Foto stand sie zwischen ihren Eltern und lächelte. Ihr Vater lächelte ebenfalls, aber ihre Mutter strahlte ihn mit einem Blick voller Liebe an.

Was ist damals passiert? Was ist schiefgegangen? Sie waren so nahe am perfekten Familienglück gewesen.

Ihr Handy vibrierte erneut, und diesmal nahm sie den Anruf an. Es war Tommy.

»Alles klar?«, fragte er.

»Ich brauche nur noch ein paar Minuten.«

Sie drückte die rote Taste und schob das Foto, das sie soeben betrachtet hatte, in ihre Gesäßtasche. Den Schuhkarton fest unter den Arm geklemmt, ging sie Richtung Garage.

Die Beklemmung, die sie vor einer Viertelstunde beim Betreten des Hauses empfunden hatte, war inzwischen verflogen. Sie öffnete die Tür zur Garage.

»Nein!«

Sie ließ den Schuhkarton fallen. Fotos flatterten umher, ein paar landeten vor ihren Füßen.

Hayley zuckte mit keiner Wimper.

Sosehr sie es versuchte, sie schaffte es nicht, ihren Blick von diesen Augen abzuwenden. Weit aufgerissene Augen, nicht liebevoll lächelnd wie die auf dem Foto, sondern leblose Augen, deren Glanz erloschen war. Mom lag auf dem Rücken, den Kopf an einen Haufen Abfall gelehnt, sodass es den Anschein hatte, als wäre ihr Blick direkt auf Hayley gerichtet.

Brian hatte Hayleys Mutter gedroht, er würde ihr mit der Axt aus dem Schuppen den Kopf abschlagen. Stattdessen steckte die Axt in ihrer Schädeldecke. Der nach rechts zeigende Holzstiel sorgte mit seinem Gewicht dafür, dass sich der Kopf zur Seite neigte, als wäre Mom neugierig, warum Hayley nicht eher gekommen war. Sie trug ihr rosa Nachthemd, das sie schon viel zu lange besaß. Aber jetzt war es nicht mehr rosa, sondern rot – blutrot.

Hayley ging auf ihre tote Mutter zu, kniete sich vor ihr hin, ergriff ihre kalte Hand und drückte sie fest, als könnte sie ihre Mutter damit zum Leben erwecken. Gleichzeitig betete sie, dass sie sich das, was sie da sah, nur einbildete.

Hayley verlor jegliches Gefühl dafür, wie lange sie dalag, aber als die Tränen versiegten, blickte sie auf und sah sich im Spiegel an der gegenüberliegenden Wand, die Arme fest um die blutige Leiche ihrer Mutter geschlungen.

Mom war von ihr gegangen.

Für immer.

Sie schmiegte sich eng an die Leiche, legte ihren Kopf auf die kalte, harte Brust ihrer Mutter und blickte in den Spiegel, aus dem sie ein Paar feuerroter Augen anstarrte. Hayley erkannte diese Augen: Es waren ihre eigenen. Da wusste sie, dass es vorbei war. Alles war vorbei, und der Dämon in ihr hatte gewonnen.

Scheiß auf die Hoffnung.

Scheiß auf den Optimismus.

Scheiß auf euch alle.

DANKSAGUNG

Mein besonderer Dank geht an meinen Lektor Alan Turkus, dafür, dass er an mich und meine Geschichten geglaubt hat. Ferner möchte ich Alison Dasho für ihre harte Arbeit danken, die aus *Seelische Abgründe* ein besseres Buch gemacht hat. Vielen Dank auch an meine Testleserinnen und Testleser, Janet, Joey, Brittany und Joe, sowie an Zoey Winter aus Granite Bay für ihre blühende und lebhafte Fantasie, die bei der Entwicklung meiner Lizzy-Gardner-Serie Pate stand. Für alle Ewigkeit dankbar bin ich auch Sandy Scrivano, die mir nach ihrer Lektüre von *Im Netz des Spinnenmanns* versicherte, das Buch hätte das Zeug zu einem Bestseller, und mich dazu drängte, es zu veröffentlichen. Ein Dankeschön auch an Sam Johnston, meinen größten Fan.

12866163R00231

Printed in Poland
by Amazon Fulfillment
Poland Sp. z o.o., Wrocław